Verfuchste Liebe!

Sara Lea Fuentes

Verfuchste Liebe!

Liebeskomödie

*Bibliografische Information der Deutschen Nationalbibliothek:
Die Deutsche Nationalbibliothek verzeichnet diese Publikation
in der Deutschen Nationalbibliografie; detaillierte
bibliografische Daten sind im Internet über http://dnb.dnb.de
abrufbar.*

*© 2019 Sara Lea Fuentes
1. Auflage 2019*

*Herstellung und Verlag:
BoD – Books on Demand, Norderstedt
ISBN 9-783-7494-9723-2*

 **1**

Als ich den großen Umschlag aus meinem Briefkasten fischte, fühlte ich mich so erleichtert, als hätte die Müllabfuhr containerweise altes Gerümpel aus meinem Leben entsorgt. Auf dieses Schriftstück hatte ich eine gefühlte Ewigkeit gewartet. Die unerfreuliche und nervenaufreibende Ära als Ehegespons von Wolfgang Weichbrot wurde damit nämlich offiziell beendet. Meine Scheidung war endlich komplett durch. Lieber Gott, wie hatte ich diesen Tag herbeigesehnt!

Jedermann behauptete, dass Liebe blind machen würde. Das stimmt durchaus, in meinem Fall allerdings machte Liebe auch blöd. Der beste Beweis dafür war, dass ich dieses weiche Brötchen nicht nur heiratete und alles in allem fast zehn Jahre ertrug, sondern mich bei der Hochzeit auch noch dazu breitschlagen ließ, seinen Namen anzunehmen. Wie konnte ich nur? Weichbrot war kein Name, sondern eine Beleidigung, zumindest für mich. Natürlich konnte Wolfgang nichts dafür, dass er so hieß, doch für diesen Nachnamen schämte ich mich die ganzen Jahre in Grund und Boden.

Weichbrot! Noch heute machte ich mir bittere Vorwürfe, damals nicht auf meine Mutter gehört zu haben. Als ich ihr Wolfgangs Nachnamen verriet, riet sie mir, nachdem ihr Lachanfall wieder abebbte, meinen Namen unbedingt zu behalten. Leider hörte ich nicht auf sie und kritzelte auf dem Standesamt fein säuberlich Katrin Weichbrot aufs Papier. Die Reue darüber kam zwar sehr schnell, doch leider zu spät.

Als wenn das allein nicht schon schlimm genug gewesen wäre, stellte ich schon bald nach der Hochzeit fest, dass Namen keineswegs Schall und Rauch waren. Weichbrot passte perfekt zu Wolfgang, beschrieb dieser Name ihn doch kurz und prägnant. Ein aufgeweichtes Brötchen eben, etwas Formloses, von dem niemand so richtig wusste, was es darstellen sollte. So war Wolfgang, rundum und durch und durch.

Lieber Gott, wieso nur vergeudete ich fast zehn Jahre meines Lebens mit ihm? Sieben davon waren wir verheiratet. Ich war gerade mal 27 und er 40, als wir uns kennenlernten. Der nicht unerhebliche Altersunterschied störte mich damals nicht, im Gegenteil. Wolfgang schien mit beiden Beinen auf dem Boden zu stehen und besaß ein eigenes Unternehmen, eine mittelgroße Hausverwaltung.

Endlich einmal ein Mann, der ehrgeizig und zielstrebig war, dachte ich mir damals. Das war der Vorteil von älteren Männern. Die, die es vor ihm in meinem Leben gab, waren alle in meinem Alter, intellektuell jedoch noch weit zurück und somit leider absolute Reinfälle. Kein Wunder also, dass Wolfgang mir im Vergleich zu ihnen wie der Prinz aus dem Märchen vorkam, der Dornröschen wachküsste. Blind und dumm vor Verliebtheit kniff ich die Augen fest zu, um die Realität nicht zu sehen und heiratete ihn.

Klappte unsere Beziehung während der fast drei Jahre vorher noch relativ gut, kam der Tag der Ernüchterung, an dem ich wieder auf dem Boden der Tatsachen landete. Der Zauber der guten Fee war verflogen und nicht lange nach der Hochzeit musste ich beobachten, wie Wolfgang anfing, sich vom Prinzen zurück in einen Frosch zu verwandeln.

Ich konnte diesen Weichbrotfrosch küssen, so oft ich wollte, die gute Fee war auf unbestimmte Zeit in Urlaub geflogen und aus dem Frosch wurde kein Prinz mehr. Allerhöchstens noch eine Kröte. Eine fette, faule Sumpfkröte, für die das Leben vor allem aus Essen, Fernsehen und Schlafen - vorzugsweise alleine - bestand.

Dieser Virus breitete sich nach und nach im Hause

Weichbrot aus, bis mir eines Tages bewusst wurde, dass ich schon genauso wie er zu quaken und mich auch in ein Schlammloch einzugraben begann. Ohnehin schon längst massiv unzufrieden mit der Gesamtsituation, zog ich die Notbremse und reichte die Scheidung ein.

Wolfgang fiel natürlich aus allen weichen Brötchenwolken. Kein Wunder, tat ich damit doch etwas, das sein herrlich bequemes und ereignisloses Krötendasein völlig aus dem gewohnten Alltagstrott brachte. Für ihn war es genug, sich wie alle Kröten nur dann zu bewegen, wenn es sich nicht vermeiden ließ oder zur Nahrungsaufnahme. Fressen mochte er mich nicht und alles andere war ihm viel zu anstrengend und lästig. Nach einem halbherzigen Versuch seinerseits, mich umzustimmen, sah er wohl ein, dass ich auf diesem Ohr taub war. So sehr er auch mürrisch vor sich hin quakte, immerhin schaffte er es, einen Anwalt anzurufen.

Noch am gleichen Tag raffte ich wie auf der Flucht meine wichtigsten Dinge zusammen und zog vorübergehend zu meinen Eltern, bis ich eine Wohnung für mich fand. Zehn Jahre meines Lebens führte ich ein frustrierendes Dasein als Hausmütterchen und unterbezahlte Bürokraft der Kröte, nun reichte es mir, ein für alle Mal. Mein Entschluss war gefasst: Mir kam künftig kein Mann mehr ins Haus.

Es dauerte eine Weile, bis ich aus diesem jahrelangen komatösen Tiefschlaf aufwachte und die Lebenslust sich wieder in mir ausbreitete. Doch mit einem Mal begriff ich es: Ab sofort gehörte mein Leben wieder nur mir selbst, ich war frei und das weiche Brötchen los.

Durchzogen von Tatendrang schüttelte ich mir den Schlamm aus den Kleidern und beschloss, künftig nicht mehr auf Frösche hereinzufallen, egal wie hübsch ihr Krönchen aus goldfarben angemalter Pappe auch in der Sonne glänzen mochte. Eines dieser verwünschten Viecher

3

war genug für den Rest meines Lebens.

 **2**

Zu Beginn meiner Ehe befand ich mich auf einem Höhenflug und glaubte, würde ich in Wolfgangs Hausverwaltung arbeiten, das ganze Chaos dort in Windeseile beseitigen zu können. Ich gab meinen öden Bürojob bei einer Krankenkasse auf und stürzte mich mit Feuereifer auf die ganzen Vorgänge im Büro meines Ehegesponses, die liegen geblieben oder ungeklärt waren. Doch weit gefehlt. Egal wie sehr ich mich bemühte, Wolfgang war schlichtweg ein Chaot und sobald ich eine Sache endlich erledigt hatte, fand ich ein paar weitere, die in den ganzen Papierstapeln untergegangen waren. Irgendwann resignierte ich und tat nur noch das, was sein musste.

Als die Scheidung anstand, war es natürlich unumgänglich, mir einen neuen Job zu suchen. Weiterhin bei der Kröte zu arbeiten, kam für mich nicht infrage. Ich wollte dieses unglückselige Kapitel meines Lebens endgültig abhaken. Somit fing ich rechtzeitig mit der Jobsuche an, verschickte meine Bewerbungen und hatte damit Erfolg.

Übernächste Woche war der erste März und damit mein erster Arbeitstag in der neuen Firma: auch eine Hausverwaltung so wie bei Wolfgang, dafür andere Wohnanlagen, andere Eigentümer, ein anderes Büro und vor allem ein anderer Chef. Zwar ebenfalls wieder von der männlichen Gattung, nur leider war diese so verbreitet, dass ich zwangsläufig immer mit ihr in Kontakt kam.

4

Besonders sympathisch wirkte mein neuer Chef beim Vorstellungstermin nicht unbedingt, doch ich vermutete wegen des ständig klingelnden Telefons, dass er wohl gerade nur gestresst war. Schlimmer als Wolfgang konnte er in menschlicher Hinsicht auch nicht sein. Schlimmer als Wolfgang konnte überhaupt keiner sein.

Nun ja, Wolfgang war nicht gewalttätig oder cholerisch, nur leider in jeder Hinsicht völlig anders als ich. Während ich auftauchende Probleme schnellstens in Angriff nahm, ließ er sie lieber liegen und wartete darauf, dass sie sich von alleine erledigten. Kurz gesagt, er war eine Kröte, die in ihrem Sumpfloch dahin döste, bis sie gezwungen wurde, sich zu bewegen. Oder bis etwas zum Fressen auftauchte. Dann wurde Wolfgang urplötzlich quicklebendig. Aber eben nur dann.

Ihm war sogar der ganze Papierkram wegen der Scheidung zu anstrengend. Das überließ er lieber seinem Anwalt. Dieser bedauernswerte Mensch musste sich um alles kümmern. Wolfgang dagegen konnte sich weiter abends auf seiner Couch vor dem Fernseher fläzen und sein Leben in gähnender Langeweile verbringen.

Er behielt das Haus, das mir ohnehin von Anfang an nicht gefiel, und ich bekam eine hübsche Abfindung. Den Großteil davon legte ich gut an und vom Rest richtete ich mir meine Wohnung ein, endlich mit Möbeln und Dingen, die mir auch gefielen und nicht nur zweckmäßig waren.

Die Miete, die ich dafür bezahlen musste, versetzte mir zuerst beinahe einen Schock. Monatlich einen kleinen Betrag obenauf und ich hätte sie mir auch kaufen können. Diese Alternative stand nämlich auch zur Verfügung, erzählte mir der Makler. Für eine Weile spielte ich durchaus mit diesem Gedanken, wäre es bei meinem künftigen Gehalt machbar gewesen. Letztendlich entschied ich mich dagegen, denn dann wäre ich schon wieder an irgendetwas gebunden gewesen. Darauf hatte ich im Moment überhaupt keine Lust, sondern wollte erst einmal meine wiedergewonnene Freiheit genießen und flexibel bleiben. Kaufen konnte ich die Wohnung ja später immer noch.

Bei der ersten Besichtigung verliebte ich mich Hals über Kopf in diese Wohnung. Sie war mein absoluter Traum. Mitten in der Stadt, total sanierter Altbau mit ewig hohen Räumen, Stuck an allen Zimmerdecken und riesengroßen Fenstern in jedem Zimmer. Eine wahre Lichtoase. Das Beste war der nachträglich angebaute Balkon, schön groß und nahezu quadratisch. Ich sah mich schon im Sommer auf einer Liege relaxen, umgeben von zahlreichen mediterranen Pflanzen, einer Piña Colada in der einen und ein gutes Buch in der anderen Hand.

Der Balkon ging nach hinten raus, weg von der Straße, in einen hübsch angelegten Hinterhof mit viel Grün. Nur eines daran störte mich: der Kinderspielplatz, der fast genau darunter lag. Blieb die Hoffnung, dass er nicht allzu oft benutzt wurde. Kindergekreische war für meine Ohren schlimmer als eine abrutschende Kreide auf einer Schiefertafel.

Das Bad, wie die drei anderen Zimmer auch, war ebenfalls so gut wie quadratisch. Die Badewanne war quer eingemauert. Das geflieste Dreieck zwischen Wannenrand und der Zimmerecke würde mir als Ablage für all die Mittelchen und Wässerchen dienen, die ich mir endlich ohne schlechtes Gewissen und vor allem ohne missmutiges Gequake der Kröte zulegen konnte.

Jedes einzelne Zimmer dieser Wohnung wies einen solchen Charme auf, dass ich ohne zu zögern den Mietvertrag unterschrieb. Sicher, drei große Zimmer für mich alleine und die hohe Miete dazu stellten eigentlich einen unnötigen Luxus dar. Allerdings war sie nach zehn Jahren Weichbrot-Tristesse trotzdem genau das, was ich nun brauchte und wollte.

Liebend gerne hätte ich mich noch ein bisschen von den Umzugs- und Einrichtungsstrapazen erholt, doch zu meinem neuen, krötenlosen Leben gehörte auch ein Job und schon morgen war mein erster Arbeitstag in der neuen Firma. Um mich darauf einzustimmen, gönnte ich mir wenigstens einen entspannenden Abend in meinem Wellnessparadies: ein heißes Schaumbad, ein gutes Buch, leise Musik im Hintergrund und ein kleines Fläschchen Sekt.

Endlich Zeit für mich, ohne auf die Uhr sehen zu müssen. Ohne dass jemand an die Tür klopfte und rief: *"Nun mach weiter. Ich muss aufs Klo!"* Niemand, der lästerte, mit dieser giftgrünen Feuchtigkeitsmaske würde ich wie ein Alien aussehen und außerdem wäre sie sowieso sinnlos: nur Geldmacherei für bescheuerte Weiber, die jeden Mist glaubten, den die Werbefritzen erzählten. Aus einer alten, verschrumpelten Schnepfe würde nie mehr ein junges Mädchen werden, egal welchen überteuerten Kram sie sich ins Gesicht schmierte. *Natürlich* meinte er nicht mich damit. Sinnlos wäre es trotzdem.

Milde und verständnisvoll lächelnd prostete ich diesem Niemand zum Abschied ein letztes Mal zu. Er wusste von Körperpflege so viel wie eine Kuh vom Stepptanz. Geduscht wurde, wenn man stank und den Rasierer benutzte man höchstens zweimal die Woche, um die teuren Klingen nicht so schnell abzunutzen. Alles Weitere war überflüssig und kostete zu viel Zeit und Geld. Einen schönen Menschen entstellte bekanntlich nichts, behauptete er regelmäßig. Nur bedauerlich, dass das auf diesen speziellen Menschen nicht zutraf.

Aber was ging mich das noch an? Gar nichts, rein gar nichts. Deshalb ließ ihn alleine vor sich hin stinken und ging mit der Gewissheit ins Bett, nie wieder auf Frösche, Kröten und getarnte Prinzen hereinzufallen. Ich wollte nichts mehr von alledem. Ich wollte nur ich selbst sein und mein Leben endlich so leben, wie ich es für richtig hielt und wie es mir Spaß machte.

3

Voller Tatendrang und Unternehmungsgeist sprang ich am nächsten Morgen aus dem Bett, als mein Wecker piepste. Schon lange freute ich mich nicht mehr so sehr darauf, zur Arbeit zu gehen wie heute. Denn ab sofort arbeitete ich ausschließlich für mich selbst und keiner würde mich laufend dumm anblöken, so wie die letzten Jahre. Am Abend, wenn ich nach Hause kam, warteten nur angenehme Ruhe und meine wunderschöne Wohnung auf mich. Wenn ich kochen wollte, würde ich es tun. Wenn nicht, ließ ich es. So einfach war das. Ja, mein Leben würde *insgesamt* viel einfacher sein.

Dachte ich. Jedenfalls so lange, bis ich in der Firma war.

"Guten Morgen. Andrea, zeigen Sie Katrin alles? Ich habe zu tun."

Ein knapper Händedruck und weg war er, mein neuer Chef. Seine Laune war eindeutig unterirdisch mies und er besaß nicht einmal so viel Anstand, mich anzusehen und die Andeutung eines Lächelns aufzusetzen. Die Begrüßung, sofern man sie so nennen konnte, dauerte höchstens fünf Sekunden, aber schlagartig wusste ich, dass ich diesen Mann genauso wenig leiden konnte wie Kröten. Nein, noch weniger. Und mit jeder einzelnen Minute mehr festigte sich unaufhaltsam dieses Gefühl.

Allerdings drängte sich mir gleichzeitig etwas anderes auf, nämlich der Gedanke an ungezügelten, hemmungslosen Sex mit ihm. Ich kannte ihn nicht, ich verabscheute ihn zutiefst wegen seiner arroganten, unfreundlichen Art und trotzdem konnte ich an nichts anderes denken. Ich wollte mich mit ihm, am liebsten sofort, gleich hier mitten auf dem Nadelfilz in voller Ekstase wälzen.

Oh Gott! Ich musste den Verstand verloren haben. Mochte dieser zwar noch so vehement behaupten, Fuchs war eine Doppelnull, meine Libido dagegen war völlig anderer Meinung. Für sie strahlte Fuchs Testosteron pur aus. Allein das Wissen, dass er in der Nähe war, ließ mich innerlich vor Wollust aufjaulen. So sehr ich mich bemühte, ich konnte es nicht vermeiden, ihm hinterher zu starren, wie er mit betont männlicher Lässigkeit den Gang entlangmarschierte, nach rechts abbog und in seinem Büro verschwand.

"Hallo, ich bin Andrea. Du bist Katrin, richtig?"

Ich schob meine unzüchtigen Gedanken rasch zur Seite, riss mich zusammen und drehte mich um.

"Ja, richtig."

Sie streckte mir mit einem warmen Lächeln die Hand entgegen.

"Oder ist es Ihnen lieber, wenn wir uns siezen?"

Auf solche überflüssigen Förmlichkeiten unter Kollegen konnte ich verzichten. Immerhin mussten wir Weiber gegen die Krötenplage zusammenhalten.

"Nein, muss nicht sein."

Unauffällig musterte ich meine neue Kollegin Andrea. Sie gefiel mir auf Anhieb, ganz im Gegensatz zu Fuchs, auch wenn sie gottlob auf mich keineswegs die gleiche Wirkung hatte wie er.

Ohne jegliche Hektik zeigte und erklärte sie mir das Wichtigste für den Anfang. Alles Weitere ergab sich dann schon. Wir beide teilten uns ohnehin ein großes Büro.

Mein Schreibtisch stand genau an der Stirnseite von ihrem, was mich zutiefst beruhigte. So würde ich mir bei

Fragen, die in den nächsten Tagen zwangsläufig auftauchten, lange Laufwege ersparen.

Eine Sache gab es allerdings, die mich nicht nur brennend interessierte, sondern die ich sofort geklärt haben wollte.

"Ist er immer so?", raunte ich Andrea zu und deutete mit dem Kopf in Richtung Chefbüro.

"Foxi? Wieso? Heute ist er doch glatt mal gut aufgelegt. Noch jedenfalls. Das kann sich aber blitzschnell ändern."

Das nannte sie gut aufgelegt? Wie sah es wohl aus, wenn er das *nicht* war?

"Na toll", brummte ich und hakte nach: "Nanntest du ihn eben wirklich Foxi oder habe ich mich verhört?"

Andrea kicherte.

"Nein, hast du nicht. So hat ihn deine Vorgängerin getauft. Rosi meinte, ein Tag mit Fuchs und du wärst fix und foxi und irgendwie blieben wir dann dabei."

Na, das waren doch einfach herrliche Aussichten!

"Willst du auch einen Kaffee, Katrin?"

"Ja, unbedingt." Ich folgte ihr in die Küche und schenkte mir eine Tasse ein. "Darf man hier im Büro eigentlich rauchen? Ich kann es einfach nicht lassen."

Bedauernd schüttelte meine Kollegin den Kopf.

"Nicht mehr. Foxi hat letzte Woche verkündet, dass hier ab sofort rauchfreie Zone herrscht." Andrea zwinkerte mir zu. "Er will das Rauchen aufhören, doch so, wie ich ihn kenne, hält er das höchstens ein paar Tage aus, dann qualmt er wieder."

"Du liebe Güte, auch das noch!", stöhnte ich auf. Ich war leidenschaftliche Raucherin und nun durfte ich nicht!

"Wenn du es nicht mehr aushältst, musst du nach draußen. Im Treppenhaus gibt es so einen Austritt, eine Art Mini-Balkon und dort steht ein Aschenbecher."

"Ist dort auch Platz für meinen Schreibtisch?"

"Nicht einmal hochkant." Andrea lachte auf. "Mach es

einfach wie Foxi: Gewöhn es dir ab."

"Fehlanzeige!", protestierte ich. "So große Nikotinpflaster gibt es nicht und außerdem bin ich ohne Zigaretten hypernervös. Also versuche ich es erst gar nicht."

"Vielleicht solltest du -"

"Ich störe wirklich nur ungern, aber sollten Sie Ihr Kaffeekränzchen irgendwann beendet haben, fände ich es schön, wenn wir weiterarbeiten könnten."

Fuchs! Er machte seinem Namen alle Ehre, so wie er sich anschlich.

"Na klar doch." Andrea lächelte liebenswürdig. "Möchten Sie auch einen Kaffee?"

"Ja. Katrin kann ihn mir bringen."

"Geht in Ordnung", flötete sie.

Ohne ein weiteres Wort drehte er sich um und füchselte davon.

"Kaum eine halbe Stunde hier und schon zum Laufburschen degradiert", murrte ich leise. "Wieso nimmt er seinen Kaffee nicht selbst mit? Tasse zu schwer?"

"Das wäre das erste Mal. Als Chef hat man doch ein paar Privilegien. Schwarz, ohne alles."

Ich nickte und beschloss für mich eines: Falls Fuchs sich halbwegs normal benahm, gab es Kaffee schwarz, ohne alles. Tat er es nicht, bekam er ihn mit ein paar Körnchen Rattengift serviert. Mir reichte es endgültig von Paschas und Tyrannen!

Der Einfachheit halber ging ich mit meiner und seiner Tasse in den Händen zu ihm. Sinnvollerweise war seine Bürotür geschlossen. Mit dem Ellbogen drückte ich die Klinke nach unten. Im gleichen Moment wurde die Tür schwungvoll von innen aufgerissen. Foxi und ich prallten fast zusammen, als er herausstürmen wollte. Der Inhalt der Tassen ergoss sich größtenteils über seine Hose, von Bauchhöhe an abwärts.

Reflexartig sprang er mit einem lauten Fluchen zurück,

obwohl es dafür etwas zu spät war.

"Sind Sie denn bescheuert?"

Für ein paar Sekunden war ich geschockt und starrte auf die Bescherung. Mein erster Arbeitstag fing ja schon gut an! Eine Antwort auf seine Frage verkniff ich mir jedoch und biss die Zähne vorsorglich fest aufeinander, bevor ich losgrölen würde. Seinem besten Stück musste eben ziemlich heiß geworden sein.

"Was war das für eine blöde Aktion?", schnauzte er mich an.

"Sie wollten doch einen Kaffee", antwortete ich mit einem schlecht unterdrückten Kichern. Vorbei war es mit meiner Beherrschung, selbst wenn er gleich explodieren würde. Seinem Blick nach zu schließen, stand er kurz davor.

"In der Tasse, ja!", brüllte er, drängte mich beiseite und stürmte ins Bad.

Wumm! *Die* Tür war zu.

Andrea kam aus unserem Büro und sah mich mit großen Augen fragend an.

"Was ist denn hier los?"

"Er hat Kaffee auf der Hose, nichts weiter", winkte ich ab. "Gibt es hier einen Putzlappen? Ich sollte die Sauerei besser aufwischen, bevor der Teppich den Kaffee vollends aufsaugt."

"In der Küche, aber ich verstehe nicht ..."

Ich klärte Andrea, immer wieder kichernd, kurz über mein Missgeschick auf, während ich mit Putzlappen und einem Eimer Wasser den Kaffeeflecken auf dem Boden den Garaus machte, so gut es ging.

"Puh! Kein Wunder, wenn Foxi sauer ist", ächzte Andrea.

"Und *Foxi* wird gleich noch saurer werden, wenn ihr beiden nicht mit dem Gequatsche aufhört und das tut, wofür ich euch bezahle: Arbeiten!"

Ich erschrak derart, dass ich beinahe noch den Eimer umstieß. Musste dieser Mensch sich ständig so anschleichen?

Andrea lief bis unter die Haarwurzeln tiefrot an und huschte mit gesenktem Kopf an ihm vorbei, zurück in unser Büro.

"Was treiben Sie da auf allen Vieren, Katrin?"

"Ich mache das hier nur sauber", antwortete ich hastig.

"Arbeiten Sie hier als Putzfrau?"

"Nein, aber der Kaffee ... "

Normalerweise war ich nicht auf den Mund gefallen, doch diese Situation war mehr als unangenehm.

"Viel kann es ohnehin nicht sein. Das Meiste habe ich schon abgekriegt."

"Tut mir leid, war keine Absicht." Ich warf den Lappen in den Eimer und stand auf. "Wenn Sie nicht -"

"Ach, jetzt bin ich auch noch schuld daran?"

Seine blöde Art ging mir fürchterlich auf den Keks, vielleicht ritt mich deshalb ein Teufelchen.

"Habe ich die Tür aufgerissen oder Sie?", pampte ich zurück.

"Weiß ich denn, dass Sie zuerst durchs Schlüsselloch gaffen? Klopfen Sie das nächste Mal einfach an, wenn Sie zu mir wollen."

"Also das ist doch die Höhe!", schnaubte ich entrüstet. "Ich gaffe nicht durchs Schlüsselloch! Ich habe nur meine dritte Hand zum Klopfen versehentlich zu Hause gelassen."

Einen Augenblick lang sah er mich schweigend an.

"Verschwinden Sie", knurrte er dann.

Großartig. Kaum eine Stunde hier, schon war ich gefeuert.

"Tut mir leid, ich -"

"Los, an die Arbeit! Und sagen Sie Andrea, sie soll mir einen Kaffee bringen. *In der Tasse!*"

"Ich bin also nicht gefeuert?", platzte es aus mir heraus.

"Enttäuscht?"

"Ich dachte nur -"

13

"Denken Sie nicht, arbeiten Sie lieber. Vielleicht können Sie das besser."

Wumm. Die Tür zu seinem Büro war zu. Ausnahmsweise hörte ich auf meinen Verstand, der mir befahl, die Sache auf sich beruhen zu lassen und nicht in sein Büro zu stürmen, um ihm gehörig die Meinung zu geigen. Immerhin war heute mein erster Arbeitstag und gut bezahlte Jobs wuchsen nicht auf Bäumen. Obendrein hatte ich überhaupt keine Lust, mir eine neue Wohnung zu suchen, weil ich die Miete für meine dank Arbeitslosigkeit nicht mehr bezahlen konnte.

"Du sollst ihm einen Kaffee bringen", sagte ich zu Andrea, als ich mich seufzend auf meinen Bürostuhl sinken ließ. "In der Tasse bitte."

"*Bitte*?", fragte sie verblüfft nach. "Dieses Wort kennt er doch gar nicht."

"War ein Zusatz von mir, nicht von ihm ... Ich hasse ihn."

"Ach was. So schlimm ist unser Füchslein auch nicht."

"Er ist kein Füchslein, sondern eine Hyäne!", korrigierte ich sie.

"Pst, er schleicht sich liebend gerne an", flüsterte sie mir warnend zu. "So wie vorhin."

"Na großartig! Überwachungskameras und Wanzen hat er aber nicht installiert, oder?"

Andrea lachte amüsiert auf.

"Du wirst dich schon an seine liebenswerte Art gewöhnen. Er ist nun einmal so, trotzdem man kann wunderbar mit ihm auskommen und vor allem arbeiten." Seufzend stand sie auf. "So, nun bringe ich ihm seinen Kaffee. Dann ist er wieder friedlich."

Dass ich mich an ihn und seine ganze Art gewöhnen würde, bezweifelte ich zutiefst. Mein neuer Chef war, menschlich gesehen, eine noch größere Doppelnull als mein letzter. Kaum zu glauben, dass es nach Wolfgang noch eine Steigerung gab.

Doch wie alles Schlechte hatte auch dieses etwas Gutes an sich. Trotz dieser wollüstigen Anwandlungen, die mich bei seinem Anblick heute Morgen in völliger, geistiger Umnachtung überkamen, wusste ich jetzt wenigstens, dass ich so lange Single bleiben würde, bis eine neue, dritte Menschengattung entstand. Die männliche war absolut indiskutabel und Frauen kamen für mich sowieso nicht infrage.

Gottlob überstand ich den Rest meines ersten Arbeitstages ohne weitere Katastrophen. Das war auch kein Wunder, denn Andrea deckte mich gut mit Papierkram ein. Mir war das mehr als recht. Zum einen arbeitete ich gern und obendrein kam ich so nicht in den fragwürdigen Genuss, Fuchs über den Weg zu laufen oder gar mit ihm reden zu müssen.

Kurz vor Feierabend sah ich aus dem Fenster. Musste es doch tatsächlich anfangen, zu regnen! Das fehlte mir gerade noch. Mein Schirm stand brav zu Hause und bis zur S-Bahn-Station waren es gut fünf Minuten zu Fuß. Auto besaß ich nämlich keines. Die Sumpfkröte und ich teilten uns früher seinen Opel. Da ich jetzt mitten in der Stadt wohnte, so dachte ich nach meinem Auszug bei ihm, wäre ein Auto eine unnötige Anschaffung. Wozu gab es schließlich öffentliche Verkehrsmittel?

Es goss wie aus Eimern. So ein Mist aber auch! Ich hätte mich ohrfeigen können, sagten sie doch nämlich heute Morgen im Radio für nachmittags eindeutig Regen voraus.

15

Dass das auch für mich galt, war eigentlich logisch. Trotzdem verließ ich Trottel gut gelaunt das Haus und ließ den Schirm dort stehen.

"Willst du nicht nach Hause, Katrin? Es ist schon fünf vorbei."

Andrea stand neben mir, knöpfte ihren Mantel zu und sah mich fragend an.

"Doch, ja, aber es regnet gerade wie aus Kübeln. Bevor ich klatschnass wie eine gebadete Maus an der S-Bahn-Station ankomme, warte ich lieber ein bisschen. Vielleicht lässt der Regen ja nach."

"Keinen Schirm dabei?"

Ich verzog das Gesicht.

"Ich wollte nicht, dass er nass wird."

"Das ist natürlich doof. Ausgerechnet heute bin ich zu Fuß hier. Ich wohne nicht allzu weit weg und dachte, ein bisschen Bewegung könne nicht schaden. Sonst hätte ich dich gefahren."

"Kein Problem", winkte ich ab. "Ich bleibe einfach noch etwas hier und wenn es trotzdem nicht aufhört ... Dann Augen zu und durch."

"Ich drücke dir fest die Däumchen. Schönen Abend noch und bis morgen."

Ich winkte ihr kurz zu, schob dann ihren Drehstuhl ans Fenster und beobachtete sitzend von dort aus den Regen, der nicht im Entferntesten daran dachte, nachzulassen. Zehn Minuten gab ich ihm noch. Wenn er dann nicht weniger wurde ... Dann würde ich wohl ziemlich nass werden.

"Was machen Sie denn noch hier?", hörte ich diese immer unangenehme Fuchsstimme hinter mir.

Ganz langsam drehte ich mich auf dem Stuhl zu ihm um und schenkte ihm ein strahlendes Lächeln. Das war die unverfänglichste Art, ihm die Zähne zu zeigen. Nur knurren durfte ich dabei leider nicht.

"Ich warte."

"Worauf? Auf bessere Zeiten?"

"Nein, auf trockenere."

"Hat Ihr Auto kein Dach?"

Mir fiel spontan diese doofe Werbung ein, die es irgendwann einmal gab.

"Ich habe gar kein Auto."

Hätte ich gesagt, ich sei ein Gespenst, er wäre nicht überraschter gewesen als jetzt.

"Sie haben kein *Auto*?"

"Ist das Voraussetzung, wenn man hier arbeitet?", konterte ich kühl.

Er ignorierte diesen Kommentar völlig.

"Na dann viel Spaß beim Warten. Der Regen soll die ganze Nacht anhalten."

Dann raus mit dir auf die Straße, schoss es mir durch den Kopf. Richtiges Wetter für eine Krötenwanderung!

"Ach Katrin, bevor Ihnen beim Warten *zu* langweilig wird, bringen Sie mir noch einen Kaffee."

Er füchselte gemächlich aus dem Zimmer.

"So langweilig kann es mir gar nicht werden", brummte ich vor mich hin und verschränkte demonstrativ die Arme vor der Brust. "Nicht mit mir und nicht in diesem Ton."

"Was sagten Sie?", hörte ich Fuchs fragen, der umgekehrt war und sich nun lässig gegen den Türrahmen lehnte.

Mich ritt wirklich der Teufel. Im Grunde wusste ich, dass ich nichts Dümmeres tun konnte, als mich schon am ersten Tag mit ihm anzulegen. Doch seine ganze Art machte mich rasend.

"Es ist fünf vorbei, Herr Fuchs. Feierabend", plapperte mein Mundwerk von ganz alleine.

"Und? Ist das ein Problem?"

"Ja. Sie bezahlen mich doch fürs *Arbeiten*, oder täusche ich mich?"

17

"Eben. Dann machen Sie mal."

"Geht nicht. Es ist fünf vorbei und damit Feierabend."

"Und? Sie sind noch hier."

"Wegen des Regens. Ich warte lediglich, bis er etwas nachlässt."

"Dann können Sie die Zeit auch sinnvoll nutzen."

"Könnte ich, ja." Mit einem Zähnefletsch-Lächeln stand ich auf. "Nur muss ich jetzt leider los, Herr Fuchs."

"Katrin, Sie -"

"Schönen Abend noch", flötete ich ihm zu und rannte mit einem triumphierenden Grinsen im Gesicht die Treppen hinunter auf die Straße.

Mochten vielleicht andere bei seinem Befehlston ehrfürchtige Bücklinge machen und losspurten, um ihm schleunigst seine Wünsche zu erfüllen, bei mir stieß er damit auf taube Ohren. In diesem Ton sprach keiner mehr mit mir!

Eine freundliche Frage, in der das Zauberwort *bitte* enthalten war, wäre ausreichend gewesen und ich hätte ihm seinen Kaffee gebracht. Aber so nicht! Es wurde allerhöchste Zeit, diesem Pascha Manieren beizubringen und dass das passierte, dafür würde ich sorgen!

5

Im Büro darauf zu warten, dass der Regen aufhören würde, war sinnlos gewesen. Ganz abgesehen davon, dass ich mir damit eine überflüssige Diskussion mit Fuchs einhandelte, hatte sich am Wetter nichts geändert. Es goss immer noch in Strömen und der heftige Wind, der im Laufe des Nachmittags aufgekommen war, machte es keineswegs angenehmer.

Missmutig zog ich den Kopf tief in den Mantelkragen und rannte los in Richtung des kleinen Bistros schräg gegenüber der S-Bahn-Station, das ich heute Morgen beim Aussteigen entdeckt hatte.

Dort würde das Warten auf die nächste S-Bahn weitaus wärmer und trockener sein, denn soweit ich mich an den Fahrplan erinnern konnte, würde es noch eine ganze Weile dauern, bis diese kam.

Dieselbe Idee hatten scheinbar noch jede Menge anderer Leute, denn das Bistro war ziemlich voll. In der hintersten Ecke unter einer weit ausladenden Kunstpalme entdeckte ich eine Frau in etwa meinem Alter, ganz alleine an einem Tischchen. Rasch ging ich zu ihr, bevor mir jemand den Platz dort streitig machen würde.

"Ist hier noch frei?"

Sie klappte die Zeitschrift zu, in der sie gerade blätterte, sah auf und antwortete lächelnd:

"Ja, sicher. Setz dich doch."

"So ein Mistwetter", brummte ich, legte den Kopf etwas in den Nacken und schüttelte mir das Wasser aus den Haaren, bevor ich mich auf den Stuhl ihr gegenüber setzte. Sicher würde ich später wieder aussehen wie ein Rauschgoldengel.

Jeden Morgen kämpfte ich ewig mit dem Glätteisen, damit meine Haare einigermaßen vernünftig aussahen. Mochten sich viele einen solchen Lockenkopf sehnsüchtig wünschen, ich hasste meinen zutiefst. Für mich waren das nämlich keine Locken, sondern Schweinekringel, besonders im feuchten Zustand oder so wie jetzt, klatschnass.

Zusätzlich trugen ausladende Locken auf, las ich einmal in einer Frauenzeitschrift, und das brauchte ich bei meiner Figur nun absolut nicht. Ich war nicht etwa mollig, aber ...

Nun ja, gut proportioniert. Rundum. Kein Rubensmodell, dafür war ich wirklich zu dünn, doch auch keines dieser magersüchtigen Dinger, die eine Figur wie ein Zahnstocher besaßen und auf allen Titelseiten zu sehen waren. Ich dagegen konnte durchaus weibliche Rundungen vorweisen. Bei mir musste kein Mann befürchten, sich blaue Flecke zu holen, wenn er gegen mich stieß.

Schuld daran war die Kröte - und leider auch meine Vorliebe für alles Süße. Schokolade beruhigte einfach meine Nerven. Jedenfalls so lange, bis ich mich wieder einmal auf die Waage stellte und einen Riesenschreck bekam. Mit absoluter Unnachgiebigkeit hungerte ich dann ein paar Pfund herunter, um mich dafür hinterher mit einer winzigen Tafel Schokolade zu belohnen. Es war ein Teufelskreis.

Der Kröte war es egal gewesen, wie viel ich wog oder wie ich aussah. Sein Interesse an mir schlief irgendwann ein und machte einer gleichgültigen Gewohnheit Platz. Ich war einfach da, mit oder ohne Speckröllchen und gehörte zu seiner typischen Routine dazu, so wie vieles andere auch.

"Du bist ziemlich nass geworden."

Mein Gegenüber riss mich aus meinen Gedanken.

"Ja, leider. Dieses Schicksal ist meinem Schirm zum Glück erspart geblieben. Er steht sicher und trocken zu Hause."

Ihr Lachen gefiel mir und ihr Vorschlag auch.

"Du solltest dir gleich etwas Warmes bestellen, nicht, dass du dich erkältest."

"Gute Idee. Ich habe ohnehin Hunger wie ein Tier. Nachdem ich ohnehin auf meine S-Bahn warten muss, kann ich die Zeit sinnvoll nutzen. Dann brauche ich zu Hause nicht kochen."

"Die gefüllten Champignons sind klasse."

Ich musterte sie kurz. Mindestens zwei Kleidergrößen weniger als ich, kinnlanger, holunderfarbener Bob und richtige Katzenaugen. Bildschön, gab ich neidlos zu.

"Glaubst du, die reichen auch für zwei?"

"Wieso? Bist du schwanger?"

"Nein, wovon denn? Nur leider doppelt so viel wie du."

"Ach Unsinn", winkte sie ab. "Du bist genau richtig. Übrigens, ich bin Steffi."

"Katrin. Freut mich."

Ich winkte dem Ober und bestellte mir die empfohlenen Champignons und ein Glas Wein zur Feier des Tages.

"Bist du öfter hier?", fragte sie mich anschließend.

"Heute zum ersten Mal. Ich arbeite ganz in der Nähe. Auch zum ersten Mal."

"Neuer Job?"

"Ja, leider", antwortete ich und seufzte auf.

"Wieso leider? Macht er keinen Spaß?"

"Der Job schon, nur mein Chef ist ein Volldepp."

"Zwangsläufig." Steffi grinste. "Nicht umsonst ist er Chef geworden. Und ein Mann, wenn ich es richtig deute."

"Du sprichst mir aus der Seele", brummte ich. "Die Kombination ist das Problem: Mann, Chef und Volldepp in einem. Was kann es Schlimmeres geben?"

Sie legte den Kopf schief und schien einen Moment zu überlegen, bevor sie den Kopf schüttelte.

"Ich weiß es nicht. Du etwa?"

"Nein. Mir reicht das jedoch voll und ganz. So etwas habe ich noch nie erlebt. Er ist arrogant, unverschämt und besitzt nicht einen Funken Anstand. Und weißt du, was mich bei diesem Neandertaler am meisten wundert? Er trägt einen Ehering. Die Frau, die ihn bekommen hat, kann einem echt leidtun."

"Wieso denn?" Steffi kicherte. "Gezwungen wird sie wohl keiner haben, ihn zu nehmen. Also selbst schuld."

"Das stimmt auch wieder. Aber so einen ... Gut, ich kenne ihn erst seit heute Morgen, in Aktion meine ich, doch bis jetzt ist mir absolut nichts an ihm aufgefallen, das auch

21

nur annähernd liebenswert wäre. Er ist ein Scheusal par excellence, sonst nichts."

"Vielleicht hat er verborgene Qualitäten?", mutmaßte Steffi.

"Wenn er so etwas hat, dann schon sehr verborgen", spottete ich.

"Sieht er wenigstens gut aus?"

"Na ja …" So unangenehm es auch war, ich rief mir Fuchs erneut ins Gedächtnis. "Hässlich ist er nicht. Um ehrlich zu sein, er sieht sogar höllisch gut aus, genau meine Kragenweite. Groß, breitschultrig, dunkelhaarig. Kein Mr. Universum, aber auch keine Wampe, was ich bis jetzt gesehen habe. Und diese Hände … wie ein Chirurg." Ich hörte mich selbst kurz aufseufzen. *Lieber Gott!* Soweit kam es noch! Hastig riss ich mich zusammen. "Also rein optisch passt alles. Ich möchte dieses Scheusal aber trotzdem nicht. Wirklich nicht", bekräftigte ich nochmals nachdrücklich.

"Fast dachte ich schon, du stehst auf ihn." Steffi lachte kurz auf. "Na ja, vielleicht braucht sie ihn als Vorzeigeobjekt, weil sie selbst grottenhässlich ist. Das ist doch immer so. Die übelsten Schnepfen haben die schärfsten Typen und die sind zu dämlich, das zu kapieren."

"Kein Wunder, Männer sind die blödeste Spezies, die es gibt."

"Stimmt. Man müsste sie ausrotten!"

"Ja, nur …" Ich beugte mich zu ihr vor und senkte die Stimme. "Was ist dann mit Sex?"

"Wieso?", fragte sie zurück und sah mich mit großen Augen an. "Brauchst du dazu einen Mann?"

"Ja sicher." Was sollte ich denn sonst tun? In meinem Haushalt gab es keinen Vibrator. Zu Krötenzeiten wäre so etwas zwar durchaus nötig, aber undenkbar gewesen. "Was gibt es denn schon für Alternativen?"

"Das versuche ich gerade, herauszufinden." Sie zwinkerte mir zu. "Schließlich gibt es für alles eine Lösung."

Mmmh! Die Champignons schmeckten wirklich fantastisch, nur für Dornfresschen war die Portion etwas klein geraten. Fast bedauernd kratzte ich mit Messer und Gabel die letzten Krümel auf meinem Teller zusammen, bis mir Steffis amüsierter Blick auffiel.

"Was ist?", fragte ich leicht irritiert.

"Hat es dir geschmeckt?"

"So gefräßig wie ich bin, schmeckt es mir fast immer. Sonst wäre ich wahrscheinlich ein paar Kilo leichter", gab ich beinahe verlegen zu. "Das Problem ist nur, ich kann es nicht lassen. Essen ist einfach zu herrlich."

"Sei froh, wenn dir Essen Spaß macht. Ich finde es eher lästig."

"Du musst ja auch nicht in die Zeltabteilung gehen, um etwas zum Anziehen zu finden."

"Ach was, nun übertreibe nicht so schamlos!"

"Aber mein Ex -"

"Vergiss den Dummkopf einfach", schlug sie vor. "Womit wir wieder beim Thema Männer wären. Welche Alternative gibt es?"

"Eine fällt mir spontan ein", antwortete ich kichernd. "Gorillas. Die Ähnlichkeit ist doch verblüffend, findest du nicht? Mäßig intelligent, verdammt haarig und sie halten sich für das Stärkste, das es unterhalb der Baumwipfel gibt."

Steffi lachte auf.

"Schon richtig, aber wo ist der Vorteil?"

"Gorillas halten wenigstens die Klappe."

"Darauf trinken wir einen."

Wir tranken nicht nur einen, und als ich ziemlich spät und angesäuselt zur S-Bahn-Station wankte, waren Steffi und ich uns einig: Wir waren so etwas wie seelenverwandt und dieser Abend der Beginn einer wundervollen Freundschaft.

6

Vielleicht lag es an Steffi und damit an der Tatsache, dass ich so schnell nach der Krötenära eine neue Freundin fand. Mir tat zwar dank der paar Gläschen Wein am nächsten Morgen jedes einzelne Haar auf dem Kopf weh, trotzdem fühlte ich mich so beschwingt, dass mir die missmutige Miene des Füchsleins nur ein schwaches Lächeln entlockte. Ich ging davon aus, dass er gestern Nacht sein holdes Eheweib nicht beglücken durfte. Erfahrungsgemäß war diese Spezies dann immer ganz besonders unausstehlich.

Den ganzen Vormittag quengelte er wie ein übermüdetes Kleinkind herum und schlug mit den Türen. Jedes Mal glaubte ich, mein Kopf müsse explodieren. Und mit jedem Mal mehr wuchs mein Groll auf ihn.

Wumm! Schon wieder!

Andrea arbeitete völlig unbeeindruckt weiter, als ob sie es gar nicht hören würde. Knack! Der Bleistift, den ich in der Hand hielt, brach mittendurch. Nun sah sie auf.

"Was ist denn mit dir los? Zu viel Kraft in den Fingern?"

Ich warf einen kurzen Blick auf die zwei Teile und wünschte mir in diesem Moment nichts sehnlicher, als dass dieser Bleistift der Hals von Fuchs gewesen wäre.

"Er macht mich wahnsinnig, Andrea!", knurrte ich. "Hat er zu Hause eigentlich Pfannkuchen im Türrahmen hängen?"

Sie kicherte.

"Ach du meinst das Türenknallen? Das höre ich gar nicht mehr. Im Gegenteil. Mir fehlt es schon beinahe, wenn er einmal nicht da ist."

"Entschuldige, aber stehst du unter Drogen oder wie

24

machst du das?", fragte ich sie völlig entgeistert. "Er benimmt sich unmöglich, pöbelt ständig herum und macht einen auf die blödeste Art an. Wie kannst du dabei so ruhig bleiben? Ich hätte vorhin gute Lust gehabt, ihm eine zu scheuern."

"Ach herrje, was hat er angestellt?", wollte Andrea augenrollend wissen.

"Ich brachte ihm vorhin die Post. Foxi beschwerte sich, dass sie nicht schon geöffnet ist, und warf sie mir wieder zu."

"Oje, sagte ich dir das nicht?" Sie lächelte mir entschuldigend zu. "Tut mir leid. Mach alles auf, bevor du sie ihm bringst."

"Hätte ich ja, wenn der Brieföffner nicht sinnvollerweise bei ihm hinten liegen würde."

"Oh! Und?"

"Dieser Volldepp meinte, ich könnte es auch mit der Zunge versuchen. Scharf und spitz genug wäre sie ja."

Andrea kicherte, doch plötzlich brach sie ab, wurde ernst und sah in Richtung Türrahmen.

"Brauchen Sie etwas, Herr Fuchs?"

Ach du lieber Gott! Er hatte sich wieder einmal auf unhörbaren Fuchspfoten angeschlichen. Wie lange stand er wohl schon da?

"Könnt ihr Weiber außer Quatschen auch noch etwas anderes?"

Vorsichtshalber, um nicht schon wieder mit ihm zusammenzurauschen, verkniff ich mir darauf eine Antwort und widmete mich meinem Computer. Andrea tat es mir nach. Schweigend arbeiteten wir beide weiter, bis mich mein lautstark knurrender Magen zu einem Blick auf die Uhr verleitete.

"So ein Mist aber auch!", entfuhr es mir.

"Was ist?", fragte Andrea, ohne den Blick vom Bildschirm zu nehmen.

25

"Wir haben fast die ganze Mittagspause durchgearbeitet. Und nun? Ich habe Hunger wie ein Tier", murrte ich missmutig.

"Das ist wirklich Mist", stimmte sie mir zu. "Mir geht es so wie dir, nur ... Was machen wir jetzt?"

Diese Frage stellte sich meinem Magen gar nicht, er wusste die Antwort in Bruchteilen von Sekunden. Kurz entschlossen stand ich auf.

"Ich gehe nach vorne ins Bistro. Kommst du mit?"

Andrea zögerte kurz, dann verzog sie das Gesicht.

"Würde ich gerne, aber das ist zu knapp. Bis eins sind wir nie zurück."

"Na und? Wir haben eine Stunde Mittag. Also, kommst du?"

Sie schüttelte den Kopf.

"Nein, ich halte inzwischen die Stellung, falls Foxi früher vom Essen kommt. Kannst du mir etwas mitbringen?"

"Wieso kommst du nicht einfach mit?"

"Lieber nicht. Er ist heute sowieso ungenießbar und wenn keiner hier ist ... Ich denke lieber gar nicht daran. Beeil dich, ja?"

"Klar, mache ich."

Eigentlich wollte ich das auch, doch das Bistro war proppenvoll und dementsprechend lange musste ich auf meine Spaghetti warten. Hastig schlang ich sie hinunter, holte für Andrea ein Frischkäsebaguette mit Grünzeug und eilte zurück in die Höhle des Sklaventreibers.

Die Wanduhr im Büro zeigte kurz vor zwei. Vielleicht war Fuchs noch nicht da und bekam so überhaupt nicht mit, dass ich die offizielle Mittagspause weit überzogen hatte. Als ich jedoch Andreas sorgenvollen Blick sah, schwante mir Übles.

"Du sollst gleich zu ihm kommen", eröffnete sie mir ohne Umschweife. "Lieber Gott, hat Foxi miese Laune!"

"Na wunderbar", stöhnte ich auf und ging schnurstracks zu seinem Büro. Ausnahmsweise stand die Tür weit offen.

"Herr Fuchs?"

"Schön, dass Sie mich mit Ihrer Gegenwart doch noch beehren", spöttelte er. "Tür zu und setzen Sie sich!"

Ich griff nach der Tür, um sie hinter mir zu schließen. Leider kam mir dabei zufällig die Türklinke aus. *Wumm!*

"Auch diese Tür hat eine Klinke, Katrin!", nörgelte er sofort.

Ich hörte wohl nicht recht! Das musste ausgerechnet *er* sagen? Mein Kampfgeist erwachte auf Knopfdruck.

"Das fiel mir bis eben gar nicht auf, Herr Fuchs. Nachdem Sie sie nie benutzen, dachte ich, sie ist nur aus Dekozwecken am Türblatt angebracht."

Er lehnte sich in seinem ausladenden Lederchefsessel zurück und sah mich sichtlich verärgert an.

"Was bilden Sie sich eigentlich ein, Katrin? Wie lange, glauben Sie, sehe ich mir das noch an?"

"Was meinen Sie?", fragte ich argwöhnisch, während ich mich ihm gegenüber auf den Besucherstuhl setzte. Kampfgeist hin oder her, mir war bei seinem Tonfall nun etwas unbehaglich zumute, denn meinen neuen Job wollte ich keineswegs verlieren.

"Denken Sie sich, was Sie wollen. Das interessiert mich nicht. Es interessiert mich auch nicht, ob Sie mich leiden können oder nicht. Aber diesen Ton lasse ich mir nicht gefallen, kapiert? Das hier ist immer noch *meine* Firma und *ich* stelle hier die Spielregeln auf. Haben Sie mich verstanden?"

Ein schlichtes Ja von meiner Seite aus wäre angebracht gewesen, um die äußerst angespannte Situation etwas zu entspannen. Leider ritt mich jedoch dank seiner Arroganz wieder einmal der Teufel.

"Sicher, das war laut genug."

Fuchs schlug mit der Faust so heftig auf die Tischplatte,

dass der Kaffee in seiner Tasse überschwappte und ich zusammenzuckte.

"Es reicht, Katrin!", donnerte er los. "Wo waren Sie?"

"Beim Mittagessen."

"Es ist zwei."

"Ich weiß, aber ich bin auch erst kurz vor eins gegangen", rechtfertigte ich mich.

"Das ist *Ihr* Problem. Mittag ist für Sie von zwölf bis eins."

"Eben. Ich habe bis kurz vor eins gearbeitet."

"Gearbeitet?" Er schnappte förmlich nach Luft. "Sie quasseln doch nur, während sie ständig Kaffeekränzchen abhalten!"

Nun war es genug. Sollte er mich rauswerfen oder nicht, in dieser Sekunde platzte mir endgültig der Kragen. Diesen Ton und solche Aussagen durfte ich mir nämlich fast zehn Jahre lang täglich anhören. So sprach niemand mehr mit mir!

Der Kaffee in seiner Tasse schwappte beinahe ein zweites Mal über, als meine Faust auf seinen Schreibtisch donnerte.

"Das tue ich keineswegs! Aber in meinem Vertrag steht nicht, dass hier Sprechverbot herrscht!"

"Katrin, Sie können -"

"Es steht nichts darin, dass ich mich den ganzen Tag von Ihnen anbrüllen lassen und ihre unterirdisch miese Laune ertragen muss. Oder dass ich als Kaffeekocher eingestellt wurde."

"Irgendwer muss es schließlich tun", antwortete er schlicht, plötzlich wieder die Ruhe selbst.

"Und warum immer und ausgerechnet ich?"

Andrea konnte mich bestimmt bis nach vorne brüllen hören.

Fuchs zuckte gelassen mit den Schultern.

"Das können Sie wenigstens."

"Meine Güte, fühle ich mich geehrt", höhnte ich. "Ein

Lob aus Ihrem Mund."

"Bilden Sie sich bloß nichts darauf ein."

"Steht das auch in meinem Arbeitszeugnis? Sie konnte Kaffee kochen?"

"Wenn Sie darauf bestehen?"

"Ja, bitte!", fauchte ich ihn an. "Das macht sich großartig! Sie arbeitete zwar nichts, aber sie konnte hervorragend Kaffee kochen!"

"Ich werde es mir merken. Sonst noch etwas?"

Am Ende meiner Beherrschung sprang ich auf. Ich musste hier raus, bevor ich das brennende Verlangen, ihm eine zu scheuern, nicht mehr unterdrücken konnte.

"Setzen Sie sich, und zwar sofort!", heischte er mich an.

"Wieso?"

"Ich bin noch nicht fertig. Deshalb."

Äußerst widerwillig setzte ich mich wieder und atmete tief durch. *Ruhe bewahren!* mahnte ich mich.

"Nur zur Erinnerung, Katrin", fuhr er eisig fort. "Mein Name ist *Fuchs.* Nicht Volldepp und auch nicht Foxi. Verstanden?"

"Aber sicher doch!"

"Und gewöhnen Sie sich einen anderen Ton an, wenn Sie mit mir sprechen, klar?"

"Aber sicher doch!"

"Katrin!"

Blödmann! Ich zeigte ihm mein Zähnefletsch-Lächeln.

"Selbstverständlich, Herr Fuchs. Wie Sie wünschen, Herr Fuchs. Gerne, Herr Fuchs", säuselte ich zuckersüß, zuckte aber gleich darauf erneut zusammen, als seine Faust ein zweites Mal wie ein Vorschlaghammer auf der Tischplatte landete.

"Es reicht!", donnerte er los. "Wenn Ihnen irgendetwas daran gelegen ist, Ihren Job zu behalten, dann halten Sie jetzt die Klappe!"

Das konnte er haben! Schweigend sah ich ihn an.

"Haben Sie mich verstanden?"

Als Antwort bekam er lediglich ein kurzes Nicken.

"Ob Sie mich verstanden haben?"

Ich nickte nachdrücklich.

"Haben Sie Ihre Zunge verschluckt?"

Kopfschütteln.

"Dann antworten Sie gefälligst, wenn ich Sie etwas frage."

"Ich sollte doch die Klappe halten", erwiderte ich sachlich.

Fuchs raufte sich die Haare und holte tief Luft. Wäre er nicht Fuchs gewesen, er hätte mir beinahe leidgetan. Trotzdem, nun war es wirklich genug. Ich wollte ja nicht, dass er uns vom Hocker kippte. Ich wollte nur ... Nun ja, ich ließ mich nicht mehr wie einen Trottel oder Sklaven behandeln.

"Ich habe Sie verstanden, Herr Fuchs", sagte ich äußerst kühl. "Für Ihre miserable Laune kann ich allerdings nichts. Also lassen Sie sie bitte nicht an mir aus. Morgen gehe ich pünktlich um zwölf zum Essen und bin pünktlich um eins zurück. Versprochen. Kann ich jetzt gehen oder brauchen Sie noch etwas?"

"Nein."

"Gut."

Ich stand auf und ging zur Tür. Diesmal fasste ich sie fest an der Klinke. Nicht etwa, um ihm einen Gefallen zu tun, sondern um ein gutes Beispiel abzugeben. Vielleicht lernte er ja daraus.

"Katrin?"

"Ja, Herr Fuchs?"

Ich drehte mich noch einmal zu ihm um und strahlte ihn mit geheuchelter Liebenswürdigkeit an.

"Bringen Sie mir einen Kaffee."

Bitte gab es in seinem Wortschatz wohl wirklich nicht.

"Gerne, Herr Fuchs. Schwarz, ohne alles und in der

Tasse. Kommt sofort, Herr Fuchs."

Schnell huschte ich vor mich hin grinsend hinaus und drückte die Tür leise hinter mir ins Schloss. Ich mochte ihn genauso wenig wie vor diesem ... nun ja ... Gespräch, doch irgendetwas war nun anders. Dass er unausstehlich sein und in diesem Militärton Kommandos bellen konnte, wusste ich schon. Dass ich nicht auf den Mund gefallen und Kontra geben konnte, wusste ich auch. Dass er sich das jedoch gefallen ließ, obwohl er das Gegenteil behauptete, und mich nicht postwendend feuerte, war eine seltsame Entdeckung.

Dafür gab es nur eine Erklärung: Fuchs war wirklich ein Volldepp par excellence. Das konnte durchaus lustig werden. Mit ihm stritt es sich so herrlich. Ich musste lediglich aufpassen, die Grenze nicht zu überschreiten.

Nach Feierabend marschierte ich zum Taxistand um die Ecke und ließ mich zu meiner Mutter chauffieren. Schon seit Tagen hatte ich es mir vorgenommen. Leider machten mir Paketdienste und Speditionen jedes Mal einen Strich durch die Rechnung, indem sie mir die Lieferung von irgendwelchen bestellten Dingen ankündigten. Heute wollte zum Glück keiner kommen. Die Gelegenheit war somit günstig, sie zu besuchen und ein ausgiebiges Schwätzchen zu halten.

Als ich ihr vor etwas mehr als einem Jahr meinen Entschluss mitteilte, mich von der Kröte scheiden zu lassen, klatschte sie Beifall. Eine bessere Idee, so sagte sie damals, hätte ich nie zuvor gehabt. Kein Wunder also, dass sie die Einzige war, die mich während dieser Zeit restlos unterstützte. Das rechnete ich ihr hoch an.

Doch auch sonst herrschte seit jeher zwischen uns ein gutes Verhältnis. Von meinem Vater und mir konnte ich das nicht behaupten. Er war in meinen Augen ebenfalls ein weiches Brötchen. Vielleicht lag es daran, dass in unserer Familie immer schon die Frauen die Hosen an und das Sagen hatten.

Dass meine Mutter auf die sechzig zuging, sah man ihr absolut nicht an und wenn man sie reden hörte, glaubte man ihr das schon gar nicht. Sie ging gut und gern für ein paar Jahre jünger durch. Allerdings tat sie auch einiges dafür. Sie ernährte sich gesund, ging einmal die Woche ins Fitnessstudio, zweimal die Woche in die Sauna und joggte jeden Tag bei jedem Wetter etwa eine Stunde. Um diese Konsequenz beneidete ich sie zutiefst. Ich tat nichts von alledem.

"Schön, dass du *heute* kommst", begrüßte sie mich freudestrahlend. "Dein Vater ist bei seinem Altmänner-Stammtisch. Da können wir uns wenigstens in Ruhe unterhalten."

"Ich weiß." Ich grinste breit. "Heute ist ja Donnerstag."

"Ja, manche Dinge ändern sich nie. Na, wie lebt es sich so, ohne lästiges Anhängsel?"

"Hervorragend. Das hätte ich schon viel eher tun sollen."

"Tja, du hast ja nicht auf mich gehört."

"Ja, leider", brummte ich.

Mama mochte die Kröte noch nie. Schon kurz nach unserer Hochzeit behauptete sie, Wolfgang könne gar nicht anders heißen als Weichbrot. Der Name träfe seinen Charakter nämlich voll und ganz.

Damals sah ich die Dinge natürlich komplett anders. Schließlich war ich noch verliebt und meinen Verstand ließ ich wohl auf dem Standesamt liegen. Jetzt, im Nachhinein wusste ich es: Sie behielt von Anfang an recht.

"Erzähl, Katrin. Wie läuft es in der Arbeit?"

"Ach hör bloß auf", ächzte ich augenrollend. "Du glaubst es nicht. Mein Chef ist ein Volldepp in Vollendung."

"Oh! Heißt er zufällig Wolfgang?"

"Nein", antwortete ich kopfschüttelnd und schmunzelte. "Alexander. Und er führt sich auf wie Alexander, der Große. Er hat die Arroganz mit dem Schaufelbagger gefressen, Anstand hat er nicht für zehn Cent, dafür schlechte Laune für eine ganze Kompanie. Kurz gesagt, ich hasse ihn."

"Meine Tochter und die Männer. Zwei Welten prallen aufeinander", spöttelte meine Mutter. "Doch ich sehe, du lernst es noch. Bis du diese Erleuchtung bei Wolfgang hattest, dauerte es fast zehn Jahre. Bei deinem Chef weißt du es schon am zweiten Tag. Es besteht Hoffnung!"

"Durchaus", bestätigte ich ihr. "Ich wusste es schon nach einer Stunde, dass ich unser Füchslein nicht leiden kann."

"Unser *Füchslein*?", fragte sie überrascht.

"Ja, er heißt Fuchs", klärte ich sie schnell auf. "Und genauso schleicht er durchs Büro. Plötzlich steht er hinter dir, ohne dass du ihn kommen hörst. Vorausgesetzt, er knallt nicht mit den Türen."

"Tut er das denn?"

Ich nickte heftig.

"Mit wachsender Begeisterung. Und *mir* will er erklären, dass seine Tür auch eine Klinke hat."

"Ist er verheiratet?"

"Ja. Die Frau möchte ich sehen, die sich freiwillig so einen Vollblutdepp antut."

"Na ja, Wolfgang hat auch eine abbekommen", antwortete meine Mutter trocken und zwinkerte mir spitzbübisch zu.

"Erinnere mich nicht daran", knurrte ich missmutig. "Ich muss geistig umnachtet gewesen sein."

"Vielleicht war die Frau deines Chefs das auch. Oder er hat gewisse Qualitäten, von denen du nicht weißt."

Mir fiel spontan ein, wie wuschig ich jedes Mal wurde, wenn ich ihn sah - trotz aller Hassgefühle, die ich für ihn hegte.

"Na ja, er ist ein absoluter Volldepp, aber rattenscharf", rutschte es mir heraus.

"Wie bitte?" Meine Mutter verschluckte sich fast an ihrem Kaffee, an dem sie gerade genippt hatte. "Ich dachte, du kannst ihn nicht leiden."

"Stimmt. Ich möchte ihn nicht geschenkt haben."

"Ja aber ... Das passt nicht zusammen, Katrin."

"Ich weiß", gab ich leicht verlegen zu. "Trotzdem, rein sexuell gesehen und *nur* sexuell gesehen ... Er hat was."

"Schon möglich, Kind, aber Sex allein kann es doch nicht sein."

"Ich weiß, nur -"

"Schlag dir das sofort aus dem Kopf!", unterbrach sie mich tadelnd. "Mag er auch noch so rattenscharf sein, er ist dein Chef und verheiratet. Also vergiss es. Das bringt nichts als Probleme."

Ja. Leider. Das leuchtete sogar mir ein, obwohl ... Einmal war keinmal und falls sich wider Erwarten irgendwann die Gelegenheit dazu ergab, würde ich mich garantiert nicht weigern. Diesen Gedanken musste ich Mama jedoch nicht auf die Nase binden.

"Richtig", bestätigte ich ihr deshalb. "Lange wird das sowieso nicht funktionieren. Wir haben uns heute schon auf Teufel komm raus gestritten."

"Oh! Kannst du dir jetzt etwa einen neuen Job suchen?"

"Nein, wobei mich das auch überrascht. Wir haben uns angebrüllt und das war es dann."

Meine Mutter sah mich mit unverhohlener Zufriedenheit an.

"Gut gemacht. Lass dir nur nichts gefallen. Trotzdem, Katrin, beherrsch dich wenigstens, bis die Probezeit vorbei ist."

"Aber sicher doch."

"Und lass die Finger von ihm", schob sie mit erhobenem Zeigefinger warnend nach.

"Sag mal, wofür hältst du mich eigentlich?", brauste ich zutiefst empört auf.

Sie zwinkerte mir zu und schmunzelte.

"Für jemanden, der nach der Ära Weichbrot massiven Nachholbedarf hat. Oder konnte er das wenigstens?"

"Mama!"

"Nun tu nicht so prüde! Gerade eben bindest du mir auf die Nase, dass du mit deinem Chef Sex haben möchtest, aber ob Wolfgang wenigstens in dieser Beziehung einmal Baguette statt aufgeweichtes Brötchen war, diese Frage ist dir peinlich."

Ich tat weder prüde noch war mir dieses Gespräch peinlich. Mama und ich hatten oft genug schon weitaus konkretere Gespräche geführt. Mir fehlte lediglich die Lust, mir derart unerfreuliche Dinge ins Gedächtnis zu rufen.

"Nein."

"Was nein?"

"Na ja, den Oscar hat er sich damit nicht verdient", wich ich aus.

"Wusste ich es doch", sagte sie triumphierend. "Weichbrot auf der ganzen Ebene."

"Tja." Ich zuckte mit den Schultern. "Foxi ... äh ... Fuchs ist in dieser Hinsicht bestimmt kein weiches Brötchen. Du solltest seine Hände sehen! Jeder Chirurg würde vor Neid erblassen."

"Ja, schöne, gepflegte Hände haben etwas für sich. Aber Männer brauchen auch noch etwas anderes."

"Und das hat jetzt bestimmt Brandblasen." Ich kicherte los. Als ich den verständnislosen Blick meiner Mutter sah, klärte ich sie über mein Missgeschick am gestrigen Morgen auf. "Vielleicht war er deshalb heute so schlecht aufgelegt. Da lief wohl nichts mehr zu Hause."

Mama schüttelte den Kopf und sah mich tadelnd an.

"Katrin! Kannst du eigentlich noch an etwas anderes denken?"

Ich ging kurz in mich und überlegte.

"Im Moment glaube ich nicht", gab ich dann kleinlaut zu.

"Meine Güte ... Was willst du nun tun?"

"Keine Ahnung."

"Wenn es unbedingt sein muss, Katrin, und du es nicht mehr aushältst ... Es gibt doch genügend Männer, die genau das Gleiche wollen. Sex und Schluss. Such dir so einen. Nur lass um Himmels willen die Finger von deinem Chef, egal wie toll er sein mag und wie schön seine Hände sind. Du hast deine Ehe hinter dir, er steckt mittendrin. Das kann niemals gut gehen." Sie machte eine kurze Pause und sah mich beinahe vorwurfsvoll an. "Davon ganz abgesehen, Katrin: Nur für ein Sexabenteuer, bist du dir dafür nicht zu schade?"

Ich stöhnte auf.

"Ach Mama, diese Kerle machen es doch auch nicht anders."

"Stimmt, aber diese Kerle gelten dann als Weiberhelden und empfinden das auch noch als Auszeichnung. Frauen, die das Gleiche tun, sind Flittchen. So ist das nun einmal, trotz Emanzipation."

Ganz falsch lag sie damit nicht, das musste ich zugeben.

"Ja, du hast ja recht. Außerdem bin ich ohnehin nicht sein Typ."

"Woher willst du das denn wissen?"

"Sieh mich doch mal an. Ich sehe aus wie eine Qualle."

"Dann reiß dich zusammen und nimm ein paar Kilo ab. Das wird doch nicht so schwer sein."

"Wenn ich wüsste, dass ich dann ..."

Schnell verschluckte ich den Rest, der mir auf der Zunge lag. *Meine Güte!* Mein Mundwerk schnatterte wieder einmal schneller, als ich denken konnte. Doch bei Mama fiel offenbar der Groschen im Bruchteil einer Sekunde und sie ahnte, was mir beinahe herausgeplatzt wäre. Mit drohend erhobenem Zeigefinger schimpfte sie:

"Finger weg von ihm! Du sollst nicht *seinetwegen* abnehmen. Wenn du dich so nicht magst, tu etwas dagegen. Aber nicht, um deinen Chef zum Ehebruch zu verleiten. Hast du mich verstanden?"

"Ja", antwortete ich so überzeugend wie möglich. Verstanden hatte ich sie zwar einwandfrei, trotzdem: Einmal war keinmal. Rein sexuell gesehen ging mir das Füchslein partout nicht aus dem Kopf und die unzüchtigen Träume, in denen er die Hauptrolle spielte, schon gar nicht.

"Gut", brummte Mama höchst zufrieden. Damit schien die Sache für sie erledigt zu sein, denn sie schwenkte um auf ein anderes Thema.

Wir plauderten noch eine ganze Weile über alles Mögliche, dann rief ich mir ein Taxi und ließ mich nach Hause chauffieren.

Bis ich dort ankam, schaltete sich allmählich mein Verstand wieder ein und mir war klar, dass Mama recht hatte. Mochte das Füchslein mich in sexueller Hinsicht auch noch so reizen, es ging einfach nicht. Nicht etwa wegen meiner Figur, diese war dabei absolute Nebensache. Es würde auf jeden Fall Ärger geben.

Allein der Gedanke, mit ihm eine Nacht lang die Bettlaken zu zerwühlen und ihm dann am nächsten Tag in der Firma wieder gegenüber treten zu müssen, als wäre zwischen uns nie etwas vorgefallen, verursachte mir Magenschmerzen der übelsten Art. Ich war alles Mögliche, nur keine gute Lügnerin. Das war ich noch nie, dafür war ich viel zu impulsiv.

Sowohl meine Mutter als auch Andrea würde es mir an der Nasenspitze ansehen und auf deren Vorwürfe und Anklagen konnte ich liebend gerne verzichten. Mein schlechtes Gewissen, das mich dann peinigte, und das

37

würde es auf jeden Fall, wäre schon schlimm genug. Schließlich verleitete ich einen verheirateten Mann zum Ehebruch!

Selbst wenn meine Kollegin vermutete, dass es um Foxis Ehe nicht sonderlich gut bestellt war, wer wusste das schon genau? Streit gab es schließlich in jeder Ehe einmal, das musste noch lange nichts heißen. Am Ende verstanden seine Frau und er sich wider Erwarten wunderbar und ich wäre für immer gebrandmarkt als sexbesessene Ehebrecherin! Nein, das kam nicht infrage!

Wie auch immer ich es anstellen musste, ich durfte an solche Dinge einfach nicht mehr denken. Ich durfte nicht einmal mehr von solchen Dingen träumen. Notfalls würde ich mir vor dem Schlafengehen blutrünstige Horrorfilme ansehen, um mich abzulenken.

Fuchs war lediglich mein Chef, mehr nicht. Die Tatsache, dass er obendrein ein Mann war, und zwar einer, mit dem ich gerne .... *Nein! Schluss damit!*

Es gab weitaus wichtigere Dinge als ihn. Abnehmen zum Beispiel. Damit würde ich niemandem schaden, weder Fuchs noch der Füchsin und mir schon gar nicht. Genau darum würde ich mich ab sofort kümmern!

8

Mochte mein Kopf inzwischen auch auf Abnehmen programmiert sein, bis zu meinem Magen war dieser Vorsatz leider nicht vorgedrungen. Er protestierte lautstark, als ich am Freitag die Mittagspause durcharbeitete.

Inzwischen war Fuchs, was den Freitag betraf, sogar überraschenderweise kooperativ: Eine Stunde

Mittagspause und Feierabend um drei oder durcharbeiten und bereits um halb zwei nach Hause gehen. Ich entschied mich meist, so wie an diesem Freitag, für Letzteres, wurde ich dadurch doch schon einiges früher vom Anblick meines übellaunigen Chefs erlöst.

Dank Mamas Vorschlag und meinem ganz persönlichen Eigensinn fuhr ich in die Innenstadt und deckte mich mit ein paar Büchern ein, die versprachen, die ultimativen Lösungen dafür zu haben, in kürzester Zeit und ganz einfach ein paar Kilos weniger zu wiegen. Ob das stimmte, würde ich ja bald sehen.

Um vier traf ich mich mit Steffi zum Kaffeeplausch in einem Café. Wehmütig schielte ich auf die verführerischen Sahnetorten in der Auslage, doch mein Dickkopf siegte. Ich ließ die Torten Torten sein und genehmigte mir lediglich einen Kaffee.

"Und? Wie macht sich dein Chef?", wollte Steffi wissen.

"Gar nicht. Er ist der verabscheuungswürdigste Mensch weit und breit."

"So ein Ekel?"

"Mehr als das. Mir ist absolut rätselhaft, wie jemand permanent so mies aufgelegt sein kann."

"Vielleicht bist du ja daran schuld?"

"Ich?" Entrüstet sah ich sie an. "Das ist doch die Höhe! Ich habe dieses Scheusal heute Morgen überaus freundlich begrüßt und die einzige Antwort, die ich darauf bekam, war ein geknurrtes: *Bringen Sie mir einen Kaffee.* Den habe ich dem Pascha freundlichst serviert und nicht mal ein Danke gehört. Das kennt er vermutlich gar nicht."

"Was erwartest du denn, Katrin? Er ist ein Mann und Männer erwarten, dass Frau ihnen uneingeschränkt zu Füßen liegt und sie rund um die Uhr bedient. Ohne Männer könnten wir Frauen doch nicht einmal existieren", fügte sie augenrollend hinzu.

"Falsch. Wir könnten schon, aber Männer nicht ohne uns."

"Das wissen *wir*, aber sie nicht! Trotz ihres quantitativ größeren Gehirns, auf das sie so stolz sind."

"Na, so groß kann es nicht sein, wenn es in der Hose Platz hat", spöttelte ich. "Außerdem sagt Größe nichts über Qualität aus. Sogar ein Heißluftballon ist groß, aber ist er deshalb intelligent?"

"Muss er wohl sein", antwortete Steffi kichernd. "Er hat einen männlichen Artikel. *Der* Heißluftballon."

"Ja." Ich seufzte auf. "Genauso wie *der* Volldepp, *der* Idiot und *der* Blödmann."

"Pfui, was sind wir heute wieder garstig."

Ich wedelte unwillig mit der Hand.

"Stimmt es etwa nicht? Nenne mir nur eine einzige Sache, wofür du dir einen Mann antun musst. Und sage bitte nicht, fürs Kindermachen. Wofür gibt es Samenbanken?"

"Richtig, aber von wem stammt der Samen?"

"Ach Steffi, darum geht es doch gar nicht. Wieso soll ich einen unfähigen, schwitzenden Kerl auf mir herumhopsen lassen, wenn es bedeutend einfacher geht? Ich will ohnehin keine Kinder. Also, vom Sperma mal abgesehen, nenne mir nur eine einzige Sache. Nur eine."

Steffi zog die Stirn kraus und schien kurz zu überlegen.

"Tja, gewohnheitsmäßig würde ich sagen, für Sex", meinte sie nach einer Weile.

"Aber?"

"Die meisten Idioten kannst du nicht einmal dazu gebrauchen." Sie zuckte mit den Schultern und zwinkerte mir zu. "Jede Karotte kann dir größeres Vergnügen bereiten."

Eine *Karotte*? Ich verschluckte mich an meinem Kaffee. Steffi sprang auf, kam um das Tischchen herum und klopfte mir kräftig auf den Rücken, bevor ich zu ersticken drohte.

"Sag bloß, du machst es dir mit einer Karotte?", flüsterte ich ihr entsetzt zu, als ich wieder Luft bekam.

"Natürlich nicht", winkte Steffi ab, setzte sich wieder auf ihren Platz und sah mich mit todernster Miene an. "Dann schon lieber mit einer Salatgurke."

"Steffi!"

"Reingefallen!" Sie kicherte los. "Keine Angst, ich schiebe mir kein Gemüse rein."

Das beruhigte mich. Allein die Vorstellung, wie Steffi nachts in ihrem Bett lag, um sich herum längliches Gemüse aller Art verteilt ... Igitt! Das mochte ich mir gar nicht vorstellen. Beim nächsten Einkauf in der Gemüseabteilung des Supermarktes konnte das nämlich ziemlich peinlich werden.

Sie beugte sich etwas näher zu mir und flüsterte:

"Hast du einen Joystick?"

"Nein, ich habe nicht mal einen Computer oder Laptop zu Hause."

"Das meinte ich auch nicht."

"Sondern?"

"Einen *Joystick* eben. Oder weißt du etwa nicht, was das ist?"

"Ja doch, klar. Dieses Knüppelding für Computerspiele."

Steffi verdrehte händeringend die Augen und raunte mir zu:

"Mensch Katrin! In welchem Jahrhundert lebst du eigentlich? Ich meine einen Vibrator oder Dildo!"

"Oh!", ächzte ich und spürte, wie sich meine Wangen eine Spur wärmer anfühlten. Diese Bezeichnung für solcherlei Sexspielzeug war mir tatsächlich nicht geläufig. Zugeben mochte ich das jedoch nicht vor Steffi. Schließlich sollte sie nicht glauben, dass ich hinterm Mond lebte. "Ich war wohl mit den Gedanken noch zu sehr im Büro", schwindelte ich. "Hast du einen?"

41

"Na klar. Du nicht?"

"Nein. Woher denn auch? Ich bin zwar keineswegs verklemmt, trotzdem würde ich vor Scham sterben, in so einen Laden zu gehen. Vor allem bei dem Gedanken, dass mich jemand rein- oder rausgehen sieht."

"Musst du doch gar nicht. Schon einmal etwas von Internet gehört? Du kannst sie dir darüber ganz bequem und diskret bestellen."

"Natürlich kenne ich Internet", brummte ich. "Allerdings bin ich erst umgezogen und bis die Telefonfritzen kommen, um mich ans Netz anzuschließen, dauert es noch."

"Ich habe Internet zu Hause." Sie grinste mich triumphierend an. "Kommst du morgen Abend zu mir?"

"Gerne, dann können wir ..." Jetzt erst machte es bei mir Klick. "Oh nein, Steffi. Ich werde mir nicht so ein Ding bestellen!"

"Wieso nicht? Keine Frau sollte ohne sein", sagte sie schlicht.

"Steffi! Ich bin den ganzen Tag außer Haus. Wenn der Postbote das Paket bei einer Nachbarin abgibt, was glaubst du wohl, wofür die mich hält?"

"Wieso? Öffnet sie etwa deine Pakete?"

"Nein, natürlich nicht. Aber wenn sie den Absender liest! Im Fernsehen kommt doch oft genug Werbung für so etwas. Ganz doof ist sie nicht und kann eins und eins zusammenzählen."

Steffi lachte kurz auf.

"Ach Katrin, diese Firmen verschicken das ganz neutral und ohne Röntgenblick weiß keiner, was drin ist. Glaub mir, ich lüge dich nicht an. Ehrenwort!"

"Ach so." Das war mir allerdings neu, denn so genau sah ich mir die Werbung im Fernsehen nicht an. Erwähnten diese Firmen das überhaupt? "Trotzdem brauche ich so etwas nicht. Das ist doch nur für alte, frustrierte Weiber", wehrte ich rasch ab. So sehr mir derzeit auch nach heißem, leidenschaftlichen Sex war, so nötig, dass ich mich mit einem dieser Gummimonster amüsierte, hatte ich es auch wieder nicht.

"Sehe ich so aus?"

"Nein, aber ... Steffi, ich bin nicht der Typ für so etwas. In dieser Hinsicht stehe ich auf Natur pur."

"Du weißt ja nicht, was dir entgeht", behauptete sie mit einem vielsagenden Lächeln. "Komm morgen Abend einfach zu mir und sieh dir den Lümmel einmal an. Du kannst ihn gerne ausprobieren, wenn du willst. Ich gehe jetzt schon jede Wette ein, dass du dir dann ebenfalls einen bestellst - oder zwei oder drei."

Davon war ich keineswegs überzeugt. Mit diesem Spielzeug für Erwachsene hatte ich mich bislang noch nie beschäftigt. Seit ich bei der Kröte ausgezogen war, genoss ich es jede Nacht, alleine im Bett zu liegen und kein schnarchendes Etwas neben mir ertragen zu müssen. Während meiner Ehe hätte ich, im Nachhinein betrachtet, so ein Gummimonster durchaus brauchen können. Sogar bei Erfüllung seiner ehelichen Pflichten war Wolfgang durch und durch eine Sumpfkröte gewesen und tat nur das, was unbedingt notwendig war.

Mir kam fast ein Schmunzeln aus, wenn ich mir seinen dämlichen Gesichtsausdruck vorstellte, wie ich anschließend so ein Ding aus meiner Nachttischschublade zog und mich damit amüsierte. Er wäre sicherlich aus allen aufgeweichten Brötchenwolken gefallen.

Doch vor kurzer Zeit begann mein neues, unabhängiges Leben. Vieles hatte sich seit der Krötenära schon verändert und es würde bestimmt noch so einiges hinzukommen. Wieso also nicht? Ansehen konnte ich mir diese *Joysticks* ja wenigstens einmal. Ob ich einen davon unbedingt haben und bestellen musste, stand auf einem ganz anderen Blatt.

9

Steffis Wohnung rang mir ein erstauntes "Wow!" ab. Mehr brachte ich nicht heraus. Mitten im Wohnzimmer blieb ich stehen und sah mich mit offenstehendem Mund um. Bislang schätzte ich Steffi eher so ein, dass sie sich hochmodern mit Designermöbeln aus Acryl und Chrom oder Ähnlichem umgab. Das, was ich jedoch sah, hätte ich nie bei ihr vermutet und war daher total baff.

Die Wände leuchteten in einem warmen, satten Orangeton. Überall waren orientalisch gemusterte, riesige Tücher drapiert. Sogar über dem ausladenden, goldfarbenen Lüster mit den Glühbirnen in Kerzenform hing eines. Eine mannshohe, hölzerne Giraffe beobachtete uns aus einer Zimmerecke. Unter der wuchtigen Palme in der anderen stand ein großer Porzellanelefant mit einem Tablett auf dem Rücken, auf dem sich jede Menge verschnörkelte, bunte Glaskaraffen tummelten. Die ganzen Möbel waren aus beinahe schwarzem Holz und mit afrikanischen Schnitzereien verziert. An den Wänden hingen Kunstdrucke mit Zebras, Löwen und anderen Wildtieren der Steppe.

Das, was mich aber am meisten zum Staunen brachte, war die Couch. Oder war es ein Bett? Wohl irgendetwas dazwischen. Die Sitzfläche war gut und gern über einen Meter tief und mit einem dicken, rot-braun-orange gemusterten Leinenbezug versehen. Anstatt Füßen hatte sie runde, glatt geschliffene Holzbalken, fast wie Baumstämme. Die Armlehnen und das Rückenteil, monströse Kissen aus dem gleichen Stoff, ließen sie herrlich bequem aussehen.

Sobald man Steffis Wohnung betrat, befand man sich

mitten in Afrika. So kam es mir jedenfalls vor.

"Wie soll ich deinen Blick deuten?", fragte Steffi nach einer Weile. "Entsetzen oder Begeisterung?"

"Letzteres. Ich bin völlig überwältigt", gab ich ehrlich zu. "Wo hast du den Pascha dieses afrikanischen Palastes versteckt?"

"Den habe ich den ausgehungerten Löwinnen zum Fraß vorgeworfen. Mir war er zu geschmacklos. Du musst somit mit Ihrer Königlichen Hoheit vorliebnehmen." Sie krabbelte auf die Couch und klopfte neben sich auf das Polster. "Na los, schwing dich rauf."

Ich tat es ihr nach und meine Vorahnung wurde bestätigt: wahnsinnig bequem und so richtig zum darauf Herumwälzen. Da konnte meine nagelneue, federbekernte Polsterlandschaft bei Weitem nicht mithalten.

Steffi beugte sich vor und holte uns die beiden schon gefüllten Sektflöten vom Tisch.

"Hier. Trinken wir auf die Männer?"

"Um Gottes willen, bloß nicht!"

"Doch. Auf die Männer und dass sie uns weitestgehend mit ihrer Anwesenheit verschonen."

Dagegen hatte ich nichts einzuwenden.

"Überredet. Je weniger ich mit ihnen zu tun habe, umso besser."

Wir lästerten eine Weile weiter, der Inhalt der Flasche Sekt nahm ruckzuck ab und allmählich wurde ich schläfrig. Der Lüster an der Decke mit seinen orangefarbenen Glühbirnen war daran nicht ganz unschuldig. Er verbreitete nämlich ein Licht wie das bei einem Sonnenuntergang in der afrikanischen Steppe.

Ich war dort noch nie gewesen dank der Kröte, die Auslandsreisen zutiefst verabscheute, gab es dort leider weder Sauerbraten noch Wurstsalat zum Abendessen. Meine Kenntnisse von Afrika und anderen aufregenden Erdteilen beschränkten sich auf Dokumentationen im

45

Fernsehen, die ich mir manchmal ansah, wenn mein Ehegespons nicht zu Hause war. Steffis Einrichtung samt Deko entführte mich für ein paar Stunden jedoch genau dorthin und es war wunderschön und urgemütlich.

Wir fläzten uns auf der Monstercouch und irgendwann lagen wir nebeneinander, ihr Kopf lehnte an meiner Schulter.

"Sag mal, Katrin, glaubst du, es ist einem vorbestimmt, ob man hetero, schwul oder bi ist?"

"Was ist das denn für eine Frage?" Ich lachte auf. "Muss wohl so sein. Oder etwa nicht?"

"Ich weiß nicht. Es gibt ja auch Leute, die erst irgendwann dahinterkommen, dass sie eigentlich anders gepolt sind", klärte sie mich auf. "Neulich kam ein Bericht im Fernsehen über einen Mann, der zehn Jahre mit einer Frau verheiratet war. Dann stellte er plötzlich fest, dass er auf Männer steht und ihm der Sex mit ihnen mehr Spaß macht. Er ließ sich scheiden und lebt nun mit seinem Lover zusammen. Schon überraschend, findest du nicht?"

"Na ja, soll vorkommen."

"Ich frage mich nur, wie er darauf gekommen ist. Er wird sicher nicht morgens mit dieser Erkenntnis aufgewacht sein."

"Wohl kaum", stimmte ich ihr zu. "Zufall?"

"Glaube ich nicht. Ich denke vielmehr, er hat es ausprobiert."

Das schien mir ebenfalls die plausibelste Lösung zu sein.

"Vermutlich, sonst könnte er es ja nicht wissen."

"Eben. Hast du schon einmal daran gedacht?"

"Woran?"

"Es einmal mit einer Frau zu probieren."

"Du meinst Sex?"

"Klar."

"Nein. Bis jetzt noch nie", antwortete ich ehrlich. "Bis vor kurzem gab es dafür ja die Kröte."

Steffi kicherte und schüttelte den Kopf.

"Die Kröte ... Du hast eine liebenswürdige Art, von deinem Mann zu sprechen."

"*Ex*-Mann bitte!", korrigierte ich sie energisch. "Ich bin heilfroh, ihn los zu sein. Er war schlimmer als eine Klinikpackung Valium."

"Doch so agil?"

Ich verdrehte die Augen.

"Erinnere mich lieber nicht an ihn."

"War er wenigstens beim Sex unternehmungslustiger?"

"Sagen wir einmal so: Er hat dann und wann seine eheliche Pflicht erfüllt. Zwar mehr schlecht als recht, aber immerhin."

"Genau das meinte ich, Katrin", sagte Steffi mit einem triumphierenden Unterton in der Stimme. "Sie lassen sich alle gerne bedienen, nur sie selbst spulen immer ihr gewohntes Minimalprogramm ab und sind so einfallsreich wie ein Turnschuh. Die einzige, erogene Zone, die sie kennen, ist ihr Lümmel, sonst nichts."

"Das reicht doch", spöttelte ich. "Alles andere darüber hinaus wäre ja mit Arbeit verbunden."

"Ganz genau. Und trotzdem glaubst du immer noch an das Märchen, dass Frauen einen Mann brauchen, um im Bett Spaß zu haben?"

"Wie ich schon einmal sagte, Steffi: Was gibt es denn für Alternativen? Karotten etwa?" Ich zwinkerte ihr grinsend zu. "Oder deinen *Joystick*?"

Steffi rappelte sich etwas auf, stützte sich seitlich mit dem Ellbogen auf den Rückenpolstern ab und streichelte mir übers Haar.

"Im Notfall ja. Es geht aber auch anders."

"Wie denn?"

"Mit einer Frau", hauchte sie mir ins Ohr, bevor sie ganz sachte daran zu knabbern begann.

47

In der ersten Sekunde fühlte es sich nicht schlecht an, nach meiner ganzen, sexlosen Zeit. Trotzdem war und blieb eine Frau am Werk und das behagte mir gar nicht.

"Steffi, ich weiß nicht, ob -"

"Pst", machte sie und drehte mein Gesicht zu ihr. "Lass es uns einfach tun."

Lieber Himmel! Sie meinte das wohl wirklich ernst! Entsetzt machte ich mich los und sprang mit einem Satz von dem Polsterungeheuer.

"Nein, das geht zu weit, Steffi", protestierte ich. "Ich bin keine Lesbe."

"Ich doch auch nicht", behauptete Steffi schmunzelnd, offenbar keineswegs enttäuscht oder beleidigt wegen meines Rückziehers.

"Gut", brummte ich zufrieden. "Und dabei sollten wir es belassen!"

"Ich finde es nur etwas schade, denn du machst mich tierisch an. Na ja, vielleicht ein anderes Mal." Nun robbte auch Steffi von der Couch herunter und winkte mir kurz zu. "Komm mit, ich will dir was zeigen."

"Den Plastiklümmel etwa?", wollte ich argwöhnisch wissen.

"Ansehen kostet nichts und wer weiß ..."

Nun gut. Ich gab mich geschlagen. Ankucken konnte ich mir das Ding ja. Es schadete schließlich nichts, sich fortzubilden und auf den neuesten Stand zu bringen.

Steffi zeigte mir später auch noch im Internet diverse Seiten, auf denen man diese *Joysticks* in allen Farben, Größen und Ausführungen bestellen konnte. Insgeheim musste ich mir eingestehen, dass es durchaus interessant war, was es da alles gab. Teilweise war ich absolut überrascht von diesen ganzen Spielzeugen. Bei dieser Gelegenheit wurde mir einmal mehr klar, dass ich all die Jahre bei der Kröte wie in einer Seifenblase lebte, während

48

draußen das Leben vorbeizog, von dem ich nur Bruchteile mitbekam.

Wir kicherten und alberten herum wie Schulmädchen, während wir uns durch die ganzen Seiten blätterten. Als ich nach Hause fuhr, verzeichneten diese Firmen trotzdem keine neue Kundin. So nötig hatte ich es dann doch nicht und sollte ich es wirklich nicht mehr aushalten, würde ich schon irgendeinen willigen Mann finden.

10

Montagmorgen in der Firma vermied ich es sorgsam, Fuchs anzusehen, denn mir stand es bestimmt quer übers Gesicht geschrieben: Ausgerechnet mit meinem verhassten Chef hatte ich nämlich die zweite Nacht hintereinander den heißesten Sex meines Lebens und einen Schwanensee-Orgasmus: zum Sterben schön. Natürlich hörte ich seit dem Aufstehen Mamas Stimme in meinem Hinterkopf aufjaulen: *Finger weg von ihm!* Und natürlich hatte ich ein schlechtes Gewissen. Allerdings konnte ich nichts für meine wilden Träume. Schließlich passierte ja nichts davon im realen Leben.

Die Schuld, dass er sich auf leisen Fuchspfoten sogar in meinen Schlaf einschlich, musste eindeutig bei Steffi, ihrem ganzen Sexgeschwafel sowie ihrem merkwürdigen Annäherungsversuch liegen. Mochten diese Träume auch noch so aufregend sein, sie mussten aufhören, denn ansonsten war ich reif für eine Therapie oder schlimmstenfalls für einen dieser *Joysticks*, die meine seltsame Freundin mir zeigte.

Andererseits fühlte ich mich nach diesen Träumen unglaublich beschwingt. Die beiden Nächte wirkten obendrein wie die totalen Appetitzügler. Meine ständige Lust auf Schokolade oder Essen insgesamt löste sich mit einem Mal in Luft auf. Also, was war so schlimm daran?

Mochte Mama in meinem Hinterkopf ruhig weiter lamentieren und völlig anderer Meinung sein als ich. Ich schlief mit Fuchs lediglich im Traum, nicht jedoch im realen Leben. Leider, so musste ich mir zu meiner Schande eingestehen. Doch weder er noch die Füchsin wussten davon. Somit beging ich keinen Ehebruch und Probleme verursachte ich damit auch keine, jedenfalls nicht bei den beiden.

Bei mir sah die Sache allerdings etwas anders aus. Wenn ich nicht über kurz oder lang in der Klapsmühle enden wollte, musste das aufhören, und zwar schnellstens! Fuchs war menschlich unmöglich, sowohl als Chef als auch als Mann, und ich verabscheute ihn zutiefst. Nur besaß er zu meinem Leidwesen diese ganz spezielle Ausstrahlung, die mich rein sexuell gesehen magisch anzog, so wie der berühmte Honigtopf die Bienen.

Trotzdem konnte ich es drehen und wenden, wie ich mochte, ich war völlig unschuldig. Der Auslöser für meine unzüchtigen Träume lag eindeutig bei Steffi und dem einen Abend mit ihr. Eine andere, logische Erklärung gab es dafür nicht und als ich Fuchs, liebenswürdig wie immer, bellen hörte: "Katrin, bringen Sie mir einen Kaffee!", bekam ich die Bestätigung dafür.

Vorsorglich mied ich den Blickkontakt mit ihm und stellte seine Tasse kommentarlos auf seinem Schreibtisch ab. Jedes Wort war ohnehin überflüssig, denn auf Höflichkeitsfloskeln wie Bitte oder Danke legte er, wie ich bislang immer wieder feststellte, ohnehin keinen Wert.

"Haben Sie eine Tochter?", fragte er mich, als ich mich umdrehte und wieder nach vorne gehen wollte.

Verwundert blieb ich stehen. Was sollte diese Frage denn? Dass Fuchs Schwätzchen halten wollte, war mir neu.

"Nein, ich habe keine Kinder", klärte ich ihn rasch auf. "Wieso fragen Sie?"

"Oh, ich dachte nur, Sie hätten heute Morgen versehentlich in deren Kleiderschrank gegriffen. Können Sie darin eigentlich noch atmen?"

Im Bruchteil einer Sekunde wusste ich, worauf er anspielte. Zugegeben, vor ein paar Monaten, als ich die Bluse kaufte, saß sie noch etwas lockerer als im Moment, doch sein Kommentar war eine Unverschämtheit sondergleichen. Ich schnappte nach Luft.

"Nicht so heftig, Katrin, sonst platzt das Ding noch", feixte er.

"Sie impertinenter Mensch!", heischte ich ihn an. "Was bilden Sie sich eigentlich ein?"

"Ich?", fragte er mit Unschuldsmiene zurück. "Gar nichts. Aber *Sie* bilden sich offenbar ein, in eng anliegenden Klamotten schlanker auszusehen."

"Also, das ist doch ...", stammelte ich fassungslos. "Glauben Sie allen Ernstes, dass ich mir solche Unverschämtheiten von Ihnen gefallen lasse?"

"Tun Sie nicht?"

"Nein!", brüllte ich los. "Sie werden sich sofort bei mir entschuldigen!"

Fuchs lehnte sich zurück und legte lässig die Beine übereinander auf den Schreibtisch.

"Wieso sollte ich?"

"Weil ich mich nicht von Ihnen beleidigen lasse."

"Das war keine Beleidigung, Katrin, nur Feststellung der Tatsachen."

Was für ein arroganter Idiot!

"Sie werden sich *sofort* bei mir entschuldigen!"

"Was, wenn nicht?"

"Dann kündige ich", hörte ich mich verkünden.

"Akzeptiert." Er wedelte mit der Hand. "Sie können gehen. Ich schicke Ihnen Ihre Papiere."

In meinem Hinterkopf hörte ich Mamas vorwurfsvolle Stimme schimpfen: *Kannst du nicht einmal dein Hirn einschalten, bevor du losplapperst?* Diesmal musste ich ihr uneingeschränkt recht geben. Meine Empörung hatte mir wohl den Verstand vernebelt. Dass Fuchs jedoch so reagierte, erwartete ich natürlich nicht. Völlig perplex starrte ich ihn an.

"Sonst noch etwas, Katrin?"

"Ja. Der Blitz soll Sie treffen", knurrte ich und schmetterte die Tür hinter mir ins Schloss, als ich aus seinem Büro stürmte.

Wutschnaubend ließ ich mich vorne auf meinen Stuhl fallen.

"Meine Güte, was ist denn jetzt schon wieder los?", stöhnte Andrea auf. "Könnt ihr zwei -"

"Oh Gott, wie ich diese Kreatur da hinten hasse!", zischte ich voller Inbrunst.

"Ach Katrin! Du solltest Foxi und seine Kommentare doch inzwischen kennen. Akzeptiere es einfach und -"

"Nein, das akzeptiere ich nicht!", brauste ich auf. "Er hat mich beleidigt und das geht zu weit. So etwas muss ich mir nicht gefallen lassen. Dieser Blödian da hinten glaubt wohl, er kann sich alles erlauben!"

Andrea legte warnend den Zeigefinger auf den Mund und flüsterte mir dann zu:

"Pst, Katrin! Er bekommt doch immer alles mit."

"Na und?" Wie ein Vorschlaghammer landete meine Faust auf der Tischplatte vor mir. "Ich hätte hier gar nicht anfangen sollen. Mir haben sich schon beim Vorstellungsgespräch bei seinem Anblick sämtliche Haare gesträubt. Wieso habe ich nur nicht auf meine Intuition gehört? Sie hat mir gleich gesagt, dass er der absolute Vollblutdepp ist."

Andrea schielte kurz Richtung Türrahmen und fragte dann leise:

"Was hat er denn gesagt?"

Ich erzählte es ihr in der Kurzfassung und meine Kollegin begann zu kichern.

"So etwas ist typisch für Foxi. Nimm es ihm nicht übel."

"Und ob ich das tue!", protestierte ich. "Er sagt, ich bin *fett*!"

"Ach was, das hat er doch gar nicht. Außerdem stimmt es nicht. Er ist eben nur ... Er ist etwas anderes gewöhnt."

Unwillkürlich musterte ich Andrea. Kleidergröße 36/38. Höchstens. Klar. Der typische Zahnstocher! Ich dagegen mit Größe 40/42 war *fett*!

Mein Blick war ihr offenbar aufgefallen, denn sie antwortete:

"Ich habe nicht mich damit gemeint, sondern seine Frau."

"Ist sie auch so ein Zahnstocher wie du?"

Andrea schüttelte lachend den Kopf.

"Du solltest sie einmal sehen. Dagegen bin ich ein Fettklops."

"Und wenn schon!", murrte ich. "Das gibt ihm noch lange nicht das Recht, mich so blöd anzumachen."

"Du hast ja recht, nur ... Hör ihm bei so etwas doch gar nicht zu", schlug sie mir vor. "Lass ihn einfach faseln und kümmere dich nicht darum. Ich mache es auch nicht anders."

Ihr Ratschlag war sicherlich gut gemeint und normalerweise hätte ich es auch genau so gemacht. Das Problem war nur, dass ich mir von der Kröte jahrelang bei jeder Gelegenheit ähnliche Sprüche anhören durfte. Ob nun absichtlich oder nicht, er verletzte mich damit oft genug, auch wenn ich es vor ihm nicht zugab. Wäre ich mit meiner aktuellen Figur rundum glücklich gewesen, hätte die Erinnerung daran sicher nicht bei Foxis dämlichem Kommentar heftig bei mir angeklopft. Derzeit kam ich mir jedoch wie eine schwabbelige Qualle vor. Umso mehr ärgerte ich mich über meinen Chef.

"Ein nächstes Mal wird es nicht geben", korrigierte ich sie. "Ich drohte ihm, zu kündigen, wenn er sich nicht bei mir entschuldigt."

"Du hast was?" Total entgeistert starrte sie mich an. "Was meinte er dazu?"

Ich rollte mit den Augen.

"Er schickt mir meine Papiere."

"Das darf doch nicht wahr sein!", ächzte sie. "Tu mir das bitte nicht an. Ich war heilfroh, dass -"

"Na, schon wieder Plauderstündchen?"

Fuchs mischte sich ein, der unbemerkt angeschlichen gekommen war und warf mir jetzt einen beinahe überraschten Blick zu.

"Sie sind ja immer noch da, Katrin."

"Falsch! Ich bin schon weg."

Demonstrativ erhob ich mich und zog meine Bluse energisch nach unten. Sie war leider nicht nur etwas eng, sondern auch etwas kurz. Musste wohl beim Waschen eingegangen sein.

"Bevor Sie gehen, kommen Sie noch einmal zu mir."

Ohne meine Antwort abzuwarten, füchselte er lautlos davon.

"Ich denke nicht daran", knurrte ich vor mich hin, während ich meinen Mantel überzog. "Tut mir leid, Andrea. Viel Spaß noch beim Arbeiten und vor allem mit diesem Idioten."

"Aber du sollst doch -"

"Fuchs kann mich mal! Mach es gut und lass dir von diesem Blödian nichts gefallen."

Ich klemmte mir meine Handtasche unter den Arm, verließ hoch erhobenen Hauptes das Büro und marschierte zur S-Bahn. Eine Viertelstunde später war ich damit auf dem Weg nach Hause.

So ließ ich mich nicht mehr behandeln! Nicht von

irgendwelchen Kröten und schon gar nicht von Fuchs. Er war lediglich mein Chef, nichts weiter. Wenn er an etwas herumkritisieren wollte, das mich betraf, dann ausschließlich an meiner Arbeit. Zu mehr hatte er kein Recht!

Was ging ihn überhaupt meine Figur an oder was ich ins Büro anzog? Wenn es ihm nicht gefiel, musste er mich ja nicht ansehen. Das fehlte noch, dass ich beim Shoppen darauf achtete, ob es meinem dämlichen Chef genehm war oder nicht! Sollte er an seiner Frau herumnörgeln, wenn sie sich das gefallen ließ, aber nicht an mir. Oh Gott, wie ich ihn hasste! Meinetwegen konnte Fuchs sofort in die ewigen Jagdgründe einziehen.

11

In mir brodelte es immer noch vor Zorn und Empörung, als ich meine Wohnungstür aufschloss und das tat es mindestens eine weitere Stunde. Das war nicht nur völlig unsachlich und unangebracht, sondern auch extrem unverschämt, was Fuchs sich erlaubt hatte. Einfach unglaublich! Mir fehlten die Worte.

Mochte die Kröte all die Jahre der Überzeugung gewesen sein, sich mir gegenüber so benehmen zu dürfen, weil ich mit ihm verheiratet war, Fuchs dagegen war lediglich mein Chef und so sollte er sich gefälligst auch benehmen. Beleidigungen und persönliche Angriffe waren absolut fehl am Platz, vor allem, wenn sie weit unter die Gürtellinie gingen. So ein Verhalten war absolut inakzeptabel und dafür würde er noch büßen!

Während ich Fuchs gedanklich ein ums andere Mal das Fell über die Ohren zog, klopfte immer wieder meine

Vernunft bei mir an, zuerst ganz sachte, dann allmählich lauter. Trotz Trennung arbeitete ich monatelang bei der Kröte weiter, während ich auf Jobsuche war. Jeder Tag dort war ein Spießrutenlaufen der nervenaufreibendsten Art. Jeden Tag versuchte er mich zu überreden, das Thema Scheidung abzuhaken. Wenn ich unbedingt auf eine Trennung bestand, meinte er, könnten wir das notfalls auch inoffiziell regeln. Das käme uns beiden weitaus billiger als eine Scheidung. Dieser widerliche alte Geizkragen kapierte rein gar nichts.

Dann endlich fand ich den Job bei Fuchs, der mir monatlich weitaus mehr als den Hungerlohn bezahlte, den ich von der Kröte der Steuer wegen bekam, und was tat ich? Ich kündigte einfach so! Wie bescheuert war ich eigentlich? Jeden Tag standen Horrormeldungen in den Zeitungen über die stetige Zunahme der Arbeitslosenzahlen. Tja, nun gab es eine Arbeitslose mehr.

Rein menschlich gesehen war Fuchs das Allerletzte, soviel stand fest. Die Arbeit als solches in seiner Firma dagegen machte mir Spaß. Es gab kein Kuddelmuddel wie im Büro meines Ex-Mannes und die Wohnanlagen waren frei von gravierenden Baumängeln. Nervige Mieter gab es natürlich auch hier, doch die gab es überall. Ansonsten lief alles wie am Schnürchen. All das konnte ich nun in den Wind schreiben.

Wieso hatte ich mich nicht so weit im Griff gehabt, meine Wut auf Fuchs hinunterzuschlucken? Wieso hatte ich nicht meinen Verstand eingesetzt und war nicht noch einmal zu ihm gegangen, bevor ich außer mir aus der Firma gestürmt war? Möglicherweise wollte Fuchs sich ja tatsächlich bei mir entschuldigen. Dieser Gedanke war zwar sehr unwahrscheinlich, so wie ich ihn inzwischen kannte, trotzdem wollte er noch irgendetwas von mir. Weshalb sonst hätte er mich in sein Büro beordert?

Auch wenn ich inzwischen meinen übereilten Entschluss

zutiefst bereute, war es für Reue nun leider zu spät. Oder doch nicht? Sollte ich mich in die nächste S-Bahn setzen, zurück in die Firma fahren und mit Fuchs reden? Oder sollte ich ihn einfach anrufen und ihn fragen, was er vorhin noch von mir wollte? Ich war hin und hergerissen und kämpfte mit mir selbst. So sehr ich mich auch im Recht fühlte, vernünftiger wäre es allemal, das Gespräch mit ihm zu suchen. Dazu musste ich allerdings über einen riesigen Schatten springen. Die Frage war nur, ob ich das konnte und vor allem wollte?

Keine Ahnung. Ich riss den Kühlschrank auf, als wenn dort die ganzen Antworten auf meine Fragen zu finden wären, und starrte hinein. Das dicke Schwein auf dem Bild, das ich auf die innere Rückwand zur Abschreckung geklebt hatte, grinste mich an. Schnell schlug ich die Tür wieder zu. Essen war mit Sicherheit nicht die Antwort oder die Lösung.

Inzwischen ziemlich beunruhigt lief ich auf und ab. Durch meine Kündigung war ich erst einmal von Bezügen des Arbeitsamtes gesperrt und durfte von meinen Ersparnissen leben. Hinzu kam, dass ich meiner Mutter beichten musste, dass ich meinen Job fristlos gekündigt hatte wegen einer blöden Äußerung meines Chefs. Lieber Gott! Mir wurde jetzt bereits übel, wenn ich daran dachte, wie sie mir die Leviten lesen würde.

Im Grunde wusste ich es ja selbst, dass ich mir durch mein überschäumendes Temperament die Tour vermasselt hatte. Aber zu Kreuze kriechen oder mich gar bei Fuchs einzuschmeicheln ... Nein, das überstieg eindeutig meine Kräfte, mochte es auch hundert Mal und mehr die vernünftigste Lösung sein.

Ich zuckte zusammen, als mein Telefon, das seit Freitagnachmittag endlich ans Netz angeschlossen war, urplötzlich klingelte. Wer rief denn mitten am Vormittag bei mir an? Die wenigen Leute, die meine Nummer kannten, wussten alle, dass ich tagsüber arbeitete.

"Ja?", fragte ich argwöhnisch, als ich abnahm.

"Wusste ich es doch."

Ach du lieber Gott! Fuchs höchstpersönlich. Was wollte *er* denn?

"Wenn Sie nicht in zehn Minuten an Ihrem Schreibtisch sitzen", fuhr er fort, "werfe ich Sie raus wegen unerlaubten Entfernens vom Arbeitsplatz während der Arbeitszeit."

Wie bitte? Ich musste mich verhört haben. Unerlaubtes Entfernen? Dieser Mensch tickte doch nicht richtig! Meine Wut auf ihn hatte mich wieder in den Klauen.

"Das geht nicht", lehnte ich knapp ab.

"Also gut, Katrin, wann geht die nächste S-Bahn?"

"Ich habe gekündigt."

Wie so oft ignorierte er meinen Einwand.

"Sie haben genau noch eine halbe Stunde Zeit. Wenn Sie dann nicht hier sind, können Sie Ihren Job bei mir abhaken. Klar?"

"Ich sagte doch eben, ich habe -"

"Eine halbe Stunde, keine Sekunde länger."

"Herr Fuchs!"

"Was?"

"Hören Sie mir eigentlich nicht zu? Sie wissen doch ganz genau, dass -"

"Wieso ziehen Sie sich auch so unvorteilhaft an?"

"Es kann Ihnen vollkommen egal sein, was ich anziehe."

"Falsch!", widersprach er mir. "Schließlich muss ich Sie den ganzen Tag sehen."

"Na und?", blaffte ich zurück. "Meckere ich etwa über Ihr Outfit?"

"Nein, aber da gibt es auch nichts zu meckern."

"Sie sind wirklich -"

"Eine halbe Stunde, Katrin. Die Zeit läuft."

"Ich denke nicht daran! Nicht, bevor Sie sich bei mir entschuldigen."

"Wofür?"

"Für Ihre Unverschämtheit vorhin."

Er antwortete nicht. Ich war wohl zu weit gegangen. Den Job konnte ich mir natürlich abschminken, doch bei seiner Arroganz gingen mir wider jegliche Vernunft sämtliche Pferde durch.

"Sorry", murmelte er so schnell, dass ich es kaum verstand, dann räusperte er sich. "Und jetzt ziehen Sie sich um und kommen her. Verstanden?"

Nun war ich noch sprachloser als zu Beginn unseres Gesprächs. Das konnte doch nicht sein, oder? Er hatte sich tatsächlich bei mir entschuldigt! Ein triumphierendes Grinsen breitete sich auf meinem Gesicht aus.

"Das kann aber dauern", warnte ich ihn vor.

"Wieso? Haben Sie Fahrverbot für die S-Bahn bekommen?"

"Nein, das nicht, nur muss ich erst nachsehen, ob ich wallende Gewänder im Schrank habe, die ich unbesorgt tragen kann, ohne die anspruchsvollen Augen meines Chefs zu beleidigen", hörte ich mich spötteln.

"Dann tun Sie das mal, Katrin."

Grußlos legte er auf.

So wenig ich ihn auch leiden konnte, das Streiten mit ihm bereitete mir höllisches Vergnügen. Mit ihm konnte man nämlich tatsächlich streiten. Er teilte liebend gerne aus, war allerdings auch in der Lage, gehörig einzustecken, ohne sich anschließend in die Schmollecke zu setzen, so wie es die Kröte immer tat. Das machte richtig Spaß.

Ich ging zum Kleiderschrank und zog nach kurzer Bedenkpause einen knallroten Pulli heraus, der sogar mir fast zu groß war. Dieses Garn leierte sich bei jedem Waschen noch mehr aus, aber ich liebte ihn heiß und innig. Der applizierte Schmetterling auf der Brust war leider nicht wirklich up to date, dafür saß der Pulli wenigstens locker und kaschierte so einiges.

Gemächlich schlenderte ich kurz darauf zur S-Bahn-Station. Immer wieder geisterte es durch meinen Kopf: Fuchs entschuldigte sich tatsächlich bei mir. Kaum zu glauben! War er am Ende doch in gewisser Hinsicht lernfähig? Das eröffnete ja völlig neue Perspektiven!

Als ich das Büro betrat, sah Andrea auf und strahlte sofort übers ganze Gesicht. Ich zwinkerte ihr zu und legte den Zeigefinger auf den Mund. Später, jetzt nicht.

"Wurde ja wirklich Zeit", nörgelte Fuchs, der soeben lautlos angeschlichen kam, in seiner typischen Art und Weise.

"Tja, schneller ging es beim besten Willen nicht", erwiderte ich mit einem kühlen Lächeln und fügte hinzu: "Der S-Bahn-Fahrer wollte partout nicht aufs Gaspedal drücken."

"In mein Büro, Katrin. *Sofort*!"

"Wie Sie wünschen, Herr Fuchs", säuselte ich äußerst liebenswürdig. "Darf es dazu ein bisschen Kaffee in der Tasse sein?"

"Ja", antwortete er knapp und füchselte davon.

Die Tür zum Fuchsbau stand diesmal offen. Unsere Tassen - natürlich genehmigte ich mir auch einen Kaffee - stellte ich auf seinem Tisch ab und setzte mich schweigend auf den Besucherstuhl.

"Sagte ich etwas von Kaffeeklatsch?"

Er deutete auf meine Tasse.

Darauf antwortete ich nur mit einem Zähnefletsch-Lächeln und lehnte mich abwartend zurück.

"Hier." Er schob mir einen Stapel Papier zu und sein Diktiergerät. "Das muss heute noch raus. Klar?"

"Selbstverständlich, Herr Fuchs."

"Noch Fragen?"

Ich zögerte. War das etwa alles? Kein Anpfiff, kein *Das-lasse-ich-mir-nicht-gefallen*, nichts?

60

"Scheinbar nicht", meinte er. "Dann an die Arbeit."

Irritiert stand ich auf. Er benahm sich sehr merkwürdig.

"Katrin?"

"Ja?"

Im Türrahmen drehte ich mich nochmals zu ihm um.

"Übrigens ... Die Passform ist besser, allerdings steht Ihnen die Farbe absolut nicht und der Schmetterling ..."

Fuchs verzog das Gesicht.

Ging das schon wieder los? Bevor ich einen spitzen Kommentar loslassen konnte, zuckte mir Andreas Ratschlag durch den Kopf. Vielleicht funktionierte es tatsächlich, wenn ich mich nicht reizen lassen würde. Der Versuch sollte es mir wert sein.

"Herzlichen Dank für die Information, Herr Fuchs."

"Keine Ursache."

Bis ich an meinem Schreibtisch ankam, brodelte es, allen guten Vorsätzen zum Trotz, schon wieder in mir. Musste ich mir das anhören und gefallen lassen? *Nein!*

Ohne zu überlegen warf ich den Papierhaufen samt Diktiergerät auf meinen Schreibtisch und stellte meine Tasse so heftig ab, dass der Kaffee beinahe überschwappte.

"Was war los, Katrin? Erzähl schon", flüsterte Andrea und sah mich mit unverhohlener Neugierde an.

"Moment."

Zuerst war etwas anderes fällig, denn das würde ich so nicht hinnehmen. Was ich anzog, war ausschließlich meine Sache und Belehrungen seinerseits hierzu waren völlig unangebracht. Schnurstracks marschierte ich wieder nach hinten und riss ohne anzuklopfen seine Bürotür auf. Fuchs schreckte zusammen.

"Hätte ich doch glatt vergessen, Herr Fuchs, was ich Sie fragen wollte. Gehen Sie heute noch zum Stammtisch der Bestattungsunternehmer?"

Sichtlich irritiert und stirnrunzelnd sah er mich an.

"Nein. Wieso?"

"Dunkler Anzug, weißes Hemd, das ist doch deren typische Berufskleidung."

"Und? Was geht mich das an?"

"Ich dachte nur, weil sie so herumlaufen. Haben Sie außerdem schon bemerkt, dass Ihre Hose zu lang ist? Sie steht auf."

"Richtig. Das ist Absicht."

"Ach ja?"

"Ja. Sonst noch etwas?"

"Und die Krawatte ..." Ich verzog das Gesicht genauso missbilligend wie er vorhin. "Keine schickere gefunden als dieses Altherrenteil da? Streifen, also bitte! Wer trägt denn heute noch so etwas?"

"Ich. Ist das alles?"

Leider. Es gab an seinem Outfit nämlich nichts, rein gar nichts zum Bemängeln, so sehr ich mich auch bemühte, doch ich wollte Revanche!

"Wieso glauben Männer immer, dass sie in einem langweiligen, dunklen Anzug schick oder seriös aussehen?"

Fuchs lehnte sich langsam zurück. Seine Finger trommelten dabei auf die Tischplatte. Eine Weile sah er mich schweigend an, dann fragte er unüberhörbar genervt:

"Haben Sie nichts zu tun oder wieso schrauben Sie mir sonst dieses sinnlose Gespräch ans Knie?"

Waren ihm etwa die dummen Kommentare ausgegangen? Was für ein Mist aber auch. Meine ganze Revanche drohte damit sang- und klanglos ins Wasser zu fallen. So wollte ich das jedoch nicht hinnehmen.

"Immerhin muss ich Sie ja den ganzen Tag sehen", stichelte ich weiter. "Außerdem dachte ich, Sie sollten es unbedingt wissen."

"Was?"

Das Trommeln seiner Finger wurde stärker und schneller.

"Dass Ihr Bestattungsunternehmer-Outfit ziemlich

altbacken, einfallslos und öde aussieht. Haben Sie nichts Vernünftiges zu Hause im Schrank?"

"Es reicht, Katrin!", donnerte er nun doch los. "Raus hier!"

Ich schenkte ihm noch ein bezauberndes Lächeln und ging höchstzufrieden nach vorne.

12

Endlich war Freitag und das Wochenende stand vor der Tür. Ich musste nur noch diesen einen Tag überstehen, dann winkten mir zwei Tage Erholung von Fuchs. Dieser Mann war mehr als anstrengend und seine ganze Art trieb mich immer wieder an den Rand der Raserei.

Gestern zog mich Andrea sogar beiseite und bekniete mich, doch bitte Ruhe zu geben. So gereizt wie zurzeit wäre er schon lange nicht mehr gewesen. Sie gab mir die Schuld daran wegen der dauernden Streitereien sowie den verbalen Ringkämpfen, die er und ich täglich führten.

"Katrin, er feuert dich, wenn du so weitermachst. Foxi lässt sich das nicht länger gefallen, glaub mir", warnte sie mich eindringlich.

"Er will es doch nicht anders!", beharrte ich. "Vielleicht ist ihm ohne all das langweilig. Ich habe gekündigt und er hat mich zurückbeordert."

"Da hatte er wohl einen guten Moment."

"Und wenn schon. Ich habe es satt, mich dauernd von ihm auf unverschämteste Art anpöbeln zu lassen."

"Dann hör auf, ihn ständig zu reizen. Du legst es ja förmlich darauf an!"

"Ach, womit denn?"

"Mit allem."

63

Empört schnappte ich nach Luft.

"Na hör mal! Das Kleid von gestern ist nagelneu und war ziemlich teuer. Dieser impertinente Mensch dort hinten sagte doch allen Ernstes zu mir, ich bräuchte mir nur noch eine Feder in den Hintern stecken, dann ginge ich glatt als Pfau durch."

Andrea kicherte los.

"Die Geschmäcker sind eben verschieden."

"So etwas ist weit unterhalb der Gürtellinie."

"Und wer hat gesagt, sein Aftershave riecht nach Katzenpipi?"

"Wenn es wahr ist ..."

"Also bitte, du musst dich nicht wundern, wenn er zurückschlägt. Du bist eine Giftspritze."

"Was, *ich*? *Er* ist doch -"

"Wer hat ihm an den Kopf geknallt, dass seine Frau ihn niemals geheiratet hätte, wenn sie nüchtern gewesen wäre?"

"Ist doch wahr!", verteidigte ich mich. "Ich möchte so ein Scheusal wie ihn nicht einmal geschenkt haben."

"In den Genuss werden Sie auch nicht kommen, Katrin", hörte ich Fuchs auf einmal hinter uns. Sein ewiges Anschleichen machte mich noch wahnsinnig! "Das hieße nämlich, Perlen vor die Säue werfen."

Oh mein Gott! Wie eingebildet konnte ein einzelner Mensch sein?

"Und wenn schon! Sogar denen würde davon schlecht werden und die fressen so ziemlich jeden Mist", konterte ich.

"Sprechen Sie aus Erfahrung, was das Fressen betrifft?"

"Was soll das heißen?"

Ich fuhr herum und blitzte ihn kampflustig an. Täuschte ich mich oder bemühte er sich gerade, ein Grinsen zu unterdrücken?

"Können Sie Auto fahren?"

Das war ja wieder einmal typisch Fuchs. Mittendrin das Thema wechseln. Darin war er unübertrefflich.

"Natürlich."

"Sie haben auch einen gültigen Führerschein?"

"Allerdings."

"Selbst gedruckt?"

"Es reicht, Herr Fuchs!"

"Hier!" Er warf mir seine Autoschlüssel zu. "Fahren Sie zur Bank und holen Sie die Auszüge der Wohnanlagen ab. Vielleicht schreiben Sie sich für alle Fälle die Nummer vom Abschleppdienst auf. Ach ja, keine Angst, der Wagen ist vollkaskoversichert."

Sprach es und füchselte davon.

Meine Hand holte wie ferngesteuert aus, um ihm die Schlüssel an den Kopf zu werfen. Ich hätte es vermutlich getan, wäre Andrea nicht herbeigesprungen und hätte mich blitzschnell am Handgelenk gepackt.

"Untersteh dich!", zischte sie mich an.

"Hast du ihn gehört?"

"Ja. Ignorier es einfach. Sein Quietscheentchen steht in der Tiefgarage. Du kannst es nicht übersehen. Es ist der einzige knallgelbe Wagen dort. Auf dem Rückweg machst du einen Abstecher beim Bäcker und bringst uns etwas Feines mit. Okay?"

"Ich hasse ihn!"

"Tu, was du nicht lassen kannst, aber fahr endlich. Vielleicht reagierst du dich dabei ab."

Sie zwinkerte mir zu.

"Kaum."

"Doch, ganz bestimmt sogar. Übrigens, du darfst dich geehrt fühlen. Nicht jeder darf damit fahren."

"Was ist an einer Ente bitte so großartig? Kann er sich kein vernünftiges Auto leisten?"

Andrea grinste breit.

"Glaub mir, du wirst es lieben."

Davon war ich absolut nicht überzeugt. Es ging ja auch gar nicht. Das Auto gehörte nämlich Fuchs und alles, was mit ihm zusammenhing, war hassenswert.

Unten in der Tiefgarage sah ich mich kurz um. Ich entdeckte auf Anhieb ein knallgelbes Auto, allerdings war es keine Ente. So wenig ich mich mit Autos auskannte, das da war eindeutig ein Porsche. Er befand sich optisch in tadellosem Zustand, soweit ich das beurteilen konnte und war auf Hochglanz poliert, trotzdem war das hier unübersehbar ein Oldtimer. Und ich durfte damit fahren!

Völlig begeistert, wenn auch ziemlich aufgeregt klemmte ich mich hinters Steuer und drehte den Schlüssel in der Zündung herum, doch nichts passierte. Ich versuchte es noch ein paar Mal, dann gab ich es auf. Dieses Mistding weigerte sich strikt, anzuspringen.

Maßlos enttäuscht und zugleich wütend stieg ich aus und knallte die Tür derart zu, dass der ganze Wagen vibrierte. Dieses Scheusal von Fuchs wusste sicher, dass diese Karre nicht ging, und wollte mich nur zum Narren halten.

"Wo ist Fuchs?", fragte ich Andrea knapp, als ich oben wieder ins Büro stürmte.

"Hinten. Wieso?"

"Seine elende Mistkarre springt nicht an!", fauchte ich und marschierte schnurstracks in Richtung Fuchsbau. Ohne anzuklopfen, riss ich die Tür auf.

"Sie können also doch nicht Auto fahren", triumphierte Fuchs mit einem spöttischen Lächeln.

"Ich schon, aber Ihre Mistkarre nicht."

"Wieso? Springt er nicht an, Kati?", feixte er.

Also doch! Er wusste es ganz genau.

"Hat das Geld für den Sprit nicht gereicht?"

"Der geht auf Firmenkosten. Ich habe den Wagen übrigens gestern vollgetankt."

"Wieso springt dieses quietschgelbe Mistding dann nicht an?"

Fuchs stand seufzend auf, kam um den Tisch herum und nahm mir den Schlüssel ab. Dann ging er voraus, kopfschüttelnd.

"Weiber", murmelte er. "Keine Ahnung vom Autofahren."

"Ihren Machospruch habe ich gehört und zu Ihrer Information: Die habe ich sehr wohl", protestierte ich scharf.

"Sieht nicht so aus. Noch nie etwas von einer Wegfahrsperre gehört, Kati?"

"Bei Neuwägen ja."

"Schon einmal etwas davon gehört, dass man das nachrüsten kann?"

"Auch bei so einer alten Karre?"

Er blieb stehen, zog eine Augenbraue nach oben und sah mich warnend an.

"Vorsicht, Kati! Das ist ein Oldtimer und keine *alte Karre*."

"Ach nun stellen Sie sich nicht so an! Und für Sie immer noch Katrin, klar?"

Fuchs ging weiter und schwieg, bis sich die Aufzugstür hinter uns schloss.

"Klar, Kati."

Was für ein Blödmann! Ich ersparte mir jeglichen Kommentar, sondern warf ihm nur einen vernichtenden Blick zu.

"Was kucken Sie denn so böse, *Kati*?"

Nun war es genug! Ich hielt ihm den gestreckten Zeigefinger vor die Nase.

"Nennen Sie mich noch ein einziges Mal so, nur noch einmal, dann -"

"Was dann? Kündigen Sie dann wieder?"

Mein Leben hätte ich ohne zu zögern dafür verschenkt,

67

ihm dieses spöttische Grinsen aus dem Gesicht schlagen zu dürfen.

"Sie werden es noch bereuen", orakelte ich stattdessen.

"Huch, ich zittere jetzt schon vor Angst … Kati."

In der Tiefgarage zeigte er mir, wie sich diese nachträglich eingebaute Wegfahrsperre entriegeln ließ.

"Haben Sie das verstanden, *Katrin*?"

"Ich bin ja nicht blöd."

"Freut mich zu hören. Ein Tipp noch: Drücken Sie das Gaspedal beim Losfahren mit *Gefühl*, sonst geht er Ihnen durch. So wie Ihr Temperament."

"Aber sicher doch."

Mit einem kurzen Brummen drehte Fuchs sich um und ging in Richtung der Tür zum Treppenhaus. Ich stieg in den Porsche ein und warf einen kurzen Blick in den Rückspiegel. Die Hand schon auf der Klinke stand Fuchs neben der Tür und beobachtete mich, wie ich seinen Wagen vorsichtig rangierte.

Seinem Ratschlag zum Trotz ließ ich den Motor erst ein paar Mal laut aufheulen, bevor ich mit quietschenden Reifen die Rampe der Ausfahrt hochschoss.

13

Etwa eine Stunde später drückte ich die Bäckertüte, um dämlichen Kommentaren vorzubeugen, zuerst Andrea in die Hand, bevor ich nach hinten in Foxis Büro marschierte und ihm seinen Autoschlüssel und den Riesenstapel Kontoauszüge auf den Tisch warf.

"Wie ich sehe, haben Sie das mit der Wegfahrsperre tatsächlich verstanden. Sie haben ja richtig was auf dem

Kasten, Kati."

"Schön, dass sogar Sie das begriffen haben", entgegnete ich frostig.

Hoch erhobenen Hauptes machte ich auf dem Absatz kehrt und ging zurück nach vorne. Mein Magen knurrte bereits lautstark und ich freute mich schon auf die frischgebackenen Croissants. Diät hin oder her, ich musste sie einfach haben. Mit ihnen würde sich sogar dieser Vollblutdepp ertragen lassen. Hoffte ich jedenfalls.

Doch ich hätte es besser wissen sollen. Kaum biss ich in mein Hörnchen, hörte ich ihn auch schon hinter mir:

"Quatschen und futtern, darin sind Sie wirklich unschlagbar."

"Und Sie -"

So ein Mist aber auch! Sprechen und Essen sollte man nicht gleichzeitig tun, hatte mir Mama beigebracht und sie behielt recht. Ich verschluckte mich nämlich derart, dass ich wirklich glaubte, ersticken zu müssen.

Fuchs sprang herbei und klopfte mir ein paar Mal sachte auf den Rücken, bis ich zumindest wieder Luft bekam. Dann schnappte er sich ungefragt ein Croissant aus der Tüte.

Protestieren konnte ich vor lauter Husten nicht und musste tatenlos zusehen, wie er mit ein paar Bissen die zweite Hälfte meines späten Frühstücks verschlang, und Andrea, diese dumme Nuss, ließ ihn auch noch!

"Das war meines", keuchte ich schließlich, immer noch hustend.

"So? Stand aber nicht darauf."

"Sie sind wirklich -"

"Seien Sie lieber froh", unterbrach er mich und zwinkerte mir zu. "Viel zu viele Kalorien. Wenn Sie fertig sind, kommen Sie zu mir."

"Das war *mein* Croissant", schleuderte ich ihm später in seinem Büro als Erstes entgegen.

"Sie hatten doch schon eines."

"Na und?"

"Das reicht doch."

"Das ist -"

"Nun haben Sie sich nicht so. Fange ich etwa bei jeder Tasse Kaffee, die Sie sich holen, an: Das ist *mein* Kaffee?"

Nein, tat er nicht. So gesehen hatte er natürlich recht.

"Sie hätten wenigstens fragen können", lenkte ich deshalb ab.

"Tun Sie das etwa beim Kaffee?"

"Nein", gab ich etwas kleinlaut zu. "Aber ..."

Mist aber auch. Meine übliche Schlagfertigkeit war wohl heute zu Hause geblieben.

Seufzend begann Fuchs, in seiner Hosentasche herumzuwühlen und warf mir dann eine Münze zu. Zwei Euro, stellte ich beim Hinsehen fest.

"Ich hoffe, das reicht für Ihre Unkosten." Er schob mir einen Ordner zu, einen Stapel Papier sowie Unmengen Kontoauszüge. "Nehmen Sie das hier mit und machen Sie die Buchhaltung fertig. Ich nehme sie später mit zum Steuerberater."

Entsetzt betrachtete ich den Stapel. Es war halb zwölf und ich musste noch ein paar Schreiben fertigmachen.

"Aber ich -"

"Was?"

"Heute noch?"

"Ja."

"Es ist gleich Mittag und -"

"Dann trödeln Sie nicht herum, sondern fangen Sie an, Kati."

Diese widerliche Beutelratte! Das tat er mit Absicht.

"Und was, wenn nicht?"

"Wollen Sie mir etwa schon wieder drohen?", fragte Fuchs mit hochgezogener Augenbraue. "Allmählich wird es langweilig. Drehen wir den Spieß also einmal um. Entweder

Sie machen das jetzt fertig oder ich kündige *Ihnen* zur Abwechslung."

"Mit welcher Begründung?"

Er lehnte sich in seinem Stuhl zurück und sah mich mit unbewegter Miene an.

"Arbeitsverweigerung?"

Das wäre allerdings zutreffend und ein Grund, schoss es mir durch den Kopf. Widerwillig nahm ich also die Unterlagen an mich, drehte mich schweigend um und marschierte zurück nach vorne.

"Was ist?", fragte Andrea, als ich mich seufzend in meinen Stuhl warf.

"Fuchs hat sie nicht mehr alle", maulte ich. "Wieso ist er nicht an dem Croissant erstickt?"

"Nun sei doch nicht so. Er bringt doch auch ab und an etwas vom Bäcker mit."

"Darum geht es doch gar nicht. Ich soll seine doofe Buchhaltung fertigmachen. Bei dem ganzen Kram, den ich sonst noch auf dem Tisch habe, kann ich mir den freien Nachmittag abschminken."

"Kannst du das nicht am Montag machen?"

Heftig schüttelte ich den Kopf.

"Nein. Heute noch oder er kündigt mir wegen Arbeitsverweigerung."

"Meine Güte", stöhnte Andrea auf. "Eure ewigen Zankereien sind nicht zum Aushalten."

"*Er* fängt doch immer damit an."

"Dann hör einfach nicht hin und vor allem, provoziere ihn nicht laufend. So brauchst du dich nicht wundern."

Andrea begriff es einfach nicht, deshalb ignorierte ich ihren unsinnigen Vorschlag, sondern warf nur einen Blick auf meine Armbanduhr. Um zwei war ich mit Steffi verabredet. Das konnte ich vermutlich vergessen.

"Ich hasse ihn."

Andrea verdrehte die Augen und arbeitete dann schweigend weiter.

Missmutig sah ich ihr später zu, wie sie ihren PC ausschaltete und den Schreibtisch aufräumte. Bis ich Feierabend machen durfte, würde es noch geraume Zeit dauern.

"Du hast es auch bald geschafft, Katrin", versuchte sie mich aufzumuntern.

"Von wegen."

Auf dem Weg zur Tür blieb sie neben mir stehen und legte mir die Hand auf die Schulter.

"Ärgere ihn nicht dauern, dann lässt er dich in Ruhe", sagte sie leise.

Ich schnaubte auf.

"Ich soll -"

"Sag einfach Ja und Amen und schmier ihm Honig ums Maul. Ich mache es nicht anders, und wie du siehst, wirkt es. Wenn du dich von ihm laufend provozieren lässt ..." Wie zur Beruhigung tätschelte sie mir die Schulter. "Trotzdem schönes Wochenende. Bis Montag."

"Ja, dir auch."

Punkt halb zwei. Sie durfte gehen, ich nicht. Und Steffi ... *Mist!* Ich musste ihr wenigstens Bescheid geben. Aber wie ich Fuchs inzwischen kannte, würde er sofort hinter mir stehen, wenn ich den Telefonhörer abnahm und sie anrief. Dann ging der Zirkus von vorne los oder ihm fiel aus lauter Bosheit noch etwas anderes ein, das er mir aufs Auge drücken konnte.

Tief in mir hegte ich immer noch die leise Hoffnung, dass sich die Buchhaltung auf Montag verschieben ließ. Der Steuerberater würde sie heute sicher nicht mehr bearbeiten. Foxi wollte mich lediglich schikanieren, mehr nicht. Ich atmete tief durch und bemühte mich, meine

Hassgefühle auf ihn zu ignorieren. Vielleicht sollte ich es einmal so versuchen, wie Andrea es mir vorhin vorschlug.

Geistig bewaffnet mit einem riesigen Honigtopf samt Pinsel marschierte ich also zu ihm und setzte das bezauberndste Lächeln auf, das mir in meiner momentanen Stimmung möglich war. Artig klopfte ich an die Tür und wartete, bis ich ein knappes "Ja?" hörte. Erst dann betrat ich den Fuchsbau.

"Schon fertig, Katrin?"

"Nein, Herr Fuchs. Darf ich Sie etwas fragen?", schnurrte ich.

"Klar."

"Wieso braucht der Steuerberater die Buchhaltung noch heute? Es ist Freitag und daher bearbeitet er sie normalerweise nicht vor Montag. Täusche ich mich da?"

"Nein."

"Dann ist es doch sinnlos, sie heute noch fertigzumachen."

"Nein."

"Wieso nein?"

"Er kann sie am Montag nur dann bearbeiten, wenn er sie hat. Ganz einfach."

"Dann reicht es doch, wenn Sie sie ihm am Montag bringen."

"Da habe ich keine Zeit."

"Dann könnte ich doch -"

"Mit der S-Bahn wird es schwierig. Oder wollen Sie auf Ihre Kosten mit dem Taxi fahren?"

Sonst noch etwas? Blöd musste ich sein. Ich tauchte den Pinsel in den Honigtopf.

"Herr Fuchs, ich mache die Buchhaltung gleich Montagmorgen und wenn Sie mir Ihr Auto leihen, bringe ich sie zum Steuerfiesler. Abgemacht?"

"Nein. Ich fahre spätestens um vier. Sehen Sie zu, dass Sie bis dahin fertig sind."

73

Wie und warum auch immer es bei Andrea funktionierte, bei mir tat es das nicht. Ich wünschte mir im Moment sehnlichst, dieser riesige Honigtopf in meinem Kopf wäre real, damit ich ihn auf dem Schädel dieses Blödians zertrümmern konnte.

"Aber ich -"

"Na los, machen Sie, Kati. Je länger Sie hier herumtrödeln, umso später wird es."

Alle guten Vorsätze waren dahin, meine Kampflust erwachte.

"Ich bin um zwei verabredet."

Er zuckte gelassen mit den Schultern.

"Dann verschieben Sie es eben."

Ruhig bleiben, mahnte ich mich, *und tief durchatmen!*

"Was kostet mich die Telefoneinheit für ein Privatgespräch?"

"Die Telefonrechnung liegt in der Buchhaltung."

Das war doch unglaublich. Was für ein kleinkarierter Pfennigfuchser! Wortlos drehte ich mich um und wollte gehen.

"Kati?"

"Was?"

Allmählich konnte ich mich nur noch mühsam beherrschen, um nicht loszubrüllen.

"Weil Sie mich so lieb gefragt haben: Ortsgespräche sind kostenlos. Aber denken Sie daran, ich fahre spätestens um vier."

"Ja, ich sage nur kurz ab. Danke übrigens."

"Keine Ursache."

Bislang war ich ja der Meinung gewesen, Fuchs durch und durch zu kennen. Mit dieser Antwort hatte ich jedoch keineswegs gerechnet. Kaum zu glauben. Konnte er tatsächlich auch einmal halbwegs nett sein? Oder lag es wirklich an mir, wie Andrea behauptete? Ob dem so war oder nicht, ließ sich nächste Woche ganz leicht herausfinden.

Bevor ich Steffi anrief, sah ich die Buchhaltung kurz durch. So tragisch war es bei genauerer, emotionsloser Betrachtung gar nicht. Höchstens eine Stunde. Unsere Verabredung verschob ich auf vier und machte mich an die Arbeit. Und tatsächlich, gegen drei war es geschafft. Mit dem Ordner unter dem Arm marschierte ich zu Fuchs.

"Hier bitte. Die Buchhaltung ist fertig." Mit einem geheuchelten Lächeln überreichte ich ihm den Ordner und fragte rein rhetorisch: "Brauchen Sie sonst noch etwas, Herr Fuchs?"

"Nein, für heute nicht."

"Kann ich dann gehen?"

"Klar."

"Gut. Schönes Wochenende, Herr Fuchs."

Ich wusste es schon in dem Moment, als ich mich verabschiedete. Noch bevor ich seine Tür erreichte, rief er mir wie üblich nach:

"Kati?"

Mit meinem Zähnefletsch-Lächeln drehte ich mich schweigend um.

"Was ist nun mit Ihrer Verabredung?"

"Die habe ich auf vier verschoben. Wieso?", fragte ich argwöhnisch. Sollte ihm jetzt noch irgendein Spezialauftrag einfallen, würde ich ihn mit dem langen, silbrigen Brieföffner, der auf seinem Tisch lag, erdolchen ... oder Schlimmeres.

Fuchs warf einen Blick auf das Display seines Telefons.

"Drei vorbei, ich mache Schluss für heute. Soll ich Sie irgendwo absetzen?"

Alles Mögliche hatte ich erwartet, diese Frage jedoch ganz bestimmt nicht. Hätte er mich gefragt, ob ich noch schnell die Toilette schrubben könnte, wäre ich nicht überraschter gewesen.

"Ich muss in die Stadt. Café *Platsch*."

"Liegt fast auf meinem Weg. Wenn Sie fünf Minuten warten, nehme ich Sie mit."

"Okay."

Was war denn mit Fuchs passiert, dass er mir einen derartigen Vorschlag unterbreitete, und das auch noch freiwillig? Ich war völlig fassungslos, allerdings auch äußerst misstrauisch. Sicherlich plante er irgendetwas Hinterlistiges oder Boshaftes, doch darauf wollte ich es ankommen lassen.

Vor lauter Verwirrung nahm ich seine leere Kaffeetasse mit und stellte sie in die Küche. Dann räumte ich meinen Arbeitsplatz auf und zog meinen Mantel an.

Es dauerte nicht lange, bis er nach vorne kam.

"Fertig, Kati?"

Ich nickte kurz.

"Gut, fahren wir."

Schweigend fuhren wir mit dem Aufzug hinunter in die Tiefgarage. Auch während der Fahrt sprach er nicht. Es kam nicht einmal ein dummer Kommentar, was mich sehr wunderte. Ich misstraute dem Frieden zwar, aber vielleicht war es auch wirklich nur eine freundliche Geste seinerseits. Wie auch immer, er chauffierte mich tatsächlich in die Innenstadt.

Ich bedankte mich überaus höflich bei Foxi, bevor ich mich aus seinem Porsche hievte, und betrat schon mal das Café *Platsch*. Es war ziemlich windig und kühl, weshalb ich drinnen auf Steffi warten wollte. Überrascht stellte ich fest, dass sie schon da war und ging zu ihr an das kleine

Tischchen direkt am Fenster.

"Dein Neuer?", fragte sie neugierig.

"Meinst du das Auto oder den Fahrer?"

"Beides. Erzähl schon."

"Weder noch. Das war Alexander, der Große."

"Wer?"

"Mein Chef. Was treibst du eigentlich schon hier?"

Steffi zuckte mit den Schultern.

"Ich wusste nicht mehr, was ich zu Hause tun sollte. Also bin ich schon einmal losgefahren."

"Du hast es gut", antwortete ich mit einem Seufzer. "Kein blöder Chef, der dich ständig piesackt."

"Was nicht immer Vorteile hat. Hach, ich freue mich jetzt auf ein richtig schönes Stück Sahnetorte."

Wie gemein von ihr! Nach dem Croissant heute Mittag waren weitere Kalorienbomben für mich absolut tabu. Diesmal würde ich nämlich meine mir selbst auferlegte Diät durchziehen, koste es, was es wolle.

"Willst du nicht doch eines?", fragte Steffi, der mein gieriger Blick wohl aufgefallen war, während sie ihr Tortenstück Gabel für Gabel genüsslich in den Mund schob.

"Hör auf damit und führe mich nicht in Versuchung", tadelte ich sie. "Sieben Kilo müssen runter."

"Blödsinn. Müssen sie gar nicht."

"Doch. Ich sehe aus wie eine Qualle."

"Sagt wer?"

Die Kröte. Und der Blödfuchs, wenn auch nur indirekt.

"Niemand", log ich, "aber -"

"Na also. Wenn du dich wohlfühlst, dass lass es bleiben."

"Ich fühle mich aber nicht wohl!"

Schon gar nicht unter dem allmorgendlichen, beinahe prüfend wirkenden Blick von Foxi, fügte ich in Gedanken hinzu. Mittlerweile stand ich schon eine Viertelstunde früher auf und probierte mehrere Kleidungsstücke durch, bis ich glaubte, etwas gefunden zu haben, das meine Problemzonen geschickt kaschierte. Meistens klappte es scheinbar, denn es kam kein dämlicher Kommentar von Fuchs.

Das tat ich nicht etwa, um ihm zu gefallen, sondern nur aus einem einzigen Grund: Ich hatte keine Lust, mir von diesem Trottel sagen zu lassen, dass ich eine Nummer zu umfangreich war. Das tat die Kröte früher oft genug und außerdem wusste ich es selbst.

"Das ist natürlich etwas anderes", lenkte Steffi ein und schob sich das letzte Stückchen Torte in den Mund.

Na endlich! Ich atmete erleichtert auf. Aus den Augen, aus dem Sinn. Nun konnte ich endlich den Sabber hinunterschlucken und mich auf andere Dinge konzentrieren.

"Und wie läuft es? Gehen die Geschäfte?", wollte ich von Steffi wissen.

"Ich bin rundum zufrieden. Ich hätte selbst nie gedacht, dass das auch in Deutschland funktioniert. Aber ich wollte es wenigstens probieren und siehe da, es klappt!"

Steffi erzählte mir anfangs, dass sie sich vor ungefähr einem Jahr von dem Hollywood-Schmachtfetzen *The Wedding Planer* inspirieren ließ. Kurzentschlossen gründete sie daraufhin ihre Firma, die hauptsächlich Hochzeiten bis ins kleinste Detail plante. Zwar auch größere Feiern und Festivitäten, doch nur - so erklärte sie mir - um die Zeiten zwischen den Hochzeiten finanziell zu überbrücken.

"Kaum zu glauben, dass du dir damit deine Brötchen verdienst. Ausgerechnet du, die so gar nichts vom Heiraten hält."

"Ich muss ja auch nicht", antwortete Steffi schmunzelnd. "Gott sei Dank."

"Wieso? Die Hochzeit als solches ist doch ganz lustig."

"Spinnst du?"

"Wieso denn? Heiraten könnte ich jeden Tag, wenn ich

den Hirni abends nach der Party wieder abgeben dürfte."

"Genau das ist der Haken. Du musst ihn entweder behalten und fortan ertragen oder eine Stange Geld hinblättern, um ihn loszuwerden. Und das lohnt sich nur selten."

"Ja, leider", ächzte ich. "Aber was willst du tun, wenn du in einem Anfall geistiger Umnachtung glaubst, er wäre genau der Volltreffer, auf den du dein Leben lang gewartet hast?"

"Ganz schnell mein Hirn einschalten, bevor es zu spät ist", antwortete Steffi prompt und kicherte los.

"Tja, leichter gesagt als getan. Da ist die Katze meist schon in den Brunnen gefallen."

Wir beide schwiegen einen Moment.

"Weißt du, was ich inzwischen glaube?", fragte sie dann. "Männer existieren nur deshalb, um uns begreiflich zu machen, wie viel schöner das Leben ohne sie wäre."

"Womit wir wieder bei der Frage wären: Welche Alternative gibt es?"

"Rein anatomisch gesehen, habe ich sie dir neulich gezeigt."

"Den *Joystick*?"

"Zum Beispiel. Aber es gibt auch noch etwas anderes."

"Und was bitte?"

Steffi beugte sich zu mir und senkte die Stimme.

"Das Ding alleine ist es doch nicht, was Spaß macht, oder?"

"Na ja ..."

"Mensch Katrin, willst du mir wirklich erzählen, dass dir dieses ewige Rauf-rein-runter-raus-Spielchen Spaß macht? Nur das, ohne alles andere?"

"Nein, natürlich nicht", protestierte ich. "Da gehört schon ein bisschen mehr dazu, vorher, nachher und vor allem mittendrin."

"Na also." Mit einem zufriedenen Lächeln auf den Lippen

lehnte sie sich zurück. "Wie ich schon einmal sagte: Dafür brauchst du keinen Kerl, der ohnehin keine Ahnung davon hat."

"Sondern?"

Irgendwie stand ich heute auf dem Schlauch. Ich kam absolut nicht mit, worauf sie hinaus wollte.

Wieder beugte sie sich vor in meine Richtung und flüsterte mir über den Tisch hinweg zu:

"Ich bin absolut davon überzeugt, Frauen sind die besseren Liebhaber."

Ach herrje, ging das schon wieder los!

"Steffi, ich ..." Prüfend sah ich mich kurz um. Gottlob saßen die anderen Gäste weit genug von uns entfernt, sodass uns keiner belauschen konnte. "Ich bin keine Lesbe."

"Musst du ja nicht. Allerdings, Probieren geht über Studieren. Hast du denn schon einmal?"

"Nein, habe ich nicht und muss ich nicht", sagte ich nachdrücklich. "Das weiß ich auch so."

"Sicher?"

"Ja. Ich stehe nun einmal auf Männer. Basta."

"So wie du redest, ist das absolut unwahrscheinlich."

Unwillig schüttelte ich den Kopf.

"Dass Männer Idioten sind, ändert nichts daran, dass mich rein sexuell gesehen nach ihnen gelüstet."

"Tja ... Manchmal muss man neue Wege gehen."

"Nicht jeder neue Weg passt auch."

"Das weißt du erst, wenn du ihn gegangen bist."

Darauf fiel mir nun gar nichts ein. Sogar mir leuchtete ein, dass sie theoretisch damit richtig lag.

"Siehst du?", triumphierte Steffi, die mein Schweigen wohl als Zustimmung deutete. "Was wäre so falsch daran, es wenigstens zu versuchen? Was riskierst du dabei? Nichts, Katrin, oder?"

"Schon, aber ..."

Mir war bei diesem Gespräch gar nicht wohl. Sex mit

einer Frau zu haben gehörte weder zu meinen geheimen Wünschen noch zu meinen Plänen. So etwas stand für mich einfach völlig außer Frage. Zu meinem Leidwesen war Steffi in dieser Hinsicht äußerst penetrant und hörte partout nicht auf, mich überreden zu wollen.

"Willst du mir allen Ernstes weismachen, dass du dir bei den ganzen Nieten, die du hattest, nicht gewünscht hast, es niemals mit ihnen getan zu haben?", fuhr sie unbeirrt fort.

"Schon, aber -"

"Na also. Was spricht nun dagegen?"

Steffi legte ihre Hand auf meine und sah mir tief in die Augen.

Hastig zog ich meine Hand unter ihrer hervor, schüttelte den Kopf und überlegte gleichzeitig, wie ich es ihr auf schonende Art beibringen konnte, dass ich kein Interesse an ihrer Idee hatte.

"Ich bin weder prüde noch verklemmt, wirklich nicht. Aber mit einer Frau ... Entschuldige, das ist nicht so ganz mein Ding."

"Wieso? Wo ist das Problem?"

Das wusste ich selbst nicht genau. Ich wusste lediglich, dass ich es nicht wollte. Alles in mir sträubte sich bei diesem Gedanken. Sex mit einer Frau ... Nein, niemals!

Mir drängten sich unwillkürlich meine Träume vom Wochenende auf. *Das* war es, was ich wollte und nichts anderes. Leider würde es vermutlich niemals dazu kommen, weder mit Fuchs noch mit einem anderen, denn solchen Sex gab es mit absoluter Sicherheit nur im Traum.

Als ich viel später im Bett lag, alleine natürlich, ging mir immer wieder das Gespräch mit Steffi durch den Kopf. War sie etwa allen Ernstes auf Frauen fixiert? So hätte ich sie niemals eingeschätzt. Ihr Annäherungsversuch neulich irritierte mich schon genug, und nun das! Nein, für mich kam das nicht infrage.

81

Wieso nur legte sie so eine Hartnäckigkeit an den Tag, mich dazu überreden zu wollen? Wäre ich ein Mann, ich hätte Steffis Angebot sicher nicht ausgeschlagen, nur war ich keiner. Nein, ich musste und würde ihr das ausreden. So oder so.

Wenigstens verging diese Nacht ohne unzüchtige Träume. Nach der Unterhaltung mit Steffi befürchtete ich nämlich, dass ich wieder reif dafür war. Diesmal allerdings nicht mit Fuchs, sondern mit ihr. Doch gottlob blieb ich davor verschont.

15

Das ganze Wochenende verbrachte ich in seliger Ruhe zu Hause. Ich genoss es, einfach nur das zu tun, wozu mich die Lust überkam. Kein schlechtes Gewissen, so wie früher, wenn es nicht aufgeräumt aussah oder das Essen zu spät auf dem Tisch stand. Auch nicht, wenn ich gefühlte Ewigkeiten im Bad verbrachte. Keine Klagen, wenn ich abends noch im Bett lesen wollte. Ich genoss jede einzelne Sekunde mit mir alleine. Mein Leben war herrlich.

Jedenfalls so lange, bis ich Montagmorgen in die Firma kam und Fuchs sah. Er sprühte förmlich vor schlechter Laune. Alleine schon seine Miene verführte mich beinahe dazu, mich an den PC zu setzen und ihm einen Brief zu schreiben, über dem ganz groß *Kündigung* stand.

Andrea entging es scheinbar nicht, dass meine beschwingte Stimmung, in der ich zur Arbeit kam, pfeilschnell in den tiefsten Keller sackte.

"Ignorier ihn einfach", bat sie mich.

"Wie denn?", stöhnte ich entnervt auf. "Sieh dir bloß einmal diese Miene an! Da kommt einem ja das Frühstück hoch."

"Dann kuck nicht hin. Vielleicht hat er ein miserables Wochenende hinter sich."

"Na und? Das ist noch lange kein Grund, mir den Tag zu verderben."

"Würde es dich aufmuntern, wenn ich dir sage, dass er am Donnerstag und Freitag nicht da ist?"

"Ist er nicht?", fragte ich angenehm überrascht.

"Nein. Er muss nach Dresden. Objektbegehungen, Termine, was weiß ich."

"Eine herrliche Nachricht!", jubelte ich leise. "Der Tag ist gerettet!"

Der Zeiger meines Stimmungsbarometers schnellte abrupt in die Höhe. Nur drei Tage mit dem Blödfuchs. Das ließ sich irgendwie managen und ertragen.

"Na also, wusste ich es doch", triumphierte Andrea.

"Katrin!", tönte es auf einmal quer durchs Büro.

Wie ich dieses dämliche Bellen unseres Bürofuchses verabscheute!

"Das darf doch nicht wahr sein ... Ich eile, mein Gebieter", spöttelte ich leise vor mich hin und stemmte mich aus meinem Stuhl.

Seine Tür stand offen, also ging ich gleich hinein.

"Sie wünschen?", fragte ich knapp.

"Haben Sie Donnerstag und Freitag schon etwas vor?"

Wie bitte? Was ging es ihn an, was ich in meiner Freizeit machte?

"Nun ja, ich wollte -"

"Dann sagen Sie ab. Wir fahren nach Dresden."

"Wer ist *wir*?"

"Sie und ich."

"Das glaube ich nicht, Herr Fuchs."

"Ich schon. Ich hole sie Donnerstagmorgen um sechs ab. Hier." Er reichte mir eine Visitenkarte. "Buchen Sie unsere

83

Hotelzimmer. Noch Fragen?"

Völlig fassungslos starrte ich ihn an.

"Ich glaube, Sie haben mich vorhin nicht verstanden, Herr Fuchs. Ich werde mit Ihnen nirgendwo hinfahren."

"Doch, werden Sie."

"Ich wüsste nicht, wieso."

"Weil ich es sage. Reicht das als Grund?"

"Nein."

"Sie kommen trotzdem mit."

"Ich denke nicht daran!", antwortete ich empört.

"Es reicht, Katrin!" Fuchs wurde etwas lauter. "Sie buchen die Zimmer und kommen mit. Ende der Debatte."

Zornig stampfte ich mit dem Fuß auf.

"Nein! Und *damit* Ende der Debatte!"

Fuchs sah mich daraufhin eisig an.

"Gut. Dann verschwinden Sie. Sie sind gefeuert. Fristlos."

Seinem Blick nach zu schließen, meinte er es diesmal wirklich ernst. So ein Mist aber auch! Das passte mir nun gar nicht.

"Herr Fuchs, ich -"

"Raus hier."

"Was soll ich denn dabei?", fragte ich vorsichtig.

"Ich sage es noch einmal ganz langsam, damit auch *Sie* es begreifen können: *Sie sind gefeuert!*" Er lehnte sich zurück und kniff die Augen zu Sehschlitzen zusammen. "Ich habe diese ewigen Debatten und Streitereien mit euch Weibern satt. Mir steht es bis oben hin. Wenn Sie hier arbeiten wollen, tun Sie, was ich sage. Ansonsten verschwinden Sie. Habe ich mich klar genug ausgedrückt?"

"Ja", antwortete ich hastig. Eine kleine Chance, meinen Job doch noch zu retten, gab es vielleicht. Ich riss mich zusammen und bemühte mich um einen möglichst neutralen Tonfall. "Was machen wir in Dresden?"

"Wir?"

"Sie möchten doch, dass ich mitkomme. Also, was machen wir dort?"

Fuchs sah mich einen Moment schweigend an, dann meinte er:

"Ich habe ein paar Termine und Sie sehen bei der Gelegenheit die Wohnanlagen, um zu wissen, womit Sie es zu tun haben."

"Okay. Und wann sind wir zurück?"

"Freitagnacht. Sonst noch etwas?"

"Nein ... Doch."

"Und was?"

Er trommelte mit den Fingern auf der Tischplatte herum und sah mich ungeduldig an.

Ich zwang mich zu einem möglichst freundlichen Lächeln.

"Bin ich nun gefeuert?"

Fuchs verzog keine Miene.

"Fahren Sie mit?"

"Ja", brummte ich. Was blieb mir unter dieser Voraussetzung schon anderes übrig?

"Dann verschieben wir das auf ein anderes Mal."

"Danke."

Wortlos nickte er und widmete sich wieder seinem PC.

Im Flur atmete ich erst einmal ganz tief durch. Das war knapp gewesen, sehr knapp sogar. Ich konnte Fuchs absolut nicht ausstehen und von seinem täglichen Anblick erlöst zu werden, wäre theoretisch das Beste, das mir passieren konnte. Mir jedoch auf die Schnelle einen neuen Job zu suchen, stand nicht auf meiner Wunschliste.

Meine Vernunft klopfte bei mir an. Es gab zukünftig für mich nur eine Möglichkeit: Ich musste mich beherrschen. Das würde mir zwar ungeheuer schwerfallen, doch mir blieb keine andere Wahl, wenn ich nicht Gefahr laufen wollte, von ihm gekündigt zu werden.

"Was war denn nun schon wieder los?", stöhnte Andrea, als ich mich wieder in meinen Stuhl warf.

"Das Übliche", brummte ich.

"Wie Hund und Katze", schimpfte sie leise vor sich hin. "Ihr beide lernt es wirklich nicht mehr."

"Wärst du etwa begeistert, mit ihm nach Dresden fahren zu müssen?"

Andrea stutzte, dann verzog sie das Gesicht.

"Ach du Schande. Musst du etwa?"

Ich zuckte missmutig mit den Schultern.

"Entweder das oder ich bin gefeuert."

"Oh!"

"Genau."

Meine Kollegin warf einen kurzen Blick in Richtung Flur, dann flüsterte sie mir zu:

"Soviel ich mitbekommen habe, läuft es bei ihm zu Hause gar nicht gut."

"Wundert mich nicht. Ich kenne zwar sie nicht, aber ihn zur Genüge. Das reicht", flüsterte ich zurück. Ich hatte einmal gelesen, dass Füchse ein sehr gutes Gehör hatten und unser Bürofuchs hatte es auf jeden Fall. Alles musste er nicht mitbekommen.

"Sie gibt scheinbar das Geld schneller aus, als er es verdienen kann. Hat er neulich jedenfalls behauptet, als sie hier angerufen hat. Ich habe an der Tür gelauscht."

So so, sie lauschte also ungeniert an seiner Tür und mir predigte sie immer, das täte man nicht.

"Pfui, Andrea! Wie konntest du nur! Und weiter?"

"Er meinte, wenn sie so weitermacht, könne er bald die Finger heben."

"Fuchs? Er verdient doch genug", antwortete ich überrascht. "Seine Abrechnung lag neulich in der Buchhaltung."

"Für sie offenbar nicht."

"Kann ich kaum glauben. Das reicht locker für zwei. Oder

hat er Kinder?"

"Nein, sie will keine. Das würde nur ihre Figur ruinieren, sagte sie einmal."

Lieber Gott! Das war ja wieder typisch für diese zaundürren Zicken. Was die Tatsache betraf, dass ich genauso wenig wie sie Kinder wollte: Um mir meine Figur ruinieren zu können, musste ich erst einmal eine haben, die es wert war, verteidigt zu werden. Doch das war ein gänzlich anderes Thema.

"Der Arme kann einem ja fast leidtun", höhnte ich.

"Ach Katrin, nun sei nicht so boshaft", tadelte Andrea mich. "Jeder hat eben so seine Probleme."

"Stimmt", gab ich um des lieben Friedens willen zu. Meine Probleme waren Süßigkeiten und Fuchs. Tat ich allerdings deshalb irgendjemandem leid? Nein. Ich musste auch alleine damit fertig werden, nur ließ ich meinen Unmut darüber nicht an anderen aus.

16

Am Mittwochabend rief mich Steffi an und lud mich auf ein Gläschen Wein zu ihr ein. Ich lehnte ab und heuchelte Bedauern. Schließlich müsse ich mitten in der Nacht aufstehen, um mit Fuchs nach Dresden zu fahren. Sie fand es ebenso schade wie ich und wir verschoben den gemütlichen Abend auf das Wochenende. Ich hoffte, dass mir bis dahin etwas einfallen würde, um ihr diesen Lesbenquatsch ein für alle Mal auszutreiben.

Gleich im Anschluss an unser Telefonat fuhr ich mit dem Taxi zu meiner Mutter, um ein kleines Schwätzchen zu halten. Ich musste ja nur eine Stunde früher aufstehen als sonst. Mein Vater war ebenfalls zu Hause, verzog sich jedoch klammheimlich nach einer Weile in seinen Hobbykeller, den niemand außer ihm betreten durfte. Was auch immer er da unten trieb, wusste keiner so genau. Zumindest war er dort beschäftigt und Mama und ich konnten uns in Ruhe unterhalten.

"Sag mal, was denkst du eigentlich über Frauen, die dem eigenen Geschlecht zugetan sind?", fragte ich sie nach einer Weile.

"Wieso? Bist du umgeschwenkt?"

"Sehe ich so aus?"

"Genauso wenig wie andere Lesben. Das sieht man denen nicht an", antwortete sie lapidar.

Ich schnappte förmlich nach Luft.

"Also, das ist doch ... Ich *bin* keine Lesbe!"

"Wieso interessiert es dich dann, was ich davon halte?"

"Meine Güte, weil Steffi mich dazu machen will!"

"Wer ist Steffi?"

"Ich habe eine Frau kennengelernt, Steffi eben, und -"

"Du hast dich in sie verliebt, gib es zu."

Mama sah mich belustigt an.

"Nein!", protestierte ich. "Wir haben uns unterhalten und sie meinte, sie würde es gerne tun. *Mit mir!*"

"Und? Habt ihr schon?"

Entweder schien meine Mutter heute auf dem Schlauch zu stehen oder sie wollte mich zur Weißglut treiben. Am liebsten hätte ich ihr einen heftigen Rempler verpasst.

"Zum Kuckuck, nein! Versteh es doch endlich: Ich stehe nicht auf Weiber!"

"Wo ist dann das Problem?"

Ich seufzte tief auf und schüttelte matt den Kopf.

"Ich weiß nicht, wie ich sie von dieser fixen Idee abbringen kann. Sie begreift es einfach nicht."

"Nun stell dich nicht so an, Kind. Das ist doch ganz einfach. Sag ihr, du willst nicht und basta."

"Eben nicht basta. Sie fängt immer wieder damit an."

Meine Mutter grinste plötzlich verschlagen.

"Dann probiere es doch aus. Wer weiß, vielleicht gefällt es dir ja und -"

"Mama!"

"Katrin, du und ich, wir sind beide erwachsen. Trotz meines Alters heißt das nicht, dass ich noch mittelalterliche Moralvorstellungen habe. Wenn du dein Leben mit einer Frau verbringen willst, hätte ich kein Problem damit. Na ja, dein Vater würde sicher murren, aber das interessiert ja nicht. *Du* musst wissen, was du willst."

"Herr im Himmel, das tue ich doch!"

"Dann mach es ihr begreiflich. Sonst bist du doch auch nicht auf den Mund gefallen."

Ich stöhnte auf und verdrehte die Augen.

"Egal was ich sage, sie kapiert es einfach nicht", sagte ich frustriert. "Im Gegenteil, sie fängt immer wieder damit an. Ich schätze, sie gibt erst dann Ruhe, wenn sie mich mit einem Kerl im Bett erwischt."

"Hast du denn einen?"

"Nein. Leider."

"Und wenn du so tust, als ob?"

Der Vorschlag klang ja ganz gut, nur ...

"Der einzige Mann, mit dem ich zurzeit zu tun habe, ist Fuchs."

"Dein Chef? Vergiss es."

Moment mal! Mir kam da eine Idee. Steffi hatte mich doch erst vor kurzem aus seinem Auto klettern sehen.

"Wieso eigentlich nicht?", murmelte ich vor mich hin, allerdings mehr zu mir selbst als zu ihr.

"Katrin, denk nicht einmal daran!"

"Ja, schon gut, ich weiß", winkte ich ab. "Er ist immer noch verheiratet und ich hasse ihn immer noch. Es hat sich nichts geändert, aber -"

"Du stehst also immer noch auf ihn ... Rein sexuell gesehen", fügte sie noch hinzu.

"Ach Unsinn", log ich, scheinbar ohne rot zu werden. Mama fiel meine Lüge nämlich nicht auf. "Das war nur geistige Verwirrung nach der Kröte und bevor ich Fuchs richtig kannte. Glaub mir, er ist ein Mann zum Abgewöhnen. Und nun muss ich auch noch mit ihm nach Dresden fahren. Frag nicht, wie mir davor graust."

"Du fährst mit ihm nach Dresden? Wieso das denn?"

Meine Mutter runzelte die Stirn und sah mich argwöhnisch an.

"Geschäftlich. Ich muss mit, leider. Das ist allerdings auf seinem Mist gewachsen. Er hat Termine und will mir bei der Gelegenheit die Wohnanlagen zeigen."

"Ach so. Na ja, Dresden ist schön und den einen Tag wirst du ihn schon ertragen."

"Es sind aber *zwei* Tage. Das ist wenigstens einer zu viel."

Mama horchte auf.

"*Zwei* Tage? Ihr übernachtet also dort?"

Alles klar! Ich wusste genau, worauf sie hinaus wollte.

"In getrennten Hotelzimmern", erklärte ich ihr. "Keine Angst. Ich habe sie sogar selbst gebucht."

"Dann ist es ja gut", antwortete sie unübersehbar erleichtert.

"Ja, aber Steffi weiß das nicht. Wenn ich ihr danach erzähle, ich hätte etwas mit ihm gehabt, glaubst du, sie gibt dann auf?"

Meine Mutter schüttelte energisch den Kopf.

"Katrin, lass das, du kommst in Teufels Küche."

"Dort sitze ich bereits", knurrte ich. "Tagsüber Alexander, der Große und abends Steffi, die Kampflesbe. Eine Steigerung gibt es nicht. Und ich dachte, nach der Kröte kann es nur besser werden."

Mama zuckte gelassen mit den Schultern und schmunzelte.

"Eine Steigerung gibt es immer. Du hast offenbar das Talent, komplizierte Verwicklungen anzuziehen."

"Das glaube ich allmählich auch." Ich seufzte tief auf und warf gähnend einen Blick auf die Uhr. "Ich fahre wohl besser nach Hause. Wenn ich morgen verschlafe, rastet das Füchslein sicher aus."

Sie nickte und brachte mich zur Tür.

"Dann viel Spaß in Dresden. Lass dich nicht ärgern und Finger weg vom Füchslein. Du weißt ja, Tollwutgefahr."

"Darauf kannst du Gift nehmen."

Schon zehn Minuten vor sechs stand ich reisefertig unten vor dem Haus und wartete auf Fuchs, samt Miniköfferchen und einer Errungenschaft, die Frau von Welt heute unbedingt brauchte: einem nagelneuen Beautycase. Nach der Krötenära war es dafür höchste Zeit geworden.

Um einen guten Eindruck zu machen, trug ich mein dunkelblaues Kostüm, bestehend aus einem leicht taillierten Blazer und einem gerade geschnittenen Rock, Knie umspielend, passende Pumps und ein dezent gemustertes Tuch um die Schultern drapiert. Ich fühlte mich gut, richtig schick und obendrein absolut passend gekleidet zu Foxis üblichem Anzugsoutfit und dem Porsche.

Lange musste ich nicht warten, bis er um die Ecke gebogen kam. Fuchs war überpünktlich. Er ließ den Motor laufen und stieg aus. Sein Blick wanderte kurz über mich und blieb dann an meinem Gepäck hängen.

"Sie wissen schon, dass wir nur eine Nacht bleiben?"

Das war ja mal wieder typisch für ihn. Immer einen blöden Spruch parat. Doch heute nicht. Heute würde ich mich nicht von ihm reizen lassen.

"Tja, Pummelchens Klamotten brauchen eben mehr Platz", spöttelte ich mit einem Zähnefletsch-Lächeln. "Guten Morgen übrigens."

"Ja", erwiderte er knapp, öffnete den Kofferraum und verstaute meine Sachen. "Steigen Sie ein, Katrin, oder warten Sie auf Ihr Flugzeug?"

"Welches Flugzeug?", wiederholte ich irritiert und versuchte, mich möglichst ohne bescheuert aussehende Verrenkungen in den Schalensitz zu hieven, was mit diesem eng geschnittenen Rock gar nicht so einfach war.

Fuchs grinste mich kurz an, dann setzte er eine todernste Miene auf und ratterte herunter:

"Willkommen an Bord. Wir starten in wenigen Minuten. Bitte klappen Sie die Tische hoch, schnallen Sie sich an und stellen Sie das Rauchen ein."

War er jetzt endgültig übergeschnappt?

"Tut mir leid, Herr Fuchs, aber ich komme nicht so ganz mit, was Sie -"

"Sie sehen aus wie eine Stewardess in Ihrem Kostümchen", klärte er mich auf.

"Und Sie wie ein Hausmeister", konterte ich spitz. "Ist ihr langweiliger Anzug in der Reinigung?"

Fuchs sah an sich herunter.

"Ach, Sie meinen wegen der Jeans?" Er schüttelte den Kopf. "Die zerknautscht beim Fahren weniger als der Anzug. Außerdem fahren wir ins tiefste Dresdner Hinterland. Da reicht schon der Porsche, damit ich Aufsehen errege."

"Verstehe. Wenn Sie da auch noch gestylt und im Anzug auftauchen, würden Ihnen womöglich Tausende von Frauen kreischend nachrennen. Das ist nicht zu verantworten", spöttelte ich.

"Eben. Dann käme ich nicht zum Arbeiten", antwortete er trocken.

Scheinbar war heute wieder Tag der Selbstverliebtheit.

Das war doch unglaublich! Wie eingebildet konnte ein einzelner Mensch überhaupt sein? Ich ersparte mir jeden weiteren Kommentar und Fuchs zum Glück auch.

Ganz entspannt lehnte ich mich zurück. Das Radio dudelte leise vor sich hin und nur das Röhren des Motors unterbrach ab und zu, wenn Foxi das Gaspedal durchtrat, meine mittlerweile schläfrige Stimmung. Zwischendurch fielen mir immer wieder die Augen zu und ich nickte kurz ein.

"Müssen Sie raus?"

Ich zuckte zusammen.

"Wieso?"

"Da vorne kommt gleich ein Parkplatz", meinte er. "Frauen sind ja wie kleine Hunde und nutzen jede Gelegenheit zum Pfützchen machen. Soll ich rausfahren?"

Seinen Machospruch ignorierte ich ausnahmsweise. Mich gierte nach einer Zigarette und im Auto würde er mich als frischgebackener Nichtraucher, der er war, kaum rauchen lassen.

"Ja."

"Wusste ich es doch."

Beim Aussteigen verfluchte ich mein Kostüm zum zweiten Mal, speziell den eng geschnittenen Rock. Normalerweise trug ich meist Hosen oder Röcke, die viel Bewegungsfreiheit boten. Als ich gewohnheitsmäßig ein Bein hinausschwingen wollte, um auszusteigen, gab es einen Ruck. Es ging nicht, der Rock blockierte.

Fuchs hatte es zu meinem Leidwesen offenbar mitbekommen.

"Brauchen Sie einen Flaschenzug oder geht es auch ohne?"

"Sparen Sie sich Ihre unangebrachten Kommentare!", entfuhr es mir ärgerlich. Beidbeinig drehte ich mich auf dem

93

Sitz und stemmte mich hoch. Na also, vielleicht nicht besonders grazil, aber wirkungsvoll. Die Tür schlug ich so heftig zu, dass der ganze Wagen vibrierte. *So ein Vollpfosten!*

Der Wind hier war eisig und ich fror abscheulich, aber was tat man nicht alles für sein heiß geliebtes Laster. Ich lief neben dem Auto auf und ab und zog heftig an meiner Zigarette, nicht nur wegen der Kälte und damit ich schneller fertig wurde: Wir waren noch nicht einmal eine Stunde unterwegs und ich hatte gute Lust, ihm eins überzuziehen. Die zwei Tage würden ausarten, ich wusste es jetzt schon. Entweder kam ich arbeitslos nach Hause, weil er mir kündigte oder ohne Chef, weil ich ihm irgendetwas antat. Fuchs war ein abscheuliches, widerwärtiges Scheusal jenseits jeglicher Existenzberechtigung.

Die Beifahrertür wurde von innen aufgestoßen.

"Hey Kati, was ist nun?"

"Ich bin noch nicht fertig!", knurrte ich.

"Wollten Sie nicht zur Toilette?"

"Nein."

"Dann steigen Sie ein, bevor Sie sich etwas einfangen. Rauchen können Sie hier drinnen auch."

Das ließ ich mir nicht zweimal sagen. Wieso auch immer er plötzlich menschliche Züge zeigte, es war mir egal. In dieser Kälte schmeckte mir die Zigarette ohnehin nicht.

"Das hätten Sie auch gleich sagen können, Kati."

"Was?", schnatterte ich im nutzlosen Bemühen, das Zähneklappern zu unterdrücken.

"Dass Sie nur eine rauchen wollen. Das Auto hat einen Aschenbecher."

Er öffnete denselben und zwinkerte mir dabei zu.

"Sie haben doch aufgehört und da dachte ich -"

"Na und? Stört mich nicht."

Es störte ihn nicht? Nun war ich mehr als überrascht und

hakte deshalb nach:

"Wirklich nicht?"

"Nein."

Ich nahm noch einen letzten Zug und stippte die Zigarette in den halb vollen Aschenbecher.

Fuchs deutete auf das Handschuhfach.

"Machen Sie mal auf und geben Sie mir meine Schachtel."

Seine Schachtel? Ich musste mich verhört haben. Sprachlos starrte ich ihn an.

"Kucken Sie nicht so, Kati. Ich will jetzt auch eine."

"Aber Sie haben doch -"

"Ja, bis gestern Abend. Auf dem Nachhauseweg war ich noch beim Tanken und habe mir wieder eine Schachtel mitgenommen, auch wenn ich zu Hause deswegen mordsmäßig angeraunzt wurde." Fuchs verzog kurz das Gesicht. "Ganz ehrlich, Katrin, ich habe es nicht mehr ausgehalten. Immerhin zwei Wochen ohne, ist doch schon etwas, oder?"

"Ja, allerdings", gab ich ehrlich und vor allem neidvoll zu. "Ich würde es nicht einmal so lange aushalten."

Fuchs war scheinbar doch nicht unfehlbar. Das machte ihn schlagartig ein winzig kleines bisschen sympathischer.

"Aber es bleibt dabei, Katrin. Im Büro wird nicht geraucht, klar?"

"Aber sicher doch."

Das war nur eine Frage der Zeit. Andrea erwähnte einmal, dass er ebenfalls leidenschaftlicher Raucher war, sogar noch ein wenig leidenschaftlicher als ich. Deshalb, so hoffte ich zumindest, würde es ihm sicher mit der Zeit zu dumm werden, ständig nach draußen zu gehen.

Fuchs drehte ungefragt die Heizung etwas mehr auf und mir wurde allmählich wieder warm. Sogar der Ledersitz fühlte sich auf einmal recht kuschelig an und es dauerte nicht lange, bis ich einnickte.

Ich wachte erst auf, als ich einen eisigen Windstoß spürte und mich jemand anstupste. Fuchs stand neben der geöffneten Beifahrertür und sah auf mich herab.

"Kurze Pause. Oder wollen Sie lieber weiterschlafen?"

"Das ist so schön warm hier", murmelte ich und gähnte.

"Das liegt unter anderem an der Sitzheizung, die jedoch nur bei eingeschaltetem Motor funktioniert. Wenn Sie allerdings hier warten wollen ..."

"Ich muss nicht Pfützchen machen."

"Wie Sie meinen, Kati. Ich jedenfalls brauche jetzt unbedingt einen Kaffee."

Wieso sagte er das nicht gleich?

"Ich auch", antwortete ich schnell.

Foxi hielt mir galant die Hand entgegen.

"Na dann, erweisen Sie mir die Ehre und begleiten mich?"

Mit dem Anflug eines Grinsens nahm ich sie und ließ mich von ihm aus dem Sitz hochziehen.

So verlockend ein schöner, heißer Kaffee auch war, mir grauste regelrecht vor dem Weg dorthin. Erst auf der Autobahn fiel mir nämlich ein, dass mein Mantel noch zu Hause an der Garderobe hing. Als ich im Halbschlaf meine Wohnung verließ, dachte ich an alles, nur nicht an ihn.

Blieb somit die Hoffnung, dass es später etwas wärmer werden würde, denn falls die Wohnungen, die ich mit Foxi besichtigen sollte, nicht in einem Hauseingang lagen, durfte ich mit meinem dünnen Kostümchen bei diesen frostigen Temperaturen draußen herummarschieren. Das wiederum bedeutete, verfroren wie ich war, mein sicheres Ende als Eiszapfen.

Wir machten etwas mehr als eine halbe Stunde Rast, dann fuhren wir weiter. Der Kaffee tat gut und weckte sowohl meine als auch Foxis Lebensgeister auf. Kaum zurück auf der Autobahn, preschte er auf die linke Spur und ließ sich dort nur im Ausnahmefall vertreiben. Bei seinen anschließenden Überholmanövern schloss ich regelmäßig die Augen und betete im Stillen, dass ich den morgigen Tag noch erleben durfte. Hätte ich vorher gewusst, dass er die Autobahn mit einer Formel-1-Rennstrecke verwechselte, hätte ich gestern noch mein Testament geschrieben.

Foxi schien auf jeden Fall seinen Spaß dabei zu haben, denn - so fiel es mir zunehmend auf - er war gar nicht so übellaunig wie sonst, ganz im Gegenteil. Er unterhielt sich mit mir wie ein ganz normaler Mensch. Wir lachten sogar miteinander. Ob es nun am Porsche fahren lag oder daran, dass er wieder mit dem Rauchen angefangen hatte oder an beidem, wusste ich nicht. Das spielte eigentlich auch keine Rolle, denn so oder so, er benahm sich richtiggehend annehmbar.

Kurz vor Dresden hielten wir an einer Raststätte. Fuchs tankte den Wagen erneut auf und lud mich zum Mittagessen ein. Es war zwölf vorbei und im Büro hätte mein Magen bereits seit einer Weile lautstark geknurrt. Heute dagegen schwieg er - oder ich bemerkte sein Knurren nur nicht, weil meine Gedanken insgeheim ununterbrochen um Foxi kreisten.

Mein Chef, sonst das Scheusal in Person, benahm sich heute absolut untypisch. Untypisch für ihn. Sicher, wie immer kamen vereinzelt boshafte Bemerkungen und Kommentare, trotzdem war er irgendwie anders, viel lockerer und entspannter als sonst. Der arrogante Volldepp mit Machoallüren, der er üblicherweise im Büro war, benahm sich heute völlig seltsam. Natürlich hasste ich meinen Chef immer noch, daran würde sich vermutlich auch nie etwas ändern, doch ich ertappte mich dabei, dass ich ihn so beinahe sympathisch fand und mir wünschte, dass das anhielt. Denn dadurch bestand die gute Chance,

97

dass ich die zwei Tage mit ihm alleine auf jeden Fall überleben würde.

Noch etwas musste ich zugeben: Fuchs konnte anziehen, was er wollte, er verfügte über eine derartige Ausstrahlung, die selbst dann nicht verloren ginge, wenn er in Müllbeutel gehüllt herumlaufen würde. Er besaß das gewisse Etwas, das die Blicke automatisch anzog. Nicht nur, weil er wirklich gut aussah, selbst heute in Jeans und schlichtem Pulli, es war ... Tja, es war schwer zu beschreiben. Foxi wirkte völlig eins mit sich selbst und darum beneidete ich ihn zutiefst.

Der ganze Nachmittag verlief recht hektisch. Wir hetzten von Termin zu Termin, besichtigten ein paar leer stehende Wohnungen, die wir im Auftrag der Eigentümer vermieten sollten, und hörten uns das Gejammer des Hausmeisters und ein paar unzufriedener Mieter an. Fuchs fertigte sie der Reihe nach ab, nicht unfreundlich, aber sehr bestimmt und resolut. Bewundernswert. So wie er hätte ich das nie gekonnt.

Meine einzige Arbeit bestand lediglich darin, ihm hinterher zu traben. Mit jeder Minute mehr verfluchte ich meine schicken Pumps und meine Vergesslichkeit, des Mantels wegen, zunehmend. Obendrein bekam ich nun auch noch Hunger. Mittags aß ich nur eine Schüssel Salat, doch so groß sie auch war, mein Elefantenmagen war derart verwöhnt, dass er Salat immer noch nicht als Hauptgericht, sondern bestenfalls als Vorspeise oder Beilage betrachtete.

Kein Wunder also, dass meine Laune allmählich ins tiefste Kellerloch rutschte: Ich war ausgehungert, durchgefroren bis auf die Knochen und meine Füße taten höllisch weh. Zusätzlich musste ich dringend für kleine Mädchen und obendrein langweilte ich mich zu Tode. Wozu sollte ich eigentlich mitfahren? Reichte ihm das Radio nicht als Unterhaltung?

Es war gleich sieben und er debattierte immer noch mit dieser nörgeligen Oma über die neue Auslegware, die sie partout haben wollte und das natürlich auf Kosten des Vermieters. Meine Güte, dachte ich mir. So schlimm sah die jetzige nicht aus, als dass sie die Oma nicht locker überleben würde.

Wenn Fuchs sich nicht endlich mit ihr auf irgendetwas einigte, bildete sich gleich unter mir eine riesige Pfütze, mitten auf der *Auslegware*. Bei uns zu Hause hieß das ja Teppichboden, aber andere Länder, andere Sitten.

Die nörgelige Oma gefiel mir nicht. Mir gefiel auch nicht die Wohnung mit den dunklen Eiche-rustikal-Möbelmonstern und den vergilbten Spitzendeckchen, die überall herumlagen. Und von dem Mief hier drinnen, eine undefinierbare Mischung aus saurer Milch, Kohlsuppe und abgestandener Luft, wurde mir allmählich übel. Ich musste hier raus!

Kurzentschlossen zupfte ich Fuchs am Ärmel und deutete mit den Augen auf die Wohnungstür. Begriffsstutzig sah er mich an.

"Wir müssen los, Herr Fuchs", half ich ihm ungeduldig auf die Sprünge.

"Wieso? Wir ..." Fuchs zögerte etwas, doch dann fiel bei ihm offenbar der Groschen. "Oh ja, richtig, Katrin. Frau Schubert, ich werde sehen, was sich machen lässt und gebe Ihnen nächste Woche Bescheid."

Er verabschiedete sich kurz von ihr, fasste mich am Arm und schob mich schnell hinaus.

"Das war die beste Idee des Tages", raunte er mir zu, als wir das Treppenhaus verließen. "Die Alte nervt mich jedes Mal und immer laufe ich ihr über den Weg. Es ist zum Verrücktwerden."

Das war verständlich, stand ich doch ebenfalls kurz davor aus den verschiedensten Gründen. Einer davon war meine übervolle Blase. Wenn ich nicht gleich eine Toilette bekam, konnte ich für nichts mehr garantieren.

"Kommen Sie, Kati. Verschwinden wir von hier."

Das war zwar genau das, was ich wollte, doch allein schon der Gedanke, mich in meinem aktuellen Zustand in den Schalensitz zu zwängen, trieb mir den Angstschweiß auf die Stirn. Ich überlegte kurz und sah mich um. Es war gottlob schon dunkel und das da drüben ...

"Ich komme gleich wieder", raunte ich ihm zu.

"Wo wollen Sie hin?"

Ohne zu antworten, rannte ich - ungeachtet meiner schmerzenden Zehen - auf die Hecke zu und verschwand dahinter. Es war eine Erlösung. Sollte mich jemand dabei beobachten, wie ich die Hecke wässerte, es war mir in diesem Moment schlichtweg egal. Sorgsam zog ich anschließend meinen Rock zurecht und ging höchst erleichtert zu Fuchs zurück, der rauchend neben dem Porsche stand.

"Was war jetzt los?", wollte er wissen.

"Tut mir leid, ich habe es nicht mehr ausgehalten", antwortete ich leicht verlegen.

Mit großen Augen sah er mich an.

"Wollen Sie damit etwa andeuten, dass Sie eben hinter die Hecke gepinkelt haben?"

Ich spürte, wie meine Wangen heiß wurden.

"Es ging wirklich nicht mehr", murmelte ich schuldbewusst.

"Katrin! Wieso sind Sie nicht bei der Schubert?"

"Wären Sie?"

"Nein." Fuchs schüttelte sich. "Ich hoffe nur, dass Sie keiner beim Blümchengießen gesehen hat. Los, einsteigen!"

Ich gehorchte widerspruchslos, schon deshalb, weil ich inzwischen derart durchgefroren war, dass sich alles an mir taub anfühlte.

"Nicht zu fassen", brummte er. "Ich stauche jeden zusammen, der seinen Hund in der Anlage sein Geschäft erledigen lässt und dann setzen Sie sich in die Büsche. Das kommt mit Sicherheit gut an."

"Tut mir leid, aber ich war am Platzen. Oder wäre es Ihnen lieber gewesen, ich hätte es hier drin laufen lassen?"

"Katrin!" Fuchs warf mir einen strafenden Blick zu und ließ den Motor an. "Gehen wir in der Stadt essen oder im Hotel? Was ist Ihnen lieber?"

So flau mir auch schon im Magen war, zuerst brauchte ich eine heiße Dusche, sonst würde ich vermutlich vor lauter Zittern nicht mal mein Besteck halten können.

"Im Hotel."

"Keine Lust aufs Dresdner Nachtleben?"

Hatte ich eigentlich schon, aber zusammen mit meinem *Chef*?

"Später vielleicht", wich ich aus. "Könnten Sie bitte die Sitzheizung anmachen? Mir ist schweinekalt."

Ohne zu zögern drückte er auf zwei Schalter am Armaturenbrett.

"Ja, mir auch inzwischen", gab er zu. "Sobald wir im Hotel sind, gehe ich erst einmal unter die Dusche. So viel Zeit haben wir doch hoffentlich oder verhungern Sie mir vorher?"

Grinsend schüttelte ich den Kopf.

"Genau das hatte ich auch vor."

"Klasse, dann sind wir uns einig. Ich glaube übrigens, das ist das erste Mal überhaupt."

"Nein, die Schubert war das erste Mal", korrigierte ich ihn mit einem Augenzwinkern.

"Wow! Das entwickelt sich ja noch mit uns", witzelte er.

Ich nickte kurz und drückte mich in den Sitz, der allmählich warm wurde. Zwar sah ich vor meinem geistigen Auge Mama mit erhobenem Zeigefinger drohend herumfuchteln, doch einer positiven Entwicklung zwischen

101

ihm und mir war ich grundsätzlich nicht völlig abgeneigt. Falls er sich künftig öfter so locker wie heute benahm, würde es sich mit ihm auf jeden Fall im Büro aushalten lassen. Und inwieweit die Entwicklung ansonsten fortschreiten würde ... Nun ja, wir würden sehen.

18

Unser Hotel befand sich etwas außerhalb von Dresden und sah von außen wie ein Schlösschen aus, mit Türmchen und Erkern. Das Dach war mit bunten Ziegeln bedeckt, die in dem Licht des Strahlers, der das Haus nachts beleuchtete, schillerten. Innen war es leider im typisch modernen Hotelstil eingerichtet. Trotzdem verbreitete es Behaglichkeit.

Die junge Frau an der Rezeption sprach gepflegtes Hochdeutsch. Was für eine Wohltat nach dem ganzen breiten, sächsischen Dialekt in der Wohnanlage, von dem ich kein einziges Wort verstand! Für mich klang das wie eine Fremdsprache, Foxi dagegen bereitete es offenbar keine Schwierigkeiten. Er war es wohl gewohnt.

Sie gab uns unsere Schlüssel und beschrieb uns den Weg zu unseren Zimmern. Den Nummern nach lagen sie direkt nebeneinander. Foxi hängte sich seine Reisetasche über die Schulter und trug mir unaufgefordert mein Köfferchen und das Beautycase bis zur Zimmertür. Ich war mehr als überrascht. Versteckte sich in ihm etwa doch der Hauch eines Gentlemans?

"Wie lange brauchen Sie, Kati?"

Eine gute Frage. Meinem Magen nach keine fünf Minuten, bis meine Eisbeine wieder auftauten, konnte es allerdings etwas länger dauern.

"Halbe Stunde etwa?"

"Geht in Ordnung. Bis dann."

Kaum in meinem Zimmer, schleuderte ich diese vermaledeiten Pumps in die Ecke. Freiheit für meine beinah abgefrorenen Zehen. Was für eine Wohltat!

Meine Haare steckte ich zum Duschen hoch und genoss das heiße Wasser, bis auch der letzte Knorpel in mir wieder warm wurde. In einer göttlichen Eingebung hatte ich eine Hose, ein schwarzes, anliegendes Top ohne jeglichen Firlefanz, dafür mit sündhaft tiefem Ausschnitt und eine knielange, zottelige Kuschelstrickjacke eingepackt. Und das Beste in meinem Köfferchen waren meine urbequemen Stiefeletten.

Schnell frischte ich danach mein vom Wasserdampf etwas desolates Make-up auf und griff abschließend zu meinem neuen, weinroten Lippenstift, der einfach nur fantastisch aussah. Mir war wieder wohlig warm und mein Spiegelbild gefiel mir - bis auf meine Haare, die sich nun wie Schweineschwänzchen kringelten. Um mich auch noch um sie zu kümmern, blieb mir keine Zeit mehr. Ich versuchte schnell, sie mit etwas Haarschaum zu bändigen, ein Versuch, der mir nur halbwegs gelang. Als ich meine Zimmertür schließlich öffnete, schloss Fuchs nebenan gerade seine. Perfektes Timing!

Sein Blick wanderte kurz über mich.

"Stimmt etwas nicht, Herr Fuchs?", fragte ich skeptisch.

"Nein, alles bestens. Gehen wir?"

Kein blöder Kommentar? Das war seltsam. Andererseits, worüber sollte er auch nörgeln? Die Zotteljacke verdeckte das leichte Röllchen über der Hüfte perfekt und der tiefe Ausschnitt lenkte zusätzlich ganz raffiniert davon ab.

Fuchs trug immer noch seine Jeans, aber statt des Pullis ein hellblaues Hemd lässig über der Hose. Die Ärmel hatte er bis unterhalb des Ellbogens aufgekrempelt. Vielleicht lag

103

es an dem Vergissmeinnichtblau, dass seine nachtschwarzen Haare noch eine Spur schwärzer als sonst schimmerten oder ... *Moment mal!* Das war ja etwas ganz Neues. Er hatte tatsächlich Gel benutzt! So hatte ich ihn im Büro noch nie gesehen. Er sah zum Niederknien aus und die eine Haarsträhne, die ihm vorne in die Stirn fiel, verlieh ihm einen Hauch von Verwegenheit.

Irgendwo in meinem Hinterkopf hörte ich leise meine Mutter mit erhobenem Zeigefinger drohen: *Lass die Finger von ihm!*

Ja doch! Wäre Fuchs nicht verheiratet und trüge ich Kleidergröße 36, ich hätte Mamas wiederholte Mahnung schlichtweg ignoriert, aber so ... Es würde wohl wieder nur auf unzüchtige Träume hinauslaufen. Mehr nicht. Ich war für ihn zu umfangreich und pummelig und ... *Nein, Schluss damit!* Ich rief mich selbst energisch zur Ordnung. Er war lediglich mein Chef, nichts weiter!

Während ich diesen Satz ein ums andere Mal gedanklich aufsagte, folgte ich ihm hinunter ins Restaurant. So sehr mein Magen auch bis vorhin knurrte, der Hunger schien auf einmal wie weggezaubert. Fuchs genehmigte sich ein Steak und ich begnügte mich mit einer Salatschüssel, in der sich ein paar gegrillte Scampi tummelten. Die zweite heute, fiel mir ein. Hatte mein Elefantenmagen womöglich auf wundersame Weise begriffen, dass es mir mit meiner Diät ernst war und es vorerst außer Grünzeug nichts anderes gab?

Das Abendessen mit ihm verlief so, wie auch der Rest des Tages: völlig stressfrei. Was eine andere Umgebung doch so alles ausmachte. Ich war wirklich verwundert, dass wir uns unterhalten konnten, ohne uns gegenseitig - wie sonst im Büro üblich - die Köpfe beinahe einzuschlagen.

"Was ist nun mit dem Dresdner Nachtleben?", fragte Foxi nach dem Essen. "Gehen wir noch auf einen

Schlummertrunk?"

"Na klar, wieso nicht?"

Sei bloß still, Mama! Nur ein bisschen Spaß, sonst nichts.

"Also los."

Fuchs stand auf und ging vor zur Rezeption, um uns ein Taxi zu bestellen. Wir fuhren mitten in die Stadt, in irgendeinen Nachtklub. Viel war noch nicht los. Es war ja auch erst halb zehn vorbei und die Nachtschwärmer machten sich wahrscheinlich erst noch auf den Weg. Innerhalb der nächsten halben Stunde allerdings trudelten sie nach und nach ein.

Im Klub wurde es brechend voll und ziemlich heiß. Bevor ich verschmachten konnte, zog ich meine Jacke aus und hing sie über meinen Stuhl. Meinetwegen sollte er wieder etwas von Pummelchen in zu engen Klamotten faseln, es war mir im Moment total egal.

Schuld daran war vermutlich der *Mai Tai*, den ich viel zu schnell mit dem Strohhalm in mich hineinsaugte und das blöde Grünfutter, das sich so gar nicht als geeignete Grundlage für Cocktails entpuppte. Der Alkohol machte mich derart übermütig, dass ich Fuchs sogar zum Tanzen aufforderte. Leider lehnte er ab. Dieses Gehopse läge ihm gar nicht. *Typisch Mann!* Sobald es ums Tanzen ging, hatten sie immer eine Ausrede parat.

Als die Musik langsamer wurde, geschah etwas, mit dem ich nie gerechnet hätte: Fuchs zog *mich* auf die Tanzfläche. Die Musik war sogar verboten langsam. *I'm not in love*. Ein herrlicher Schleicher.

"Ich dachte, Sie mögen nicht tanzen?", musste ich ihn prompt fragen.

"Tanzen schon, aber nicht dieses Disko-Gehopse."

"Und wo ist der Unterschied?"

"Raten Sie mal."

Foxi grinste leicht und zog mich ein Stückchen näher an sich. Alles klar.

105

"Nahkampfsportler, richtig?"

"Ein bisschen Spaß braucht Mann schließlich auch", antwortete er mit einem Augenzwinkern.

"Sie sind verheiratet!", tadelte ich ihn sofort.

"Darf ich deshalb keinen Spaß haben?"

"Doch, natürlich. Aber dafür ist Ihre Frau zuständig."

Er verdrehte vielsagend die Augen.

"Dann sagen Sie *ihr* das bitte. Mir glaubt sie es nicht."

Oh! Sollte Andrea etwa mit ihrer Vermutung richtig liegen und es lief bei ihm zu Hause wirklich nicht gut? Da taten sich ja ganz neue Perspektiven auf!

Ja, Mama, ich weiß! Finger weg von ihm. Und ja, wir tanzen etwas eng. Nein, nicht zu eng.

Das war nicht einmal gelogen. *Zu* eng wäre es vielleicht gewesen, wenn ich gespürt hätte, ob er den Zimmerschlüssel mit dem klobigen Anhänger in der Hosentasche hatte. Tat ich aber nicht.

Unwillkürlich schossen mir meine feucht-fröhlichen Träume durch den Kopf und vielleicht ritt mich deshalb der Teufel oder was auch immer, denn ich drückte mich eine Spur näher an Fuchs. Prompt antwortete er darauf, indem er seinen Griff um meine Taille etwas verstärkte.

Von den ganzen bunten Cocktails wurde mein Kopf etwas schwer. Zu schwer, um ihn gerade zu halten. Er kippte von ganz alleine leicht zur Seite. Zum Glück hielt ihn Foxis glatt rasierte, angenehm nach einem zitronig-frischen Aftershave duftende Wange auf, sonst wäre er mir vermutlich vom Hals gefallen.

Noch tanzten wir ganz züchtig, nicht anders als die anderen Pärchen. Meine eine Hand lag auf seiner Schulter, die andere in seiner Hand. Ganz brav also, obwohl beide sich tausend Mal lieber in seinen Hintern krallen wollten.

Meine Hand oben war beim nächsten Lied schon so nass geschwitzt, dass sie plötzlich verrutschte und in seinem Nacken liegen blieb. Fuchs machte zwar keinen beschwipsten Eindruck, aber er fürchtete wohl, mir würde schwindlig werden oder ich könne das Gleichgewicht verlieren, denn er nahm meine andere Hand und legte sie ebenfalls dort ab. Auch seine Hände waren offenbar von der Hitze hier drinnen nass geschwitzt, denn er trocknete sie an meinem Rücken ab, indem er dort langsam auf und ab fuhr. Es fehlte nicht viel und ich würde zu schnurren anfangen, fürchtete ich. Oder Schlimmeres.

Ich sah ihm kurz in die Augen, die in dieser schummrigen Beleuchtung wie Cognac schimmerten. In ihnen spiegelte sich genau das, was mir durch den Kopf ging. Und auch er konnte in meinen lesen.

"Gehen wir, Kati?", murmelte er.

"Ja, gehen wir."

Während der Taxifahrt sprach keiner von uns ein Wort. Ich bemühte mich, nicht einmal daran zu denken, was wir beide vorhatten, denn wenn meine Mutter tatsächlich meine Gedanken lesen konnte ... Ich mochte nicht einmal daran denken, was mir dann blühte.

Erst vor unseren Zimmern fragte Fuchs leise:

"Zu dir oder zu mir?"

"Zu dir", antwortete ich ohne zu zögern. Als ich mich nämlich zum Duschen auszog, riss ich mir beinahe meine Klamotten vom Leib und ich konnte mich beim besten Willen nicht daran erinnern, wohin ich meine Unterwäsche geschleudert hatte. Am Ende hing mein Slip über dem Nachttischlämpchen und das war mit Sicherheit nicht gerade besonders aufreizend.

Er zog mich mit in sein Zimmer, schloss die Tür hinter uns und legte mir die Hände um die Hüften.

"Eines muss vorher klar sein, Katrin. Nur diese eine Nacht, nicht mehr. Okay?"

Meine Stimme klang mir selbst fremd, als ich mich sagen hörte:

"Klar. Nur Sex, sonst nichts. Mit verheirateten Männern fange ich aus Prinzip nichts an."

"Gut", flüsterte Foxi mir ins Ohr und schob mich zum Bett. "Das bringt nämlich nur Probleme. Und nun komm."

Nichts lieber als das. Wollte ich doch endlich und unbedingt wissen, ob er wirklich Alexander, der Große war.

19

Als ich am Morgen aufwachte, stellte ich überrascht fest, dass ich dicht an Fuchs gekuschelt im Bett lag. Leise, um ihn nicht zu wecken, stand ich auf und sammelte meine Klamotten zusammen. Ich zog mich notdürftig an und huschte hinüber in mein Zimmer. Schnell stieg ich unter die Dusche, packte meine Sachen in die Köfferchen und machte mich fürs Frühstück fertig. Mit ziemlich gemischten Gefühlen ging ich hinunter in den Speisesaal.

Die Nacht war ... Nun ja, meine Träume neulich kamen der Realität verdammt nah. Fuchs fühlte sich gut an, in jeder Hinsicht, und ich ertappte mich vorhin für einen kurzen Moment dabei, wie ich mir wünschte, jeden Morgen neben ihm aufwachen zu können.

Lieber Gott, das war doch purer Wahnsinn! Was auch immer gestern Abend in mich gefahren war, nun gab es ein massives Problem: Ich musste ihm gegenüber treten und dabei noch so tun, als wäre nichts passiert. *Ja, Mama, sei still!* Ich wusste selbst, dass ich Mist gebaut hatte. So etwas hätte nicht passieren dürfen, nur ... Mochte mein schlechtes Gewissen im Moment noch so laut aufjaulen: Es war unbeschreiblich gewesen. Alexander, der Große. Jeder andere nach ihm würde nur ein Würstchen sein.

"Na, Katrin, auch schon wach?"

Ich zuckte zusammen. Fuchs hatte sich angeschlichen und setzte sich zu mir an den Tisch, ein ungewöhnliches Lächeln auf den Lippen. Ungewöhnlich für *ihn*. So kannte ich ihn bislang gar nicht.

"Ja."

Mir war die ganze Situation mehr als peinlich und ich wusste überhaupt nicht, wie ich damit umgehen oder was ich sagen sollte. Immerhin war das der erste One-Night-Stand meines Lebens gewesen, noch dazu mit meinem Chef.

Nächstes Problem: Sie oder du? Alex oder Herr Fuchs? *Himmel noch mal!* Wieso hatte ich gestern nur nicht weitergedacht als bis zur Bettkante?

Er deutete auf das Fenster.

"Das Wetter scheint besser zu werden als gestern. Der Wind hat sich gelegt."

"Ja, gut."

War ihm die Situation genauso peinlich wie mir oder wieso machte er Small-Talk übers Wetter?

"Ist noch Kaffee in der Kanne? Dann bediene ich mich inzwischen, bis ich meine bekomme."

Ich nickte stumm und schenkte ihm automatisch eine Tasse ein.

"Stimmt etwas nicht, Katrin?"

"Nein, wieso?" Ich lachte ziemlich nervös auf. "Alles bestens."

Foxi sah mich eine Weile aufmerksam an.

"Ich glaube, wir sollten etwas klären, Katrin."

"Es war nur Sex, nicht mehr. Ich weiß", flüsterte ich ihm zu.

Er lachte auf.

"Das hatten wir gestern schon. Nein, ich meinte etwas anderes. Sie oder du?"

Diese Frage kam mir bekannt vor, stellte ich sie mir

vorhin doch auch schon, aber Lösung wusste ich immer noch keine darauf.

"Ehrlich gesagt ..." Hilflos zuckte ich mit den Schultern. "Keine Ahnung. So eine blöde Situation hatte ich noch nie."

"Ich auch nicht. Wir hätten vorher daran denken sollen. Schließlich müssen wir wieder zusammen arbeiten."

In meinem Hinterkopf hörte ich die triumphierende Stimme meiner Mutter: *Ich habe es dir doch gleich gesagt!*

Ja, schon gut, das half mir jetzt auch nicht weiter.

"Und nun?"

Auch Foxi zuckte mit den Schultern.

"Auf irgendetwas müssen wir uns einigen."

Alex, der Große. Herr Fuchs, mein Chef. Was denn nun von beiden, verdammt noch mal?

Wir schwiegen beide eine Weile, dann schlug er vor:

"Solange wir unter uns sind, könnten wir beim Du bleiben und geschäftlich beim Sie. Geht das?"

Die Idee fand ich gar nicht so schlecht. Das war auf jeden Fall erst einmal eine Lösung.

"Aber sicher doch."

"Schön", sagte er sichtlich zufrieden. "Dann wäre das also geklärt."

Wir frühstückten in aller Ruhe zu Ende, checkten aus und danach fuhren wir die restlichen Wohnanlagen ab, damit ich sie wenigstens kurz real sehen konnte. Hinein gingen wir jedoch nicht.

Foxi war wie ausgewechselt. Der arrogante Vollblutdepp schien nicht mehr existent zu sein. Im Gegenteil. Ich ertappte mich sogar ein paar Mal bei dem Gedanken, dass seine Frau wohl doch nicht im Vollrausch gewesen war, als sie ihn heiratete, sondern im Vollbesitz ihrer geistigen Kräfte. Wenn er wollte, und das tat er im Moment scheinbar, konnte er nämlich wahnsinnig witzig und charmant sein. Meine Güte, ich fing tatsächlich an, seine

Frau zu beneiden. Wieso bekam sie seinerzeit ihn und ich nur die Kröte?

Doch halt, das ging zu weit! Es war nur eine heiße, wahnsinnig leidenschaftliche Nacht, mehr nicht. Mehr ging auch nicht. Alles andere würde viel zu viele Probleme mit sich bringen. Davon lagen schon genügend hinter mir, die gottlob mit dem Schreiben vom Gericht gelöst wurden. Neue wollte ich mir unter keinen Umständen aufhalsen.

Nein, ich war eine selbstbewusste Frau, die zum ersten Mal in ihrem Leben ungezügelte und hemmungslose Leidenschaft bei einem One-Night-Stand genossen hatte. Genau das war passiert, nicht mehr und nicht weniger. Mein schlechtes Gewissen verschwand und meine Selbstachtung kehrte zurück.

Jedenfalls bis zu dem Moment auf der Autobahn, als Foxi mir einen kurzen Seitenblick zuwarf und wie beiläufig meinte:

"Die Nacht gestern, das war echt klasse. Glaubst du, wir könnten das irgendwann einmal wiederholen?"

Rumms. Da lag sie zerschmettert am Boden, meine kaum wiedergefundene Selbstachtung. Mein Innerstes schrie lauthals *Ja!*, die Stimme meiner Mutter schrie in meinem Hinterkopf *Nein, auf keinen Fall!* und ich zwang mich höchst diplomatisch zu einem:

"So oft werden wir nicht nach Dresden fahren."

"Das nicht, aber es lässt sich immer irgendeine Möglichkeit finden."

Oh ja! Das klang gut, war es doch genau das, was ein Teil von mir insgeheim hoffte ... trotz schlechten Gewissens und Mamas Gezeter.

"Ja. Mal sehen."

"Heißt das Ja oder Nein?"

Typisch Mann! Im besten Fall hörten sie einem zu, doch sie kapierten trotzdem nichts.

"Ich sagte doch, mal sehen", wich ich aus.

111

"Ja, aber was heißt das?"

"Wenn sich die Gelegenheit ergibt ... Vielleicht?"

Ich zwang mich, möglichst neutral zu bleiben, wollte ich keineswegs durch ein *Ja, am liebsten sofort!* zum Betthäschen degradiert werden oder als vollkommen hormon- und triebgesteuert gelten.

Fuchs schien sich mit meiner Antwort vorerst zufrieden zu geben.

"Gut. Ich werte das mal nicht als striktes Nein. Okay?"

"Okay."

Damit war das Thema fürs Erste abgeschlossen.

Stunden später, als ich wieder zu Hause war, rief Steffi mich an und wollte essen gehen.

"Sorry, ich war schon mit meinem Chef."

"Ach so ... Na ja, macht nichts. Wie wäre es stattdessen mit Kino? Es läuft gerade ein spitzenmäßiger Film."

Lust hatte ich überhaupt keine, aber Steffi war hartnäckig und schließlich ließ ich mich erweichen. Dann eben keinen ruhigen Abend zu Hause und den Gedanken an gestern nachhängen.

Steffi lief schon vor dem Kino auf und ab, als ich ankam. Sie umarmte mich und drückte mir ein Küsschen auf die Wange.

"Und? Ging alles glatt in Dresden? Wie ich sehe, hast du die zwei Tage mit deinem Chef überlebt."

"Ja. War weniger schlimm, als ich dachte", winkte ich ab und das war nicht einmal gelogen.

"Na also. Und er selbst?"

"War klasse."

"Was?", stieß sie überrascht aus.

Oh Mist!

"Äh ... Ich meinte, für seine Verhältnisse", wand ich mich heraus. "Er machte seine Arbeit, ging mir nicht auf die

Nerven und hielt ansonsten die Klappe."

"Ach so, ich dachte schon ..."

"Lass uns das Thema wechseln", schlug ich rasch vor. "Zwei Tage Fuchs am Stück rund um die Uhr reicht ... *Fast* rund um die Uhr."

Lieber Gott, war ich noch ganz bei Trost? Wenn ich so hirnlos weitermachte, verplapperte ich mich doch noch. *Mensch Katrin, reiß dich doch zusammen!*

"Du hast recht. So interessant kann ohnehin kein Mann sein, als dass man sich länger als zwei Minuten über ihn unterhalten muss", sagte Steffi und schob mich Richtung Einlass. "Los, lass uns reingehen. Karten habe ich schon. Die hat mir ein Kunde geschenkt. Nett von ihm, nicht?"

Ich nickte nur, denn meine Gedanken schweiften schon wieder ab. Erst als das Licht ausging und der Vorspann lief, registrierte ich, dass wir ganz oben in der letzten Reihe saßen. Zu Jugendzeiten war das meine Lieblingsreihe. Umso seltsamer, dass mich jetzt ein äußerst unangenehmes Gefühl dabei überkam.

Ich wusste nicht einmal, wieso, bis sich Steffis Hand plötzlich auf meinen Oberschenkel legte. Sicher nur aus Versehen. Völlig unabsichtlich schlug ich die Beine übereinander. Gar nicht so leicht in den engen Sitzreihen, doch ich war ihre Hand los. Keine halbe Minute später lag sie auf meinem Nacken und begann, mich zu kraulen. Ich beugte mich zu meinen Schuhen hinunter, um zu kontrollieren, ob sie noch da waren. Leider musste ich dazu aber die Beine wieder nebeneinanderstellen. Kaum war die Kontrolle meiner Schuhe beendet, lag Steffis Hand schon wieder auf meinem Schenkel und rutschte auf dessen Innenseite. Jetzt reichte es mir. Heftig schlug ich ihr auf die Finger und zischte ihr zu:

"Hör mit der Fummelei auf, sonst setzt es etwas. Verstanden?"

Musste sie wohl, denn es herrschte erst einmal Ruhe.
113

Nach einer Weile fing sie jedoch erneut damit an. Zu allem Überfluss spürte ich ihren warmen Atem an meinem Hals und ihre Zungenspitze, die sachte darüber wanderte. Nun wurde es mir endgültig zu viel.

"Steffi, wenn du nicht sofort -"

Weiter kam ich nicht. Sie drehte meinen Kopf zu ihr und presste ihre Lippen kurz auf meine. Ich war so überrascht, dass ich nicht gleich reagieren konnte.

"Ich will dich", hauchte sie mir ins Ohr.

Rettungslos schockiert stieß ich sie von mir und sprang auf.

"Du spinnst doch total!", fauchte ich sie in gedämpfter Lautstärke an, kämpfte mich durch die Reihe bis zum Gang und verließ fluchtartig das Kino.

Ein ums andere Mal schüttelte ich mich, während ich einfach die Straße entlang eilte. Nur weg von hier und dieser Irren. Mehrmals rieb ich mir über die Lippen, auf denen ich immer noch ihren Kuss spürte. Hinter mir hörte ich das hastige Klappern von Absätzen und warf einen Blick über die Schulter. *Mama, Hilfe!* Die Kampflesbe verfolgte mich!

Gütiger Himmel, wieso trug ich nur diese verdammten, hochhackigen Pumps? So schnell es damit ging, rannte ich weiter. Sie konnte es offenbar besser als ich, denn nach ein paar Metern holte sie mich ein und hielt mich am Arm fest.

"Katrin, bleib doch stehen. Ich wollte doch nur -"

"Bleib mir bloß vom Leib. Wenn du mich noch einmal anfasst, überlebst du das nicht!", drohte ich ihr und hastete weiter.

"Tut mir leid, es überkam mich ganz einfach. Nun bleib doch bitte stehen."

Joggen, noch dazu mit Pumps, gehörte nicht zu meinen Hobbys, genauso wenig wie sonstige sportliche Aktivitäten. Kein Wunder also, dass mir schon die Zunge aus dem Hals hing. Nur deshalb blieb ich stehen.

"Lass mich in Ruhe, Steffi", keuchte ich atemlos. "Und vor allem, begreife es endlich. Ich bin keine Lesbe, klar?"

"Aber du -"

"Nein! Ich bin es nicht, ich will das nicht und ich will auch nichts versuchen."

"Aber woher willst du -"

"Ich weiß es einfach! Ich stehe immer noch auf Kerle und das Ding zwischen ihren Beinen, klar?"

Ziemlich ungläubig schüttelte sie den Kopf.

"Du hast doch die Schnauze voll von ihnen, sagst du immer."

"Das ist doch völlig egal, solange der Sex mit ihnen gut ist."

"Du hast selbst gesagt, dass -"

"Ja, die Kröte war eine Niete, aber Fuchs war gigantisch!"

Fassungslos starrte sie mich an.

"Du hast mit deinem Chef ... Katrin!"

Außer mir vor Zorn vergaß ich, wo wir uns gerade befanden: mitten auf dem Gehweg, in aller Öffentlichkeit.

"Ja, ich habe mit ihm geschlafen und er war der Beste, der mir je zwischen die Beine geraten ist", brüllte ich herum. "Sonst noch Fragen?"

Aus den Augenwinkeln bemerkte ich einen älteren Mann mit Hund an der Leine, der stehen blieb, uns kopfschüttelnd ansah und vor sich hin murmelnd weiterging.

"Du treibst es mit deinem *Chef*?", keifte Steffi. "Der Typ mit dem Porsche?"

"Na und? An ihm hängt auch nichts anderes als an jedem anderen Kerl, nur weiß er ganz genau, wie man damit umgeht. Und nicht nur *damit*!"

"Er ist verheiratet!"

"Deshalb ist er trotzdem ein Genie im Bett!", schleuderte ich ihr entgegen. "Weißt du was, Steffi? Amüsiere dich weiter mit deinen Gummilümmeln, ich brauche einen aus Fleisch und Blut! Und nun lass mich mit deinem

Lesbenquatsch endlich in Ruhe. Ich stehe nicht auf Weiber, kapierst du das nicht?"

Meine Stimme überschlug sich fast und ich schnappte nach Luft. Steffi schwieg. *Endlich!* Leise hörte ich die entsetzte Stimme meiner Mutter im Hinterkopf: *Kind, was hast du nur für eine Ausdrucksweise!*

Na ja, ganz unrecht hatte sie damit nicht, denn normalerweise drückte ich mich weitaus weniger drastisch aus. Bei Steffi jedoch, befürchtete ich, würde ich damit nicht weiterkommen. Bei ihr half offenbar nichts anderes als eindeutig klare Worte. Bevor uns ein paar entsetzte Passanten eine Polizeistreife auf den Hals hetzen würden, drehte ich mich um und lief die Straße weiter. Irgendwo da vorne musste der Taxistand sein.

Total niedergeschmettert ging ich zu Hause sofort ins Bett, bevor mich eine Tröste-Fress-Attacke überfallen konnte. Das eine Kilo, das meine Waage gestern Morgen weniger anzeigte, wollte ich unter keinen Umständen zurück. Denn das schien derzeit das einzig Positive in meinem bescheuerten Leben zu sein.

Noch vor gar nicht langer Zeit war ich lediglich eine in jeder Hinsicht frustrierte Ehefrau, wie zigtausend andere auch. Damals glaubte ich allen Ernstes, dass ich mich nur scheiden lassen brauchte und mein Leben würde sich schlagartig in einen Traum verwandeln.

Tja, das tat es ja auch, allerdings in einen *Albtraum*. Meinen Chef hasste ich abgrundtief und doch zog er mich genauso unwiderstehlich an wie ein Berg frischgebackener Croissants, sodass ich mich aller Vernunft zum Trotz eine ganze Nacht lang mit ihm in voller Ekstase im Hotelbett wälzte. Und die neue, angebliche Freundin entpuppte sich als Verrückte, die mich unbedingt zum Lesbendasein missionieren wollte.

Mein Leben war eine Mischung aus Vorhof zur Hölle und

absoluter Katastrophe. Und wer trug die Schuld daran? Die Kröte!

20

Den ganzen Samstag über läutete mehrmals mein Telefon. Ich vermutete die Kampflesbe hinter diesen Anrufen und nahm nicht ab. Mit ihr wollte ich weder reden noch sonstigen Kontakt. Vielleicht kapierte sie es dann, dass ich nicht beabsichtigte, auf ihren Lesbenzug aufzuspringen.

Am nächsten Nachmittag klingelte es an meiner Haustür, ich öffnete völlig arglos und - *Mist!* Steffi stand draußen, mit Blümchen in der Hand und einem strahlenden Lächeln.

"Ich wollte mich bei dir entschuldigen für mein blödes Benehmen. Tut mir echt leid."

"Ja", antwortete ich lahm, weil mir im Moment nichts Besseres einfiel. Unschlüssig blieb ich in der offenen Tür stehen.

Sie schielte neugierig an mir vorbei.

"Störe ich? Hast du Besuch?"

"Nein, habe ich nicht."

"Hier, für dich, Süße."

Sie drückte mir den kleinen Frühlingsstrauß in die Hand und blieb abwartend stehen.

"Danke ... Willst du auch einen Kaffee?"

"Ja, sehr gerne."

Mir war absolut unwohl, mit ihr alleine in der Wohnung zu sein, trotzdem bat ich sie herein. *Anstand kostet nichts*, hatte mir Mama in Kindheitstagen mehr oder weniger erfolgreich eingeimpft. Kaum schloss ich die Tür hinter uns, ging ich sofort hinüber in die Küche, um die Kaffeemaschine anzuwerfen.

"Wie geht es dir?", hörte ich sie plötzlich direkt hinter mir. Mir fiel fast die Wasserkanne aus der Hand. Fing sie jetzt auch noch an, sich in Fuchs-Manier anzuschleichen?

"Gut. Dir auch?"

"Na ja, ich habe ein schlechtes Gewissen, weil ich dich so überrumpelt habe. Das hätte nicht passieren dürfen, aber es kam einfach so über mich. Tut mir leid."

Ihr zerknirschter Gesichtsausdruck wirkte überzeugend echt und stimmte mich versöhnlich.

"Dann beherrsch dich künftig bitte. Wie oft habe ich dir schon gesagt, dass ich nicht auf so etwas stehe?"

"Mindestens genauso oft, wie du gesagt hast, du hättest von Kerlen die Schnauze voll. Und dann springst du ausgerechnet mit deinem Chef, den du angeblich so sehr hasst, ins Bett?"

Ihr Gesichtsausdruck hatte sich blitzschnell verändert und sie sah mich nun mit einer Mischung aus Kampflust und Anklage an. Sie konnte es einfach nicht lassen!

"Wo ist das Problem?", fragte ich sie genervt. "Ich wollte es, er wollte es, wir waren beide scharf wie Chili."

"Wo das Problem ist?", ächzte sie. "Wie wäre es damit: Du arbeitest für ihn und er ist verheiratet?"

"Na und? Seine Frau war nicht mit von der Partie. Außerdem ist das sein Problem, nicht meines", winkte ich lässig ab. Ausgerechnet von ihr wollte ich mir am allerwenigsten Moralpredigten anhören.

"Das ist doch ...", schnaubte Steffi empört auf und schüttelte dann stumm den Kopf.

"Hör mal, seine Ehe geht mich nichts an", erklärte ich ihr kühl. "Er wird schon wissen, was er tut."

"Du klingst wie eine Schlampe!"

Mein Anflug von Versöhnlichkeit vorhin verschwand und ich spürte, wie es in mir wieder zu kochen begann.

"Und du tickst nicht mehr ganz", zischte ich. "Es war nur Sex, nicht mehr. Das haben wir von Anfang an klargestellt. Ein One-Night-Stand, sonst nichts."

"Glaubst du diesen Bockmist eigentlich selbst?", höhnte sie. "Wenn es ihn das nächste Mal in der Hose juckt und er pfeift, springst du doch wieder!"

"Und wenn schon, was geht es dich an? Schwing du weiter deine Gummimonster und lass mich in Ruhe."

"Ich zerstöre damit jedenfalls keine Ehe."

"Als wenn es dir darum ginge!", schnaubte ich. "Wenn er ihr fremdgeht, wird es schon einen Grund dafür geben."

"Ja, dich! Gib es doch zu, nur deshalb wolltest du unbedingt mit ihm wegfahren."

Noch ein dämlicher Kommentar ihrerseits und ich würde explodieren, soviel stand fest.

"Ich *wollte* nicht, ich *musste*", korrigierte ich sie scharf.

Steffi lachte höhnisch auf.

"Du musstest? Ach nee. Wart ihr beiden schon so wuschig, dass ihr es nicht mehr ausgehalten habt?"

"Ach, du spinnst doch total!", schrie ich sie an, inzwischen außer mir vor Zorn. "Was geht dich das alles eigentlich an? Ich kann es treiben, mit wem und wie oft ich es will. Du hast mir überhaupt nichts zu sagen."

"Das will ich doch gar nicht, es ist nur ... Ich dachte, wir sind Freundinnen."

"Was hat das damit zu tun?"

"Wieso betrügst du mich dann? Noch dazu mit *Fuchs*?"

Steffi verzog angewidert das Gesicht und schüttelte sich.

"Ich *betrüge* dich?"

Ich schnappte nach Luft. Das schlug doch dem Fass den Boden aus!

"Ja, sicher tust du das. Erklär mir eines: Was findest du an ihm? Wieso er und nicht ich?"

"Weil du kein Mann bist! Geht das nicht endlich in dein

119

Lesbenhirn? Er ist ein Mann mit allem, was dazugehört und er ist verdammt gut im Bett. Ende der Diskussion!"

Der Kaffee war inzwischen durchgelaufen. Steffi schenkte sich eine Tasse ein und ging damit hinüber ins Wohnzimmer, wo sie sich mitten auf die Couch setzte. Nach kurzem Zögern folgte ich ihr, samt Kaffeetasse, setzte mich jedoch ihr gegenüber auf den Sessel.

"Katrin, was kann dir dieser Mann bieten außer seinem Dingsda?"

Ich stöhnte auf. Sie würde es in tausend Jahren nicht begreifen.

"Genau dieses *Dingsda* ist alles, was ich von ihm will."

"So glaub mir doch bitte, kein Mann kann dir geben, was ich dir geben kann."

"Doch, kann er, solange dir noch kein *Dingsda* gewachsen ist."

"Ach, dann hättest du dich neulich nicht so angestellt, oder?", höhnte sie.

"Zum hunderttausendsten Mal, Steffi, ich stehe nicht auf Weiber!"

"Du weißt nicht, was dir entgeht."

"Weil es mich schlicht und ergreifend nicht interessiert!"

"Katrin, er benutzt dich doch nur."

"Ich weiß. Und ich ihn."

"Das hat doch keine Zukunft."

"Auch das weiß ich. Ich will ja keine Beziehung, ich will nur heißen, ausschweifenden, gnadenlosen Sex mit ihm, mehr nicht."

Sie schüttelte den Kopf, trank ihren Kaffee aus und stand mit einer beleidigten Miene auf.

"Du begreifst es einfach nicht. Irgendwann ist der Spaß vorbei und dann hast du nichts, gar nichts."

"Darum kümmere ich mich, wenn es soweit ist", winkte ich ab. "Bis dahin werde ich es genießen. Jedes einzelne Mal und jede einzelne Sekunde. Keine Verpflichtungen, kein

Stress, nur Lust und Vergnügen pur."

"Viel Spaß dabei."

Ohne ein weiteres Wort drehte sie sich um und ging.

Ich atmete erleichtert auf. Meine obszönen Sprüche verfehlten ihre Wirkung auf sie offenbar nicht. Beinahe schämte ich mich vor mir selbst. *Ja Mama, ich weiß! Ich komme aus einem anständigen Elternhaus und so eine Ausdrucksweise hast du mir nicht beigebracht!*

Doch was auch immer ich noch sagen oder tun musste, um Steffis Lesbenattacken zu entgehen, ich würde es tun. In der Not war schließlich jedes Mittel erlaubt.

21

Montagmorgen ging ich sehr beschwingt zur Arbeit. Von Steffi hatte ich den Rest des Wochenendes nichts mehr gehört und das war gut so. Obendrein war ich davon überzeugt, dass sich Foxi nach unseren beiden gemeinsamen Tagen in Dresden und vor allem nach dieser einen Nacht sich mir gegenüber wie ein normaler Mensch benehmen würde.

Doch weit gefehlt. Er war genauso unausstehlich wie sonst und trieb mich wieder zur Weißglut. Andrea blieb wie immer die Ruhe selbst, was mich noch mehr erzürnte.

"Sag mal, du stehst doch unter Drogen, oder?", maulte ich sie an. "Wie kannst du nur so ruhig bleiben, wenn er sich wie ein ausgemachter Vollblutdepp benimmt?"

Andrea lachte auf.

"Er benimmt sich doch nicht anders als sonst auch."

"Eben. Genau *das* geht mir tierisch auf den Keks."

"Meine Güte, ignorier es einfach. Die zwei Tage Dresden

mit ihm hast du überlebt, dann ist das hier doch ein Klacks. Außerdem sitzt Foxi jetzt ganz brav in seinem Zimmerchen."

"Ja, jetzt. Sobald er aber herauskommt, habe ich das zweifelhafte Vergnügen. Er drangsaliert mich schon den ganzen Vormittag."

"Ach was." Andrea zwinkerte mir spitzbübisch grinsend zu. "Du siehst das nur überspitzt. Er gibt dir lediglich Arbeitsaufträge, mehr nicht."

Sie streckte mir albern die Zunge heraus, ich tat es ihr prompt nach.

Der mittlerweile verhasste, interne Klingelton meines Telefons eine Weile später entrang mir ein so bösartiges Knurren, dass sich jeder Rottweiler sofort jaulend hinterm Schrank versteckt hätte.

"Da, siehst du?", brummte ich Andrea missmutig zu. Widerwillig nahm ich das Gespräch an, hörte Fuchs zu und ließ dann den Hörer wortlos auf die Gabel fallen. "Dreht er denn jetzt völlig durch? Er will mir ein paar Briefe diktieren! Als wenn ich die nicht selbst schreiben könnte!"

Auf dem Weg zu Foxis Büro machte ich einen Abstecher in die Küche und nahm zwei Tassen Kaffee mit. Sonst fiel ihm womöglich wieder mittendrin ein, dass sein Koffeinspiegel gefährlich weit unten lag. Mit der Schuhspitze tippte ich mangels freier Hand gegen seine Tür, bis ein grimmiges "Ja!" ertönte. Der Weg war frei und ich drückte mit dem Ellbogen die Klinke.

"Es reicht, anzuklopfen, Katrin. Sie müssen die Tür nicht eintreten."

"Ich bitte vielmals um Entschuldigung. Ich habe nur meine dritte Hand zu Hause vergessen."

Fuchs lehnte sich lässig zurück und drehte dabei ein Feuerzeug zwischen den Fingern.

"Von Kaffeekränzchen war nicht die Rede."

"Ach ja, richtig! Darf ich mir bitte bitte auch einen Kaffee nehmen? Ist ja schließlich *Ihr* Kaffee. Ich vergaß", erwiderte ich, nicht ohne triefenden Hohn in der Stimme.

"Nein, dürfen Sie nicht. Schütten Sie ihn zurück und bringen mir einen Aschenbecher."

Unwillkürlich kam mir ein Lachen aus.

"Tut mir sehr leid, Herr Fuchs, aber der Chef hat das Rauchen im Büro verboten."

Völlig ungerührt sah er mich an.

"Im Büro vielleicht, aber nicht hier drinnen."

"Ist das hier kein Büro?"

"Nein."

"Sondern?"

"Die Schaltzentrale."

"Oh, ich verstehe. Dann darf hier drinnen also geraucht werden?"

"Ganz genau."

Gut zu wissen. Falls er künftig einmal außer Haus war, musste ich bei schlechtem Wetter also nicht mehr auf den Minibalkon im Treppenhaus, sondern konnte mir im Warmen mein Zigarettchen anstecken. Höchst zufrieden stand ich auf und ging in die Küche, um einen Aschenbecher zu holen. Meinen Kaffee ließ ich allerdings auf seinem Tisch stehen. Soweit kam es noch, dass ich ihn wieder in die Kanne schüttete!

Bis ich zurück war, roch es schon nach Rauch. Ich stellte den Aschenbecher vor ihm ab und beobachtete ihn, wie er unübersehbar seinen Glimmstängel genoss. Und mich ließ er zusehen.

"Wenn Sie sich von meinem unwiderstehlichen Anblick losreißen können, sagen Sie Bescheid, Katrin. Ich habe noch mehr zu tun."

Heute war eindeutig wieder Tag der Selbstverliebtheit. Das reizte mich allerdings nicht, war ich es von Fuchs bereits gewöhnt, sondern etwas ganz anderes.

"Ein Gentleman würde einer Dame auch eine anbieten", sagte ich vorwurfsvoll.

Die Andeutung eines Grinsens huschte über Foxis Gesicht.

"Ich habe nie behauptet, einer zu sein. Also, schreiben Sie."

Blödian! Er ließ mich tatsächlich zusehen, obwohl er ganz genau wusste, dass ich mich nur noch mühsam beherrschen konnte, ihm die Zigarette nicht aus der Hand zu reißen. Obendrein begann er, in einem Tempo zu diktieren, als wäre ich sein Diktiergerät.

"Halt!"

"Können Sie nicht schreiben, Kati?"

"Können Sie nicht normal diktieren?"

"Tue ich doch."

"Sie sind zu schnell."

"Ach, wirklich?"

Sein süffisantes Grinsen trieb mir die Schamesröte ins Gesicht. Wir dachten in dieser Sekunde offenbar an das Gleiche und das hatte absolut nichts mit dem Diktat zu tun.

"Ich meinte den Brief", korrigierte ich mich hastig und betrachtete mein chaotisches Gekritzel auf dem Block.

Fuchs lachte auf und warf mir seine Zigarettenschachtel zu.

"Vielleicht geht es damit besser, Kati."

Ich spürte seinen Blick auf mir ruhen, während ich mir auch eine anzündete und einen tiefen Zug nahm.

"Können wir nun endlich zur Sache kommen?"

Unterhalb meines Bauchnabels zog sich alles zusammen bei seiner eindeutig zweideutigen Frage. Damit mein Kopf nicht noch röter wurde, als er sicher ohnehin schon war, entschied ich mich, zum Angriff zu rüsten.

"Sicher doch, Herr Fuchs. Gleich hier, auf dem Schreibtisch?"

"Sie können sich auch zum Schreiben darunter knien, wenn Sie wollen. Und wenn Sie schon einmal dort unten sind ... Mir fiele da noch etwas ein, das Sie gleich erledigen könnten."

Lieber Himmel, er hatte im Augenblick offenbar noch schlüpfrigere Gedanken als ich! Wäre Andrea nicht zwei Zimmer weiter gesessen ... Nein, Schluss damit!

Bevor das hier ausartete, riss ich mich zusammen und tat so, als hätte ich seine Anspielung überhört.

Er diktierte in gemäßigtem Tempo ein paar Briefe, die ich auch ohne seine Hilfe zustande gebracht hätte.

"Ist das alles, Herr Fuchs?", fragte ich anschließend.

"Wieso? Ist Ihnen langweilig? In dem Fall -"

"Nein nein, das reicht", unterbrach ich ihn, sprang hastig auf und wollte gehen. Schon wieder Überstunden? Nein, danke.

"Katrin?"

Natürlich, wie immer. Die Tür schon einen Spalt geöffnet, drehte ich mich nochmals zu ihm um. Fuchs wedelte mit der Hand. Das sollte wohl *Tür zu!* heißen. Ich schloss sie also wieder.

"Ja?"

Er winkte mich zu sich.

"Am Wochenende fährt meine Frau nach Berlin. Sehen wir uns?", flüsterte er.

"Wann und wo?", hörte ich mich atemlos fragen.

"Wann hast du Zeit?"

"Egal. Ich habe nichts vor."

"Gut. Samstagabend um sieben an der Tanke bei dir um die Ecke."

"An der *Tankstelle*?"

Foxi zwinkerte mir zu.

"Wieso nicht? Ist einmal etwas anderes."

"Wie bitte?"

"Kati! Im Porsche dürfte es etwas eng werden, glaubst

125

du nicht? Wir treffen uns da und fahren weiter."

"Und wohin?"

Er zuckte mit den Schultern.

"Weiß ich noch nicht, aber ich lasse mir etwas einfallen."

Zufrieden nickte ich. Nur schade, dass Samstagabend noch so weit weg war. In mir kribbelte schon alles. Er war nur eine halbe Armlänge von mir entfernt und ich spielte mit dem Gedanken ... Nein, viel zu gefährlich, entschied ich. Wenn Andrea nun plötzlich hereinkam und uns ertappte! Nicht auszudenken.

In Foxis Augen konnte ich meine Gedanken lesen. Er räusperte sich und sagte in normaler Lautstärke:

"Das ist alles im Moment, Katrin."

Andrea starrte mich mit offenem Mund an, als ich zurück nach vorne kam.

"Was hast du mit ihm angestellt?", wollte sie wissen.

"Ich? Nichts. Wieso?"

Rasch wandte ich mich meinem Papierberg zu und blätterte darin herum. Meine Wangen fühlten sich immer noch ziemlich heiß an.

"Katrin, ich arbeite seit über einem Jahr für Foxi, aber ich habe ihn noch nicht ein einziges Mal hier drin lachen hören. Also verrate es mir: Was hast du mit ihm angestellt?"

"Ach nichts", wiegelte ich ab und log: "Freud'scher Versprecher. Fand er scheinbar recht komisch."

Sie schien sich damit zufrieden zu geben.

"Und ich dachte immer, dazu geht er in den Keller. Na ja, vielleicht wird ja doch noch ein normaler Mensch aus ihm." Auf einmal streckte sie die Nase in die Luft und schnupperte. "Riecht das hier wie -"

"Ja. In der *Schaltzentrale* darf seit eben geraucht werden." Ich deutete nach hinten. "Ab sofort wird er öfter einmal Besuch bekommen."

"Zu ihm zum Rauchen? Lieber nicht. Die paar Zigaretten,

die ich mir pro Tag gönne ... Ihm fällt doch nur Blödsinn ein, wenn er einen sieht."

Wie bitte? Bei Andrea etwa auch? Dann war ich nicht die Einzige, mit der Fuchs ... Ich hätte es mir denken können. Es lag nicht an mir, sondern an seinem Testosteronspiegel. Die Gelegenheit war günstig und ich dumm und willig. Nun wollte ich mehr wissen.

"Blödsinn? Wieso? Macht er dir unmoralische Angebote?", fragte ich so harmlos wie möglich.

"Fuchs?" Andrea lachte auf. "Um Gottes willen, Katrin!"

"Macht er?"

"Nein! Wo denkst du hin!"

"Hätte ja sein können. Du sagtest doch neulich, seine Ehe läuft nicht so gut."

"Ich glaube es zumindest. Apropos ..." Andrea griff zum Telefon und piepste ihn an. "Herr Fuchs, Sie möchten Ihre Frau auf dem Handy zurückrufen. Es ist dringend."

Nachdem sie auflegte, kicherte sie leise.

"Die liebe Melli hat das allerdings etwas anders formuliert."

"Ach ja?"

"*Sagen Sie diesem Trottel, er soll mich sofort auf dem Handy anrufen. Und damit meine ich auch sofort!*", äffte sie seine Frau nach. "Scheint Ärger zu geben, so wie sie gekeift hat."

"Sie hat wirklich *Trottel* gesagt? Zu dir?", vergewisserte ich mich entsetzt.

Ich warf der Kröte zwar auch jede Menge Schimpfworte an den Kopf, aber ausschließlich, wenn wir alleine waren. Vor anderen hätte ich das niemals getan. Schmutzige Wäsche wusch man zu Hause, nicht in der Öffentlichkeit oder vor anderen.

"Wenn du wüsstest, als was sie ihn schon alles betitelt hat. Nicht nur am Telefon, sondern auch hier im Büro. Da war *Trottel* fast noch ein Kosewort."

127

Kopfschüttelnd sahen wir uns an. Ein paar Sekunden später telefonierte er bereits und selbst durch seine geschlossene Bürotür hindurch konnten wir ihn bis nach vorne hören. Leider verstand ich nicht, was er sagte. Auf Zehenspitzen lief ich den Gang entlang, blieb vor seiner Tür stehen und lauschte. *Ja, Mama, das tut man nicht, ich weiß.* Doch meine Neugier war stärker als mein Anstand. Als es drinnen still wurde, sauste ich zurück.

"Hast du etwa ... Katrin!"

Andrea schnalzte missbilligend mit der Zunge.

"Ach was. Wer nichts weiß, stirbt dumm."

"Stimmt auch wieder. Um was ging es?"

Ich wollte gerade anfangen, zu erzählen, da stürmte Fuchs an uns vorbei und schlug die Eingangstür derart heftig hinter sich zu, dass die Fensterscheiben klirrten.

22

"Was ist jetzt los? Wo will er hin, Katrin?"

"Keine Ahnung. Ihr Auto hat wohl den Geist aufgegeben und er hätte es in der Werkstatt anmelden sollen, was er aber vergessen hat. Soweit ich es verstanden habe."

"Meine Güte!" Andrea stöhnte auf. "Kann sie dort nicht selbst anrufen? Sie ist doch den ganzen Tag zu Hause."

"Das sagte er auch. Kennst du sie persönlich?"

"Kennen ist zu viel gesagt. Sie war ein paar Mal hier."

"Und?"

"Na ja, hellblonde Wallemähne, megaschlank, mindestens Körbchengröße C und Stammgast in Solarium und Nagelstudio."

Ich wusste genug. Bei Körbchengröße C hielt ich zwar locker mit, doch beim Rest musste ich leider passen. Meine schulterlangen Schweineschwanzkringel waren keineswegs Wallemähne und megaschlank war nur mein geheimes, verborgenes Ich.

"Typische Porschebraut eben und vermutlich eingebildet für drei, oder?", fragte ich verächtlich.

Andrea schnitt eine Grimasse.

"Das dürfte nicht ganz reichen. Leg noch ein paar oben auf."

Nun wusste ich mehr als genug.

"Sag mal, wieso stehen eigentlich die ganzen Kerle auf solche Tussis? Als wenn es nichts anderes gäbe."

Grinsend zwinkerte sie mir zu.

"Du weißt doch, Männer können besser kucken als denken. Deshalb glauben sie auch, dass sie nur ein schnelles Auto und eine aufgestylte Blondine brauchen, um darüber hinwegzutäuschen, dass sie eigentlich nur unscheinbare, minderbemittelte Würstchen sind."

Grundsätzlich gab ich ihr dabei recht, nur mit einem nicht.

"Findest du wirklich, dass Foxi ein unscheinbares, minderbemitteltes Würstchen ist?"

Sie zuckte mit den Schultern.

"Mein Fall ist er jedenfalls nicht. Ich würde ihn hochkant von der Bettkante schubsen. Du nicht?"

In mir schrie alles lauthals: *Nein!* Ich würde ihn ohne Umschweife jederzeit und sofort hineinzerren, nur durfte ich das unter keinen Umständen verraten.

"Doch, natürlich, er ist ein arrogantes Scheusal ohne Manieren", behauptete ich deshalb.

"Aber?", hakte Andrea nach und sah mich recht argwöhnisch an.

"Was aber?"

"Das hörte sich fast so an, als ob du -"

"Um Himmels willen, nein. Niemals!", beteuerte ich so überzeugend wie möglich. "Allerdings, von seiner
129

unmöglichen Art mal ganz abgesehen, finde ich ihn rein optisch gar nicht übel."

"Ich wusste es", feixte Andrea. "Unser Füchslein gefällt dir also."

"Nur rein optisch."

"Okay, er ist durchaus attraktiv, aber seine Art ist, wie du sagtest, unmöglich und außerdem fehlt ihm das gewisse Etwas."

Das tat es keineswegs, dachte ich mir. Sie sollte ihn nur einmal mit meinen Augen sehen. Mir schossen unwillkürlich Bilder von den beiden Tagen in Dresden durch den Kopf, von dem Alex, der so völlig anders war als unser büroeigener Blödfuchs.

Alex besaß durchaus das gewisse Etwas und zwar so viel davon, dass ich jetzt schon wie ein verliebter Teenager anfing, die Stunden bis Samstagabend zu zählen, nur um ein bisschen mit ihm alleine zu sein, ganz privat. Trotzdem musste ich mit den Wölfen heulen, damit es nicht auffiel.

"Vielleicht versteckt er es nur unter seinem langweiligen Bestattungsunternehmer-Outfit?", fragte ich betont lässig.

"Möglich." Andrea nickte gemächlich. "Ich finde auch, er könnte ruhig einmal etwas anderes tragen als immer diese öden Anzüge."

"Eben. Er hat doch eine gute Figur und so alt er ist er schließlich nicht, um nicht einmal etwas Lässigeres anzuziehen. Vielleicht kuckt er dann auch nicht mehr so griesgrämig aus der Wäsche."

"Schön, dass Sie beide sich Sorgen um mein Aussehen machen, aber absolut unnötig."

Ach du Schande! Wie lange stand Fuchs schon da? Andrea lief in dunklem Purpur an, zog die Schultern ein und hieb hurtig in die Tasten. Bevor ich vollends die gleiche Gesichtsfarbe wie sie bekam, rüstete ich zum Angriff.

"Sie machen Ihrem Namen wirklich alle Ehre, Herr *Fuchs*, so wie Sie sich anschleichen. Passen Sie nur auf, dass der

Jäger Sie nicht erwischt."

"Keine Angst, Kati. Im Frühjahr ist Schonzeit", entgegnete er trocken. "*Foxi* bleibt ihnen also noch eine ganze Weile erhalten. Und jetzt genug gequatscht. Wofür bezahle ich Sie beide eigentlich?"

Typisch Foxi! Nie um eine Antwort verlegen. Doch ich schoss genauso schnell wie er.

"Tja, wenn Sie das nicht wissen, Foxi, weiß ich auch nicht. Ich soll doch arbeiten, nicht denken. Ihre Aussage."

"Warum tun Sie es dann nicht einfach mal?", knurrte er. "Und für Sie bin ich immer noch *Herr Fuchs*, klar?"

"Ja sicher, habe ich etwas anderes gesagt?"

"Sie haben ..."

Unser Bürofuchs winkte kopfschüttelnd ab und schnürte nach hinten in sein Büro.

"Ja, was denn nun?"

Verständnislos sah ich ihm nach, während Andrea losprustete.

"Was denn?", fragte ich sie ungeduldig.

"Du hast ihn *Foxi* genannt. Du bist unmöglich, Katrin."

"Oh! Nein, ich ... Das habe ich gar nicht mitbekommen. Wenn, dann war das jedenfalls keine Absicht."

"Ich wäre fast geplatzt." Sie kicherte wieder los. "*Passen Sie auf den Jäger auf.* Du hast echt ein freches Mundwerk, weißt du das?"

"Ach ist doch wahr", rechtfertigte ich mich. "Er braucht sich doch nicht wundern. Wie man in den Wald hineinruft, schallt es zurück."

23

Meine Kollegin machte heute bereits um halb vier

Feierabend. Sie musste noch zu einem Zahnarzttermin. Darum beneidete ich sie zwar nicht, doch das Wetter war heute so strahlend schön, dass ich nur noch aus diesem Büro und nach draußen wollte. Der unerledigte Stapel Papier auf meinem Schreibtisch und vor allem Foxi, der ausnahmsweise in seinem Fuchsbau blieb, waren jedoch damit sicher nicht einverstanden.

Diese innen angebrachten, von der Decke baumelnden cremefarbenen Jalousetten dienten allenfalls als Dekoration der großen Fensterscheiben, mehr aber auch nicht. Wir hatten sie komplett zugezogen und trotzdem war es unglaublich stickig in unserem Büro. Die Luft stand förmlich.

Ein ums andere Mal fragte ich mich, was sich der Architekt dieses Gebäudes dabei dachte, Büros auf der Südseite zu bauen ohne vernünftige Sonnenschutzmöglichkeiten. Vermutlich dachte er gar nichts, so wie die meisten Architekten.

Mir fiel dabei automatisch das Haus der Kröte ein, das ebenfalls so eine architektonische Glanzleistung war. Anstatt die Küche direkt in der Nähe des Einganges zu bauen, lag sie genau am anderen Ende des Hauses. Typisch männliche Planung, dachte ich mir damals, als ich das erste Mal das Haus der Kröte betrat. Männer machten sich keinerlei Gedanken um logische Haushaltsplanung. Dafür hatten sie ja ihr Personal, ob nun mit oder ohne Ehering.

Dass die Angetraute, die natürlich alleine die Einkäufe erledigen durfte, vollbepackt mit Tüten erst einmal quer durchs ganze Haus laufen musste, um die Lebensmittel in die Küche zu bringen, interessierte auch nicht. Schon damals wuchs mein Zorn und Hass auf hirnlose Architekten und dieser hier verdiente beides.

Mir war so heiß, dass ich nach Luft zu schnappen begann wie ein Fisch auf dem Trockenen. Ich schob diese sinnlosen Jalousetten beiseite und riss das Fenster auf. Mit den

Ellbogen stützte ich mich auf den Sims und sah hinunter auf die Straße, wo es zuging wie im Bienenstock. Frische Luft kam allerdings nicht herein, die Luft stand draußen genauso wie hier drinnen.

Zeit für eine Kaffeepause und ein Zigarettchen draußen auf dem Minibalkon, entschied ich. Als ich mich umdrehte, um in die Küche zu gehen, zuckte ich zusammen. Fuchs stand direkt hinter mir.

"Dein schlechtes Gewissen ist berechtigt, Kati. Ich habe dich schon wieder beim Nichtstun ertappt."

"Dann schleichen Sie sich nicht immer so an!"

"Wir sind alleine."

"Ich weiß."

"Wie lange ist Andrea schon weg?"

Ich warf einen kurzen Blick auf meine Armbanduhr.

"Zehn Minuten etwa."

"Gut. Dann kommt sie auch nicht mehr zurück."

"Das sowieso nicht. Sie hat einen Zahnarzttermin."

"Das weiß ich. Es hätte allerdings möglich sein können, dass sie hier etwas vergessen hat und deshalb noch einmal zurückkommt. Hast du Lust auf eine Zigarette?"

"Immer."

"Dann komm mit nach hinten. Hier vorne wird nicht geraucht."

Ohne zu zögern folgte ich ihm und nahm auf dem Weg dorthin gleich zwei Tassen Kaffee mit. Ich stellte sie auf seinem Schreibtisch ab und griff wie selbstverständlich nach seiner Zigarettenschachtel.

"Gestatten Sie, dass ich mich bediene, Herr Fuchs?", spöttelte ich grinsend. "Nicht, dass es wieder heißt: *Das sind meine Zigaretten!*"

Mir war die Sache mit dem Kaffee neulich eingefallen, den ich mir nicht hätte nehmen, sondern zurückgießen sollen.

"Das ist ja wohl eher dein Spruch", konterte er. "Denk an

die Croissants."

Nun gut, wo er recht hatte, hatte er recht und außerdem war meine Frage ohnehin nur rhetorisch gewesen.

Er drückte auf den kleinen Schalter an der Elektroleiste unter dem Fenster und mit einem Brummen senkte sich die Alujalousie bis auf eine Handbreit über den Sims. Andrea und ich beneideten ihn darum. Das hier war nämlich seltsamerweise das einzige Zimmer im ganzen Büro mit solch einem Luxus.

"Wieso hast du eigentlich so etwas und wir nicht?", wollte ich nun wissen.

Er nahm mir die Schachtel aus der Hand, fischte sich eine Zigarette heraus und zündete sie sich an.

"Chefzimmer", sagte er dann schlicht. "Da ist das Standard. Ich habe sie auf eigene Kosten nachrüsten lassen."

"Was du nicht sagst", spöttelte ich. "Als wenn der Chef der Einzige wäre, der bei so einer Affenhitze arbeiten muss."

"Das ist doch so. Ihr beide da vorne schichtet nur das Papier von einer Seite auf die andere um und den Rest der Zeit seid ihr am Quasseln, Futtern oder Kaffee trinken."

Empört schnappte ich nach Luft.

Foxi lachte auf und zwinkerte mir zu.

"War nicht so gemeint, Kati."

"Das will ich auch hoffen!", tadelte ich ihn, zwinkerte jedoch zurück.

Wir rauchten im Halbdunkel unsere Zigaretten zu Ende. Dann plötzlich stand Foxi wortlos auf, kam um den Schreibtisch herum und blieb hinter dem Besucherstuhl, auf dem ich saß, stehen. Seine Hände legten sich auf meine Schultern und rutschten langsam nach vorne bis zur Knopfleiste meiner Bluse. Während er sie aufknöpfte, spürte ich seine Lippen an meinem Hals. Fast schon war ich überredet, bis mir einfiel, dass wir hier im Büro waren, nicht im Hotel. Hastig sprang ich auf und knöpfte meine Bluse zu.

"Was ist los, Kati? Keine Lust?"

"Was, wenn jemand kommt?"

"Wer denn? Außer Andrea hat nur noch die Putzfrau einen Schlüssel zum Büro. Andrea ist beim Zahnarzt und die Putze kommt erst Freitagnachmittag."

"Was ist mit deiner Frau?"

"Sie hat keinen. Wozu auch?"

Er ging zu seiner Bürotür, schloss sie und drehte den Schlüssel herum.

"Besser so?"

"Viel besser", antwortete ich nickend, trotz des lautstarken Protestes meiner Mutter in meinem Hinterkopf. Sollte sie zetern, so viel sie wollte, Samstag war noch weit, weit weg und die Gelegenheit günstig. Wozu also lange überlegen?

Alex schob Kaffeetassen und Papierkram auf seiner Tischplatte zur Seite und sah mich abwartend an. Diese Aufforderung verstand ich ohne Worte.

Wir waren gerade mitten in der schönsten Aktivität, als das Telefon läutete. Wie ferngesteuert griff ich danach.

"Bist du verrückt?", ächzte Alex. "Lass es, Katrin!"

"Warte einen Moment. Vielleicht ist es etwas Wichtiges."

Ich räusperte mich, nahm ab und wollte mein Sprüchlein aufsagen, doch ich wurde sofort unterbrochen.

"Fuchs. Geben Sie mir meinen Mann."

Lieber Himmel, seine Frau! Ausgerechnet jetzt! Nur gut, dass sie uns nicht sehen konnte.

"Moment bitte. Herr Fuchs, Ihre Frau."

Alex verdrehte die Augen, zögerte einen Augenblick, nahm aber dann doch den Hörer in die Hand.

"Ja? ... Ja, ich weiß ... Ja, sie reparieren den Wagen ... Spätestens übermorgen ... Nein, das kommt nicht infrage.

Du fährst nicht mit dem Porsche ... Ich sagte Nein! ... Lieber Gott, wenn du morgen nicht ins Nagelstudio gehst, wird die Welt sicher nicht einstürzen ... Das ist mir egal. Wenn du unbedingt dorthin willst, dann fahr mit S-Bahn oder Taxi oder lass dich von deinen lieben Freundinnen fahren ... Nein, ich sagte doch schon ... Melli, ich habe jetzt keine Zeit, ich bin mitten in einer Besprechung. Bis später." Er warf den Hörer auf die Gabel. "Ich sagte doch, du sollst nicht rangehen", knurrte er mich an.

"Woher sollte ich wissen, dass ausgerechnet deine Frau anruft? Was wollte sie denn?"

"Ach, wegen ihres Autos. Ich musste es ihr vorhin zur Werkstatt schleppen, weil es ihr zu lange dauerte, auf einen Abschleppdienst zu warten."

"Auto kaputt?", hakte ich entsetzt nach. "Dann fährt sie also gar nicht nach Berlin?"

"Doch, an ihrem Auto ist nur der Auspuff heruntergebrochen. Übermorgen ist der Wagen wieder fit."

"Gott sei Dank!", ächzte ich erleichtert. Das fehlte mir noch, dass sie mir den Abend mit Alex ruinierte, auf den ich mich bereits die ganze Woche freute!

"Na, was ist?", grinste er mich unvermittelt an. "Willst du schon Feierabend machen?"

"Kommt nicht infrage. Ist noch viel zu früh dafür."

"Das meine ich auch. Aber untersteh dich, noch einmal ans Telefon zu gehen!"

"Oh nein!", versicherte ich ihm rasch. "Ganz bestimmt nicht."

24

Wie immer, wenn man auf etwas wartete, verging die

136

Zeit überhaupt nicht. Die restliche Woche schleppte sich nur so dahin. Mein schlechtes Gewissen nahm mit jeder Minute mehr, die es aufs Wochenende zuging, zu. Ich wusste ganz genau, dass es falsch war, was ich oder besser gesagt wir da taten. Sicher, einmal war keinmal, doch dabei war es ja nicht geblieben!

Die eine Nacht in Dresden konnte man notfalls noch mit zu viel Alkohol entschuldigen, die Sache auf seinem Schreibtisch dagegen nicht. Wir waren beide absolut nüchtern gewesen und amüsierten uns dort mit voller Absicht. Meine Mutter würde mir, wüsste sie davon, den Kopf abreißen. Noch dazu besaßen wir beide die Unverschämtheit, mittendrin mit seiner Frau zu telefonieren.

Lieber Gott, was tat ich da nur? Wie konnte ich mich darauf eigentlich einlassen? Klar, es war nur Sex und keine Beziehung, aber würde es dabei auch bleiben?

Wie Alex in dieser Hinsicht gestrickt war, wusste ich zwar nicht, mich allerdings kannte ich gut genug. Sex war für mich bislang immer unweigerlich mit einer Beziehung verbunden gewesen und eine Affäre, die sich ausschließlich darauf reduzierte, hatte ich noch nie gehabt. In mir regten sich deshalb zwangsläufig diverse Zweifel, dass ich das wirklich auf Dauer so strikt trennen konnte. Immer wieder dachte ich zurück an den Morgen im Dresdner Hotel, als ich neben Alex aufwachte. Schon damals durchzuckte mich ja der Wunsch, dass ich das immer wieder erleben durfte.

Wenigstens meldete sich Steffi die ganze Woche nicht. Entweder schmollte sie oder war auf der Jagd nach einer willigen Bettgespielin. Was auch immer sie tat, es war mir egal, solange sie mich in Ruhe ließ mit ihrem Lesbenquatsch. Dafür fehlte mir absolut der Nerv, genauso wie für Kaffeeklatsch mit meiner Mutter, der eigentlich am Donnerstagabend anstand. Gegen ein Schwätzchen mit ihr hatte ich ja grundsätzlich nichts einzuwenden. Das Problem
137

war nur, dass sie mich in- und auswendig kannte und mir mein schlechtes Gewissen, der Füchse wegen, an der Nasenspitze ansehen würde. Unweigerlich würde sie mich solange piesacken, bis sie wusste, was sie wissen wollte. Ihre Tochter, die Ehebrecherin, die sich schamlos mit ihrem Chef auf seinem Schreibtisch amüsierte, während er mit seiner Frau telefonierte. Nicht auszudenken, was ich mir dann von ihr anhören durfte! *Nein, danke!* Mir reichten schon meine eigenen Gewissensbisse, die mir schlaflose Nächte bescherten.

Meine Kollegin Andrea vermutete zwar, dass es im Hause Fuchs nicht besonders gut lief, doch was, wenn sie sich täuschte? Streitereien gab es schließlich in jeder Ehe einmal und seine Art konnte einen durchaus zur Raserei treiben. Die Füchsin erschien mir am Telefon und aus Andreas Erzählungen auch nicht gerade besonders friedliebend. Und was, wenn seine Frau von unserer Affäre erfahren würde? Bei dem Gedanken daran drehte sich mir jetzt schon der Magen um.

Natürlich war Alex alt genug, um zu wissen, was er tat. Mochte ich auch unzüchtige Träume gehabt haben und schossen mir in dem Nachtklub beim Tanzen auch ebensolche Gedanken durch den Kopf, er war es letzten Endes gewesen, der diese verhängnisvolle Frage stellte. Ich hätte es niemals getan. Die Schuld lag also keineswegs bei mir, sondern ausschließlich bei ihm, versuchte ich mich vor mir selbst zu rechtfertigen.

Selbst wenn seine Ehe am Scheitern war, dazu gehörten immer zwei. Wäre Alex in seiner Ehe mit diesem keifenden Zahnstocher rundum glücklich, dachte ich mir, würde er sich nicht außerhalb seinen Spaß suchen. In Dresden behauptete er ja, vorher noch nie fremdgegangen zu sein und ich glaubte es ihm. Diesen Eindruck machte er mir nämlich nicht, obwohl ich mich mehrmals schon fragte, wieso er es dann ausgerechnet mit mir tat. Die Füchsin musste schließlich, Andreas Beschreibung nach, das totale Gegenteil von mir sein, schon alleine, was die Kleidergröße betraf. Wieso also ich und nicht irgendeine andere, die mit seiner Angetrauten vergleichbar war? Oder reizte es ihn am Ende nur, sich einmal nicht mit einen Zahnstocher, sondern dem genauen Gegenteil zu amüsieren? Ich wusste es nicht und fragen wollte ich ihn auch nicht.

Wie auch immer es um seine Ehe bestellt war, das, was wir beide taten, tat er aus freien Stücken. Niemand zwang ihn dazu und ich verführte ihn auch nicht. Damit, so sagte ich mir, war ich keine Ehebrecherin. Zerstören konnte ich immerhin nur etwas, das nicht mehr funktionierte. Führten die Füchse eine völlig intakte Ehe, hätte kein Dritter die Chance, sich dazwischen zu drängen.

Ich beruhigte also mein schlechtes Gewissen, das mich trotz all dem ununterbrochen heimsuchte, damit, dass ich mir eines immer wieder sagte: Ich war eine frisch geschiedene Frau, die sich bei einem willigen Mann das holte, was ihr eben fehlte. Mehr nicht.

Am späten Freitagnachmittag ritt mich offenbar der Wahnsinn. Die Neugier, was Steffi wohl tat, ließ mir keine Ruhe mehr. Außerdem war ich schon so nervös wegen der morgigen Verabredung mit Alex, dass ich mich unbedingt ablenken musste. Das beste Mittel dafür erschien mir, mich ins Nachtleben zu stürzen. Alleine fehlte mir dazu jedoch die Lust. Also griff ich spontan zum Telefon und rief Steffi an.

"Ach, sieh mal an. Habt ihr beiden eine kleine Verschnaufpause eingelegt?", höhnte sie sofort, kaum dass ich mich meldete.

Mein erster Impuls war, gleich wieder aufzulegen. Diese dämlichen Sprüche musste ich mir nicht anhören. Wie ich Steffi allerdings kannte, rief sie postwendend zurück, um mir all das an den Kopf zu werfen, was sie unbedingt loswerden musste. Also konnten wir das auch gleich erledigen.

"Die ganze Woche schon, stell dir vor", antwortete ich schnippisch. "Und du? Erfolgreich auf der Jagd gewesen?"

"Das habe ich nicht nötig."

"Stimmt, du hast ja deinen Joystick. Langweilt das nicht mit der Zeit?"

"Nein, wieso?"

"Ist doch immer das Gleiche."

"Und? Mit deinem Typen doch auch."

"Nein, der hat Fantasie."

"Schön für dich."

"Du brauchst gar nicht so pampig zu sein, Steffi", tadelte ich sie eisig. "Ich bin eindeutig hetero veranlagt. Abgesehen davon schleicht sich mit der Zeit überall Routine ein und der Spaß lässt nach, egal mit wem."

"Ach, seid ihr schon so weit?"

"Nein, absolut nicht. Er kann ja nicht immer."

"Och du Arme, hat er erektile Dysfunktionen?", fragte sie hohntriefend.

"Im Gegenteil. Ich meinte *zeitlich*."

"Wirklich schade. Du hättest dir mal besser einen ohne Verpflichtungen suchen sollen. Sag mal, findest du das eigentlich nicht eklig? Vielleicht war er gerade mit seiner Frau zugange und gleich im Anschluss kommst du an die Reihe? Igitt!"

"Im Büro war sie nicht und er duscht täglich, nehme ich mal an. Außerdem wäre es nicht so eklig, wie mit einer Frau ins Bett zu steigen."

Wie um alles in der Welt sollte ich es ihr bloß begreiflich machen, dass das für mich niemals infrage kam?

"Was ist daran bitte eklig?"

"Alles. Es ist unnormal."

"Du spinnst doch."

"Du auch."

Steffi kicherte auf einmal los.

"Schön, wir haben also doch etwas gemeinsam. Apropos, hast du Lust, heute Abend noch auszugehen?"

"Grundsätzlich gerne, vorausgesetzt, du eröffnest nicht wieder die Jagd auf mich."

"Schon gut, ich habe es begriffen. Lass uns essen gehen und dann sehen wir weiter. Um sieben im *Roma*?"

"Ist gebongt", sagte ich rasch, obwohl der Vorschlag, ins *Roma*, meinen neuen Lieblingsitaliener, zu gehen, in mir widersprüchliche Gefühle weckte. Dort gab es Bandnudeln mit Lachs in Sahnesoße, für die ich jederzeit sterben würde. Leider war ich immer noch auf Diät und diese Kalorienbombe würde das Zünglein an meiner Waage zu einhundert Prozent in die völlig falsche Richtung ausschlagen lassen.

Die letzten Wochen war ich überraschend konsequent gewesen. Auf meinem Speiseplan stand beinahe ausschließlich Salat, bis auf das eine Croissant im Büro. Eine kleine Sünde konnte ich mir deshalb genehmigen, entschied ich kurzerhand.

Kaum legte ich den Hörer auf, klingelte mein Telefon erneut. Ich vermutete Steffi, die irgendetwas vergessen hatte, und nahm wieder ab.

"Hi Kati, Alex hier."

"Wer?", fragte ich überrascht, denn ich musste mich verhört haben.

"Alex Fuchs. Wir kennen uns aus der Firma, erinnerst du dich?"

"Ja, sicher, ich dachte nur, dass ..." Mit ihm hatte ich überhaupt nicht gerechnet. Wie auch? Er und ich sahen uns die ganze Woche über im Büro, da war telefonieren überflüssig. Außerdem war mir *Alex* trotz allem immer noch weit weniger geläufig als *Foxi*. "Von wo aus rufst du an?"

"Ich bin noch im Büro."

"Alleine?"

"Ja, was denkst du denn?" In seiner Stimme glaubte ich, einen leisen Vorwurf zu hören. "Ihr beide seid ja schon mittags verschwunden."

Das stimmte absolut, doch dass er freitags um diese Uhrzeit noch im Büro saß, war mir neu. Bislang dachte ich immer, dass er kurz nach Andrea und mir Feierabend machte.

"Wieso rufst du an? Kannst du morgen nicht?"

"Ich kann immer, Kati."

Das war ja wieder einmal typisch für ihn. Mir kam ein Grinsen aus.

"Angeber! Das meinte ich nicht, sondern morgen Abend."

"Nein nein, mit morgen, das geht klar. Ich dachte nur, wenn du heute Abend noch nichts vorhast ..."

"Heute Abend?", hakte ich verwundert nach. "Was sagt deine Frau dazu, wenn du -"

"Sie ist vorhin schon mit ihren Zicken nach Berlin gefahren. Was ist nun, Kati, sehen wir uns?"

"Na klar", platzte es begeistert aus mir heraus. Vergessen waren die Bandnudeln. Wir verabredeten uns um sieben an der Tankstelle bei mir um die Ecke.

Nachdem Alex auflegte, behielt ich den Hörer gleich in der Hand und tippte erneut Steffis Nummer ein.

"Hallo Katrin, lange schon nichts mehr gehört von dir", meldete sie sich fröhlich.

"Ja, ich ... Tut mir echt leid, aber ich kann später nicht."

"Wieso nicht?" Sie klang total verblüfft, aber auch enttäuscht. "Wir haben doch erst vor ein paar Minuten -"

"Ich weiß, aber ich vergaß völlig, dass ich heute Abend schon verabredet bin."

"So etwas vergisst du?"

"Na ja, eigentlich nicht, nur ... Die ganze Woche war so stressig, mir war es im Moment eben entfallen."

Ich hatte auch schon einmal überzeugender gelogen, dachte ich mir dabei. Dass sie mir kein Wort glaubte, konnte ich an ihrem Schweigen hören.

"Du triffst dich mit *ihm*, richtig?", zischte sie schließlich ins Telefon.

"Nein, ich habe neulich zufällig eine alte Bekannte getroffen und wir -"

"Schon wieder? So wie neulich? Komm, erzähl mir doch keine Märchen, sondern gib es einfach zu."

"Was denn?", fragte ich so unschuldig wie möglich zurück.

"Seine Frau ist heute überraschend weg und er hat Zeit. Ein Pfiff von ihm und du springst. So ist es doch, oder?"

"Nein Steffi, ich -"

"Du bist so ein erbärmlicher Feigling und obendrein eine miserable Lügnerin", jaulte sie auf. "Wieso sagst du nicht einfach die Wahrheit? Glaubst du, ich kann eins und eins nicht zusammenzählen? Wir verabreden uns und keine zehn Minuten später fällt dir ein, du hättest schon etwas vor? Das ist doch einfach lächerlich!"

Das wusste ich selbst, doch mir war auf die Schnelle nichts Besseres eingefallen. Wahrscheinlich hätte ich mir, *bevor* ich sie nochmals anrief, eine gute und vor allem glaubhafte Ausrede zurechtlegen sollen.

"Tut mir leid, aber -"

"Vergiss es! Triff dich ruhig mit deinem Lover und hol dir deine Sexeinheit. Dieser Trottel will doch gar nichts anderes von dir. Und du bist so dämlich und lässt dich dafür benutzen."

"Moment mal", unterbrach ich sie scharf. "Ich sagte dir neulich schon, dass es *uns beiden* um nichts anderes geht. Das ist keine Beziehung. Wir wollen nur Sex! Sonst nichts, klar?"

"Erzähl mir doch keinen Unsinn! Du sitzt die ganze Woche zu Hause herum und wartest nur darauf, dass er endlich einmal Zeit hat und sich meldet."

"Woher willst du bitte wissen, ob ich jeden Abend zu Hause herumsitze?"

"Lässt du dein Licht etwa brennen, wenn du weggehst?"

"Nein, natürlich nicht. Wieso?"

"Also warst du doch zu Hause", keifte sie.

"Was soll das heißen?"

"Bei dir hat jeden Abend Licht zu Hause gebrannt. *Er* wird ja wohl nicht da gewesen sein, oder?"

"Also, das ist doch die Höhe!", schnaubte ich empört. "Spionierst du mir etwa hinterher?"

"Ich bin nur zufällig vorbeigefahren", wich sie aus.

"Ach ja? Zufällig jeden Abend?"

"Du meldest dich ja nicht mehr und wenn doch, hast du keine Zeit oder erzählst mir irgendwelche Märchen."

"Also, da hört doch alles auf! Bin ich dir etwa Rechenschaft schuldig?"

"Nein, aber für ihn hast du immer Zeit, nur für mich nicht. Er braucht bloß mit seinem Dingsda zu wedeln und du springst."

Unglaublich! Sie machte allen Ernstes auf eifersüchtig? War diese Frau vollends übergeschnappt?

"Steffi, sag mal -"

"Ich bin abgemeldet, aber das ist ja typisch", sagte sie schnippisch. "Kaum taucht ein Kerl auf, schaltet dein Hirn ab und alles andere ist vergessen."

Die letzte ausgefranste Faser meines Geduldfadens riss nun komplett.

"Dann müssen bei dir ununterbrochen Kerle auftauchen, so abgeschalten, wie dein Spatzenhirn ist", fauchte ich sie an. "Weißt du was? Du kannst mich mal, du bescheuerte Lesbe!"

Außer mir vor Zorn knallte ich den Hörer auf. Das musste ich mir nicht geben. Eine durchgeknallte Lesbe, die mich im Kino angrapschte, mich bis aufs Blut piesackte, weil ich nicht an ihr Ufer wechseln wollte und zu guter Letzt gab es auch noch Eifersuchtsszenen! Nein, das war entschieden zu viel.

Aus dem Wohnzimmerschrank holte ich die Flasche *Chantré* hervor, das letzte Geschenk meiner Ex-Schwiegermutter, mit dem sie mich wohl zu bestechen versuchte, ihre missratene Brut zu behalten. Bis jetzt schlummerte die Flasche unbeachtet vor sich hin. Ich war schon am Überlegen gewesen, sie einfach zu entsorgen, denn ich mochte eigentlich keinen *Chantré.* Jetzt war ich froh darüber, dass ich ihn behielt, kam er mir zur Nervenberuhigung nun sehr gelegen.

Die ersten zwei Gläser kippte ich jeweils in einem Zug, das dritte nahm ich mit ins Schlafzimmer und nippte daran, während ich vor meinem offenen Kleiderschrank stand und nach dem passenden Outfit für mein Date mit Alexander, dem Großen suchte.

25

Trotz der drei Kilo, die meine Waage dank meiner hartnäckigen Salatdiät inzwischen weniger zeigte, war ich immer noch weit entfernt von dem, was man eine Traumfigur nannte. Meine Taille verdiente sich den Namen noch nicht, meine Hüften konnten auch noch ein paar Zentimeter weniger vertragen, aber auf eines schielten sogar bei mir die Männer immer: meine Oberweite. Deshalb ließ ich sie heute besonders blitzen in dem meerblauen Shirt mit dem höchst unanständig breiten und tiefen Ausschnitt.

Ich liebte dieses Shirt, weil es sogar meinen sonst wässrig-blauen Augen Farbe verlieh und ich mir damit sicher sein konnte, dass männliche Blicke am Dekolleté kleben blieben und die restlichen, leider immer noch zu gut gepolsterten Formen übersahen.

Auch bei Foxi verfehlte es seine Wirkung nicht, seinem Blick nach zu schließen, als ich in sein Auto stieg.

Ich hätte ihn am liebsten sofort angesprungen, sogar hier an der Tankstelle, doch er fuhr los, kaum dass ich die Tür zugeschlagen hatte. Wortlos schlug er den Weg Richtung Autobahn ein.

"Wo fährst du hin?"

"Raus aus der Stadt. Hier kennen mich ein paar Leute zu viel und mein Auto auch. Auf dummes Gerede kann ich gerne verzichten."

Gut, das war verständlich, mir ging es ebenso. Falls seine Frau Wind davon bekam, gab es sicher richtigen Ärger. Und *wo* Foxi mir für ein paar Stunden gehörte, was spielte das für eine Rolle?

Nach einer Weile verließ er die Autobahn, fuhr ein Stück über Land und hielt dann mitten auf einem kleinen Stadtplatz.

"Komm Kati, lass uns etwas essen gehen. Oder hast du schon?"

"Essen gehen? Ich dachte, wir -"

"Der Abend ist noch lang und ich habe tierischen Hunger. Alles andere können wir später immer noch, meinst du nicht?"

"Doch, sicher."

Ich war ziemlich irritiert. Abgemacht war zwischen uns eigentlich nur Sex, nichts anderes. Als er mich vorhin am Telefon fragte, ob wir essen gehen, glaubte ich, dass das nur ein Vorwand war, um nicht direkt zu fragen, ob ich Lust auf Sex mit ihm hätte. Er wollte allerdings tatsächlich essen gehen. Das war sehr seltsam und passte so gar nicht zu unserer Vereinbarung.

Ich hatte natürlich nichts dagegen, denn so oder so

freute ich mich auf ein paar gemeinsame Stunden mit ihm. Wenn wir alleine waren, war er ja wie ausgewechselt und langweilig wurde es mit ihm nie.

Der Italiener, den wir besuchten, war leider nicht das *Roma*, also nahm ich statt der Bandnudeln doch lieber eine riesige Salatschüssel mit gebratenen Putenbruststreifen. Mein schlankes Ich schrie danach und obendrein konnte ich damit keine Enttäuschung erleben. Das Tiramisu, das Foxi mir anschließend vorschlug, lehnte ich dankend ab. Das einzige Dessert, zu dem ich mich heute überreden lassen würde, das war er.

"Willst du wirklich keines, Kati?"

"Nein, viel zu viele Kalorien und ich will ja nicht herumlaufen, als würde ich mich am Kleiderschrank meiner kleinen Tochter bedienen."

Foxi verzog das Gesicht, als hätte er auf Alufolie gebissen.

"Immer noch sauer deswegen?"

"Nein, aber du hast ja recht. Ein paar Kilo weniger schaden schließlich nicht, oder?"

"Lieber Gott", stöhnte er auf. "Fang du bitte nicht auch noch damit an. Es reicht schon, wenn ... Ach vergiss es."

"Wenn was?"

"Nichts. Espresso?"

"Ja. Wenn was?"

"Ich sagte doch, vergiss es."

"Nein. Es reicht schon, wenn was?"

Alex stöhnte erneut auf.

"Ich kann diesen Spruch einfach nicht mehr hören. Er gehört zu Mellis Lieblingssätzen und ich darf ihn mir gefühlte zehntausend Mal die Woche anhören."

"Wieso? Ich dachte, sie wäre ..."

Ein Zahnstocher, lag mir schon auf der Zunge. Rasch schluckte ich diese Bezeichnung hinunter.

147

"Ja, ist sie auch, trotzdem kriegt sie schon die Vollkrise, wenn sie hundert Gramm mehr auf der Waage sieht."

"Nun übertreibe nicht so", sagte ich kichernd.

Hundert Gramm? Jede Wette, würde sie mein Gewicht auf ihrer Waage ablesen, die gute Melli wäre reif für die Gummizelle!

"Das tue ich keineswegs, leider. Sie hat den absoluten Schönheitswahn. Deshalb ist sie auch nach Berlin gefahren, auf eine Beautyfarm."

"Vielleicht sollte ich das auch einmal tun."

"Wozu?"

"Ich habe gehört, diese Beautyfarmen sollen echt gut sein."

"Ach was, das ist doch nur reine Geldmacherei", behauptete Alex mit einem verächtlichen Unterton in der Stimme, der mich irgendwie an die Kröte erinnerte. "Hinterher siehst du auch nicht anders aus als vorher. Du bist vielleicht relaxter, aber was soll sich in ein paar Tagen schon großartig verändern?"

"Ach komm, die ganzen Massagen, Packungen, Bäder und alles -"

"Sind sicher alle klasse, nur was ändert sich dadurch?"

"Du bekommst eine bessere Figur und -"

"Ach was, dafür sind Schönheitschirurgen zuständig. Kein Schlammbad der Welt modelliert dir eine neue Figur."

"Unsinn", winkte ich grinsend ab. "Davon verstehen Männer einfach nichts."

"Möglich", räumte er ein. "Aber sie dürfen die Rechnungen dafür bezahlen und ich habe das schon mehr als ausreichend, glaub mir. Fettabsaugung, Brustvergrößerung, Bleaching, Haarverlängerung und was weiß ich noch alles. Ihr fällt immer wieder etwas Neues ein."

Daher also diese Hollywoodfigur, von der Andrea sprach! Alles nur Lug und Trug. Nichts an der Füchsin war offenbar echt.

"Und was kommt als Nächstes?"

"Ich hoffe, nichts mehr." Foxi seufzte auf. "Wenn das so weitergeht, bin ich bald pleite. Der ganze Quatsch kostet ein Vermögen."

"Wenn es schön macht?"

"Schönheit allein ist nicht alles, Katrin. Vor allem nicht, wenn sich alles nur noch darum dreht. Ich will eine richtige Frau und keine Schaufensterpuppe. Ach, lassen wir das."

Dem konnte ich nur zustimmen und nickte. Es gab interessantere Themen als seine Frau. Zudem war es höchst unpassend, sich über sie zu unterhalten, wollte ich doch mit ihm nicht *nur* essen. Foxi ließ mich allerdings zappeln, denn nach dem Essen entführte er mich noch in einen Nachtklub.

Der Abend mit ihm war unglaublich schön und wir schwammen wie schon damals in Dresden völlig auf einer Wellenlänge. Es schien gerade so, als würden wir uns schon ewig kennen. Vielleicht konnte ich es mir deshalb nicht verkneifen, ihn zu fragen:

"Sag mal, Alex, wieso rennst du eigentlich immer so langweilig herum?"

"Was heißt langweilig?"

"Im Prinzip ist es immer das Gleiche: Anzug, Hemd, Krawatte. Und deine Haare auch. In Dresden sahst du richtig toll aus, aber hier ... Alles langweilig und bieder."

"Aber du bist up to date, ja?", spöttelte er.

"Mehr als du auf jeden Fall."

Er schüttelte den Kopf, sagte aber nichts dazu.

"Nun sag schon, Alex, wieso immer das Gleiche? Weil du damit seriös aussiehst? Ich glaube nicht, dass die Eigentümer auf so ein Outfit bestehen und unseretwegen brauchst du das schon gar nicht. Dass du der Chef bist, lässt du mehr als genug heraushängen."

Alex antwortete nicht, sondern starrte nur auf seinen Cocktail und spielte mit dem Schirmchen darin.

Als ich ihn so dasitzen sah, überfiel mich urplötzlich ein schlechtes Gewissen. Was ritt mich denn auf einmal? Musste ich ihn derart angreifen und uns damit den Abend verderben?

"Entschuldige, war nicht so gemeint", sagte ich mit einem versöhnlichen Lächeln.

Er zuckte mit den Schultern und lehnte sich zurück.

"Tja, so ist das eben. Die eine will dies, die andere das. Egal was man tut, es ist immer falsch. Man kann es nicht jedem recht machen und euch Weibern sowieso nicht."

"Also bitte!", entrüstete ich mich. "Was sind das denn für Machosprüche?"

Alex lachte auf, doch heiter und lustig klang anders.

"Vergiss es und lass uns gehen. Es ist spät und ich muss morgen früh raus. Ich habe um acht einen Besichtigungstermin. Leider."

Mist, Mist und nochmals Mist. Die gute Stimmung, der schöne Abend, alles beim Teufel. Schuld daran waren ich selbst und mein schnell plapperndes Mundwerk, das sich häufig nicht unter Kontrolle halten ließ.

Nachdem das Abendessen vorhin auf seine Rechnung ging, übernahm ich die Drinks hier im Nachtklub. Er protestierte zwar zuerst, aber ich gab nicht nach. Ich konnte mich doch nicht den ganzen Abend von ihm einladen lassen! Immerhin waren wir privat unterwegs und nicht geschäftlich. Das wäre etwas anderes gewesen.

Die Fahrt zurück verlief schweigsam. Als er vor meiner Haustür hielt und keine Anstalten machte, auszusteigen, wusste ich, der Abend war gelaufen.

"Kommst du noch mit hoch?", fragte ich trotzdem. Die Hoffnung starb ja bekanntermaßen zuletzt. Mir ging es keineswegs mehr um Sex. Der war mir im Augenblick völlig egal. Während der Fahrt war mir Dresden wieder eingefallen und der Morgen danach, an dem ich neben ihm

150

aufwachte. Dieses Gefühl der Vertrautheit, die Wärme seines Körpers neben mir ... Das war es, was ich jetzt wollte. Doch irgendwie hatte ich es schon geahnt: Er schüttelte den Kopf.

"Nein Kati, das wäre keine gute Idee. Mein Auto gibt es nicht so oft, und falls uns jemand sieht, zieht das einen Rattenschwanz an Ärger nach sich."

Natürlich war mir klar, dass er recht hatte. Trotzdem war es schade, milde ausgedrückt. Der Abend war einfach so vorbei und es gab gar nichts. Keinerlei Körpertakt, nicht einmal ein bisschen im Auto herumknutschen. Enttäuscht sah ich ihn an und spielte für eine Sekunde mit dem Gedanken, ihn wenigstens zu umarmen.

Alex kam mir jedoch zuvor, legte seine Hand auf meine und drückte sie kurz.

"Danke für den schönen Abend. Gute Nacht, Kati."

"Gute Nacht, Alex. Komm gut nach Hause."

Mochte es tausend Mal besser und vor allem vernünftiger sein, einfach so aus dem Auto auszusteigen und zu gehen, ich konnte nicht anders. Rasch beugte ich mich zu ihm hinüber und drückte ihm ein Küsschen auf die herrlich duftende, glatt rasierte Wange.

Dann stieg ich schnell aus, lief zum Haus und sperrte auf. Ohne mich nochmals umzudrehen, öffnete ich die Tür. Erst als sie hinter mir ins Schloss fiel, hörte ich ihn wegfahren und schmunzelte unwillkürlich vor mich hin. In Foxi versteckte sich wohl doch die Andeutung eines Gentlemans. Oder wieso hatte er sonst gewartet, bis ich im Hausflur war?

26

Am Samstagmorgen klingelte mich schon recht zeitig der Paketdienst aus dem Bett und brachte mir endlich meine Balkonmöbel. Perfekt! Es war ein herrlicher Frühlingstag mit frühsommerlichen Temperaturen und ich wollte die Möbel gleich am Nachmittag einweihen. Ich rief meine Eltern an, die meine Wohnung im eingerichteten Zustand ohnehin noch nicht kannten, und lud sie zum Kaffeetrinken ein.

"Gibt es ein Problem, wenn ich alleine komme?", fragte meine Mutter. "Dein Vater wollte sich nachmittags um den Garten kümmern und Kaffeekränzchen sind ohnehin nicht so sein Fall. Du kennst ihn ja."

"Dann lass ihn. Ein bisschen körperliche Betätigung schadet ihm nicht. Er hat ganz schön zugelegt", lästerte ich.

"Eben. Das sage ich ihm auch schon eine ganze Weile. Er dagegen ist der Überzeugung, ein richtiger Mann braucht einen Bauch. Soll ich uns etwas vom Bäcker mitbringen?"

"Nein, zur Feier des Tages backe ich selbst."

"Na gut." Sie seufzte auf. "Dann also Marmorkuchen."

"Stimmt."

Ich kicherte los. Sie kannte mich haargenau. Marmorkuchen war nämlich der einzige Kuchen, der mir immer gelang.

"Aber bitte mit Sahne, okay?"

"Na sicher doch."

Meine Wohnung war ordentlich aufgeräumt, der Kuchen prächtig geworden und ich setzte mich wartend auf meinen Balkon in die Sonne. Es war absolut windstill und bis auf die leisen Geräusche des Verkehrs auf der anderen Seite des Hauses und fröhlichem Vogelgezwitscher in den Sträuchern unterhalb ruhig. Ich schloss die Augen und ließ meine Gedanken schweifen. Wie schon die ganze Nacht und den ganzen Tag wanderten sie zurück zum gestrigen Abend, den ich mir selbst verdarb mit meinen dummen Sprüchen.

Zum wiederholten Mal fragte ich mich allerdings auch, was Foxi damit bezwecken wollte. Der ganze Abend stand im krassen Gegensatz zu unserer Vereinbarung. Essen gehen und Nachtklubs besuchen, davon war nie die Rede gewesen. Trotzdem hatte ich es genossen, auch wenn ...

Moment! Was war nun mit heute Abend? Ursprünglich wollten wir uns um sieben an der Tankstelle treffen. Oder fiel das womöglich aus, weil wir uns gestern schon sahen? Am Telefon sagte er zwar, das ginge klar, doch als wir uns verabschiedeten, erwähnte er nichts mehr davon.

Big Ben riss mich abrupt aus meinen Grübeleien. Das musste Mama sein. Ich bekam fast nie Besuch, sodass ich diesen Türgong noch nicht gewohnt war. Normalerweise schrillte eine Klingel, zumindest all die Jahre bei der Kröte.

Meiner Mutter ging es wie mir, sie war von meiner Wohnung restlos begeistert.

"Gefällt mir wirklich gut", meinte sie nach einen ausführlichen Rundgang. "Das nenne ich eine Wohnung mit Flair. Und wie geht es dir hier? Erzähl schon."

Sie nahm die Kaffeekanne, ich den Kuchen, und während wir es uns auf dem Balkon gemütlich machten, erzählte ich ihr ein paar belanglose Dinge. Steffi und Foxi vermied ich absichtlich.

"Schön", meinte sie. "Und deine Lesbenfreundin, wie läuft es mit der?"

Na toll! Genau über *die* wollte ich überhaupt nicht sprechen.

"Na ja, wie es eben mit einer Lesbe läuft, von der man nichts will", antwortete ich lapidar mit der Hoffnung, dass das Thema damit abgeschlossen war. Falsch gedacht!

153

"Sie hat dich also noch nicht überreden können?", feixte meine Mutter.

"Hör bloß auf!", ächzte ich. "Ich stehe nicht auf Weiber, das solltest du eigentlich wissen."

"Alles kann sich ändern."

"Mama!"

"Hat sie es inzwischen begriffen?"

In stiller Verzweiflung verdrehte ich die Augen.

"Ich hoffe es. Gesagt habe ich es ihr inzwischen oft genug."

"Meine Güte, das wird doch nicht so schwer sein, ihr das begreiflich zu machen."

Big Ben schlug schon wieder.

"Hast du noch jemanden eingeladen?"

"Nein, niemanden. Wer ist das denn jetzt?"

An der Sprechanlage meldete sich keiner, also öffnete ich die Wohnungstür, leider ohne vorher durch den Spion zu sehen.

"Ist er da?", zischte mir Steffi entgegen und schob mich zur Seite.

"Nein, aber -"

"Das will ich erst einmal sehen." Sie überrumpelte mich total und bevor ich reagieren konnte, stürmte sie an mir vorbei und lief von Zimmer zu Zimmer. "Hattest du gestern noch Sex mit ihm?"

"Sag mal, spinnst du?", fuhr ich sie an. "Zum einen geht dich das nichts an und zum anderen habe ich Besuch. Also verschwinde!"

"Also ist er doch da."

"Meine Mutter ist hier, auch wenn dich das nicht zu interessieren hat. Sonst noch Fragen?"

Steffi stürmte hinaus auf den Balkon.

"Sie sind Katrins Mutter?", fragte sie völlig grußlos.

"Ja, bin ich", antwortete meine Mutter eisig. Unhöfliches, anstandsloses Benehmen jeder Art war ihr ein absoluter Gräuel und Steffi benahm sich eben genau so. "Wieso?"

"Hat sie Ihnen schon erzählt, dass sie eine Sexaffäre mit ihrem verheirateten Chef hat?", keifte Steffi.

Ich schnappte förmlich nach Luft, konnte aber nicht vermeiden, dass mir siedend heiß wurde. Was fiel dieser Irren eigentlich ein? Nun war Schluss mit lustig!

"Mach, dass du verschwindest, und zwar sofort!", knurrte ich sie an.

Der Blick, den Mama mir zuwarf, war eine Mischung aus Verwunderung und Verärgerung.

"Katrin, was will diese unverschämte Person hier eigentlich?"

"Keine Ahnung, Mama. Ich habe diese Irre nicht eingeladen. Sie tickt doch nicht mehr ganz."

"Ach nein?", sagte Steffi spitz. "Du hast mir doch selbst von eurer Vereinbarung erzählt. Nur Sex, sonst nichts."

"Hau endlich ab, du bist hier nicht willkommen."

"Nur Sex, nicht mehr. Sagtest du doch, oder?"

"Katrin!"

Klirrend setzte Mama ihre Kaffeetasse auf dem Unterteller ab.

"Jede Wette, ihr macht es auch im Büro", fuhr Steffi ungerührt fort.

Ich war hilflos, meine Wangen fühlten sich mit einem Mal glühend heiß an.

"Na also, wusste ich es doch, du kleine, widerliche Schlampe", triumphierte Steffi. "Du bist doch so triebgesteuert, dass du es mit jedem Kerl treibst, der gerade verfügbar ist!"

Ich spürte den nunmehr schockierten Blick meiner Mutter zwischen der Irren und mir hin- und herwandern. Rasch packte ich die keifende Kampflesbe am Arm und zerrte sie zur Wohnungstür.

"Mach endlich, dass du verschwindest, und komm mir

nie wieder unter die Augen!", brüllte ich sie an.

"Was willst du denn mit diesem Blödmann?", jaulte sie auf. "*Ich* bin doch da! Und was tust du? Du betrügst, belügst und hintergehst mich."

Ich gab ihr einen solchen Rempler, dass sie hinaus ins Treppenhaus stolperte und knallte die Tür zu. Das war doch die Höhe! Meine Nachbarn, die ihr Gekeife nicht überhören konnten, hielten mich nun sicher für eine fremdgehende Lesbe und obendrein durfte ich meiner Mutter nun Dinge erklären, die ich lieber für mich behalten hätte.

"Ist sie weg?", fragte sie mich, als ich wieder zurück auf dem Balkon war.

"Ja", ächzte ich. "Die spinnt doch komplett."

Meine Mutter schwieg einen Moment, dann sah sie mich streng an.

"Ich nehme an, das war deine Lesbenfreundin. Und jetzt sag mir eines, Katrin: Stimmt das, was sie behauptet?"

"Nein, natürlich nicht!", log ich so überzeugend wie möglich. "Du glaubst ihr doch nicht etwa?"

"Erwähntest du nicht einmal, dass du ihn gar nicht so übel findest, rein sexuell gesehen?"

"Na und? Muss ich deshalb mit ihm ins Bett steigen?"

"Nicht zwangsläufig, aber -"

"Quatsch. Du findest George Clooney umwerfend. Hast du deshalb etwas mit ihm?", versuchte ich vom Thema abzulenken.

"Das ist doch etwas ganz anderes, Katrin", winkte sie ab.

"Wieso?"

"Ich kenne ihn nicht persönlich. Du aber deinen Chef sehr wohl."

"Na und? Ich habe nichts mit ihm."

"Wie kommt sie dann darauf?"

"Meine Güte ... Das war nur eine Notlüge, damit sie mich endlich in Ruhe lässt."

Treuherzig und ganz die Unschuld selbst sah ich sie an

und scheinbar war ich wirklich überzeugend.

"Na, wenn der Schuss mal nicht nach hinten losgeht", seufzte Mama schließlich auf, war jedoch sichtlich erleichtert. "Eine Affäre mit einem verheirateten Mann! Das würdest du doch nie tun, oder?"

"Nein, niemals. Das gibt nur Probleme", log ich.

Ich würde zwar auf ewig in der Hölle schmoren, aber sie schien mir zu glauben und die Sache war damit vom Tisch.

Der Nachmittag verging recht schnell und allmählich wurde es kühler. Wir räumten alles nach drinnen und ich setzte nochmals Kaffee auf. Plötzlich klingelte mein Telefon. Sicher nur die Irre, vermutete ich und ließ es daher läuten.

"Willst du nicht rangehen, Katrin?"

Ich schüttelte energisch den Kopf.

"Das ist sicher bloß die Kampflesbe."

"Und wenn schon. Dann sag ihr noch einmal deutlich, dass sie dich in Ruhe lassen soll. Sonst ruft sie wieder an."

Das befürchtete ich allerdings auch, deshalb nahm ich schließlich doch ab.

"Hi Kati, Alex hier."

Auch das noch! Meine Mutter saß mit gespitzten Ohren nur ein Stück weiter auf der Couch und er rief mich an.

"Oh, hallo."

"Störe ich?"

"Nein, ich ... Meine Mutter ist zu Besuch."

"Verstehe. Ganz kurz nur, bleibt es dabei?"

"Wobei?"

"Heute Abend. Wir haben gestern nicht mehr darüber gesprochen."

"Aber sicher, war doch abgemacht." Unwillkürlich verzog sich mein Gesicht zu einem strahlenden Lächeln. "Oder nicht?"

Alex lachte leise auf.

157

"Doch, aber ich dachte, vielleicht hast du nicht schon wieder Lust, dich mit einem widerlichen Langweiler zu treffen."

"Ich habe mich dafür entschuldigt, also hör bitte auf damit", bat ich ihn eindringlich.

"Okay. Bis später, Kati."

"Ja, bis dann."

Nur die Anwesenheit meiner Mutter hielt mich davon ab, triumphierend in die Hände zu klatschen und einen Jubelschrei auszustoßen.

"Das war aber nicht Steffi, oder?", fragte sie neugierig.

"Nein, war sie nicht", antwortete ich knapp.

Schmunzelnd sah sie mich an.

"Du hast ein Date, gib es zu. Ist er nett?"

"Ja, ist er." Zumindest, wenn wir alleine waren, fügte ich gedanklich hinzu.

"Erzähl schon."

"Was denn?", wich ich aus, bis mir etwas Passendes einfallen würde.

"Alles. Woher kennst du ihn, wie ist er so, wie sieht er aus?"

"Ach Mama!"

"Nichts da, so wie du strahlst ... Also?"

"Aus der Stadt, nett, höllisch gut. Reicht das?"

"Nein", sagte sie bestimmt, verschränkte die Arme vor der Brust und sah mich abwartend an.

Ich hatte es befürchtet. Und nun? Was sollte ich ihr erzählen, ohne ihr etwas zu verraten, das sie nicht erfahren sollte? Irgendwie musste ich mich da herauswinden.

"Wir kennen uns gerade mal ein paar Wochen. Er ist ... Nun ja, das genaue Gegenteil von der Kröte. Und jetzt Schluss damit. Du erfährst alles noch früh genug."

Ganz zufrieden schien sie mit meiner Erklärung nicht zu sein. Es war ihr anzusehen, dass sie mehr wissen wollte. Viel mehr. Zu meinem Glück bohrte sie jedoch nicht weiter, sondern zwinkerte mir zu.

"Das will ich hoffen, Kind, aber versprich mir bitte eines."

"Was denn?"

Argwöhnisch sah ich sie an. Sie hatte doch nicht etwa mitbekommen, dass ich mit Fuchs telefonierte?

"Solltest du auch nur die minimalsten Krötenzüge an ihm entdecken, jag ihn sofort zum Teufel. Versprochen?"

"Ja, mache ich. Versprochen", antwortete ich mit einem breiten Grinsen. Das war gerade noch einmal gut gegangen. Und was die Kröte betraf, waren wir uns unumstritten einig.

Mama sah auf die Uhr und stand seufzend von der Couch auf.

"Dann werde ich besser fahren. Das Raubtier zu Hause wartet sicher schon auf die Fütterung. Und du machst dich schick und genießt den Abend."

"Das werde ich."

Davon war ich überzeugt, trotzdem hoffte ich, dass Alex heute Abend nicht wieder nur essen gehen wollte.

27

Kaum zwängte ich mich in den Schalensitz des Porsches, brauste Foxi wieder los Richtung Autobahn. Nur raus aus der Stadt! Begegnungen welcher Art auch immer konnten für uns beide peinlich werden oder zumindest unangenehm. Davon ganz abgesehen, war es mir auch lieber. Ich hatte ihn dann ganz für mich alleine.

Er machte nicht einmal die Andeutung, wohin er fuhr. Ich fragte auch nicht. Nach einer Weile hielt er auf dem Parkplatz eines nagelneu aussehenden Highway-Hotels. Die Zimmer gab es hier auch stundenweise, hatte ich irgendwann gehört. Gekonnt log Alex die Dame an der Rezeption an. Ja, wir waren den ganzen Tag schon mit dem Auto unterwegs und wollten uns ein bisschen ausruhen und frisch machen, bevor die Fahrt weiterging. Ja, noch ein ganzes Stück und nein, wecken musste uns keiner. Dann waren wir endlich allein.

Eigentlich war es genau das, worauf ich schon die ganze Woche wartete, doch einfach so auf ein Zimmer zu gehen und dann quasi ohne Vorbereitung loszulegen, widerstrebte mir etwas. Ob es nun Sex war oder auch nur kuscheln, war dabei egal.

In Dresden oder auch im Büro hatten wir zwar auch nichts anderes getan, nur es entstand aus der Laune heraus und passierte ganz spontan - ganz im Gegensatz zu jetzt. Irgendwie fühlte ich mich auf einmal gehemmt und die Sache bekam einen leicht schalen Beigeschmack.

Alex schaltete das Radio ein, das im Kopfteil des Doppelbettes eingebaut war und spielte daran herum, bis er einen Sender mit angenehmem Jazz fand. Die grelle Deckenbeleuchtung knipste er aus und dafür das kleine Nachttischlämpchen an.

"Was ist los, Kati? Du stehst herum wie bestellt und nicht abgeholt." Er setzte sich aufs Bett, kickte die Schuhe in die Ecke und klopfte mit der flachen Hand neben sich aufs Laken. "Komm her oder hast du schon Wurzeln geschlagen?"

Fast wünschte ich es mir, kam ich mir doch vor wie in einem dieser Low-Budget-Pornos, deren seichte Handlung genau fünf Sekunden vor der eigentlichen Show begann. Und unsere ging in dem Moment los, in dem ich mich aufs Bett setzen würde. Wie gesagt, eigentlich war es genau das, was ich ursprünglich wollte: nur Sex, sonst nichts. Wieso kam ich mir dann nur so billig vor?

"Nun komm schon." Sein Jackett flog in die Ecke, die Krawatte ebenfalls. "Was ist los mit dir, Katrin?"

"Nichts."

Ich setzte mich etwas hölzern in Bewegung, schlüpfte aus den Schuhen und legte mich auf die andere Seite des Bettes, während ich damit beschäftigt war, diese blöden, völlig widersprüchlichen Gedanken zu verscheuchen.

Alex rollte sich neben mich, stützte sich auf den Ellbogen und zupfte mich an einer Haarsträhne.

"Keine Lust?"

"Schon, aber ..."

Etwas hilflos zuckte ich mit den Schultern. Wie sollte ich es ihm nur erklären?

Noch während ich nach den passenden Worten suchte, sprang er vom Bett, schaltete das Radio aus und den Fernseher an. Im Schnelldurchgang zappte er sich durch die Programme. Bei einem Sportkanal, der gerade ein Fußballspiel übertrug, blieb er hängen und legte sich wieder hin.

"Wenn du weißt, was du willst, Katrin, dann sag es mir."

Ungläubig sah ich zu ihm hinüber.

"Du willst doch jetzt nicht Fußball kucken?"

"Wieso nicht? Langweiliger als du kann das Spiel auch nicht sein."

Zack bumm. So schnell konnte es gehen. Mit einem Mal lag da neben mir Fuchs, der unübertreffliche Vollblutdepp. Ich zwickte mich selbst kurz in den Arm, damit ich aufwachte. Das war nur ein blöder Traum, mehr nicht. Oder doch? Wer konnte sich im Schlaf schon selbst zwicken?

Ohne Vorankündigung überfiel mich eine rasende Wut auf ihn und sein völlig inakzeptables Benehmen. Ich setzte mich auf und verpasste ihm einen derart heftigen Faustschlag gegen den Arm, dass die Fernbedienung, die er noch in der Hand hielt, bis in die Zimmerecke flog.

"Sag mal, spinnst du?", fuhr er mich an und rieb sich den Arm.

"Ausgerechnet *du* nennst mich langweilig?", fauchte ich

161

ihn an. "Du bist so grottenlangweilig, dass man bei deinem bloßen Anblick schon sterben könnte! Die beiden Male, bei denen ich mich in völlig geistiger Umnachtung zum Sex mit dir überwunden habe ... Ich hätte hinterher fast Wiederbelebungsversuche gebraucht, so tödlich habe ich mich gelangweilt!"

Alex schnellte hoch und blitzte mich an.

"*Du* hast dich gelangweilt? Ja wer hat denn fast die ganze Stadt zusammengebrüllt?"

"Das waren Hilferufe, du Blödfuchs! Damit mich jemand von dir langweiligen, schnaubenden Walross befreit!"

Er lachte spöttisch auf.

"Du nennst mich ein Walross? Kuck mal in den Spiegel! Dich obenauf liegen zu lassen, ist doch das reinste Selbstmordkommando! Sei doch froh, dass ich mich deiner überhaupt erbarme. Sonst wird es ja eh keiner tun."

"Du eingebildeter Megablödmann!"

Ich warf das Kissen nach ihm, das ihn gottlob voll erwischte, sprang mit einem Satz vom Bett und stürzte zur Tür. Keine Sekunde länger blieb ich hier! Eine schnelle Nummer zu schieben, war eine Sache. Mich aber von ihm auch noch doof anmachen und beleidigen zu lassen, eine ganz andere. Das tat er im Büro schon mehr als genug.

Alex musste geflogen sein, denn noch bevor ich die Klinke der Zimmertür drücken konnte, packte er mich am Handgelenk und zog mich so heftig zurück, dass wir beide durch den Schwung halb auf dem Bett, halb auf dem Fußboden landeten.

"Hiergeblieben", knurrte er. "Du wirst nicht abhauen."

"Oh doch, das werde ich."

Ich war zwar immer noch gut gepolstert, nur leider nicht am Knie, mit dem ich beim Sturz heftig gegen die Bettkante geschlagen war. Es tat höllisch weh, was meine Wut auf ihn noch etwas mehr schürte.

"Keine Minute bleibe ich länger hier."

"Oh doch, wirst du", flüsterte er mir ins Ohr, während seine Finger an den Knöpfen meiner Bluse zerrten.

"Lass mich sofort los, du Blödfuchs!"

"Ach halt endlich die Klappe, Kati." Sein Atem ging schneller und das lag bestimmt nicht nur an unserem vorausgegangenen Kämpfchen. So wenig ich es wollte, auch in mir begann es zu kribbeln.

"Die Kosten für das Zimmer sollen sich schließlich auch lohnen", murmelte er, bevor er mich leicht in den Nacken biss.

Für diesen blöden Kommentar kniff ihn ich ganz kräftig in die Seite, was er mit einem Schmerzenslaut quittierte, wie ich voller Genugtuung feststellte. Doch dann ergab ich mich. Ihm länger zu widerstehen, war mir absolut unmöglich.

"Ich hasse dich", keuchte ich ihm ins Ohr. "Abgrundtief und mit wachsender Begeisterung."

"Und wenn schon, auch egal. Nur jetzt tu einfach so, als ob."

"Als ob was?"

"Als ob du mich lieben würdest."

Das tat ich auch und seltsam, irgendwie war es ganz einfach. Ich musste mir nichts einreden oder vormachen. Es ging wie von selbst.

28

Die nächsten paar Wochen vergingen in gewohnter Weise. Fuchs war im Büro mal mehr, mal weniger unausstehlich. Wir stritten uns nach wie vor derart, dass Andrea mich manchmal kopfschüttelnd zur Seite nahm und bat, ich möchte mich doch etwas zurücknehmen. Er alleine wäre schon ein Problem, ich aber würde sein unmögliches Verhalten nur noch mehr schüren und sie hätte absolut keine Lust, in einem Irrenhaus zu arbeiten. Ihretwegen riss ich mich also etwas zusammen und versuchte, seine teilweise mehr als blöden Kommentare einfach zu überhören.

Gleichzeitig schob ich diverse Überstunden, aber nicht im eigentlichen Sinne. Diese spielten sich auf Alex' Schreibtisch ab und genau da lag mein Problem. So sehr ich ihn auch als Chef aus tiefstem Herzen verabscheute, in den Stunden, in denen wir alleine waren, fuhren meine Gefühle Achterbahn. Mir war absolut unbegreiflich, wie ein einziger Mensch es schaffte, geschäftlich und privat zwei völlig konträre Personen zu sein. Das passte einfach nicht zusammen.

Das Schlimmste daran war, ich konnte mit niemandem darüber reden. Mein ganzer Freundeskreis, auf den ich früher so stolz war, zerschlug sich nach und nach mit der Scheidung. Die meisten von ihnen waren ursprünglich Krötenfreunde, und wenn er und ich doch einmal etwas unternahmen, dann zusammen mit ihnen. Obwohl es damals, als wir ihnen von unserer Trennung erzählten, hieß, wir würden natürlich in Kontakt bleiben, was ich zuerst auch glaubte, es schlief mit der Zeit ein. Auch sie frönten lieber einem gemütlichen Krötendasein und hielten ihm, vielleicht auch unabsichtlich, die Stange.

Meiner Mutter konnte ich von meinen Problemen in Bezug auf die Sache mit Foxi gar nichts erzählen, genauso wenig wie Steffi. Diese drehte allmählich immer mehr durch. Jedes Mal, wenn ich mit ihr sprach, machte sie mir Eifersuchtsszenen und beschimpfte mich in übelster Weise. Die wenigen Male, die wir uns trafen, endeten regelmäßig mit einem handfesten Streit oder massiver Abwehr meinerseits auf ihre eindeutigen Annäherungsversuche. Egal was ich tat und wie oft ich es ihr noch erklärte, sie kapierte es einfach nicht.

Wenn das so weiterging, war ich reif für die Klapsmühle. Irgendeine Lösung musste her, ich wusste nur nicht, welche. Die Auswahl war in der Tat beeindruckend: eine Beziehung mit einer krankhaft eifersüchtigen Lesbe oder eine Sexgeschichte mit meinem verheirateten Chef.

Der Lesbenkram lag mir absolut fern und die Sache mit Foxi ... Die fiel inzwischen nicht mehr unter unsere Vereinbarung: nur Sex, sonst nichts. Ich wehrte mich bislang vehement dagegen, aber eines Nachts, als ich mich schlaflos im Bett wälzte, musste ich mir leider eingestehen, dass mir *nur* Sex mit ihm nicht reichte, ich wollte mehr. Viel mehr. Ich wollte *ihn*, und zwar ganz für mich alleine. Hinter dem unübertrefflichen Scheusal, das er sein konnte, steckte der Mann, den ich mir immer ausgemalt hatte.

Das Problem daran war nur, er gehörte dieser dürren, beautybesessenen Zicke Melli. Genau da setzte mein anerzogenes katholisches Gewissen ein. *Du sollst nicht begehren deines Nächsten Weib,* hieß es. Nun ja, das Weib begehrte ich ja nicht. Was war aber mit *deines Nächsten Mann*? Fiel das auch darunter? Sinngemäß vielleicht, aber so stand es dort nicht. Und *Du sollst nicht begehren deines Nächsten Hab und Gut* ... Also bitte, Mellis Hab und Gut war er sicher nicht ... Ach zum Teufel damit. Ein besonders gläubiger Mensch war ich ohnehin nie.

Wie auch immer ich es drehte und wendete, eine Lösung erschien trotzdem nicht auf der Bildfläche. Weder mit Steffi noch mit Alex.

Ein einzig Positives hatte diese ganze, nervenaufreibende Misere aber doch. Sie schlug mir derart auf den Magen, dass ich statt der üblichen Tröste-Fress-Attacken keinen Hunger mehr verspürte und schon bald fünf Kilo weniger auf der Waage ablas. Meine Figur nahm Formen an und verdiente sich allmählich diese Bezeichnung.

165

Vielleicht war das der Grund, weshalb ich Steffis Einladung annahm, Samstagabend zu ihr zu fahren, um einen gemütlichen Abend zu verbringen. Bei dem einen schlug sich eine solch rasante Gewichtsabnahme auf den Kreislauf, bei mir offensichtlich aufs Hirn.

Alex' Frau saß ohnehin wie einbetoniert zu Hause und musste nirgendwo hinfahren, also blieb mir jede Menge Zeit. Ich fuhr zu Steffi. Ausnahmsweise hagelte es keine Vorwürfe, dass ich immer noch auf die geistig minderbemittelte Rasse Mann hereinfallen würde, anstatt eine Beziehung mit ihr vorzuziehen.

Nein, es war der erste wirklich nette Abend mit Steffi seit Langem. Das Essen war hervorragend. Sie war eine beneidenswerte Köchin und der Wein lief wie Öl die Kehle hinunter. Ich besaß immer noch kein Auto, also konnte ich ruhig ein paar Gläschen trinken.

Das tat ich auch, bis mir von dem ungewohnt schweren Rotwein ziemlich schwummrig wurde. Immer weiter rutschte ich auf der Monstercouch in die Waagrechte. Ich registrierte zwar wie durch einen Schleier, dass Steffi näher rutschte und auch, dass ihre Hände auf mir herumzukrabbeln begannen, aber ich war schon so benebelt, dass alles wie in Zeitlupe an mir vorbeizog und sich dann auch noch das Zimmer um die eigene Achse zu drehen begann.

Für ein paar Minuten wollte ich die Augen schließen, bis ich wieder klar sehen konnte. Als ich sie wieder öffnete, sah ich ziemlich verschwommen Alex vor mir und spürte seine Hände, die mich überall streichelten. Es war fantastisch, so wie jedes Mal mit ihm. Die kleine rote Signallampe, die vor meinem geistigen Auge blinkte, konnte ich aber nicht deuten. Mir war zwar instinktiv bewusst, dass heute irgendetwas anders war als sonst, doch wieso, wusste ich nicht.

Erst am nächsten Morgen, als ich aufwachte, wurde es mir klar: An mich gekuschelt lag Steffi, nicht Alex. Lieber Gott! Ich hatte gestern Sex mit einer Frau! Mir stockte fast der Atem. Entsetzt rutschte ich von der Couch, sprang in meine Klamotten und schlich auf Zehenspitzen aus der Wohnung. Auf dem Weg nach Hause zuckte mir immer wieder der gleiche, schockierende Gedanke durch meinen dröhnenden Kopf: Ich war jetzt auch eine Lesbe!

29

Wenigstens eine halbe Stunde stand ich unter der Dusche, schrubbte und schrubbte und verbrauchte Unmengen meines Duschgels. Wie konnte ich so etwas nur tun! Ließ mich von Steffi befummeln und ... *Oh mein Gott!* Fummelte ich etwa im Rotweindelirium auch an ihr herum?

Ein ums andere Mal schüttelte es mich bei der vagen Vorstellung, was sich gestern Nacht in ihrem Sündenpfuhl wohl abspielte. Während ich mich mit dem Handtuch abrubbelte, durchzuckte mich eine grauenhafte Erkenntnis: Steffi würde sich nun bestätigt sehen und glauben, dass sie mich nun endlich da hatte, wo sie mich die ganze Zeit schon haben wollte: im Lesbenlager.

Gütiger Himmel! Wie ein Geier würde sie sich auf mich stürzen und meine Tage außerhalb der Gummizelle waren gezählt. Ich Idiot öffnete gestern Nacht unfreiwillig das Tor zum tiefsten Höllenschlund.

Für mich behalten konnte ich es nicht, aber die Einzige, mit der ich darüber reden konnte, war Mama, auch wenn ich vor Scham sterben würde. Doch egal, sterben würde ich

167

ohnehin, wenn nicht vor Scham, dann vor Kopfschmerzen. Ich warf mir zwei Tabletten ein und flehte meine Mutter am Telefon an, auf der Stelle zu mir zu kommen, wenn sie mich nicht in Kürze in der Klapsmühle besuchen wollte.

"Was ist denn los?" Besorgt sah sie mich eine Weile später an. "Fehlte nur noch: Es geht um Leben oder Tod."

"In gewisser Weise tut es das auch", jammerte ich.

"Ach Unsinn. Nun übertreib mal nicht so. Erzähl schon, was ist passiert?"

Ächzend ließ ich mich aufs Sofa sinken.

"Ich habe den größten Fehler meines Lebens gemacht."

"Ach ja? Ich dachte, das war die Hochzeit mit der Kröte?"

"Bisher dachte ich das auch. Aber glaub mir, das war noch harmlos."

Meine Mutter stutzte einen Moment, schien zu überlegen, dann schlug sie die Hände vors Gesicht.

"Um Himmels willen, Katrin! Du warst mit deinem Chef im Bett und seine Frau hat euch erwischt."

"Noch viel schlimmer."

"Noch schlimmer?", stöhnte sie zwischen den Fingern hindurch. "Du bist von ihm schwanger."

"Nein, um Gottes willen. Ich bin ... Ich bin eine Lesbe", murmelte ich verlegen.

Mir schoss das Blut in den Kopf. Ich leuchtete sicher genauso knallrot wie ein Feuerwehrauto.

"Wenn's weiter nichts ist." Meine Mutter atmete sichtlich erleichtert auf, dann stutzte sie plötzlich. "Du bist *was*?"

"Dieses Miststück hat mich hereingelegt", knurrte ich bitterböse. "Sie hat mich völlig betrunken gemacht, bis ich willenlos war und mich dann vergewaltigt."

Ich sank so tief in mir zusammen, dass ich mich spielend hinter dem Sofakissen verstecken konnte. Und was tat meine Mutter? Sie begann schallend zu lachen, bis ihr die

Tränen über die Wangen rannten.

"Was ist denn daran bitte so komisch?"

Fassungslos sah ich sie an. Verständnis oder Mitgefühl hätte ich von ihr erwartet, aber so eine Reaktion sicher nicht!

"Hat es wenigstens Spaß gemacht?", gluckste sie.

"Das ist doch wohl die Höhe!", schimpfte ich erbost. "Wie kannst du nur? Machst dich auch noch lustig über mich!"

Sie tätschelte mir die Hand.

"Ach Kind, was ist denn daran so schlimm? Du bist um eine Erfahrung reicher. Und wer weiß, vielleicht bleibst du ja dabei?"

"Mama!"

"Das ist doch kein Weltuntergang."

Zutiefst deprimiert schüttelte ich den Kopf.

"Du verstehst mich einfach nicht. Ich wollte es nicht und ich will es auch nicht. Doch diese Irre wird glauben, dass ich jetzt ans andere Ufer gewechselt bin und sie freie Fahrt hat. Begreifst du nicht, was das bedeutet? Ich werde von einer lüsternen, gierigen Kampflesbe verfolgt, die mich mit Sicherheit nicht mehr aus den Klauen lässt. Das ist der reinste Horror!"

Mama nickte bedächtig.

"So gesehen hast du recht, Kind. Was willst du nun tun?"

"Das wollte ich doch von dir wissen!"

"Nun ja ... Wieso erklärst du es ihr nicht einfach noch einmal?"

"Ach Mama! Jedes Kamel würde es eher begreifen als sie!"

"Nun hör aber auf! Du warst betrunken und sie hat es ausgenutzt. Da kann man wohl kaum von freiem Willen sprechen. Das muss sogar sie einsehen. Glaubst du nicht?"

"Nein, du kennst sie nicht!", jaulte ich auf. "Sie wird es sich so hinbiegen, wie sie will und behaupten, der Alkohol hätte nur meine Hemmungen abgebaut und ließ mich endlich das tun, was ich immer schon wollte."

Energisch schlug meine Mutter mit der Faust auf den Tisch.

"Was soll denn das Theater? Du sitzt hier und jammerst herum, sie hätte dich vergewaltigt. Was für ein Quatsch! Du wirst doch so viel Mumm haben, ihr die Meinung zu sagen!"

Am fehlenden Mumm mangelte es mir nicht, sondern viel mehr an der Überzeugung, dass alles, was ich Steffi sagte, auf ausgedörrten Boden fiel. Ich steckte im tiefsten Jammertal fest.

"Mal angenommen, Katrin, das wäre gestern Abend nicht Steffi, sondern die Kröte gewesen. Was dann?"

Hm ... Das wäre natürlich etwas ganz anderes, dachte ich mir, trotz meiner aktuellen Winsellaune. Hätte die Kröte sich so benommen ...

"Die Kröte? Ich würde ihn an die Wand klatschen!"

"Gut, dann mach das mit Kröten-Steffi."

Mit einem Mal wurde es mir sonnenklar: Mama hatte völlig recht. Mochte Steffi auch rein äußerlich die Gestalt einer Frau haben, rein intellektuell musste sie ein Mann sein mit einem riesigen Phantomlümmel zwischen den Beinen, der ihr jegliche Andeutung von Gehirn aus dem Kopf gesaugt hatte. Ja, sie war auch eine Kröte, und zwar eine der lästigsten Art überhaupt.

Genau das war es, was ich jetzt brauchte, bevor ich vollständig im Selbstmitleid versank. Kröte war schließlich Kröte, egal ob es sich nun um eine Weichbrotkröte oder eine Steffikröte handelte. Beim bloßen Gedanken daran, dass mich wieder einmal eines dieser dämlichen Viecher überlistete, schwoll mir in Bruchteilen von Sekunden die Zornesader.

Ich warf Mama einen grimmigen Blick zu und nickte entschlossen.

"Stimmt!"

"Na endlich!" Mama atmete auf. "Ich kann förmlich sehen, wie es anfängt, in dir zu brodeln. Wenn du genug am Kochen bist, ruf sie an und sag ihr die Meinung, und zwar unmissverständlich. Alles klar?"

"Ja. Und wie!"

Später, als Mama gefahren war, rief ich auch tatsächlich bei Kröten-Steffi an, doch leider war sie nicht zu Hause. Mir blieb nichts anderes übrig, als es auf später oder morgen zu verschieben. Ich durfte nur nicht vergessen, meinen Zorn auf alles Krötenartige am Leben zu erhalten.

30

Am späten Montagnachmittag, ich war noch keine fünf Minuten zu Hause, klingelte es an meiner Tür. Meine Nachbarin zur Rechten stand vor mir, einen riesigen Blumenstrauß in den Händen. Eine sehr liebenswürdige, junge Frau hätte ihn bei ihr abgegeben und sie gebeten, ihn mir zu bringen. Bei dieser Beschreibung schwante mir schon Übles. Ich bedankte mich artig und nahm ihn mit. Ein zugeklebter, rosaroter Umschlag steckte zwischen den Blumen. Voll unangenehmer Vorahnung riss ich ihn auf und fand sie bestätigt in Form einer Karte mit Herzchen vorne darauf.

Steffi bedankte sich überschwänglich für die fantastische Nacht. Sie wäre überglücklich, dass ich endlich wüsste, wohin ich gehörte und freute sich auf noch viele schöne Nächte und auch auf die Tage dazwischen mit mir. Neben ihrer Unterschrift prangte ein mit rosarotem Lippenstift aufgedrückter Kussmund.

Das war die reinste Horrorbotschaft. Sie glaubte tatsächlich, dass ich ... *Mama, Hilfe!*

Fast schon sehnte ich mich nach der Weißbrottristesse und meinem todlangweiligen Krötenweibchendasein zurück. Es war völlig unspektakulär, bis auf die nervenaufreibenden Endlosstreitereien, aber ansonsten war es *ruhig*.

Nun wurde ich von Steffi regelrecht tyrannisiert. Mein Telefon bimmelte im Minutentakt. Ich nahm nicht ab. Nach einer Stunde lagen meine Nerven blank. Ich packte den Blumenstrauß und stürmte aus der Wohnung. Jetzt würde ich ihr die Leviten lesen, lautstark und in absoluter Eindeutigkeit.

Mit einem strahlenden Lächeln öffnete Steffi ihre Tür. Wie eine Waffe streckte ich ihr den Strauß entgegen.

"Steck ihn dir sonst wo hin und vergiss es", knurrte ich. "Es wird nichts daraus. Klar?"

"Komm erst einmal herein, Süße. Dann können wir -"

"Ich bin nicht deine Süße und wir können gar nichts, merk dir das! Deine Lesbenhöhle betrete ich nicht einmal mehr mit Bodyguards."

"Was ist dir denn für eine Laus über die Leber gekrochen, Schätzchen? Gefallen dir die Blümchen nicht?", flötete Steffi zuckersüß.

Schätzchen? Lieber Himmel, ich konnte mich nur noch mit größter Willensanstrengung beherrschen, ihr nicht den Hals umzudrehen.

"Mir gefällt der Absender nicht und schon gar nicht die Absicht, die dahinter steckt. Und nun hol dir Papier und Stift, damit du mitschreiben kannst, was ich dir jetzt sage: *Ich will nichts von dir!* Ich bin keine Lesbe und ich werde auch keine. Ein zweites Mal lasse ich mich von dir nicht abfüllen und schon gar nicht befummeln. Hast du das endlich kapiert?", brüllte ich sie an.

"Schrei doch nicht so im Treppenhaus, Schätzchen. Die Nachbarn müssen nicht alles mitbekommen."

Sie zog mich rasch hinein in die Diele und schloss leise die Tür hinter uns.

"Wissen die etwa noch nichts von deinem Lesbentum?"

"Dir hat es doch ganz gut gefallen, wozu also abstreiten?", schnurrte sie und sah dabei genauso zufrieden aus wie eine Katze vor dem leeren Milchtopf.

"Stimmt doch gar nicht! Ich war sturzbetrunken und im Delirium. Du hast das schamlos ausgenutzt."

"Ach was, von wegen Delirium. Du hast doch damit angefangen."

"Spinnst du?", schnaubte ich entrüstet auf. "*Du* hast -"

"Nur das getan, was du wolltest. Erinnerst du dich nicht mehr, wie du mich beinahe angebettelt hast?"

Fassungslos schüttelte ich den Kopf. Was für eine ungeheuerliche Behauptung! Und gelogen war sie obendrein. So weit wäre ich niemals gesunken ... Oder etwa doch?

"Das habe ich niemals", stritt ich vehement ab, trotz meiner Zweifel, hatte ich doch in meinem Alkoholnebel Alex' Gesicht vor Augen gehabt. "So betrunken könnte ich nie sein."

Steffi zwinkerte mir zu.

"Warst du auch nicht, so wie du losgelegt hast. Du warst unglaublich leidenschaftlich und unersättlich. Aber das wusste ich von Anfang an."

Behutsam nahm sie mir die Blumen ab und legte sie auf das Sideboard, dann kam sie auf mich zu, ein seltsames Lächeln auf dem Gesicht.

Unwillkürlich wich ich zurück, bis ich die Wand in meinem Rücken spürte.

"Bleib mir bloß vom Leib", warnte ich sie.

"Keine Angst, ich tue nichts, was du nicht willst. Mach mal eben die Augen zu", säuselte Kröten-Steffi.

"Wozu?"

"Tu es einfach. Glaub mir, dir passiert schon nichts. Ich

173

habe nur eine Überraschung für dich."

"Nein, ich gehe lieber."

Mir war mehr als unbehaglich und ich traute ihr absolut nicht. Schnell drängte ich mich an ihr vorbei und wollte zur Tür, doch sie war schneller und stellte sich mir in den Weg.

"Okay, schon gut", sagte sie hastig. "Aber lass uns einen Kaffee trinken. Ich habe eben einen gemacht."

"Nein, ich möchte jetzt gehen."

Das unbestimmte Gefühl, dass sie irgendetwas im Schilde führte, wurde immer stärker. Sicher hatte sie wieder eine hinterlistige Aktion geplant.

"Nur einen Kaffee", wiederholte sie und lächelte mich an. "Quasi als Abschluss unseres kleinen Abenteuers."

"Steffi, ich -"

"Ach komm", bettelte sie. "Tu mir doch bitte den letzten Gefallen. Ich habe begriffen, dass du nicht willst. Das ist zwar mehr als schade, aber wohl nicht zu ändern."

Oh mein Gott! Meine Gebete wurden erhört!

"Nein, das ist es nicht", sagte ich unnachgiebig.

"Okay, dann haken wir das Thema ab. Ich werde dich nicht mehr überreden und ich werde auch nichts mehr davon erwähnen, versprochen. Aber ein Kaffee unter Freunden, das ist doch nichts Verwerfliches, oder?"

"Unter *Freunden*?"

"Wieso nicht? Wir können doch Freunde bleiben, auch wenn keine Beziehung daraus wird. Bisher haben wir uns doch immer gut verstanden ... bis auf diese winzige Unstimmigkeit."

Ich sah zwar ein rotes Alarmlämpchen vor meinem geistigen Auge hektisch aufblinken, allerdings machte sie so einen überzeugend netten Eindruck, dass ich nachgab. Ganz unrecht hatte sie damit ja nicht. Von ihrem Lesbenquatsch einmal abgesehen, verstanden wir uns immer wirklich gut, zumal wir viele ähnliche Ansichten teilten. Bis auf diese eine ganz spezielle eben.

"Gut, aber wirklich nur Freunde, nicht mehr", willigte ich somit ein.

"Abgemacht. Ganz wie du willst."

So war es für mich in Ordnung. Als Freundin mochte ich Steffi wirklich, nur eben nicht als lesbische Bettgespielin oder etwas Ähnlichem.

"Na also, dann sind wir uns ja einig", meinte sie lächelnd. "Setz dich schon mal. Ich hole uns den Kaffee."

Erleichtert setzte ich mich auf die Couch. Mamas Tipp war goldrichtig gewesen. Klare Worte wirkten Wunder und endlich sah Steffi es ein. Alles war wieder im grünen Bereich.

Es dauerte ein Weilchen, bis sie aus der Küche zurückkam. Die zwei dampfenden Tassen stellte sie vor uns auf dem Tisch ab.

"Milch und Zucker ist schon drin. Willst du eine Zigarette?"

Sie griff nach ihrer Schachtel und hielt sie mir bereits geöffnet entgegen.

"Immer. Sind die beiden hier deine letzten?"

"Nur in dieser Schachtel. Nachschub ist vorhanden. Probier doch mal den Kaffee. Er schmeckt unglaublich. Ich habe ihn durch Zufall bekommen, eine ganz exklusive Mischung aus Brasilien. Zwar schweineteuer, aber das lohnt sich."

Ich nippte an der Tasse. *Unglaublicher Geschmack ...* Nun ja, er schmeckte vielleicht unglaublich stark geröstet, doch ansonsten merkte ich nicht viel Unterschied. Das sagte ich ihr auch.

"Du musst schon einen richtigen Schluck nehmen und nicht nur wie eine Katze die Zungenspitze nassmachen", tadelte Steffi kichernd. "In den meisten, hier üblichen Kaffeesorten sind irgendwelche Zusatzstoffe enthalten. Das hier ist Kaffee pur, nichts als reinste Kaffeebohnen.

175

Spürst du es nicht auch, dieses Feuer, dieses Temperament, diese südamerikanische Leidenschaft?", schwärmte sie.

Trotz allen Entgegenkommens und guten Willen war mir dieses Höllengebräu viel zu stark, doch sie klang so begeistert, dass ich mich überwand und die Tasse leerte.

Offenbar lag mir südamerikanisches Feuer nicht so, denn es dauerte nicht lange und mir wurde irgendwie merkwürdig zumute. Vielleicht lag es auch nur daran, dass ich den ganzen Tag kaum etwas aß. Zum Frühstück genehmigte ich mir ein Stück Marmorkuchen und bevor ich zu Steffi fuhr, machte ich mir eine kleine Salatschüssel. Womöglich vertrug mein Magen deshalb den starken Kaffee nicht.

Woran auch immer es lag, mir war auf jeden Fall plötzlich total übel. Ich musste unbedingt ins Bad, um die Toilettenschüssel zu umarmen. Vielleicht würde es mir danach wieder besser gehen.

"Schlaf ruhig weiter, Süße, es ist noch nicht Zeit zum Aufstehen."

Steffi strich mir mit der Hand sachte über die Wange und lächelte auf mich herab.

"Weiterschlafen?", murmelte ich. "Wieso weiterschlafen?"

Höchst verwirrt sah ich mich um. Ich lag auf Steffis Couch und durch das Fenster funkelte mich ein sternenübersäter Nachthimmel an. Das gab es doch nicht! Dass ich hier ankam, lag noch keine halbe Stunde zurück. Es konnte also allerhöchstens sechs Uhr abends sein, aber doch nicht tiefdunkle Nacht.

"Du musst wirklich einen stressigen Tag gehabt haben, Süße. Du sagtest, du wärst todmüde und wolltest auf meiner Couch übernachten."

"Was wollte ich?"

Gähnend rappelte ich mich auf. So schlapp hatte ich mich schon lange nicht mehr gefühlt. Was war denn nur los mit mir? Und wieso trug ich nur noch meine Unterwäsche, so wie Steffi übrigens auch?

"Meine Güte, ich fühle mich wie durch die Mangel gedreht", stöhnte ich auf. "Sag mal, wieso haben wir beide eigentlich mitten am Nachmittag nur BH und Slip an?"

"Nachmittag? Wie kommst du denn darauf?" Steffi lachte auf. "Süße, es ist gleich Mitternacht. Du wolltest hier schlafen und hast dich ausgezogen, ganz einfach. Ich war schon im Bett und wollte nur kurz nach dir sehen."

"Mitternacht?", ächzte ich fassungslos. "Das kann doch nicht sein!"

Mein Kopf fühlte sich ziemlich schwer und gleichzeitig absolut leer an. Ich riss mich zusammen und versuchte nachzudenken, denn irgendetwas lief hier verkehrt, und zwar richtig. So sehr ich mich jedoch bemühte, das Letzte, an das ich mich erinnern konnte, war dieser extrem starke, widerliche Kaffee, den ich trank und wie furchtbar übel mir davon wurde. Was danach passierte ... Keine Ahnung. Völliger Blackout.

Eines konnte ich mir beim besten Willen nicht vorstellen, nämlich dass ich freiwillig auf Steffis Couch übernachten wollte. Nach allem, was bislang zwischen uns vorgefallen war? Nie im Leben! Mir erschien das alles äußerst suspekt. Am meisten irritierte mich, dass ich mich an überhaupt nichts erinnern konnte, an absolut gar nichts und schon gar nicht daran, dass ich mich auszog.

Ich schüttelte den Kopf.

"Weißt du, was mir seltsam vorkommt, Steffi? Ich kann mich an nichts mehr erinnern."

"Das wundert mich nicht, Süße", winkte sie ab. "So erledigt und müde, wie du warst. Du arbeitest einfach zu viel."

Trotz meines elenden Zustandes kam mir ein Grinsen

aus. Hätte Fuchs das gehört, er hätte sofort lautstark protestiert. Ich und zu viel arbeiten? Das ging doch gar nicht, immerhin tat ich seiner Meinung nach nichts anderes als Quatschen und Futtern.

Der Tag im Büro war zwar durchaus hektisch gewesen, aber nicht mehr als sonst. Umso unglaubwürdiger erschien mir daher Steffis Erklärungsversuch, zumal ich keineswegs müde war, als ich zu ihr fuhr. Hier stimmte etwas nicht und das Alarmglöckchen, das nun leise in meinem Hinterkopf zu schrillen begann, schien mir recht zu geben.

"Hast du irgendetwas in den Kaffee getan?", fragte ich argwöhnisch.

"Ja, Milch und Zucker", antwortete Steffi schlicht. "Wieso?"

Das wusste ich auch nicht, es war nur irgendeine abstruse Vermutung, die mir eben durch den Kopf gezuckt war. Vermutlich war ich nur paranoid, weil ich mich immer noch hundsmiserabel fühlte.

"Ach ja, richtig", sagte ich lahm und schob nach: "Ich glaube, ich fahre besser nach Hause."

Mein Hirn schlief wohl immer noch, denn ich fand keine logische Erklärung für all das. Trotzdem wurde das ungute Gefühl, dass irgendetwas vorgefallen war, von dem ich nichts wusste, noch nicht jedenfalls, sekündlich stärker.

"Ach schade, bleib doch hier. Ich hatte mich schon so gefreut auf ein gemütliches, gemeinsames Frühstück." Sie zog einen Kleinmädchen-Flunsch und sah mich bettelnd an.

"Ein anderes Mal gerne, Steffi", log ich. Ich wollte nicht mit ihr frühstücken, sondern nur noch hier raus und zu Hause in Ruhe über alles nachdenken. "Ich muss ohnehin morgen früh aufstehen und zur Arbeit."

"Also gut, wie du meinst. Lass uns das einmal am Wochenende machen, mit so einer richtigen Pyjama-Party vorweg. Abgemacht?"

"Ja, sicher", brummte ich, obwohl mir jetzt schon klar

war, dass ich es dazu niemals kommen lassen würde. So schnell es mir möglich war, zog ich mich an, schnappte mir meine Handtasche und ging zur Wohnungstür.

Steffi begleitete mich dorthin, nahm mich noch kurz in den Arm und hauchte mir links und rechts ein Küsschen auf die Wange.

"Komm gut nach Hause, Süße. Wir hören uns."

31

Wie im Zeitlupentempo schleppte ich mich die Straße entlang in Richtung S-Bahn-Station und zermarterte mir dabei das Hirn, was passiert sein konnte. Ich fühlte mich total ausgepowert, wie nach einem Marathonlauf. Meine Knie zitterten bei jeden Schritt und mir brach der Schweiß aus allen Poren. Das konnte doch nicht an einer Tasse Kaffee liegen!

Eine Lebensmittelvergiftung schloss ich aus, denn diese fing man sich sicher nicht von Marmorkuchen und Grünzeug ein. Trotzdem war hier irgendetwas faul. Normal war das jedenfalls nicht.

Ich lehnte mich mit dem Rücken an die Eisenstange der Überdachung der S-Bahn-Station, denn bis meine Bahn kam, dauerte es noch eine ganze Weile. Schräg gegenüber fiel mir ein Restaurant ins Auge. Dort gab es bestimmt ein Telefon. *Mama, Hilfe!* Vielleicht konnte sie mir helfen, mein Gedächtnis aufzufrischen. Ohne zu überlegen, ging ich hinüber. Es ertönte ein heftiges Hupkonzert und Bremsen quietschten. Lieber Gott! Ich hätte wohl zuerst einen Blick auf den Verkehr werfen sollen, bevor ich die Straße überquerte.

Die Dame hinter der Theke war sehr nett und schob mir,

als ich ihr von einem dringenden Notfall erzählte, sofort das Telefon zu. Bei meinen Eltern klingelte es mehrmals, doch keiner nahm ab. Entweder schliefen sie schon oder sie hörten es nicht. So ein Mist aber auch! Und nun? Ich brauchte jetzt unbedingt seelischen Beistand und jemanden, der mir helfen konnte, Licht ins Dunkel zu bringen. Meine Mutter schied aus, Steffi sowieso, blieb also nur einer übrig: *Alex!*

Ohne zu zögern, tippte ich seine Handynummer ein, die ich inzwischen auswendig kannte. Es dauerte eine Weile, bis er sich meldete.

"Alex, ich muss dich sehen. Jetzt sofort", sagte ich hastig.

Er zögerte etwas.

"Wer spricht denn da?"

"Ich bin es, Katrin. Ich muss -"

"Ach Frau Brandt, Sie sind es. Was gibt es denn?"

"Mein Gott, Alex, nun tu nicht so förmlich. Ich muss dich sehen. Es ist dringend. Du musst mir helfen."

"Was ist denn passiert?"

Sonderlich besorgt oder interessiert klang er nicht gerade, eher ziemlich sachlich, registrierte ich so nebenbei.

"Das kann ich dir jetzt nicht sagen. Bitte komm sofort her."

"Ich ... kümmere mich gleich morgen früh darum, okay?"

"Nein, nicht morgen, jetzt!"

"Alles klar, ich rufe Sie an. Schönen Abend noch."

"Alex, ich -"

Klack. Aufgelegt. Fassungslos starrte ich den Hörer in meiner Hand an, aus dem jetzt das Freizeichen ertönte. Unglaublich! Dieser Blödfuchs legte einfach so auf! Das war wieder typisch für ihn: Immer nur dann, wenn *er* wollte. Ich war ja völlig unwichtig. Schlagartig überfiel mich eine gehörige Portion Selbstmitleid. Einmal, ein einziges Mal brauchte ich ihn und er ließ mich im Stich!

Ich lag schon im Bett, als mein Telefon klingelte. Ächzend warf ich die Bettdecke zur Seite, schleppte mich auf immer noch zittrigen Beinen ins Wohnzimmer und nahm ab.

"Sag mal, bist du bescheuert?", raunzte Alex mich an.

"Was? Wieso?"

"Meine Frau stand keine zwei Meter weiter und du faselst, du müsstest mich sehen? Sag mal, spinnst du denn total?"

Ach du Schande, die Füchsin! Ich hatte sie vorhin total vergessen.

"Tut mir leid, Alex", sagte ich zerknirscht. "Ich dachte in dem Moment nicht -"

"Was sollte denn dieser Mist?"

"Wo bist du jetzt?"

"Am Zigarettenautomaten. Mir fiel nichts Blöderes auf die Schnelle ein."

"Können wir uns kurz sehen?"

"Katrin! Soll ich ihr etwa sagen, ich hätte mich verlaufen?"

"Alex, bitte! Es ist wichtig."

"Hör mal, wie stellst du dir das vor? Ich kann nicht einfach weg, wenn es dir gerade in den Kram passt. Außerdem haben wir eine Vereinbarung. Du erinnerst dich?"

"Du hältst dich doch auch nicht daran!", protestierte ich murrend.

"Ach nein?"

"Nein. Was war Freitag, als wir nur Essen waren?"

"Ich ... Ich war alleine zu Hause und der Kühlschrank war leer. Das war alles."

Wie bitte? Ich musste mich verhört haben. Oder doch nicht?

"Du hast mich nur deshalb eingeladen, weil du allein zu

Hause warst und dein Kühlschrank leer?", fragte ich völlig perplex nach.

"Wieso nicht? Wenn es um Essen oder Sex geht, bist du doch sofort dabei."

Das saß. Genau solche Sprüche brauchte ich jetzt. Blitzartig schossen mir die Tränen in die Augen.

"Katrin? Bist du noch da?"

"Scher dich doch zum Teufel, du unübertrefflicher Blödmann!", fauchte ich in den Hörer, bevor ich die Auflegen-Taste drückte.

Das war zu viel. Viel zu viel. Vor allem nach diesem seltsamen Vorfall bei Steffi. Ich hätte ihn jetzt gebraucht, seine Arme, die mich festhielten, seine Nähe, aber nicht diese Unverschämtheiten, die er mir an den Kopf warf. Heulend tapste ich hinüber ins Schlafzimmer und kroch zurück ins Bett.

Schon auf dem Nachhauseweg war mir klar, dass Steffi für mich gestorben war. So hysterisch, wie sie sich neulich bei mir zu Hause vor meiner Mutter aufführte, traute ich ihr alles Mögliche zu. Womöglich hatte sie mir Gift in den Kaffee gemischt. Scheußlich genug schmeckte er ja. Am Ende wollte diese eifersüchtige Psychopathin mich ermorden, weil ich partout nicht auf ihren Lesbenzug aufspringen wollte.

Und nun kam noch der Blödfuchs hinzu. Auch er war für mich gestorben. Sollte er sich eine andere suchen für seine Schreibtischakrobatik oder als Unterhaltung für den Fall, dass er wieder einmal alleine zu Hause vor dem leeren Kühlschrank saß. Ich stand ab sofort nicht mehr zur Disposition. Nie mehr.

Einen Besuch beim Italiener konnte ich mir jederzeit selbst leisten und sollte meine Libido wieder lauthals aufjaulen ... Nun ja, im allerschlimmsten Notfall würde ich in ein Internet-Café gehen und mir online irgendwo einen *Joystick* bestellen.

32

Am nächsten Morgen im Büro ignorierte ich Fuchs, soweit es ging. Nur, wenn es sich gar nicht vermeiden ließ, sprach ich mit ihm: kurz, knapp und rein sachlich.

"Was ist denn mit dir los?", fragte Andrea mich nach einer Weile. "Heute keine Lust zum Streiten?"

"Mit diesem Volldeppen? Einer wie er ist den Atem dafür nicht einmal wert."

"Meine Güte, was hat er denn nun schon wieder angestellt?"

"Ich hasse ihn!"

"Das ist nichts Neues. Wieso dieses Mal?"

"Weil er atmet und damit existiert."

Der interne Klingelton meines Telefons ertönte. Was wollte *er* denn schon wieder von mir?

"Ja?", brummte ich äußerst unfreundlich in den Hörer.

"Bringen Sie mir einen Kaffee."

"Ich denke nicht daran", knurrte ich. "Sie wissen selbst, wo er steht."

"Katrin, ich -"

Schnell legte ich auf. Ich war nicht sein persönlicher Sklave und er alt genug, um sich selbst eine Tasse zu holen.

Wieder klingelte mein Telefon intern. Dieses Mal nahm ich gar nicht ab.

"Hol dir deinen Kaffee doch selbst, du dämliche Gullykröte", murmelte ich vor mich hin, ohne abzunehmen.

Fassungslos wanderte Andreas Blick zwischen meinem Telefon und mir hin und her.

"Katrin, du kannst doch nicht einfach -"

"Doch, Andrea, kann ich, wie du siehst. Und jetzt gehe

183

ich erst einmal eine rauchen."

Nicht in die *Schaltzentrale*, sondern auf diesen Minibalkon im Treppenhaus. Den Anblick des Blödfuchses musste ich mir nicht antun. Das Wetter war ohnehin zu schön, um im Büro zu sitzen. Ich genoss den ersten Zug und die Sonnenstrahlen, da ging hinter mir die Tür auf.

"Erklärst du mir, was das sollte, Katrin?"

Ich warf ihm nur einen kurzen Seitenblick zu.

"Sie kennen den Weg zur Küche", antwortete ich kühl. "Wenn Sie einen Kaffee wollen, holen Sie ihn sich doch selbst. Vielleicht spielt Andrea Ihren Butler. Ich jedenfalls nicht."

"Das meinte ich nicht."

"Sondern?"

"Du sprichst nicht mehr mit mir", antwortete er in einem vorwurfsvoll klingenden Flüsterton. "Was ist los?"

"Das sagte ich dir gestern schon. Scher dich zum Teufel."

"Katrin, ich -"

"Ach vergiss es und lass mich in Ruhe, klar?"

"Lieber Gott, was soll dieses Theater?"

War er wirklich so blöd oder tat er nur so? Falls Letzteres zutraf, verdiente er sich mit dieser Show gerade den Oscar.

"Falls du so etwas wie Hirn besitzt, dann streng es mal an."

Ich musste mich wirklich beherrschen, leise zu sprechen, denn ich stand kurz vor der Explosion. Trotzdem konnte ich auf ungebetene Zuhörer verzichten. Ein letztes Mal zog ich an meiner Zigarette, bevor ich sie im Aschenbecher, der auf dem Boden stand, ausdrückte und zurück ins Büro gehen wollte.

Fuchs hielt mich zurück, in dem er mir rasch die Hand auf die Schulter legte, und sah mich irritiert an.

"Kati, was habe ich ausgefressen?"

"Schätzungsweise deinen Kühlschrank, vermute ich mal", antwortete ich höhnisch und schüttelte unwillig seine

Hand ab. "Wenn er das nächste Mal leer und deine Frau nicht willig ist, dann amüsiere dich mit dem Typen vom Pizzaservice. Aber komm nie wieder auf die Idee, dass ich dir dafür zur Verfügung stehe, klar?"

Ohne seine Antwort abzuwarten oder ihn eines weiteren Blickes zu würdigen, ging ich an ihm vorbei und zurück an meinen Arbeitsplatz.

Andrea sah mich fragend an, dann wanderte ihr Blick ab zur Tür. Kam er etwa schon wieder angeschlichen?

"Katrin, in mein Büro. *Sofort*. Und bringen Sie einen Kaffee mit."

Äußerst widerwillig stand ich auf, aber vor meiner Kollegin, die von unseren privaten Eskapaden nichts wusste, mochte ich keinen Streit vom Zaun brechen. Wie ich mein Mundwerk nämlich kannte, würde es dabei schneller plappern, als ich mitdenken konnte und alles musste Andrea auch nicht wissen.

Wirklich schade, dass kein Rattengift im Haus war, dachte ich in der Küche. Ich hätte ihm liebend gerne eine Riesenportion in seinen Kaffee geschaufelt. Als ich ihm die Tasse auf den Tisch knallte, schwappte sie über. Der Papierberg daneben saugte sich gierig voll. Es interessierte mich aber nicht im Geringsten.

"Tür zu!"

Ich tippte mit der Fußspitze dagegen und sie fiel lautstark ins Schloss. Mit vor der Brust verschränkten Armen blieb ich vor seinem Schreibtisch stehen und sah eisig auf ihn hinunter.

"Was?"

"Das möchte ich von dir wissen, Katrin. Was soll das?"

"Hast du mir nicht zugehört?"

"Doch, habe ich. Und?"

"Ich hasse dich", schleuderte ich ihm voller Inbrunst entgegen.

185

"Und?"

"Nichts und."

Fuchs lehnte sich mit unbewegter Miene zurück, zündete sich eine Zigarette an und beobachtete mich eine Weile schweigend.

"Katrin, wir hatten eine Vereinbarung", sagte er dann leise.

"Die gibt es nicht mehr, verstanden? Such dir eine andere Blöde, mit der du deine Frau betrügen kannst."

"Geht es vielleicht etwas leiser? Es muss schließlich nicht jeder wissen."

"Wenn du bei anderen Dingen nur halb so rücksichtsvoll wärst!", höhnte ich.

Fuchs legte die Zigarette auf dem Aschenbecher ab, sprang auf und kam um den Tisch herum. Hinter mir blieb er stehen, sehr dicht hinter mir. Seine Nähe war spürbar und für den Bruchteil einer Sekunde ... *Nein, du wirst nicht schwach werden!* mahnte ich mich selbst.

"Kati, als du gestern Nacht angerufen hast, waren meine Frau und ich mitten in einem Riesenkrach."

Sollte das etwa seine Entschuldigung sein? Scheinbar glaubte er das, denn seine Hände lagen plötzlich auf meinen Schultern. Leider stellte sich dabei automatisch bei mir das altbekannte Kribbeln ein, was mich noch wütender machte, als ich es ohnehin schon war.

"Fass mich nicht an!", fauchte ich und machte mit einer leichten Drehbewegung zwei Schritte zur Seite.

"Mir fiel beim besten Willen keine plausible Ausrede ein, wo ich um diese Zeit noch einmal hinfahren müsste."

"Als wenn du das jemals vorgehabt hättest."

"Ich habe dich doch später angerufen."

"Ja. Um mir zu sagen, ich wäre sexsüchtig und verfressen."

"So war das nicht gemeint."

"Ach nein? Dann habe ich mich wohl verhört, wie?",

fragte ich schnippisch.

"Ach komm, sonst bist du doch auch nicht so ein Sensibelchen."

Damit hatte er nicht ganz unrecht, doch sonst passierten mir auch nicht so merkwürdige, unerklärliche Dinge im Sündenpfuhl einer Kampflesbe. Allein beim Gedanken daran stiegen mir zornige Tränen in die Augen.

"Ich hätte dich gestern einfach ..."

Schluss damit! Soweit kam es noch, dass ich vor ihm das Heulen anfangen würde, aus welchen Gründen auch immer. Nein, das war hier überhaupt nicht angebracht. Ich atmete tief durch und ging schnell zur Tür.

"Es war falsch, Herr Fuchs, Sie um diese Zeit anzurufen", sagte ich eisig. "Das wird nie wieder vorkommen und was diese Vereinbarung betrifft: Ich betrachte sie mit sofortiger Wirkung als beendet."

Hoch erhobenen Hauptes verließ ich sein Büro. Weit kam ich allerdings nicht. Er lief mir nach und hielt mich am Arm zurück.

"Wir sind noch nicht fertig, Katrin!"

Ich warf ihm einen bitterbösen Blick zu.

"Doch. Sogar fix und fertig."

Unwillig riss ich mich los. Er ließ es offenbar dabei bewenden, wahrscheinlich Andreas wegen, vermutete ich. Er kam mir nicht nach, es ertönte kein Widerspruch, nichts. Nur seine Tür knallte kurz darauf zu.

"Meine Güte, das ist nicht zum Aushalten mit euch", stöhnte meine Kollegin auf, als ich unser gemeinsames Büro wieder betrat.

"Mit *ihm*", korrigierte ich energisch. "Fuchs ist das Allerletzte."

"Was war denn schon wieder los?"

"Vergiss es. Das Thema ist erledigt."

Sie schüttelte den Kopf und seufzte tief auf.

187

"Ich muss heute Abend früher weg. Tust du mir bitte einen Gefallen, Katrin?"

"Und welchen?"

"Selbst wenn du gerne würdest, das sehe ich dir an, aber bitte töte ihn nicht, wenn ich weg bin. Ich habe keine Lust, mir einen neuen Chef zu suchen. Irgendwie habe ich mich trotz allem an ihn gewöhnt. Geht das?"

Ungewollt kam mir ein Lachen aus, so treuherzig, wie sie mich ansah.

"Es wird mir unheimlich schwerfallen, aber ich versuche es. Okay?"

"Du bist zu gütig." Sie zwinkerte mir kichernd zu. "Sieh es einfach positiv. Sein Anblick bleibt dir dann wenigstens erhalten."

"Was ist daran bitte positiv? Genau der stört mich ja!"

"Ach ja?" Überrascht zog Andrea die Augenbrauen nach oben. "Ich dachte, du findest ihn attraktiv."

"Und wenn schon", knurrte ich. "Volldepp bleibt Volldepp."

 **33**

Fuchs besaß tatsächlich etwas Hirnähnliches, denn er ließ mich den Rest des Tages in Ruhe. Er blieb kurz angebunden. Nicht einmal, als Andrea gegangen war, belästigte er mich. Nur ab und an warf er mir einen unergründlichen Blick zu, wenn sich unsere Wege zufällig kreuzten. Deuten konnte ich ihn nicht, daher ignorierte ich ihn entschlossen. *Mit mir nicht mehr!*

Er ging sogar noch weiter und behielt dieses Benehmen mir gegenüber bei. Auch die nächsten Tage herrschte friedliche Stimmung.

"Na, siehst du? Geht doch!" Andrea klang begeistert. "Die ganze Woche keine Streiterei mehr und in knapp einer Stunde ist Wochenende."

"Gott sei Dank. Zwei Tage ohne diesen Vollidioten sind der reinste Urlaub."

"Ach komm, er hat sich doch ganz passabel benommen."

"Kaum zu glauben, dass der *Vollidiot* das auch kann, nicht wahr?", ertönte es hinter uns ziemlich spöttisch.

Das war ja wieder mal typisch! Er musste sich natürlich heimlich anschleichen, so wie immer.

Andrea lief tiefrot an, zog den Kopf zwischen die Schultern und wühlte hektisch in ihrem Papierberg.

"Tja, der Lauscher an der Wand ..."

Ich konnte mir diesen Kommentar nicht verkneifen, trotz aller guten Vorsätze.

"Katrin, ich brauche Sie kurz. Kommen Sie?"

"Wenn es sein muss."

Ich seufzte auf und folgte ihm. Wenn er mir jetzt mit einem Spezialauftrag den kurz bevorstehenden Feierabend verderben wollte, würde ich ihm an die Gurgel springen.

"Tür zu!", raunzte er.

Ein Tritt und zu war sie.

" Auch diese Tür hat eine Klinke, Katrin!"

"Und wieso benutzen Sie sie dann nicht ab und an?"

"Es ist *meine* Tür und ich schließe sie, wie *ich* will. Ihr nehmt die Klinke. Klar?"

"Aber sicher doch. Nachdem allerdings der Chef üblicherweise ein Vorbild für seine unfähigen Mitarbeiter sein soll, dachte ich, das gehört sich so", antwortete ich spotttriefend. "Doch stimmt, ich soll ja nicht denken, sondern arbeiten. Vor allem, weil bei meinem Gewicht die Gefahr besteht -"

"Halt die Klappe, Katrin. Ich will mit dir reden."

"Wie Sie wünschen, Herr Fuchs. Und worüber?"

So frostig, wie ich mit ihm sprach, hätte er eigentlich in

189

Sekundenbruchteilen zur Eissäule erstarrt sein sollen.

"Hör endlich auf mit dem Theater. Ich wollte dich -"

Was *er* wollte, interessierte mich kein bisschen. Völlig unnötig also, es mir anzuhören, weshalb ich ihn sofort unterbrach:

"Sollte Ihre Frau am Wochenende verreisen, Ihr Kühlschrank leer und Ihr Testosteronspiegel hoch sein ... Ich stehe nicht zur Disposition. Sonst noch etwas?"

"Kati, können wir nicht -"

"Nein, Herr Fuchs, wir können nicht. Sie sind mein Chef, ich Ihre Angestellte und damit basta. Und übrigens, mein Name ist immer noch Katrin."

Er kam auf mich zu, doch dieses Mal würde er mich nicht mehr um den Finger wickeln. Jetzt nicht mehr. Dieser Zug war abgefahren. Abwehrend hob ich die Hände.

"Betatschen Sie Ihre Frau, sofern sie Sie lässt, aber ich dulde keine weitere sexuelle Belästigung am Arbeitsplatz, sonst gibt es Konsequenzen. Wenn Sie nichts Wichtigeres zu besprechen haben, Herr Fuchs, dann gehe ich jetzt. Schließlich werde ich fürs *Arbeiten* bezahlt, nicht fürs Quatschen. Sagt jedenfalls mein Chef. Außerdem möchte ich pünktlich Feierabend machen."

Er war stehen geblieben und warf mir wieder diesen unergründlichen Blick zu. Dann drehte er sich um, setzte sich schweigend an seinen Computer und begann zu arbeiten. Foxi benahm sich sehr merkwürdig. Ich zögerte noch etwas, doch er beachtete mich nicht mehr.

"Kann ich gehen oder -"

"Aber sicher doch", antwortete er und setzte sich wieder hinter seinen Schreibtisch.

War Foxi am Ende etwa eingeschnappt? Das sah ihm gar nicht ähnlich.

"Alex, ich -"

"Unser Gespräch ist beendet und für Sie bin ich immer noch Herr Fuchs. Verstanden?"

"Ja ... klar."

Irritiert verließ ich sein Büro. Die Tür drückte ich mit der Klinke leise hinter mir ins Schloss. Sehr gut! Endlich begriff er es und ließ mich in Ruhe. Lange genug dauerte es ja. Normalerweise sollte ich jetzt in Jubelschreie ausbrechen, doch danach war mir überhaupt nicht. Im Gegenteil. So seltsam es auch war und so wenig ich es selbst verstand, mein Triumph schmeckte irgendwie bitter, musste ich mir eingestehen.

Egal, das Wochenende stand vor der Tür. Ich räumte meinen Schreibtisch auf und freute mich darüber, dass mein Leben von nun an wieder in geordneten Bahnen verlaufen würde. Die Irre meldete sich die ganze Woche nicht und sogar Foxi begriff, was Sache war.

Mir stand ein erholsames, ruhiges Wochenende ins Haus. Ich würde jede einzelne Minute davon genießen. Keine Probleme, keine Verwicklungen, nur Spaß. Vielleicht würde ich heute Abend noch ausgehen, zwar alleine, aber wer konnte schon wissen, ob mir nicht das passende Gegenstück über den Weg laufen würde? Und wenn nicht, ich würde mich trotzdem amüsieren. So oder so.

"Wo sind die Briefmarken?", riss Foxi mich aus meinen Gedanken.

Wortlos holte ich sie wieder aus der Schublade hervor und gab sie ihm. Eigenhändig klebte er eine auf den Briefumschlag, den er in der Hand hielt. Kaum zu glauben!

Ich streckte ihm die Hand entgegen und fragte in neutralem, geschäftsmäßigem Tonfall:

"Soll ich den Brief mitnehmen?"

"Nicht nötig. Ich will nicht, dass Sie sich meinetwegen überarbeiten. Erholen Sie sich gut, vor allem vom Vollidioten. Ich hoffe, die zwei Tage reichen dazu aus."

Meine Güte, er klang ziemlich beleidigt. Das waren ja ganz neue Züge an ihm!

191

"Ihnen auch ein schönes Wochenende." Ich schnappte mir mein Jäckchen und die Handtasche. In der Tür drehte ich mich nochmals um. "Ach ja, Herr Fuchs, was ich noch sagen wollte ... Viel Spaß mit dem Typen vom Pizzaservice!"

34

Endlich Wochenende! Wie hatte ich mich schon darauf gefreut und vor allem auf die herrliche Ruhe. Mit einem kleinen Seufzer ließ ich mich, die Kaffeetasse in der Hand, in meinen Balkonstuhl sinken und schloss die Augen, um die Sonnenstrahlen zu genießen.

Leider war die gerade begonnene Erholung schon nach ein paar Minuten vorbei. Die Brut der Familie aus dem Erdgeschoss links enterte mit lautem Geplärre den Spielplatz. Dass Architekten eine vor Weltfremdheit strotzende Spezies waren, wusste ich ja schon. Dieser hier, der die Wohnanlage konzipierte, musste jedoch massive Blähungen im Gehirn gehabt haben. Anders konnte ich es mir nicht erklären, wie er auf die glorreiche Idee kam, den Spielplatz ausgerechnet unterhalb meines Balkons zu bauen.

So sehr ich mich auch bemühte, das Gekreische zu überhören, nach einer halben Stunde platzte mir der Kragen. Ich brüllte hinunter, wenn sie nicht sofort verschwinden oder die Klappe halten würden, würde ich ihnen eigenhändig die ungewaschenen Hälse umdrehen. Für eine Sekunde verstummte die schreiende Brut, starrte erschrocken zu mir herauf und rannte dann, noch lauter plärrend, davon.

Gut so! Endlich war wieder Ruhe. Minuten später, kaum dass ich mich entspannt in meinem Balkonstuhl zurücklehnte, ertönte Big Ben. Fluchend sprang ich auf und lief zur Tür. Draußen stand die Frau aus dem Erdgeschoss, kanzelte mich als Kinderhasserin ab und beendete ihren Wortschwall mit der Drohung, sich über mich bei der Hausverwaltung zu beschweren.

Ich winkte nur ab und schlug ihr dann die Tür vor der Nase zu. Sollte sie doch. Sie war nur neidisch, dass ich - ganz im Gegensatz zu ihr - wusste, wie man Sex haben konnte, ohne als Zuchtkuh zu dienen. Scheinbar hielt sie Kondome für lustige Luftballons oder so etwas. Ich nahm mir fest vor, ihr eine Packung samt Gebrauchsanweisung zukommen zu lassen, um die Welt davor zu bewahren, dass sich solch ausgeprägte Dummheit noch weiter fortpflanzte. Fünf Kinder, die sie in die Welt gesetzt hatte, waren schließlich mehr als genug!

Das Geplärre unten ging weiter, wenn auch etwas gemäßigter. Scheinbar machte meine Drohung wenigstens auf die Brut Eindruck. Ich konnte mein Erholungsnickerchen endlich fortsetzen.

Leider schlich sich auf unhörbaren Fuchspfoten Alex in meine Gedanken. Die zwei Tage in Dresden, das Abendessen, unsere Schreibtischakrobatik ... Ich konnte die Wärme seines Körpers förmlich spüren. Und in diesem Moment wünschte ich mir nichts sehnlicher, als in seinen Armen zu liegen.

Es dauerte nicht lange, da ertönte Big Ben zum zweiten Mal. Lieber Gott, wer störte denn jetzt schon wieder? Wenn das wieder diese hysterische Mutterkuh von unten war ... Wütend riss ich meine Wohnungstür auf und erstarrte.

"Was willst *du* denn hier? Woher weißt du überhaupt meine Adresse?"

"Vom Anwalt. Hallo Katrin. Du siehst gut aus.

193

Abgenommen?" Die Kröte strahlte übers ganze Gesicht. "Kann ich hereinkommen?"

"Was willst du?", fragte ich knapp, ohne Anstalten zu machen, ihn hereinzulassen.

"Mit dir reden. Oder hast du Besuch?"

Liebend gerne hätte ich mich in diesem Moment selbst geohrfeigt. Wieso konnte ich nicht wenigstens einmal durch den Spion kucken, bevor ich die Tür aufriss? Die Kröte hatte mir gerade noch gefehlt! So, wie ich ihn allerdings kannte, würde er nicht verschwinden, bevor er ausspucken konnte, was ihm auf der Seele brannte.

Augenrollend trat ich zur Seite.

"Nein. Meinetwegen komm herein, aber mach es kurz, ich habe noch etwas vor."

Anstand und Höflichkeit kosteten nichts, predigte Mama immer. Wenig begeistert ließ ich ihn also in meine Wohnung.

Mit unverhohlener Neugier sah er sich um.

"Schick hast du es hier. Sieht ziemlich teuer aus."

"Danke. Hielt sich in Grenzen."

"Wie geht es dir?"

"Gut. Und dir?", schob ich ohne jegliches Interesse nach.

"Geht so. Ziemlich viel Arbeit im Büro. Für einen allein."

"Wieso stellst du niemanden ein?"

Wolfgang marschierte hinaus auf den Balkon, setzte sich auf meinen Stuhl und trank aus alter Gewohnheit aus meiner Kaffeetasse. Eine seiner dämlichen Angewohnheiten, die ich zutiefst an ihm verabscheute, so wie viele andere auch.

"Das würde ich ja, aber ..." Er druckste etwas herum. "Es gibt da ein kleines Problem."

Ich wollte ihn schon bitten, es für sich zu behalten. Allerdings leistete Mama früher gute Arbeit und ich fragte der Ordnung halber nach:

"Und welches?"

"Ich hatte zwei eingestellt, aber beide haben schon nach kürzester Zeit wieder gekündigt."

Was für ein Pech aber auch! Gegen die Schadenfreude, die mich spontan überfiel, war ich machtlos.

"Kein Wunder bei dem Chef", platzte es aus mir heraus.

So viel zum Thema Anstand und Höflichkeit.

"Ach was", winkte Wolfgang ab. "Die Weiber waren einfach zu blöd für den Job. Nun suche ich eben wieder und da dachte ich -"

"Oh nein", wehrte ich sofort entschieden ab. Lange und gut genug kannte ich ihn, um seinen Blick richtig deuten zu können. "Denk nicht einmal daran. Ich *habe* einen Job und selbst wenn nicht, dann würde ich auch nicht mehr für dich arbeiten."

"Es wäre doch nur vorübergehend, für ein paar Wochen oder so. Nimm einfach Urlaub und -"

"Spinnst du? Ich vergeude doch nicht meinen Urlaub für so einen Quatsch!"

"Ich bezahle dich ja auch."

"Ja, nicht mal Putzfrauentarif", knurrte ich.

"Das war doch nur für die Steuer."

"Zahlst du jetzt keine mehr?"

"Doch, aber wir sind geschieden, und wie ich sehe, trägst du wieder deinen Namen."

"Richtig."

"Siehst du? Außerdem ... Wir können das doch anders regeln. Einen Teil kriegst du offiziell und den Rest so."

"Wegen der Steuer?"

"Genau. Je mehr Gehalt, desto mehr Steuer."

"Das ist wieder typisch für dich alten Geizkragen. Den Rest so ... Da warte ich vermutlich in hundert Jahren noch."

"Nein, pünktlich am Ersten. Also abgemacht?"

Die Kröte strahlte mich siegessicher an.

"Abgemacht? Was?"

"Du fängst an?"

195

"Nie im Leben", lehnte ich sein Angebot rigoros ab. Zugegeben, es war geschickt eingefädelt von ihm, aber ich fiel nicht mehr auf ihn und seine uralte Überrumpelungstaktik herein.

"Nun lass dich doch nicht so betteln", bedrängte er mich.

"Ich sagte Nein und damit basta."

"Und wieso nicht?"

Die Kröte wurde allmählich säuerlich. Das war weder zu überhören noch zu übersehen. Widerspruch konnte sie nämlich noch nie ertragen.

"Weil ich nicht will! Deshalb. Wir hätten uns ja nicht scheiden lassen brauchen, wenn -"

"Das sagte ich doch von Anfang an, aber du warst ja stur, so wie immer. Was das Geld gekostet hat!"

"So kenne ich dich, du alter Knauser", spöttelte ich. "Aber wenigstens hatte diese Ausgabe einen Sinn."

Er deutete in Richtung Wohnzimmer.

"Ja, für dich. Die Einrichtung habe ich doch komplett bezahlt."

Nicht nur sein Tonfall, auch sein Blick war purer Vorwurf.

Leider tummelte sich die plärrende Brut immer noch da unten, sonst hätte ich ihn mit der Kaffeetasse bewusstlos geschlagen und anschließend über das Balkongeländer entsorgt. Zeugen konnte ich jedoch nicht gebrauchen und riss mich deshalb mühsam zusammen.

"Das war doch wohl das Mindeste, was du tun konntest nach der ganzen Zeit, die ich mich mit dir beinahe zu Tode gelangweilt habe. Welcher normale Mensch bucht schon für die Hochzeitsreise eine Woche Bayerischen Wald und das auch noch im November?"

Wolfgang lachte höhnisch auf.

"Hätte ich gewusst, dass ich ein Luxusweibchen kriege, wären es natürlich vier Wochen Dubai geworden."

"Das kommt davon, wenn man sich nicht ausreichend informiert", spöttelte ich. "Aber denk dir nichts, ich habe

196

den gleichen Fehler gemacht. Anstatt eines richtigen Mannes habe ich ein knauseriges Weichei bekommen. Wir sind also quitt."

Wolfgang warf mir einen vernichtenden Blick zu und raunzte gehässig:

"Du kannst froh ein, dass dich damals überhaupt einer genommen hat, du fette Qualle."

Zeugen hin oder her, jetzt war Schluss mit lustig. Ich holte schon aus, um ihm eine längst überfällige, kräftige Ohrfeige zu verpassen, da klingelte mein Telefon. Lieber Gott, heute ging es zu wie im Irrenhaus!

Drohend hielt ich ihm den Zeigefinger unter die Nase.

"Rühr dich nicht vom Fleck, du Matschbirne!"

Dann stürzte ich nach drinnen zum Telefon und meldete mich knapp, ohne den Idioten auf dem Balkon aus den Augen zu lassen.

"Hallo Katrin, Alex hier."

"Wer?"

"Alex Fuchs. Erinnerst du dich?"

Auch das noch! Ein Volldepp saß auf meinem Balkon, der andere rief an.

"Ganz schwach, ja. Was willst du?"

"Kati, können wir das Kriegsbeil nicht endlich begraben?"

Er klang wieder ganz wie *mein* Alex, nicht wie der Blödfuchs.

"Theoretisch schon, Alex, aber dann musst du dir etwas einfallen lassen."

"Was meinst du?"

"Wiedergutmachung."

"Wofür?"

"Wie wäre es mit dem leeren Kühlschrank und dem Rest?"

Alex stöhnte auf.

"Ach Kati, ich sagte dir doch schon, wieso ich an dem

197

Abend so -"

"Ja, aber nur, weil du Ärger hast, musst du ihn nicht an mir auslassen."

"Das sagt genau die Richtige!"

"Und *du* wolltest das Kriegsbeil begraben", höhnte ich. "Dass ich nicht lache!"

"Ja, wollte ich. Und?"

"Wieso fängst du dann schon wieder das Stänkern an?"

"Hör mal Katrin, ich habe wirklich keine Lust -"

"Ich auch nicht!", fauchte ich, legte einfach auf und ging zurück auf den Balkon.

"So, und nun zu dir!", sagte ich resolut. "Nenn du mich noch ein einziges Mal fette Qualle, dann -"

Wieder läutete das Telefon. Ich würde heute noch wahnsinnig werden, das stand so gut wie fest. Auf dem Absatz machte ich kehrt und ging zurück.

"Was?", fauchte ich in den Hörer, gleich, nachdem ich abgehoben hatte.

"Wieso legst du einfach auf?"

"Weil ich keine Lust habe, Alex, mich auch noch mit dir herumzustreiten! Ein Volldepp am Tag reicht mir."

"Und mir reicht eine hysterische Zicke. Du kannst mich mal!"

"Das mach dir mal lieber selbst!", brüllte ich, bevor ich ein zweites Mal die Auflegen-Taste drückte.

"Wer war das?"

Wissbegierig blinzelte mich die Kröte an.

"Das geht dich einen feuchten Kehricht an. Was willst du überhaupt noch hier?"

"Du sagtest doch, ich solle bleiben. War das dein Neuer?"

"Geht dich nichts an."

"Und? Wie ist er so?"

"Auch das geht dich nichts an."

"Nun sag schon. Hat er Kohle?"

"Lieber Gott, nun hau endlich ab! Du nervst."

Und schon wieder klingelte das Telefon.

"Ist ja recht hartnäckig, dein Lover."

Ich warf der dämlich vor sich hin grinsenden Kröte einen vernichtenden Blick zu, lief nach drinnen und schnappte zum dritten Mal nach dem Telefon. Konnte der Blödfuchs mich denn nicht endlich in Ruhe lassen?

"Was ist denn noch?", brüllte ich in den Hörer.

"Hi Süße, ich wollte nur einmal hören, wie es dir geht. Was ist denn mit dir los?"

Steffi! Nun war das Maß voll. Die ganze Welt hatte sich heute gegen mich verschworen. Ohne zu antworten, legte ich auf. Dann zerrte ich Wolfgang am Arm zur Wohnungstür.

"Los, verschwinde! Und lass dich bloß nicht mehr blicken. Dein Anblick hat mir zehn Jahre meines Lebens ruiniert. Das reicht. Und jetzt hau ab!"

Ich versetzte ihm einen derartigen Rempler, dass er hinaus ins Treppenhaus stolperte, und schloss schnell die Tür. Tief durchatmend lehnte ich mich dagegen. Ihn war ich los und um endlich Ruhe zu haben, steckte ich mein Telefon aus. Nun würde mich keiner mehr stören. Dachte ich.

Die Brut auf dem Spielplatz hatte sich inzwischen Verstärkung geholt und kreischte nun zu sechst um die Wette. Bevor ich vollends reif für die Gummizelle war, packte ich Handtasche und Schlüssel, verließ fluchtartig die Wohnung und marschierte schnurstracks zum Taxistand. Der einzige Ort auf der Welt, an dem ich Ruhe finden würde, war bei meinen Eltern.

35

Gottlob waren sie zu Hause. Mein Vater leistete uns eine

halbe Stunde Gesellschaft, dann murmelte er etwas von Auto waschen und verzog sich. Mama und ich zwinkerten uns zu. Autoreinigung mochte er noch nie besonders, aber unseren Weibertratsch noch viel weniger.

"Herrlich, diese Ruhe hier bei euch." Ich seufzte auf und lehnte mich im Gartenstuhl zurück. Nur Vogelzwitschern unterbrach die Stille. Keine plärrenden Kinder, kein Autolärm, nichts. Das war der Vorteil, wenn man in einem Häuschen am Stadtrand wohnte.

"Ja, und nun raus mit der Sprache. Was ist los?"

"Nichts, ich ..."

"Erzähl keinen Mist, ich sehe es dir an. Also?"

Sie durchschaute mich, wie immer. Leugnen war also zwecklos. Ich schüttelte den Kopf und seufzte tief auf.

"Mein Leben ist eine einzige Katastrophe."

"Schon wieder?", fragte sie schmunzelnd.

"Ja. Ich ziehe das wohl magisch an."

"So schlimm wird es wohl nicht sein, oder?"

"Doch", stöhnte ich auf. "Alle haben sich gegen mich verschworen. Steffi hätte mich fast vergiftet, Alex ist ein Vollidiot und die Kröte tauchte vorhin auf, weil sie wollte, dass ich wieder für sie arbeite."

"Oh!"

"Siehst du?", jammerte ich. "Ich sagte es doch, eine einzige Katastrophe."

Mama runzelte die Stirn und schien kurz zu überlegen, dann wollte sie wissen:

"Wer ist Alex?"

Lieber Himmel! Erwähnte ich ihn tatsächlich? Konnte ich denn noch dümmer sein?

"Niemand", antwortete ich hastig.

"Niemand? Wieso ist er dann ein Vollidiot?"

"Weil er ... Ach vergiss ihn. Ich tu es auch."

Das wollte sie aber offenbar nicht, denn sie hakte sofort nach:

"Ist das der, mit dem du neulich verabredet warst?"

"Ja, leider."

"Wieso auf einmal leider? Sagtest du nicht letztens, er wäre so toll?"

Ich zuckte mit den Schultern und vermied es sorgsam, sie anzusehen.

"Jeder kann sich einmal täuschen", antwortete ich lakonisch.

"Was ist passiert?"

"Ach ... Er sagte, er wäre nur deshalb mit mir zum Essen gegangen, weil er alleine zu Hause und sein Kühlschrank leer war."

Meine Mutter sah mich verdutzt an.

"Was heißt, weil er alleine zu Hause war? Ist er das sonst nicht?"

Die Nervenaufreibung von vorhin zeigte erste Wirkung: Mein Hirn setzte aus. War ich denn total bescheuert geworden?

"Sagte ich alleine?", wiederholte ich, um Zeit zu gewinnen. "Ich meinte ... Ihm war langweilig."

"Ist er das sonst nicht?"

Sie zog skeptisch eine Augenbraue nach oben.

"Langweilig?"

"Katrin! Allein zu Hause."

"Doch, natürlich", sagte ich schnell. Zu schnell offenbar. Ihr Blick sprach Bände.

"Wie heißt dein Chef noch mal?"

"Fuchs."

"Alexander Fuchs, richtig?"

Ich kaute auf meiner Unterlippe herum, auf eine inspirative Eingebung wartend, wie ich mich da wieder herausmanövrieren konnte.

"Na und?", sagte ich schließlich betont lässig. "Er ist nicht der einzige Mann auf der Welt, der Alexander heißt."

Sie beugte sich vor und sah mich durchdringend an.

201

"Wie groß ist die Wahrscheinlichkeit, dass dir innerhalb von ein paar Wochen zwei Männer mit dem gleichen Vornamen über den Weg laufen?"

"Tja ... Zufälle gibt es."

Mama wusste ganz genau, dass ich log, schlug die Hände vors Gesicht und schüttelte den Kopf.

"Bist du denn komplett verrückt geworden? Lässt dich mit deinem verheirateten Chef ein."

"Habe ich doch nicht."

"Dann sieh mir in die Augen und sag mir, dass das nicht wahr ist."

Das konnte ich nicht. Nervös knabberte ich an meinem Daumennagel und überlegte dabei krampfhaft, wie ich mich am geschicktesten aus der Affäre ziehen konnte.

"Ich glaube es nicht, Katrin!", brauste sie nun auf. "Du hast eine Affäre mit deinem Chef?"

"Nein!"

"Nein? Wie nennst du das denn sonst?"

"Es war keine Affäre, es war nur ..."

Schnell brach ich ab. Nur Sex, das konnte ich ihr beim besten Willen nicht sagen.

"Nur was?", bohrte sie unnachgiebig nach.

"Wir ... Wir waren nur beim Essen", log ich. "Mehr nicht."

"Das glaube ich dir nicht."

"Mama!"

"Sagtest du nicht selbst, er macht dich an? Rein sexuell gesehen?"

"Na und? Das heißt noch lange nicht, dass ich -"

"Ach hör auf! Diese Lesbe sagte auch, du hättest Sex mit ihm."

"Das habe ich ihr doch nur gesagt, damit sie mich in Ruhe lässt."

"Katrin! Lüg mich nicht an!"

Bei diesem Tonfall war ich plötzlich wieder gefühlte zwölf Jahre alt. Oder noch jünger. Doch ich konnte ihr die

Wahrheit einfach nicht sagen, denn ich wusste, sie würde das Toben anfangen.

"Ich habe keine Affäre mit ihm und ich hatte keine", beharrte ich. "Wenn du allerdings dieser Irren mehr glaubst als mir ..."

"Er ist verheiratet!"

"Ich weiß."

"Wie konntest du nur!", donnerte sie los. "Lass bloß die Finger von ihm, das bringt nur Probleme."

"Auch das weiß ich."

Allmählich ging mir unsere Debatte auf die Nerven. Ich war doch kein Kind mehr, um mich von ihr derart abkanzeln zu lassen!

"Warum triffst du dich dann mit ihm?"

"Es war nur ein Abendessen in einem öffentlichen Restaurant."

"Aber du duzt ihn und nennst ihn beim Vornamen."

"Meine Güte, nicht jeder Chef ist eben so altmodisch."

Sie legte mir die Hand auf den Arm und sah mich eindringlich an.

"Was auch immer zwischen euch war und egal, was er dir erzählt: Er wird seine Frau nicht verlassen. Das tun verheiratete Männer nämlich nie. Sei es auch nur aus Bequemlichkeit, doch du wirst immer nur ein Zeitvertreib für ihn sein. Mehr nicht. Also tu dir selbst einen Gefallen und lass die Finger von ihm."

Das war sogar *mir* klar. Es stimmte ja auch. Wozu denn sonst unsere Vereinbarung? Obendrein war sein Verhalten neulich mehr als eindeutig gewesen. Ich war in der Tat nur ein Zeitvertreib für ihn. Mehr nicht.

"Ja. Mach ich, Mama", murmelte ich kleinlaut.

"Wirklich?"

Wieder zuckte mir sein dämlicher Spruch durch den Kopf und mit einem Mal besprang mich das Selbstmitleid. Mir war zum Heulen zumute. Ich nickte nur stumm.

"Gott sei Dank. Du tust dir mit so einer Geschichte keinen Gefallen, Kind."

Wieder nickte ich.

"Gut", brummte sie. "Und nun genug von diesem Thema. Ich hole uns noch Kaffee."

Mama verschwand im Haus und ich hing meinen Gedanken nach. Immer wieder sah ich Alex vor mir, damals in Dresden, beim Essen, im Hotel, in seinem Büro ... Den privaten Alex, der so ganz anders war als der Blödfuchs. Und in diesen paar Minuten hätte ich meine Seele verschenkt, um mit ihm zusammen sein zu können, obwohl ich ganz genau wusste, dass es keinen Sinn machte.

36

Vielleicht handelte es sich um eine Art Gedankenübertragung, denn als ich abends zu Hause ankam und als ordentlicher Mensch wieder mein Telefon einsteckte, dauerte es höchstens zehn Minuten, bis es klingelte.

"Na endlich, Kati. Sag mal, wo warst du die ganze Zeit?"

Puff. Die Seifenblase, die ich mir im Taxi aufbaute, und in der ich noch vor ein paar Minuten mit Alex kuschelte, zerplatzte mit einem Mal. Diesen Ton, vorwurfsvoll und beleidigt, hasste ich schon an der Kröte. Und *er* klang genauso.

"Ach sieh mal an", antwortete ich kühl. "Alexander, der Große. Welche Ehre!"

"Was soll das jetzt? Ich rufe den ganzen Nachmittag schon bei dir an. Wo warst du?"

"Unterwegs."

"Alleine?"

"Muss ich dir Rechenschaft ablegen?"

"Nein."

"Was soll dann die Fragerei?"

"Dein Telefon -"

"War ausgesteckt. Ich wollte meine Ruhe."

Er stutzte einen Moment, dann fragte er mit einem leicht argwöhnischen Unterton in der Stimme:

"Sagtest du nicht eben, du warst unterwegs?"

"Ja, und?"

"Das verstehe ich nicht. Wieso steckst du dann dein Telefon aus?"

"Das war vorher. Danach bin ich außer Haus."

"Und wo warst du?"

Unglaublich! Er war hartnäckig wie die Kröte.

"Kennst du ohnehin nicht", wiegelte ich ärgerlich ab. Was ging ihn das bitte an? Sollte er sich doch um seinen Zahnstocher kümmern und mich in Ruhe lassen!

"Wieso machst du so ein Geheimnis daraus? Du kannst mir doch -"

"Was ich tue oder nicht, hat dich gar nicht zu interessieren", erwiderte ich nun scharf. "Kümmere dich lieber um deine Frau!"

"Katrin, du -"

"Nein, Alex! Im Gegensatz zu dir bin ich nicht verheiratet und kann tun, was ich will. Und das tue ich auch, verfressen und sexsüchtig, wie ich nun einmal bin."

"Lieber Gott, geht das schon wieder los?"

"Ach hör auf. Was willst du überhaupt?", fragte ich ihn unwirsch.

"Das frage ich mich inzwischen auch."

"Dich plagt doch sicher nur dein Wunderwichtel, weil deine Frau weg ist, oder?", spöttelte ich. "Dann ruf den Typen vom Pizzaservice an oder steht er nicht auf dich?" Das saß scheinbar. Schweigen am anderen Ende der Leitung. "Alex, das tut mir wirklich leid für dich. Kuck dir

205

einfach einen Porno im Internet an und amüsiere dich damit. Ich stehe nicht mehr zur Disposition. Viel Spaß noch."

Ohne seine Antwort abzuwarten, legte ich auf. *Ja!* Die Zeit der Krötenwanderung war vorbei. Mama hatte recht. Ich war mir viel zu schade, um auf Knopfdruck zu springen und Betthäschen zu spielen. Ausnutzen ließ ich mich nicht mehr. Von der Kröte nicht und vom Blödfuchs schon gar nicht.

Zufrieden schenkte ich mir einen *Chantré* ein, der mir inzwischen durchaus zu schmecken begann, schaltete den Fernseher an und fläzte mich auf die Couch. Endlich Ruhe!

Ich drückte auf der Fernbedienung so lange herum, bis ich einen wunderschönen Schmachtfetzen fand. Nach fünf Minuten wusste ich schon, wer wen am Ende bekommen würde. Tja, das war eben Hollywood. Zur Entspannung war es aber genau das Richtige.

Leider währte diese nicht sehr lange. Mein Telefon klingelte schon wieder. Egal, ich würde nicht abnehmen. Allerdings war der Anrufer sehr hartnäckig. Fluchend sprang ich hoch und nahm doch ab.

Ich hätte es mir denken können. Es gab nur zwei Nervtöter, die mich laufend anriefen: Steffi, die zurzeit immer noch in der Schmollecke saß, oder Alex.

"Kannst du mir erklären, was auf einmal mit dir los ist, Kati?"

"Nichts."

"Was soll dann das Theater?"

"Wovon sprichst du?"

"Na, deine Sprüche von wegen Pizzaservice, Porno und so weiter. Ich wollte nur einen schönen Abend mit dir verbringen und du -"

"Genau das ist der springende Punkt. *Du* wolltest. Es muss immer nur laufen, wann, wo und wie *du* es willst."

"Stimmt doch gar nicht."

"Ach nein? Wie war das dann neulich, als ich dich sehen wollte?", fauchte ich ihn an.

"Kati, ich habe es dir schon hundert Mal erklärt. Meine Frau war zu Hause!"

"Ja und?"

Alex lachte verärgert auf.

"Wie stellst du dir das vor? Soll ich etwa mitten in der Nacht einfach zu Hause abhauen?"

"Hättest du gewollt, wäre dir schon etwas eingefallen."

"Und was bitte?"

"Das fragst du mich?", schnaubte ich empört. "Sonst könnt ihr Kerle doch auch lügen wie gedruckt."

"Katrin, ich -"

"Ach hör doch auf. Typen wie du springen doch laufend durch alle Betten. Im Lügen dürfest du also schon genug Übung haben."

Alex antwortete nicht. Er gab es natürlich nicht zu, aber er stritt es auch nicht ab. Ich hatte wohl den Nagel auf den Kopf getroffen.

"Kati, ich will dich sehen", sagte er nach einer Weile, wieder ganz ruhig geworden.

"Aber ich dich nicht."

"Komm schon, wenigstens auf einen Drink oder eine Zigarette."

"Wozu?"

"Sagte ich doch schon. Ich will dich sehen."

"Und ich sagte, ich dich nicht."

"Nun komm schon, Kati. Nur eine halbe Stunde."

"Nein."

Ich durfte nicht nachgeben, egal wie sehr er versuchte, mich zu überreden, sonst würde ich sicher wieder schwach werden und alles ging von vorne los.

"Treffen wir uns an der Tanke?"

"Nein."

207

"Wo dann?"

"Nirgendwo. Was verstehst du nicht an *Nein*?"

"Wieso nicht?"

"Weil es nicht dabei bleiben wird."

"Sondern?"

"Tu nicht dümmer, als du bist", schimpfte ich los. "Dir geht es doch nur um Sex und *das* Thema ist abgehakt."

"Ich habe nicht von Sex gesprochen. Ich möchte dich nur sehen, mehr nicht."

"Ja klar. Du siehst mich fünf Tage die Woche im Büro."

"Schon, aber dort sind wir nicht alleine."

Herr im Himmel, was war denn mit *ihm* auf einmal los? Dass er hartnäckig sein konnte, wusste ich ja, doch das jetzt fiel fast in die Kategorie Bettelei.

Bleib konsequent, mahnte ich mich selbst. *Nicht schwach werden! Es muss vorbei sein, ab sofort und ein für alle Mal!*

"Alex, vergiss es. Ich stehe nicht mehr zur Disposition. Für Sex nicht und für anderes schon gar nicht. Das gibt nur Probleme, du hast es selbst gesagt."

"Kati, ich -"

"Nein, Alex. Hak es ab. Es ist vorbei."

"Und wieso? Nur weil ich neulich -"

"Ja, genau deswegen. Ich hätte dich gebraucht und du warst nicht verfügbar."

"Katrin, ich bin verheiratet, ich kann nicht -"

"Ich weiß. Genau deswegen war es ein Fehler, überhaupt anzufangen. Und damit basta."

"Meine Güte Kati, ich wäre ja gekommen, aber was sollte ich ihr denn erzählen mitten in der Nacht?"

"Schon gut, vergiss es. Such dir eine andere, mit der du Bettakrobatik machen kannst. Ich stehe nicht mehr zur Verfügung."

Schnell legte ich auf, bevor er antworten konnte. *Ja, Mama, du hattest recht.* Wie konnte ich so etwas überhaupt anfangen? Dresden hätte nie passieren dürfen. Niemals! Und alles andere danach schon gar nicht.

Nein, Schluss damit! Es durfte nicht sein, es war von vornherein zum Scheitern verurteilt und deshalb musste ich es abhaken und vergessen. Ich schüttelte den Kopf, um die Gedanken an ihn zu vertreiben und versuchte, mich wieder auf den Film zu konzentrieren.

Mein Telefon läutete wieder und wieder, ich nahm jedoch nicht mehr ab. Mir war absolut klar, wenn ich jetzt nochmals mit ihm sprechen würde, lief ich Gefahr, doch noch nachzugeben. Und das durfte ich nicht.

37

Mama hätte mich ohne Umschweife sofort ins Irrenhaus einweisen lassen, doch zum Glück konnte sie mich nicht sehen, wie ich knapp eine Stunde später zum Telefon hechtete. Alle guten Vorsätze waren beim Teufel. Schuld daran war dieser blöde Kitschfilm, bei dem sich die beiden trotz aller Irrungen, Wirrungen und Probleme am Ende doch noch bekamen.

Mir war ja klar, dass dieser Hollywoodquatsch genau für solche dummen Weiber wie mich gemacht war. So wenig ich es auch wollte, ich fiel natürlich darauf herein. Vergessen war mein ganzes Geschwätz von vorhin. Ich *musste* ihn einfach sehen, es ging nicht anders.

"Hallo Alex, störe ich?"

"Nein", antwortete er nach kurzem Zögern.

"Bist du allein?"

"Ja."

"Tut mir leid wegen vorhin. Der Tag war total nervig und ich war wohl etwas ..."

"Ja."

"Bist du sauer auf mich?"

"Nein."

"Was machst du gerade?"

"Fernsehen."

"Alles okay mit dir? Du -"

"Ja."

Himmel noch mal, wieso war er denn so einsilbig? War er am Ende etwa beleidigt?

"Hast du noch Lust auf einen Schlummertrunk?", schnurrte ich in den Hörer.

"Nein."

"Alex, bitte."

"Keine Chance."

"Aber vorhin -"

"Vergiss es, Katrin", unterbrach er mich ziemlich frostig. "Ich bin immer noch verheiratet, wollte lediglich ein bisschen Sex und das war es auch schon. Machs gut."

Das Freizeichen ertönte. Fassungslos starrte ich auf den Hörer in meiner Hand, dann tippte ich nochmals seine Nummer ein.

"Was ist?", fragte er unfreundlich.

"Nur eine halbe Stunde, Alex, komm schon", bettelte nun ich, fast im gleichen Wortlaut wie er vorhin.

"Nein, Katrin. Es war ein Fehler. Hak es ab."

Er legte wieder auf und ein drittes Mal wählte ich seine Nummer. Inzwischen musste er allerdings das Handy ausgeschaltet haben. Der Teilnehmer war nämlich nicht mehr erreichbar.

Das durfte doch nicht wahr sein! Was war denn mit ihm auf einmal los? Eingeschnappt konnte er nicht sein. Das war er doch sonst auch nie, egal was wir uns an den Kopf warfen. Trotz all der Streitereien in der vergangenen Woche rief er mich heute an und wollte mich sehen. Und was tat ich? Ich blökte ihn an. Nun saß ich da wie der letzte Donut in der Auslage, den keiner haben wollte.

Ich schwankte zwischen totaler Enttäuschung und mordsmäßiger Wut. Er servierte mich einfach so ab. Was ging in ihm vor? Was war in der kurzen Zeit bei ihm passiert? Mir blieb nichts anderes übrig, als bis Montag zu warten, bis wir uns im Büro wiedersahen. Doch so lange wollte ich nicht warten. Unschlüssig lief ich auf und ab. Welche andere Möglichkeit blieb mir noch?

Als wenn die Antwort dort draußen zu finden wäre, blieb ich vor dem Küchenfenster stehen und starrte hinunter auf die Straße. Statt einer Lösung entdeckte ich unter der Straßenlaterne etwas ganz anderes: Steffis Auto. Sie saß darin.

Dieser Anblick ließ mich im Bruchteil einer Sekunde explodieren. Wutentbrannt schnappte ich mir meinen Wohnungsschlüssel, knallte die Tür hinter mir zu, stürmte hinunter auf die Straße und zu ihrem Auto. Steffi blätterte im Laternenlicht in einer Zeitschrift. Ich riss die Autotür auf.

"Was willst du hier?", fauchte ich sie an.

Steffi erschrak sichtbar und sah mich mit weit aufgerissenen Augen an.

"Was du hier zu suchen hast, will ich wissen!"

"Katrin, ich -"

"Mach, dass du verschwindest, und zwar sofort! Wenn ich dich noch ein einziges Mal hier herumlungern sehe, dann rufe ich die Polizei. Ist das klar?"

Sie schien sich wieder gefangen zu haben und setzte ein zuckersüßes Lächeln auf.

"Aber Süße, ich wollte dich doch gerade besuchen kommen", flötete sie.

"Ach ja?" Meine Stimme überschlug sich fast und ich spürte, wie mein Puls raste. "Und deshalb lungerst du hier im Auto herum und blätterst in einer Zeitschrift?"

"Ich ... Ich habe nur -"

211

"Du spionierst mir nach und das sicher nicht erst seit heute! Glaubst du, ich bin blöd und merke das nicht?"

"Ich wollte nur -"

"Interessiert mich nicht!", donnerte ich sie an. "Hau endlich ab, du bescheuerte Lesbe, bevor ich dich aus deiner Karre zerre und Hackfleisch aus dir mache!"

Über uns ging ein Fenster auf und eine Frauenstimme schrie herunter, wir sollten die Klappe halten oder sie würde die Polizei rufen.

"Ja, tu es doch!", schrie ich hinauf. "Dann spare ich mir den Anruf!"

Steffi legte mir hastig die Hand auf den Arm.

"Katrin, bitte! Lass uns in Ruhe über alles reden. Wir können doch -"

"Es gibt kein *Wir*, merk dir das!"

"Aber neulich Nacht ..."

Sie brach ab, als ich sie, außer mir vor Zorn, am Arm packte und daran zerrte.

"Los, steig aus, damit ich dir ein paar verpassen kann. Ich schwöre dir, ich -"

"Nun hör schon auf!"

Hektisch schüttelte sie meine Hand ab, knallte die Autotür zu und ließ gleichzeitig den Motor an.

"Ja, verschwinde und lass dich hier bloß nie wieder sehen!", brüllte ich ihr nach, während sie mit quietschenden Reifen davonschoss.

Mein Blutdruck lag sicher dicht an der Grenze zum Herzinfarkt. Ich war noch damit beschäftigt, meinen Herzschlag und meinen Atem unter Kontrolle zu bringen, da sah ich auch schon das blau-silberne Auto mit dem blauen Lämpchen auf dem Dach auf mich zukommen. Hatte diese blöde Schnepfe da oben doch wirklich die Polizei angerufen!

Eine halbe Stunde später saß ich mit einer Anzeige wegen nächtlicher Ruhestörung und mit den Nerven am

Ende auf meiner Couch, die Flasche mit dem *Chantré* in der Hand und heulte wie ein Schlosshund. Mein Leben war eine einzige Katastrophe.

Am nächsten Tag versuchte ich es erneut auf Alex' Handy. Es klingelte zwar durch, aber er nahm nicht ab. Den ganzen Tag nicht und auch nicht am Sonntag. Er meinte es wohl wirklich ernst. Es war zu Ende.

38

Alles andere als gut gelaunt fuhr ich am Montagmorgen ins Büro. Heute kam er mir nicht aus, ich wollte eine Erklärung. Ungeduldig wartete ich auf Alex. Meist kam er so gegen neun, doch inzwischen war er schon mehr als eine Stunde überfällig. Das sah ihm nicht ähnlich. Nach ihm konnte man normalerweise die Uhr stellen.

"Sag mal, ist Foxi noch auf einem Termin?", fragte ich Andrea.

Sie schüttelte den Kopf.

"Nicht, dass ich wüsste. Vielleicht hat er noch Privatkram zu erledigen. Du vermisst ihn doch nicht etwa?", fragte sie mich mit einem Augenzwinkern.

"Nicht die Spur, nur ... Ich wundere mich eben."

"Er wird schon noch kommen. Das ist so sicher wie das Amen in der Kirche."

Ich nickte und tat so, als ob ich mich mit den Papierbergen auf meinen Schreibtisch beschäftigen würde. Mir schwirrte allerdings immer wieder die gleiche Frage durch den Kopf: Wo steckte er nur? Feierte dieser Vollidiot am Ende Wiedersehen mit seinem Zahnstocher, der offenbar am Wochenende ohne ihn unterwegs gewesen war?

Mir blieb nichts anderes übrig als abzuwarten und das tat ich auch. Eine Stunde später war er immer noch nicht da. Meine Ungeduld wuchs und das nicht nur, weil ich mit ihm die Sache von Freitagabend klären wollte.

"Andrea, ich finde das ziemlich ungewöhnlich für ihn, du nicht?", fragte ich schließlich meine Kollegin.

"Wieso rufst du ihn nicht an?", schlug sie vor. "Vielleicht hat er ja nur verschlafen."

"Foxi? Niemals. Der weckt wahrscheinlich morgens seinen Wecker, damit der nicht verschläft. Außerdem bin ich sicher nicht diejenige, die er hören möchte."

Andrea lachte amüsiert auf.

"So in etwa stelle ich mir das bei ihm auch vor. Warten wir einfach ab. Er wird schon noch kommen."

Mit jeder Minute mehr nahm meine Unruhe zu. Ich kannte ja seinen Fahrstil. Wenn ihm nun etwas passiert war? Doch ich riss mich zusammen, damit Andrea nicht Verdacht schöpfen konnte. Als er jedoch um halb zwölf immer noch nicht da war, war es mit meiner erzwungenen Ruhe nach außen hin vorbei.

"Andrea, ruf ihn an", bat ich sie eindringlich. "Da stimmt etwas nicht. Das ist absolut nicht normal, dass er mittags noch nicht hier ist, ohne etwas zu sagen."

Sie nickte stirnrunzelnd.

"Stimmt. Ich mache mir auch allmählich Sorgen. Ich versuche es mal bei ihm zu Hause."

Meine Kollegin wählte seine Privatnummer, legte nach einer Weile auf und schüttelte den Kopf.

"Keiner da. Ich probiere es auf dem Handy. Warte ... Nein, das ist ausgeschaltet. Und nun?"

Mein Magen krampfte sich zusammen. Er hatte bestimmt einen Unfall. Vielleicht lag er irgendwo im Graben, keiner sah ihn, er war schwer verletzt oder vielleicht sogar schon ... Lieber Gott, ich durfte nicht einmal an so etwas denken! Wenn ihm etwas passiert war, ich würde wahnsinnig werden. Nein, bitte nicht. Nicht Alex!

"Katrin, was ist denn mit dir los?"

Andrea riss mich aus meinen düsteren Gedanken und sah mich besorgt an.

"Was?"

"Du heulst ja! Doch nicht etwa seinetwegen?"

Hastig wischte ich mir mit dem Handrücken über die Wangen. Tatsächlich, sie waren feucht.

"Ach was. Ich hatte nur etwas im Auge."

Sie glaubte mir wohl nicht, das konnte ich ihr ansehen. Ich zwang mich zu einem Lachen.

"Wegen ihm wären es höchstens Freudentränen."

"Katrin!", tadelte sie mich.

"Ach komm, er fährt doch wie ein Irrer. Wen würde es wundern?"

"Ja, schon, aber ..."

"Du hast ja recht. Was nun?"

"Keine Ahnung. Ich kann ja schlecht die Krankenhäuser anrufen, ob er -"

"Hör bitte auf damit!"

"Schon gut. Ich versuche es noch einmal bei ihm zu Hause. Vielleicht ist seine Frau da."

War sie aber nicht. Ich rannte zur Toilette, bevor mich eine erneute Heulattacke vor Andrea überfallen konnte. Minutenlang ließ ich eiskaltes Wasser über meine Handgelenke laufen, bis sie sich beinahe taub anfühlten. *Bitte, lieber Gott*, flehte ich stumm, *lass ihn endlich ins Büro kommen!*

Ich atmete noch ein paar Mal tief durch und suchte meine verloren gegangene Fassung. Weitere Minuten vergingen, doch viel länger konnte ich hier nicht mehr bleiben. Ich musste zurück zu Andrea.

Gerade als ich mich mit einem erzwungen gelassenen

Gesichtsausdruck wieder an meinen Schreibtisch setzen wollte, ging die Eingangstür auf und Foxi stürmte mit einer derart miesen Laune grußlos an uns vorbei, wie ich sie noch nie an ihm gesehen hatte. Und das wollte etwas heißen. Kurz darauf knallte seine Bürotür. *Wumm!* Alexander, der Große eroberte die Schaltzentrale.

Andrea und ich sahen uns an.

"Was war das denn jetzt?"

"Keine Ahnung. Aber das kann heute noch heiter werden, bei dieser Weltuntergangsstimmung", orakelte sie düster.

Auch wenn ich am liebsten sofort zu ihm gerannt wäre, ich musste mich Andreas wegen zurückhalten. Das war auch besser so, denn sogar durch die geschlossene Tür hindurch und den etwa fünf Meter langen Gang, der zu seinem Büro führte, hörten wir ihn am Telefon brüllen. Mit wem er allerdings stritt und worum es ging, war leider nicht zu verstehen.

"Soll ich mal?"

Ich deutete in seine Richtung.

"Lass das lieber. Wenn er dich erwischt, zerreißt er dich in der Luft."

"Auf wen tippst du?"

Andrea verzog das Gesicht.

"Bei der Lautstärke? Seine Frau."

"Meine Güte! Dagegen war meine Ehe das reinste Honigschlecken", ächzte ich und stand auf. "Trotzdem will ich wissen, um was es geht. Beobachte das Telefon. Legt er auf, huste und ich verschwinde. So schnell kommt nicht mal er um den Schreibtisch herum, als dass ich bis dahin nicht schon in der Küche wäre."

"Du bist verrückt, Katrin. Wenn er -"

Ich winkte ab und schlich nach hinten. Ein paar Minuten konnte ich lauschen, dann ertönte vorne ein wahrer Hustenanfall. Sofort preschte ich los.

Foxi war irrsinnig schnell heute. Kaum war ich in der Küche, ging seine Tür auf. Hastig schenkte ich mir eine Tasse Kaffee ein.

"Bezahle ich Sie eigentlich fürs blöd Herumstehen?", herrschte er mich an.

"Ich wollte Ihnen gerade einen Kaffee bringen. Oder möchten Sie keinen?"

"Geben Sie her."

Ungeduldig nahm er mir die Tasse aus der Hand, drehte sich um und ging wieder in Richtung seines Büros.

"Haben Sie kurz Zeit, Herr Fuchs?", fragte ich hastig. "Ich müsste -"

"Wenn es sein muss", knurrte er vor sich hin und verschwand in der Schaltzentrale. Das befürchtete Türenknallen blieb aber aus.

Alex stand genau gegenüber, am weit geöffneten Fenster und starrte hinaus, die Hände in den Hosentaschen. Leise schloss ich die Tür hinter mir. Er machte seinem Namen allerdings alle Ehre. Trotz Verkehrslärm von draußen und mir zugewandtem Rücken hörte er mich wohl, denn er drehte sich um.

"Was ist?"

Eigentlich wollte ich ihm direkt um den Hals fallen, aber als ich diesen Blick sah, hielt ich inne.

"Wieso hast du nicht Bescheid gesagt, dass du später kommst? Ich dachte schon, dir ist etwas passiert."

"Ich muss Sie enttäuschen. Die Freudenfeier fällt aus."

In seiner Stimme schwang ein arktischer Eiswind.

"Was ist los, Alex? Hattest du Ärger?"

"Ich wüsste nicht, was Sie das angeht. Sonst noch etwas?"

"Alex, ich wollte nur -"

"Kommen Sie zur Sache oder verschwinden Sie. Für sinnloses Gequatsche fehlen mir Zeit und Nerv."

Sinnlos war es in der Tat. Dieser Eisberg war derzeit unüberwindbar.

"Okay, bin schon weg."

Ich machte die Tür hinter mir zu und ging zurück nach vorne.

"Los, erzähl schon", überfiel mich Andrea sofort, kaum dass ich mich auf meinen Stuhl setzte. "Um was ging es bei dem Gebrülle?"

"Ach so, ja. Sie haben sich wegen Geld gestritten. Die Füchsin will offenbar irgendetwas und er will es nicht bezahlen. Er sagte noch etwas von wegen, sie glaube wohl, er wäre die Melkkuh der Nation und sie könne ihn mal."

"Oh! Sieht mir ganz so aus, als ob -"

"Wofür werfe ich euch eigentlich jeden Monat das Geld in den Rachen?", hörten wir plötzlich unseren hauseigenen Fuchs hinter uns bellen. "Fürs Quatschen sicher nicht. Ihr könnt gleich verschwinden. Alle beide!"

Andrea zog wie eine Schildkröte den Kopf zwischen die Schultern und lief tiefrot an, während sie wieder in die Tasten hieb.

"Mir fehlt der Zählerstand vom Blütenweg", murmelte ich. Weiter reizen wollte ich ihn nicht mehr, heute nicht.

"Ja und? Dann rufen Sie den Hausmeister an und lassen ihn sich geben. Himmeldonnerwetter noch mal! Könnt ihr Weiber nicht einmal euer Hirn einschalten? Ich bin wirklich nur von Idioten umgeben."

Er warf Andrea eine Akte auf den Tisch und füchselte kopfschüttelnd davon.

39

Die nächsten Tage herrschte eine derart angespannte Atmosphäre im Büro, dass ich schon beim Zubettgehen mit Magenschmerzen an den nächsten Tag dachte. Alex war unausstehlich, schlimmer als je zuvor.

Privat konnte ich mit ihm gar nicht mehr reden. Er bestand wieder nachdrücklich auf absolute Förmlichkeiten, selbst wenn Andrea einmal nicht da war. Bei jeder noch so neutralen Frage fuhr er regelrecht aus der Haut, das Türenknallen wurde noch häufiger und trotz weit geöffneter Fenster zogen dicke Rauchschwaden durchs ganze Büro. Die meiste Zeit verkroch er sich hinten und immer wieder führte er endlose, zum Teil lautstarke Telefonate. Mit uns sprach er kaum noch, sondern klebte uns meist nur Haftnotizen an den Bildschirm.

Zuerst dachte ich, er wäre immer noch sauer auf mich, doch er behandelte Andrea auch nicht anders. Wir beide schüttelten nur den Kopf, vermieden aber - solange er im Haus war - weitestgehend irgendwelche Unterhaltungen, in denen es nicht ausdrücklich um die Arbeit ging.

Freitagmittag reichte mir Andrea eine Akte über den Tisch und verdrehte die Augen.

"Sieh dir das mal an."

Ich überflog den Inhalt und stöhnte auf.

"Na großartig. Das hat uns gerade noch gefehlt."

Es war ein neuer Verwaltervertrag über eine Wohnanlage mit knapp 200 Wohnungen. Wir waren ohnehin schon fast am Rotieren. Mit dem neuen Objekt waren regelmäßige Überstunden vorprogrammiert und dass er noch eine Dritte einstellte ... Diese Möglichkeit schlossen wir von vornherein aus.

Der Türgong ertönte. Ich drückte auf den Summer. In eine riesige, penetrante Duftwolke und ein knallrotes Stück Stoff eingehüllt, das mehr zeigte als verbarg, tauchte die Füchsin hier auf. Obwohl ich sie noch nie vorher sah, erkannte ich sofort, denn sie glich der Beschreibung von Andrea aufs Haar. Noch bevor sie ein einziges Wort sagte, wusste ich, dass ich sie absolut nicht leiden konnte und das nicht nur, weil sie mit Alex verheiratet war.

Zugegeben, rein optisch gab es an ihr nichts zu mäkeln. Sie sah aus, als wäre sie einem Modemagazin vom Titelblatt gesprungen. Das, was mich so an ihr störte, war dieser herablassende, geringschätzige Blick, mit dem sie mich im Schnellverfahren von Kopf bis Fuß scannte.

"Ist mein Mann hinten?", gurrte sie grußlos.

"Ja, aber er ist beschäftigt", antwortete ich kühl.

"Da ist er ja schon. Hallo Liebling."

Wie immer kam er im richtigen Moment angeschlichen.

"Was machst *du* denn hier?"

Begeistert klang anders, schoss es mir durch den Kopf. Sie presste ihm den tiefrot geschminkten, halb geöffneten Mund auf die Lippen und steckte ihm ungeniert die Zunge in den Hals. Das war unübersehbar.

"Nicht vor den Tippsen, Liebling", sagte sie anschließend. "Lass uns nach hinten gehen."

Sie drehte sich noch einmal kurz zu uns um.

"Keine Störungen bitte."

Ich überlegte, ob ich mich wegen ihrer widerlich hochnäsigen Art übergeben oder sie mit ihren langen, künstlichen Bling-Bling-besetzten Krallen erdolchen sollte. Was für eine ekelhafte, eingebildete Schnepfe!

"Hast du das gehört?", zischte ich Andrea zu.

"Vergiss es einfach", winkte diese ab. "Das ist die Füchsin, wie sie leibt und lebt."

Leichter gesagt als getan. *Nicht vor den Tippsen!* Was

bildete sich dieser überhebliche Zahnstocher eigentlich ein? In mir brodelte ein Vulkan, der kurz vor dem Ausbruch stand. Sicher stiegen bereits die ersten Rauchwölkchen aus meiner Nase auf.

"Hast du gesehen, wie sie ihm vor uns die Zunge in den Rachen geschoben hat?"

Andrea schnalzte missbilligend mit der Zunge.

"Wo du aber auch immer hinsiehst, Katrin!"

"Was denn? Das war ja nicht zu übersehen. Was treiben die Füchse wohl da hinten?"

"Keine Ahnung. Sie haben sicher etwas zu bereden."

"Weißt du, was mich wundert? Dass sie ... Ich hätte nie gedacht, dass er auf so primitive Flittchen steht und sogar eines geheiratet hat."

"Pst, sei still", raunte sie mir zu. "Du kennst doch seine Anschleichtaktik!"

Ich schwieg, allerdings nur, weil ich meine Ohren spitzte. Es war jedoch mucksmäuschenstill. Zwischen den Füchsen in ihrem Bau bestand offenbar bestes Einvernehmen. Vielleicht stritten sie auch immer nur am Telefon, es war jedenfalls kein Laut zu hören. Das machte mich neugierig. Ich wollte unbedingt wissen, was dort hinten vor sich ging.

Auf Zehenspitzen schlich ich mich zu seiner Tür und schielte durchs Schlüsselloch. Absichtlich oder nicht, der Schlüssel innen steckte genau so im Schloss, dass er mir jeglichen Durchblick verwehrte. Im Grunde war das jedoch sowieso überflüssig. Womit sie beschäftigt waren, wusste ich ganz genau: Das klang absolut nach Alexander, dem Großen.

Schlagartig dämmerte mir, wieso er mich einfach so abserviert hatte. Obwohl wir Sex und diese merkwürdige Vereinbarung hatten, ich war ihm nicht billig genug! Er stand auf überkandidelte Flittchen, mit seinem war wieder alles in Butter und ich konnte daher schnell und mühelos

221

entsorgt werden. Meine Güte! Wie blöd war ich gewesen, auf so einen widerlichen Primitivling hereinzufallen?

Wie betäubt ging ich wieder nach vorne und ließ mich auf meinen Stuhl fallen.

"Und? Was treiben sie hinten?", flüsterte Andrea mir zu.

"Genau das", ächzte ich.

"Wie meinst du das?"

"Nun kuck nicht so begriffsstutzig! Bei den Füchsen herrscht Paarungszeit!"

"Was? Hier im Büro? Wie schamlos ist das denn?"

"Eben. Mir wird gerade speiübel."

"Du siehst auch irgendwie nicht gut aus, du bist total käsig im Gesicht."

Das war sicher keineswegs übertrieben. Mein Magen revoltierte in der Tat. Schnell rannte ich in die Toilette und erreichte sie gerade noch rechtzeitig, bevor sich mein Mittagessen den Weg ins Freie erkämpfte. Ich lehnte mich mit dem Rücken gegen die kühle Fliesenwand und versuchte, mich wieder unter Kontrolle zu kriegen. Mir war zum Heulen zumute, nur konnte ich mich nicht entscheiden, ob aus eiskalter Wut oder purem Selbstmitleid.

Wirklich klar war mir nur eines: Ganz normal weiterarbeiten mit dem Wissen, was die Füchse dort hinten trieben, das war mir unmöglich. Ich gab mir einen Ruck und ging zurück nach vorne.

"Andrea, ich glaube, ich fahre -"

"Pst!" Sie legte den Finger auf die Lippen.

Im Fuchsbau wurde es laut. Was nach vorne drang, klang allerdings nicht nach Ekstase, sondern nach aufkeimendem Streit, ziemlich lautem und heftigem Streit sogar. Dass Foxi brüllen konnte, wussten wir ja schon, und die Füchsin stand ihm darin keineswegs nach. Als wir auch noch einen dumpfen Bums hörten, starrten Andrea und ich uns entsetzt an.

"Um Himmels willen Katrin, was treiben die da hinten bloß?"

Ich schüttelte fassungslos den Kopf.

"Das ist doch ..."

Mir fehlten die Worte. So etwas hatte ich noch nie erlebt. Die Kröte und ich stritten uns zwar auch laufend, doch das war im Vergleich zu dem hier kindisches Geplänkel gewesen.

Wir zuckten beide zusammen, als es einen lauten Knall gab und in der gleichen Sekunde etwas, das wie splitterndes Glas klang, dann herrschte Stille.

In Andreas Blick spiegelte sich das, was auch ich fühlte: aufkeimende Panik.

"Ich glaube, die bringen sich da hinten um", flüsterte sie entsetzt.

Ohne zu überlegen, sprang ich auf. Wenn Alex irgendetwas passiert war ...

"Ich gehe jetzt nach hinten!", verkündete ich resolut.

"Sollten wir nicht -"

"Pst!"

Das Gestreite fing wieder an. Kurz darauf wurde die Tür aufgerissen.

"Du widerlicher, egoistischer Mistkerl!", hörten wir die Füchsin keifen. "Ich mache dich fertig, das schwöre ich dir!"

"Ach hau ab und lass mich endlich in Ruhe!"

Wir hörten das Stakkato ihrer High Heels den Gang entlang kommen. Sie riss die Eingangstür auf, drehte sich nochmals kurz um und fauchte:

"Das wirst du noch bereuen, du Vollidiot!"

"Verschwinde endlich, du hysterische Zicke!", hörten wir Fuchs von hinten bellen.

Wumm! Das war seine Bürotür. Und nochmals: Wumm! Das war die Eingangstür. Dann herrschte absolute Stille im Büro.

Langsam sank ich auf meinen Stuhl. Andrea und ich sahen uns an, total geschockt und sprachlos.

"Das war doch der pure Wahnsinn", flüsterte Andrea mir zu.

"Wenn es bei denen zu Hause immer so zugeht, na großartig", murmelte ich, warf einen Blick auf die Uhr und bekam den nächsten Schock. "Ach du Schande, schon halb zwei! Andrea, wo ist der Zettel mit dem Zählerstand?"

"Ich hatte ihn dir doch gegeben."

"Ich finde ihn aber nicht. Foxi zerreißt mich in der Luft, wenn die Abrechnung -"

"Die Abrechnung ist jetzt völlig unwichtig, Katrin."

Ich erschrak derart, dass mir der Kaffee aus der Tasse schwappte, die ich gerade in die Hand genommen hatte. Himmel noch mal, wieso musste er sich immer so anschleichen?

"Aber Sie -"

"Treiben Sie mir diesen Glaser auf. Sofort!"

Er warf mir einen Zettel auf den Tisch.

"Welchen Glaser?"

"Den hier! Da sind seine Telefonnummer und die Angaben vom Fenster. In meinem Büro ist eine Fensterscheibe zu Bruch gegangen. Zur Not muss er sich irgendein Provisorium einfallen lassen, und zwar heute noch. Klar?"

"Es ist Freitagnachmittag, Herr Fuchs", warf ich vorsichtig ein. "Ich glaube nicht -"

"Glauben Sie, was Sie wollen, aber schaffen Sie ihn her, wie auch immer!"

"Ja, aber -"

"Quatschen Sie nicht, sondern kümmern Sie sich!", donnerte er los. "Sofort!"

Ich sagte lieber nichts mehr, sondern griff zum Telefonhörer. Lieber diskutierte ich mit dem Glaser herum als mit unserem tollwütigen Fuchs. Den greifbar nahen

Feierabend konnte ich mir ohnehin abschminken.

 **40**

Auf meinem Nachhauseweg kreisten meine Gedanken immer noch um die Szene im Büro. Fast tat mir Alex leid. Aber auch nur fast. Er suchte sich seinerzeit diese Furie immerhin aus, irgendwann einmal, als sein Verstand aussetzte und die Denkarbeit das männliche Zweithirn weiter südlich übernahm. Schon irgendwie faszinierend, wie dieses seltsame Organ aus Männern willenlose Marionetten machte. Anders konnte ich mir dieses Paarungsritual am Nachmittag vor dem Streit nicht erklären.

Trotzdem, so einen Auftritt vor seinen Mitarbeitern hinzulegen, ließ meine ohnehin schon miserable Meinung über die Füchsin noch weiter abrutschen. So etwas war lediglich primitiv und äußerst flittchenverdächtig, aber nicht mehr.

Mir blieb jedoch keine Zeit, weiter darüber nachzudenken. Vor meiner Wohnungstür lag ein kleines Päckchen in rosarotem Geschenkpapier mit einer knallig pinkfarbenen Schleife. Kärtchen steckte keines daran. Mir schwante Übles, denn dass das nur von Steffi stammen konnte, da war ich mir sicher. Niemand sonst würde mir Geschenke in *Pink* vor die Tür legen.

Ich trug es hinüber ins Wohnzimmer und legte es vorsichtig auf den Tisch. Für eine Sekunde befürchtete ich nämlich, diese Irre wolle sich meiner aus Rachsucht entledigen, in dem sie mir eine Briefbombe schickte. Übergeschnappt genug war sie ja. Noch während ich den Kopf über meine eigene Paranoia schüttelte, klingelte das

Telefon.

"Hey Süße, hast du mein Päckchen gefunden?", säuselte Steffi.

"Bin gerade erst nach Hause gekommen. Was ist drin?", fragte ich argwöhnisch.

"Mach es auf. Es ist eine Überraschung."

"... sprach der Terrorist, als er dem Opfer den Briefumschlag mit der Bombe überreichte."

Steffi lachte glockenhell auf.

"Ach Schätzchen, wo denkst du hin? Nun mach schon, ich bin so neugierig, was du dazu sagst."

Äußerst widerwillig riss ich die Verpackung auf. Ich war zutiefst davon überzeugt, dass mich der Inhalt keineswegs entzücken würde. Als ich das kleine Schächtelchen, das innen drin lag, öffnete, traf mich fast der Schlag: Auf knallrotem Samt lag ein silbriger Ring mit einem herzförmigen, roten Stein in der Mitte und daneben ein Schlüssel.

"Du bist doch vollends durchgeknallt", raunzte ich sie an. "Was soll das denn bitte?"

"Nur ein kleines Geschenk für dich. Der Schlüssel ist nicht nur der zu meinem Herzen, sondern auch zu meinem Apartment, Süße. Dann kannst du jederzeit vorbeikommen. Ob Tag oder Nacht, egal."

Na toll! Genau *das* wünschte ich mir schon die ganze Zeit. Ich schwankte, ob ich dank dieser Aussichten in absolute Hysterie oder Blutrausch verfallen sollte, konnte mich aber nicht entscheiden. Daher tat ich das Einzige, das mir sinnvoll erschien: Ich legte auf, ohne ein weiteres Wort.

Litt Steffi an einer ganz seltenen Form von partiellem Alzheimer, die lediglich den Sinn des Wortes Nein für alle Zeit vergessen ließ? Außer mir vor Zorn schleuderte ich Ring samt Schlüssel quer durchs Zimmer. Penetrant war die Kröte auch gewesen, wenn sie etwas unbedingt haben wollte, doch seine Penetranz und Steffis unterschieden sich wie ein tropfender Wasserhahn und ein Tsunami.

Das Telefon klingelte erneut und wie in Trance nahm ich ab.

"Oh mein Gott Katrin, ich hätte nie gedacht, dass du vor lauter Freude so sprachlos bist. Hast du die Gravur in dem Ring eigentlich gesehen?"

"Welche Gravur?", hörte ich mich fragen.

"*You and me forever*. Wann kommst du, Süße? Ich bin schon so aufgeregt, wenn wir ..."

Ich hörte zwar, dass sie weiterredete wie ein Wasserfall, verstand jedoch kein Wort. Ich war zu sehr damit beschäftigt, die Bilder, die vor meinem geistigen Auge auftauchten, anzustarren. Sie glichen Szenen aus blutrünstigen Horrorfilmen. Früher verstand ich nie, wie jemand urplötzlich austicken und Amok laufen konnte. Mir war das immer völlig unbegreiflich. Jetzt, in diesem Augenblick, konnte ich es absolut nachvollziehen, stand ich doch selbst kurz davor.

Irgendetwas musste ich tun, und zwar bevor ich Gefahr lief, den Rest meines Lebens als verurteilte Mörderin im Knast oder im Irrenhaus zu verbringen. Mit einem Wutschrei, den man sicher noch drei Häuser weiter hörte, legte ich auf und riss gleich danach den Stecker des Telefons aus der Wand.

Das, was mich so rasend machte, war Steffis völlige Ignoranz dem gegenüber, was ich ihr die ganze Zeit schon predigte. Wieso konnte sie einfach nicht begreifen, dass ich nichts von ihr wollte? Egal was ich sagte oder tat, sie machte weiter mit ihrem Beziehungsmist. Herr im Himmel, irgendwann sollte doch auch der dümmste Mensch auf Erden kapieren, dass er keine Chance hatte. Steffi tat es aber nicht. Auf dem Ohr war sie völlig taub.

Minuten später sammelte ich den Ring samt Schlüssel

auf und wollte, einem ersten Impuls folgend, zu ihr fahren, um ihr beides an den Kopf zu werfen und ihr notfalls mit Gewalt einzubläuen, dass sie mich endlich in Ruhe lassen sollte. An der Wohnungstür blieb ich urplötzlich stehen. Das Teufelchen in mir meldete sich. Mit dem Schlüssel zu ihrer Lasterhöhle konnte ich sicher Sinnvolleres anfangen. Mir musste nur noch das Passende einfallen, etwas, das sie schonungslos davon überzeugte, schon allein beim Klang meines Namens fluchtartig das Weite zu suchen.

Die Mutterkuh von unten hatte ihre brüllende Brut inzwischen wieder einmal freigelassen. In Ruhe nachzudenken fiel also aus. Ich schnappte mir Handtasche und meine Schlüssel, knallte die Tür hinter mir zu und rannte die Treppen hinunter. *Mama, ich komme!*

41

"Nun hör schon mit dem albernen Gegacker auf. Das ist keineswegs lustig!", schimpfte ich meine Mutter, die sich vor Lachen schon krümmte.

"Heiratsantrag hat sie dir aber keinen gemacht?", prustete sie.

"Himmel noch mal! Hör jetzt auf damit und sag mir lieber, wie ich diese Irre endgültig vom Hals kriege!"

Meine Mutter winkte, immer noch gackernd, ab und rannte aus dem Zimmer.

Na toll! Das war genau die Antwort, die ich mir erhoffte. Minuten später kam sie zurück und ließ sich tief durchatmend auf die Couch fallen. Ihr Grinsen sah ich trotz ihrer Bemühungen, es zu unterdrücken.

"Na, hast du dich wieder eingekriegt?", brummte ich und

warf ihr einen bösen Blick zu.

"Tut mir leid, ich hätte mir eben fast in die Hosen gemacht."

"Ist ja typisch ... Wer den Schaden hat und so weiter. Kannst du dich jetzt bitte wieder auf *meine* Seite schlagen?"

"Ja, sicher doch."

Als ich den Ansatz eines leisen Kicherns hörte, hielt ich ihr drohend den gestreckten Zeigefinger vor die Nase.

"Mama, wenn du jetzt noch einmal -"

"Nein Kind, lass uns nachdenken. Wobei, ganz ehrlich gesagt, irgendwie -"

"Mama!"

"Ist ja gut, ich sage schon nichts mehr. Also, was willst du nun tun?"

"Was ich tun will?" Entrüstet schnaubte ich auf. "Lieber Gott, das frage ich *dich* doch! Du hast doch sonst immer so kluge Sprüche auf Lager wie: *Sag ihr einfach, dass du nicht willst.* Geht es vielleicht diesmal etwas konstruktiver?"

"Hm", brummte meine Mutter und überlegte scheinbar eine Weile. Dann fragte sie mich: "Katrin, was würdest du in dem Fall mit der Kröte tun?"

Ich schüttelte unwillig den Kopf.

"So winzig auch sein Krötenhirn sein mag, sogar er kapiert irgendwann, was Nein heißt und spielt dann beleidigt. Steffi dagegen ist ein hoffnungsloser Fall. Ich habe sogar schon überlegt, eine gerichtliche Verfügung oder Anzeige gegen sie wegen Stalkings zu beantragen."

"Keine schlechte Idee", stimmte sie mir zu. "Wieso hast du noch nicht?"

"Mama! Hast du eine Ahnung, wie peinlich das wäre?"

"Wieso peinlich? So etwas passiert doch ständig."

"Schon, aber lass sie nur irgendetwas erzählen von dieser einen Nacht bei ihr, dann stempeln sie mich als Lesbe ab und es läuft unter normalen Beziehungsproblemen. Besten Dank auch!"

229

"Ist doch egal, wenn du sie damit loswirst."

"Mama! Ich bin keine Lesbe und wir haben keine Beziehung. Und ich will auch keine mit ihr!"

"Eben deshalb solltest du die Verfügung beantragen. Das ist auf jeden Fall die beste und sauberste Lösung. Oder nicht?"

Ich schüttelte heftig den Kopf.

"Diese Irre wird sich doch eh nicht daran halten."

"Ihr Problem. Dann wandert sie in den Knast oder bekommt wenigstens irgendeine Strafe."

"So schön das auch wäre, doch das Gezeter mit Anwalt und Gericht, noch dazu diese ganzen Peinlichkeiten, die sie ausplaudern würde ... Nein Mama, lass dir etwas anderes einfallen. Immerhin habe ich ja ihren Wohnungsschlüssel."

"Und? Willst du etwa ihre Wohnung verwüsten oder sonst irgendeinen Unsinn anstellen? Vergiss das sofort. Am Ende hetzt sie dir die Polizei auf den Hals und du bekommst noch mehr Ärger."

Damit mochte sie sicher recht haben und mehr Ärger war genau das, was ich am allerwenigsten brauchen konnte.

"Ich weiß", gab ich missmutig zu. "Obwohl ich im Moment gute Lust dazu hätte, das wäre viel zu einfach. Nein, ich muss viel listiger vorgehen, sonst versteht sie die Botschaft nicht. Mein Gefühl sagt mir, der Schlüssel ist der Schlüssel", sagte ich nachdenklich, mehr zu mir selbst als zu meiner Mutter.

"Der Schlüssel ist der Schlüssel ... Geht es dir wirklich gut, Kind?"

"Sicher doch! Glaub mir, es hat mit dem Schlüssel zu tun. Oder mit ihrer Wohnung."

Mama runzelte die Stirn.

"Wovon redest du? Ich verstehe kein Wort."

"Ich im Moment auch nicht, aber das fällt mir schon noch ein."

Sie legte mir behutsam die Hand auf den Unterarm und sah mich besorgt an.

"Soll ich Dr. Behrend anrufen? Vielleicht stehst du ja unter Schock oder wie man das nennt. Ich las mal in einem Artikel, dass -"

"Ach, Unsinn!", unterbrach ich sie ungeduldig. "Mir geht es hervorragend. Irgendwo in mir braut sich gerade eine Idee zusammen, wie ich diese Kampflesbe endgültig loswerde. Ich kann sie nur noch nicht in Worte fassen. Sicher ist auf jeden Fall eines: Was auch immer ich tue, um ihr klipp und klar zu zeigen, dass es keine Beziehung gibt, es hat mit dem Schlüssel oder ihrer Wohnung zu tun. Das meinte ich."

"Ach so. Und an was denkst du genau?"

"Das weiß ich eben noch nicht", stöhnte ich auf. "Vielleicht sollte ich übers Internet ein paar sexgierige Lesben suchen, sie auf eine Orgie in ihre Wohnung einladen und dann, bevor Steffi kommt, ganz schnell verschwinden?"

"Und was hast du davon? Am Ende gefällt ihr das und sie bedankt sich überschwänglich bei dir."

Das traute ich der Kampflesbe sogar zu. So ein Mist! Damit fiel meine glorreiche Idee sang- und klanglos ins Wasser. Ich brauchte eine andere Lösung, eine, die es in sich hatte.

"Dann vielleicht lieber ein paar richtig gut bestückte Kerle, die sie bekehren wollen?"

"Katrin!"

"Schon gut, war nur so eine Idee."

"Und eine blöde obendrein. Vergiss diesen ganzen Unsinn, hörst du? Das bringt dir alles nichts. Fahr doch einfach zu ihr hin, gib ihr Ring und Schlüssel zurück und erkläre es ihr zum tausendsten Mal in aller Ruhe. Das muss doch unter vernünftigen und erwachsenen Menschen funktionieren."

Ich lachte höhnisch auf.

"Siehst du? Genau da liegt das Problem! Sie ist mit Sicherheit Mensch, aber weder vernünftig noch erwachsen."

"Meine Güte, nun stell dich nicht so an!", schimpfte Mama mich. "Du jammerst hier herum wie ein kleines Kind. Selbst wenn die Fetzen fliegen, was spielt das schon für eine Rolle, solange sie es endlich begreift?"

Empört schnappte ich nach Luft und sprang auf. Das war doch die Höhe!

"Jetzt bin ich womöglich noch schuld an allem? Was ist denn zum Kuckuck an: *Ich will nichts von dir, lass mich in Ruhe und komm mir nie wieder unter die Augen* so undeutlich?"

"Schrei nicht herum und setz dich!"

Ein Blick auf sie genügte und ich wusste sofort, es war besser, ihrer Aufforderung nachzukommen. Das tat ich dann auch und bemühte mich um einen ruhigeren Tonfall.

"Lieber Gott, Mama! Steffi ist wie Hundekacke am Schuh: Egal wie sehr ich schrubbe, der Gestank geht nicht weg!"

"Mit hysterischen Anfällen geht es auch nicht schneller."

"Das ist mir auch klar, ich bin ja nicht doof. Das Problem ist nur, mit Worten alleine kommst du bei ihr nicht weiter, die ignoriert sie. Ich muss etwas *tun*!", beharrte ich.

"Dann stell ihr ihren Kram vor die Haustür, schreib ihr ein paar Zeilen dazu und basta."

Flugs biss ich mir auf die Zunge. Auch hier redete ich gegen Wände. Meine Mutter begriff partout nicht, dass Steffi das nur wieder für eine Laune von mir hielt, bevor sie in altbekannter Art und Weise weitermachen würde.

Ich nickte also und tat so, als wäre ich von ihrem Vorschlag angetan.

"Vielleicht hast du recht", schwindelte ich. "Keine schlechte Idee. Ich schreibe ihr einen Brief, dann hat sie es schwarz auf weiß. Und nun fahre ich besser nach Hause. Morgen ist wieder Arbeit angesagt. Leider."

Hoffentlich war mein gespieltes Gähnen überzeugend genug. Ich wollte durchaus nach Hause, wenn auch nicht zum Schlafen, sondern um mir eine Retourkutsche für Steffi ausdenken zu können.

"Siehst du?", entgegnete Mama zufrieden. "Wenn sie sich schon daneben benimmt, du musst es ihr ja nicht gleichtun."

"Nein, sicher nicht."

Gelogen war das nicht. Gleichtun wollte ich Steffi gar nichts, ich wollte sie *übertreffen*! Mir würde die zündende Idee schon noch einfallen, da war ich mir absolut sicher.

Während der Taxifahrt schmunzelte ich vor mich hin. Mir drängte sich vor meinem geistigen Auge eine Szene auf: Steffi geknebelt und auf einem Stuhl festgebunden, wie sie mir und Alex beim heißesten Sex unseres Lebens zusehen musste. Stundenlang. Voller Genugtuung sah ich, wie sie dieser Anblick quälte.

Meine Laune verbesserte sich zunehmend. Zu gern hätte ich ihr auf genau diese Art verständlich gemacht, was ich wollte und was nicht. Schade, dass das leider nicht möglich war. Wozu also meine Zeit mit unnützen Grübeleien vergeuden?

Hastig verscheuchte ich Steffi aus meinem Kopf und widmete mich stattdessen lieber den unzüchtigen Gedanken an Alex. Die brachten mir zwar unterm Strich auch nichts, allerdings waren sie weitaus angenehmer.

Dabei entkam mir ein leiser Seufzer. So sehr ich vor einer Weile noch davon überzeugt war, nie mehr zur Disposition zu stehen, jetzt gerade hätte ich alles dafür gegeben, wenn er wieder mit mir disponieren würde. Heute noch. Am liebsten sofort. Obwohl mein Verstand lautstark protestierte und ich es mir nur sehr widerwillig eingestand,

233

mir fehlten unsere gemeinsamen Stunden. Der Sex dabei war zwar toll, doch in erster Linie vermisste ich nicht ihn, sondern Alex selbst. *Zum Teufel noch mal, ja!* Er war es, der mir fehlte, obwohl ich nicht einmal genau erklären konnte, wieso.

Schluss damit! Ich musste aufhören, an ihn zu denken. Was brachte es mir denn, außer dass ich den Rest des Abends sehnsüchtig herumsitzen würde? Er war nicht verfügbar und genau deshalb zog ich die Notbremse. Ich hätte mich von Anfang an nicht darauf einlassen sollen. Wieso hörte ich nur nicht auf Mama? Sie warnte mich schließlich oft genug und prophezeite mir exakt die Situation, in der ich nun steckte. Er hatte nach wie vor seinen Zahnstocher und ich rein gar nichts, außer ein paar Erinnerungen an die wenigen Treffen mit ihm.

Meine Güte, wo war mein Verstand eigentlich, wenn ich ihn einmal brauchte? Mir hätte es von vornherein klar sein sollen, dass so eine Vereinbarung wie mit Alex niemals funktionieren würde. Jedenfalls nicht bei mir. Das war schlichtweg unmöglich. Als wenn ich jemals in meinem Leben in der Lage gewesen wäre, Sex und Gefühle auseinanderzuhalten. Wie konnte ich nur so bescheuert sein zu glauben, dass sich das mit ihm wirklich nur auf eine reine Bettgeschichte beschränken würde? Ich hätte es besser wissen sollen, schließlich kannte ich mich selbst lange genug.

Trotzdem traf die Schuld an meiner ganzen Misere ausschließlich ihn. Wäre er damals nicht auf die dämliche Idee gekommen, mich mit nach Dresden zu nehmen, wäre nichts von alledem jemals passiert. Der Blitz sollte ihn treffen!

❤ 42 ❤

Als der Taxifahrer vor meinem Haus hielt, rief ich mich selbst energisch zur Ordnung. Das Thema Alex war für mich kein Thema mehr, es war beendet und das war gut so. Anstatt wie ein unglücklich verliebter Teenager weiter herumzuwinseln sollte ich mich jetzt um die echten Probleme in meinem Leben kümmern. Das weitaus größte war Steffi, die ich unbedingt loswerden musste, und zwar ein für alle Mal. Keine Minute eher würde ich heute zu Bett gehen, bevor mir nicht die ultimative Lösung dafür eingefallen war.

Entschlossen lief ich die Treppen hinauf zu meiner Wohnung. Auf dem letzten Treppenabsatz blieb ich abrupt stehen. Zum zweiten Mal an diesem Tag traf mich beinahe der Schlag. Vor meiner Wohnungstür stand Steffi höchstpersönlich und neben ihr zwei Polizisten sowie eine Notärztin. Alle drei sahen mich sichtlich überrascht an.

"Oh mein Gott, Süße. Du lebst! Gott sei Dank", stieß Steffi aus.

Nur die Anwesenheit der beiden Herren in der blauen Uniform hielt mich davon ab, Steffi an den Kopf zu knallen, dass ihr eigenes Leben innerhalb der nächsten paar Sekunden vorbei sein würde, wenn sie mir nicht sofort aus den Augen ginge. Ausnahmsweise setzte blitzschnell mein Verstand ein und riet mir eindringlich, mich zu beherrschen.

Meine Mutter erlebte vorhin, dass ich Steffis wegen am Rande eines Nervenzusammenbruchs war, und sie würde das natürlich auch jederzeit bezeugen. Damit war ich auf der sicheren Seite. Was auch immer ich Steffi irgendwann antun würde, es ginge zweifellos als Mord im Affekt durch. Diese Chance wollte ich mir nicht verderben, indem ich Morddrohungen vor zwei Polizisten ausstieß!

Ich atmete ganz tief durch und bemühte mich, zumindest äußerlich ruhig zu bleiben.

"Natürlich lebe ich. Was dachtest du denn?"

"Sind Sie Frau Brandt?", mischte sich der jüngere der beiden Uniformierten ein.

"Ja, bin ich. Was ist los?", fragte ich knapp.

"Ihre Verlobte hat uns informiert, dass Ihnen eventuell etwas zugestoßen sein könnte in Ihrer Wohnung. Sie sagte, mitten im Telefonat wäre die Leitung plötzlich tot gewesen. Nachdem sie fast eine Stunde erfolglos versuchte, Sie telefonisch zu erreichen, war sie besorgt, fuhr hierher und klingelte Sturm an der Tür. Sie öffneten nicht und sie hörte auch keinerlei Lebenszeichen trotz ihres Rufens. Deshalb rief Ihre Verlobte uns an, weil sie befürchtete -"

"Meine *was?*", ächzte ich schockiert. Ich musste mich verhört haben!

"Ihre Verlobte."

Das war zu viel. Zuviel für einen Tag. Ich spürte, wie das Blut in meinen Adern zu kochen anfing, und sah vor meinen Augen rote Punkte.

"Frau Brandt, geht es Ihnen nicht gut?", hörte ich die Notärztin in besorgtem Tonfall fragen.

"Schätzchen, was ist los mit dir?"

Als Steffi mir über die Wange streichelte, explodierte ich.

"Bleib mir bloß vom Leib, du Irre! Das hier ist keineswegs meine *Verlobte*. Sie ist eine verrückte Stalkerin, die mich rund um die Uhr verfolgt und allmählich in den Wahnsinn treibt!", brüllte ich los. Ob die Nachbarn etwas mitbekommen würden, interessierte mich im Augenblick absolut nicht. "Ich habe ihr schon zigtausend Mal gesagt, sie soll mich in Ruhe lassen. Sie sitzt ganze Nächte im Auto vor meinem Haus und beobachtet mich. Sie schickt mir laufend Päckchen, Blumen und sonstigen Mist. Sie hat mich mit K.-o.-Tropfen außer Gefecht gesetzt und ist dann über mich hergefallen. Ja, sie hat mich angerufen und ja, ich habe den Telefonstecker aus der Wand gerissen, um endlich meine Ruhe vor ihr zu haben. Im Anschluss bin ich zu meiner Mutter gefahren. Ich will nichts von dieser Irren und ich wollte nie etwas von ihr, aber sie kapiert es nicht. Sie gehört eingesperrt, denn sie ist übergeschnappt! Und jetzt sorgen Sie dafür, dass sie mir aus den Augen geht, bevor ich noch einen Herzinfarkt bekomme!"

Noch nie in meinem Leben war ich derart außer mir gewesen. Ich zitterte am ganzen Körper, in meinen Ohren rauschte es seltsam und ich sah alles nur noch wie durch einen dichten Nebel, der mich schließlich komplett einhüllte.

Herrlich entspannt und ziemlich schläfrig sah ich mich um. Irgendjemand musste mir wohl den Schlüssel aus der Hand genommen und mich in die Wohnung gebracht haben. Erinnern konnte ich mich daran jedoch nicht. Wie ich feststellte, lag ich auf meiner Couch. Die Notärztin saß neben mir und lächelte auf mich herab.

"Na, geht es Ihnen wieder besser?"

"Ja, ich denke schon", murmelte ich. "Wo ist die Irre? Ist sie noch hier?"

"Nein, keine Sorge, Frau Brandt. Die Personalien dieser Dame haben wir aufgenommen und sie nach Hause geschickt", meldete sich der ältere Polizist zu Wort, der sich vorhin im Hintergrund hielt.

"Gott sei Dank", stöhnte ich erleichtert auf.

"Ich habe Ihnen etwas zur Beruhigung gegeben. Sie werden bald tief und fest schlafen und morgen geht es Ihnen wieder gut."

Die Notärztin tätschelte mir kurz die Hand und stand auf.

"Meine Herren, wenn Sie noch etwas von Frau Brandt wollen, dann bitte schnell. Sie schläft sicher gleich."

"Heute nicht mehr", sagte der ältere Polizist mit leichtem Kopfschütteln. "Rufen Sie mich morgen an, Frau Brandt, dann unterhalten wir uns in Ruhe über den Vorfall. Meine Karte lege ich Ihnen hier auf den Tisch. Gute Besserung."

"Ja, mache ich", murmelte ich matt. "Danke."

Ich wollte nur noch schlafen. Was auch immer die Notärztin mir gab, es wirkte unglaublich schnell. Das Beste war aber, dass meine Chancen, die Irre ein für alle Mal loszuwerden, wahnsinnig gut standen. Sie hatte sich mit dieser Aktion selbst ein riesiges Ei gelegt.

43

Am nächsten Tag fühlte ich mich etwas schlapp, jedoch auch unheimlich erleichtert. Ich dankte meinem Schöpfer, dass ich während meines hysterischen Anfalls im Treppenhaus all die Dinge herausgeschrien hatte, die mir im ruhigen Zustand vor lauter Scham nicht über die Lippen gekommen wären.

Gegen Mittag rief ich den Polizisten von gestern an und traf mich eine Stunde später mit ihm auf dem Revier. Ein bisschen peinlich war mir die ganze Sache schon, doch ich erzählte ihm restlos alles, was mit Steffi vorgefallen war, und unterschrieb eine Anzeige gegen sie wegen Stalkings. Eine einstweilige Verfügung konnte ich leider erst am Montag gegen sie beantragen. Bis dahin schlug er mir vor, ihn sofort auf seinem Handy anzurufen, falls sie mich wieder belästigte. Er würde umgehend vorbeikommen und sich um sie kümmern.

Als ich später zu Hause ankam, war ich stolze Besitzerin von ein paar neuen, spannenden Romanen sowie meinem ersten eigenen Handy. Zu Krötenzeiten brauchte ich keines. Ich konnte ja bei Bedarf seines nehmen. Seit unserer Trennung, insbesondere seit ich alleine wohnte, nahm ich mir zwar öfter vor, mir eines zuzulegen, schob es aber bislang immer wieder vor mir her. Meine Eltern konnten mich zu Hause oder im Büro anrufen und sonst gab es eigentlich keinen, für den ich ständig erreichbar sein wollte.

Jetzt allerdings fühlte ich mich bedeutend wohler, wenn ich in der Lage war, auch unterwegs jemanden anrufen zu können - so etwa den hilfsbereiten Polizisten, der mich vor dieser Verrückten beschützen konnte, falls sie in der Stadt meinen Weg kreuzte.

Ich rief noch bei meiner Telefongesellschaft an und ließ mir eine Ewigkeit lang und Schritt für Schritt genau erklären, wie ich ihre Nummer über meine Anlage sperren konnte. Mehr war mir im Moment nicht möglich und damit war für mich das Thema Steffi abgeschlossen.

Den Rest meines Wochenendes entspannte ich mich auf meinem Balkon im Liegestuhl, genoss das herrliche Wetter und versuchte, mich mit einem der Bücher auf andere Gedanken zu bringen. Und es gelang mir.

Montagmorgen im Büro überfiel mich Andrea sofort mit der Frage, was sich Freitagnachmittag hier noch abspielte, nachdem sie ging.

"Nichts weiter", berichtete ich ihr. "Ich habe tatsächlich noch diesen Glaser überredet, Foxis Fenster irgendwie zu verschließen, auch wenn er nicht wirklich begeistert darüber war."

"Und Foxi?"

"War die ganze Zeit in seinem Büro, bis der Glaser kam, dann ist er gefahren. Ist er eigentlich schon da?"

Andrea schüttelte den Kopf.

"Er hat angerufen, er kommt heute nicht. Termine."

Ich seufzte tief auf.

"Was für eine wunderbare Nachricht!"

"Finde ich auch." Sie grinste mir zu. "Nach dem Drama letzte Woche schadet ein bisschen Ruhe hier drin keineswegs."

"Apropos Drama ... Ich muss heute früher gehen und noch zum Gericht."

"Hast du etwas ausgefressen?"

"Nein, im Gegenteil. Ich muss eine einstweilige Verfügung beantragen. Mich verfolgt eine verrückte Stalkerin. Am Samstag war ich schon bei der Polizei und habe sie angezeigt. Bis zur Gerichtsverhandlung will ich auf jeden Fall meine Ruhe vor ihr."

Bestürzt sah mich Andrea an.

"Eine *Stalkerin*? Was will die von dir?"

"Mich. Mit Haut und Haaren."

Ich erzählte Andrea in Kurzfassung, was am Freitag in meinem Treppenhaus vorgefallen war. Ein paar pikante Details ließ ich allerdings aus.

"Meine Güte", stöhnte sie. "Langweilig ist dein Leben auch nicht gerade, oder?"

"Ganz sicher nicht. Wie dem auch sei, nun stürze ich mich auf die Abrechnung, dann ist sie bis abends erledigt und Foxi hat keinen Grund zu meckern. Irgendwie glaube ich, dass wir unser Füchslein im Moment nicht reizen sollten."

Andrea lachte auf.

"Katrin, was ist mit dir los? Auf einmal so rücksichtsvoll?"

Ich schüttelte entschieden den Kopf.

"Im Gegenteil, purer Eigennutz. Ich hatte erst einmal genug Aufregung für eine Weile, mir reicht es."

Der Tag verging wie im Flug und ich schaffte alles, was ich mir vorgenommen hatte. Erst zu Hause fragte ich mich, auf welchen Terminen Alex wohl war. Geschäftlich konnten sie nicht sein. In seinem Planer auf dem Computer waren keine eingetragen. Vielleicht ergab sich ja am nächsten Tag eine Gelegenheit, das irgendwie herauszufinden. Nicht dass ich neugierig war ... Es interessierte mich nur.

Am nächsten Vormittag fragte ich Andrea, doch die wusste genauso viel wie ich: gar nichts. Direkt fragen wollte ich Fuchs nicht, also schlich ich mich ab und an nach hinten, wenn er telefonierte, und lauschte an seiner Tür. Ob nun absichtlich oder nicht, er sprach jedes Mal so leise, dass ich kein Wort verstand. Das alleine schien mir schon sehr merkwürdig. Das war sonst gar nicht seine Art.

"Sag mal, was ist eigentlich mit Foxi los?", fragte ich Andrea, als er zum Mittagessen gegangen war. "Da stimmt doch irgendetwas nicht."

"Das frage ich mich auch. Er benimmt sich sehr komisch. So habe ich ihn noch nie erlebt", pflichtete sie mir bei.

"Eben. Er verschanzt sich den ganzen Tag hinten, kein Türenknallen, kein Gebrülle, nichts. Zwilling hat er ja wohl keinen, oder?"

"Nicht, dass ich wüsste." Andrea kicherte. "Gottlob, denn einer von der Sorte ist mehr als genug."

"Stimmt. Weißt du eigentlich, wo er gestern war?"

"Keine Ahnung. In seinem Kalender stand nichts. Ich habe nachgesehen."

"Und heute hat er die Telefonitis. Er hängt fast ununterbrochen an der Strippe."

"Ich finde das alles äußerst seltsam, vor allem, weil er -"

"Bin mal eben weg. Zwei Stunden etwa."

Unser büroeigener Fuchs hatte sich wieder einmal

241

unbemerkt angeschlichen, kurz gebellt und weg war er.

"Siehst du? Genau das meinte ich." Andrea sah ihm genauso verwundert hinterher wie ich. "Wo fährt er jetzt schon wieder hin?"

"Ich gehe mal nach hinten zum Spionieren. Wenn er kommt, huste!"

"Ja, aber er sagte doch ..."

Ohne auf Andrea zu hören, lief ich schnell in sein Büro und sah mich auf seinem Schreibtisch um. Die heutige Seite seines Terminplaners war leer und auch alle anderen für den Rest der Woche. Ein unerwarteter Termin also. Ich stöberte noch ein bisschen in seinem Papierkram herum, entdeckte aber nichts, was sein untypisches Benehmen erklärte. Äußerst unzufrieden ging ich zurück nach vorne.

"Nichts zu entdecken und Termine sind keine eingetragen. Was treibt Foxi seit gestern?"

Meine Kollegin zuckte mit den Schultern.

"Agent Fuchs in geheimer Mission. Wie gesagt, sehr merkwürdig."

"Mehr als das", brummte ich nachdenklich. "Ich wüsste zu gerne, was hier vor sich geht."

Ich nahm mir fest vor, hinter sein Geheimnis zu kommen, umso mehr, als er mich überhaupt nicht beachtete. Keine Spezialaufträge, kein einziges privates Wort, nichts. Er benahm sich mir gegenüber sehr distanziert und wenn er mit mir sprach, dann immer äußerst knapp, sachlich und nüchtern. Meine Äußerung wegen der beendeten Vereinbarung nahm er offenbar sehr wörtlich.

Natürlich war ich darüber sehr froh, denn von Steffi einmal abgesehen, gab es damit ein weiteres Problem weniger in meinem Leben. Trotzdem nagte ein wenig Unzufriedenheit an mir. Hätte er nicht wenigstens ein bisschen so tun können, als ob er unsere Vereinbarung weiterführen wollte? Selbstverständlich hätte ich abgelehnt, doch jeder winzige Überredungsversuch seinerseits wäre Balsam für mein Ego gewesen. Dass er so schnell damit einverstanden war und aufgab, konnte logischerweise nur eines bedeuten: Er hatte für mich adäquaten Ersatz gefunden. Dass er sich nämlich wieder nur im heimischen Revier amüsierte, erschien mir nach der Szene am Freitag hier im Büro äußerst unwahrscheinlich.

Plötzlich widerte ich mich selbst an. Ich war für ihn nichts anderes als ein Betthase gewesen, noch dazu einer von der billigsten Sorte, der sich mit einem Abendessen für getane Dienste bezahlen ließ und den man einfach so austauschte, wenn er zu langweilen begann.

In diesem Moment der Erkenntnis war ich unschlüssig, auf wen von uns beiden ich den größeren Hass schob: auf mich, weil ich mich blauäugig und freiwillig in diese Schublade stecken ließ oder auf ihn, diesen triebgesteuerten Casanova. Vermutlich diente ich nur als weiche Erholungspause, bis die blauen Flecken, die er sich bei seinem Zahnstocher holte, abgeheilt waren. Oh Gott, wie ich diesen Vollidioten verabscheute!

45

Bis zum Wochenende änderte sich nichts an dem seltsamen Verhalten von Fuchs. Immer wieder verschwand er plötzlich für ein paar Stunden, seine Tür war ständig geschlossen und er hing laufend am Telefon. Wir merkten eigentlich nur an den Papierstapeln samt Haftnotizen, die am Morgen auf unseren Schreibtischen lagen, dass er auch noch hier arbeitete.

Freitagmittag kam er nach vorne und eröffnete uns:

"Ich bin nächste Woche nicht da. Im Notfall erreichen Sie

mich auf dem Handy. Schönes Wochenende."

Schönes Wochenende? Ich war total perplex. Andrea offenbar auch, ihrem Blick nach zu urteilen. Nicht nur, dass wir so einen Spruch bislang noch nie von ihm hörten, er kam eine ganze Woche nicht ins Büro? Jetzt war ich mir sicher, dass irgendetwas Außergewöhnliches vor sich ging.

"Fahren Sie in Urlaub?", fragte ich schnell, bevor er verschwinden konnte.

"Nein", war die knappe Antwort. Bevor ich reagieren konnte, hörte ich auch schon die Eingangstür ins Schloss fallen. Weg war er.

"Katrin, so langsam wird dieser Mann mir unheimlich. Er sieht zwar aus wie Foxi, aber er ist es nicht. Er kann es nicht sein, oder?"

"Das Gefühl habe ich auch. Kann es sein, dass er eine Affäre hat?", fragte ich nicht ohne Hintergedanken. Vielleicht wusste sie ja mehr als ich.

"Eine Affäre? Wie kommst du denn darauf?"

Andrea sah mich total überrascht an.

"Wäre doch möglich, oder nicht? So häufig und spontan, wie er derzeit verschwindet und nun sogar eine ganze Woche am Stück?"

"Na ja, könnte man es ihm verdenken, bei dem Drachen zu Hause?"

"Also hör mal!", schnaubte ich. "Gezwungen wird ihn keiner haben, dieses überkandidelte, eingebildete, hirnlose Flittchen zu nehmen."

"Sicher nicht, aber auf Dauer muss das auch nicht lustig sein, denke ich mir."

"Tja ... Selbst schuld, würde ich sagen."

"Mag sein, aber so zwischendurch tut er mir schon etwas leid."

"Er tut dir leid?", hakte ich verblüfft nach. "Was ist denn mit dir auf einmal los? Du hast Mitleid mit unserem Ekel vom Dienst?"

Sie zuckte mit den Schultern.

"Weißt du, nach der Szene neulich dachte ich mir, wenn es bei ihm zu Hause ständig so zugeht und sie sich immer so aufführt, wäre seine schlechte Laune ja kein Wunder."

"Deine Loyalität in allen Ehren, Andrea, aber zu solchen Dramen gehören immer zwei. Und selbst wenn diese Zimtzicke den Streit provoziert, seine miese Laune muss er nun wirklich nicht an uns auslassen."

"Da gebe ich dir uneingeschränkt recht, nur ..." Andrea brach ab und zuckte erneut mit den Schultern.

"Du suchst doch nicht etwa eine Entschuldigung für ihn?", fragte ich sie skeptisch.

"Nein, natürlich nicht", behauptete sie und seufzte gleich darauf auf. "Ach Katrin, er ist auch nur ein Mensch und irgendwann wird einem eben alles zu viel. Vielleicht ist er ja unglücklich."

"Unglücklich?" Für einen Augenblick starrte ich sie völlig perplex an. "Dieses Scheusal und unglücklich?" Ich lachte spöttisch auf. "Ich bitte dich, Andrea! Wir reden hier von Fuchs und nicht von einem normalen Menschen. So selbstverliebt, wie er ist, reicht ihm doch ein Blick in den Spiegel, um im siebten Himmel zu schweben. Nein, er ist nicht unglücklich, sondern die personifizierte schlechte Laune. Ihm macht es einen Heidenspaß, anderen den Tag zu ruinieren. Nicht mehr und nicht weniger."

"Ach Katrin, nun sei nicht so. Du hast sie doch gehört, als sie neulich hier war. Wenn sie sich zu Hause auch immer so benimmt, dann -"

"Dann wahrscheinlich deshalb, weil er es nicht anders verdient", fiel ich ihr resolut ins Wort.

Andrea sah mich mit großen Augen an.

"Ergreifst du jetzt etwa für die Füchsin Partei?"

"Ach was", winkte ich unwirsch ab. "Das hat nichts mit Partei ergreifen zu tun."

"Sondern?"

"Erwähntest du nicht vor einer Weile etwas von dem Wald, in den man hineinruft?"

"Ja, das stimmt", lenkte sie ein. "Allerdings gilt das für beide Seiten, Katrin, nicht nur für ihn."

"Na klar", höhnte ich. "Ich habe mich wirklich bemüht und nett und freundlich in seinen Wald gerufen und was kam zurück? Die gleichen dämlichen Sprüche wie eh und je. Also hör auf damit und erzähl mir nichts von wegen -"

"Das kannst du doch nicht vergleichen!"

"Wieso nicht?"

"Das ist Fuchs als Chef. Woher willst du wissen, ob er privat nicht ganz anders ist?"

Gottlob funktionierte dieses eine Mal mein Verstand rasant schnell, schneller als mein Sprechwerkzeug. Geistesgegenwärtig biss ich mir auf die Zunge, bevor ich mich verplapperte und ihr sagte, dass das durchaus der Fall war, zumindest damals in Dresden und die paar Male, die er und ich uns danach privat trafen.

"Natürlich weiß ich das nicht", log ich so überzeugend wie möglich.

"Siehst du? Das kann doch durchaus sein. Außerdem schnappt selbst der bravste Hund irgendwann einmal, wenn er ständig nur geprügelt wird."

"Ich glaube, ich bin im falschen Film", ächzte ich. "Meine liebe Andrea, das geht nun eindeutig zu weit. Ich warte nur noch darauf, dass du ihn an deine Brust drückst und ihm liebevoll übers Köpfchen streichelst. *Armer schwarzer Kater*", spöttelte ich.

Andrea kicherte los.

"Nun übertreibe mal nicht so schamlos. Nein, ganz im Ernst, Katrin, von nichts kommt nichts."

"Nun ist Schluss damit. Du verteidigst ihn ja wie eine Löwenmutter ihr Junges! Ich will sofort *die* Andrea zurück, die es hier einmal gab. Oder läuft da zwischen dir und ihm etwas, von dem ich nichts weiß?", fragte ich lauernd.

Dass sie sich so viele Gedanken um ihn machte und ihn obendrein vehement in Schutz nahm, kam mir äußerst suspekt vor. War da etwa irgendetwas im Busch? Hatte Fuchs mich eventuell gegen Andrea ausgetauscht? Möglich war es durchaus, obwohl zwischen ihr und der Füchsin nicht unbedingt eine Ähnlichkeit bestand. Außer, was vielleicht die Figur betraf. Die Füchsin war ein Zahnstocher, Andrea sehr schlank und ich ... Nun ja, ich war von beidem trotz meiner Diät immer noch Welten entfernt.

Abends konnten die beiden sich durchaus treffen. Ich bekam davon ja nichts mit. Blieb also nur die Frage, mit wem er sich traf, wenn er tagsüber kurzfristig verschwand. Andrea konnte es jedenfalls nicht sein, denn sie war dann jedes Mal hier. Hatte Fuchs etwa noch eine Dritte am Start?

"Spinnst du?" Sie lachte auf. "Ganz sicher nicht."

So sicher war ich mir da nicht, zumal ihr Gesicht auf einmal hellrot bis unter die Haarwurzeln aufleuchtete. Tat sie etwa die ganze Zeit über das Gleiche wie ich und heulte mit den Wölfen, damit niemand hinter ihr Geheimnis kam? Überfielen sie bei seinem Anblick auch jedes Mal unzüchtige Gedanken? Und ging es ihm etwa genauso?

Abwegig war das keineswegs, denn in sein Beuteschema würde sie als Beinah-Zahnstocher definitiv passen. Mein Argwohn nahm mit jeder Sekunde zu. Ich wollte mehr wissen, nur musste ich aufpassen, mich nicht zu verraten.

"Wirklich nicht? Wo du dir solche Gedanken um ihn machst?", stocherte ich weiter und bemühte mich, dabei ein möglichst unverfängliches Grinsen aufzusetzen.

"Nun hör aber auf!", entrüstete sie sich. "Du glaubst doch nicht allen Ernstes, dass ich etwas mit unserem Chef habe?"

Glauben war zu viel gesagt, es war bislang lediglich eine Vermutung. Oder eher ein Hirngespinst, denn ich konnte in Andreas Blick nichts entdecken, was mir auch nur annähernd recht gab.

Vielleicht hatte die Sicherung, die mir neulich im

Treppenhaus beim Anblick Steffis durchgebrannt war, einen Kurzschluss bei mir hinterlassen. So musste es sein. Irgendetwas funktionierte in meinem Oberstübchen nicht mehr richtig. Wie kam ich nur auf eine derart abwegige Idee? Andrea war für eine Affäre mit ihrem Chef absolut nicht der Typ. Genauso wenig wie ich, flüsterte mein schlechtes Gewissen mir zu. Doch halt! Schluss damit, bevor ich noch vollends paranoid wurde.

Ich riss mich zusammen und zwinkerte Andrea zu.

"Nein, natürlich nicht. Ich wollte dich nur ein wenig necken."

"Dann ist es ja gut!", stieß Andrea sichtlich erleichtert aus. "So etwas käme mir nie in den Sinn und schon gar nicht mit Fuchs. Er ist absolut nicht mein Typ." Sie warf einen kurzen Blick auf ihren Bildschirm. "Na großartig! Es ist schon längst Feierabend und wir sitzen immer noch hier."

"Das bestätigt mir, dass ihn jemand über Nacht ausgetauscht hat, so merkwürdig, wie er sich die letzte Zeit benimmt. Beim echten Fuchs wäre uns das nämlich nie passiert."

46

Ganz tief, im hintersten Winkel meines Herzens waberte die leise Hoffnung herum, dass Alex sich im Laufe der Woche bei mir melden würde, obwohl es dafür eigentlich keinen Grund gab. Die Fronten waren ja geklärt. Doch er rief weder bei mir privat an noch meldete er sich offiziell im Büro. Ihn schien es überhaupt nicht zu interessieren, was dort ablief oder auch nicht. Falls er entgegen seiner Behauptung nicht doch Urlaub machte, musste ihn, was auch immer er sonst tat, ziemlich auf Trab halten.

Es schien ihm auch zu gefallen, denn Freitagmorgen war im Büro eine knappe Nachricht von ihm auf dem Anrufbeantworter. Er würde noch eine Woche dranhängen und er wäre nur im äußersten Notfall auf dem Handy erreichbar.

Diese Nachricht veranlasste Andrea und mich erneut zu wilden Spekulationen. Wir kamen jedoch keinen Deut weiter. Die einzig plausible Erklärung für sein seltsames Verhalten schien uns ein Last-Minute-Urlaub zu sein. Sogar ihm als Chef stand schließlich Urlaub zu, den er jederzeit nehmen durfte. Weshalb er also so ein Geheimnis daraus machte, war uns ein absolutes Rätsel. Mir vermutlich weitaus mehr als Andrea, die schließlich abwinkte und meinte, es wäre egal, Hauptsache, er wäre nicht da und wir hätten unsere Ruhe.

Genau die ließ mir Alex' Abwesenheit jedoch nicht. In meinen Fingern juckte es ununterbrochen, das Telefon zu nehmen und seine Nummer zu wählen. Es kostete mich ziemliche Mühe, es nicht zu tun. Ein glaubwürdiger Notfall fiel mir leider nicht ein und am Ende feierten die Füchse gemeinsam irgendwo Versöhnung, nach dem Drama im Büro. Dabei wollte ich keinesfalls stören. Ich rief ihn einmal unüberlegt auf seinem Handy an und er las mir dafür gehörig die Leviten. Auf eine Wiederholung konnte ich gut und gerne verzichten.

Am darauffolgenden Freitagmorgen konnte ich es kaum erwarten, ins Büro zu kommen und die Nachrichten auf dem Anrufbeantworter abzuhören. Wehe, Alex teilte uns mit, dass er eine weitere Woche anhängen würde! Ich wollte endlich wissen, wo er steckte, was er tatsächlich tat und vor allem, ob sein Zahnstocher ihm dabei Gesellschaft leistete oder nicht.

Diese ganzen Spekulationen samt meines Kopfkinos machten mich allmählich wahnsinnig. Meine Laune sackte immer mehr in den Keller und ich war inzwischen so gereizt, dass meine Kollegin, sonst die Ruhe selbst, ebenfalls kurz vor der Explosion stand. Meinetwegen, wie sie behauptete, denn ich benähme mich noch unerträglicher als Foxi an seinen übelsten Tagen.

Wie so oft war Andrea vor mir im Büro. Ich warf ihr einen fragenden Blick zu.

Sie zwinkerte mir zu.

"Ob die Nachricht gut oder schlecht ist, kannst du dir aussuchen. Er war nicht auf dem Anrufbeantworter. Ab Montag füchselt er hier drinnen also wieder herum, vorausgesetzt, er ruft nicht im Laufe des Tages an oder überlegt es sich kurzfristig anders."

Bis wir um zwei nach Hause gingen, meldete sich Fuchs nicht bei uns. Eigentlich konnte ich damit entspannt ins Wochenende gehen, denn üblicherweise sagte er uns immer im Voraus, wenn er nicht ins Büro kam. Die Anspannung blieb jedoch und wurde mit jeder Minute, die es auf Montagmorgen zuging, schlimmer.

Bis Samstagmittag redete ich mir laufend ein, dass ich lediglich meine Neugier endlich befriedigen wollte, bis es nichts mehr half und ich kleinlaut vor mir selbst zugeben musste, dass ich nur eines wollte: Alex endlich wiedersehen. Aufgelöste Vereinbarung hin oder her, ich vermisste ihn inzwischen derart, dass ich an nichts mehr anderes denken konnte als an ihn.

Ja, Mama, ich weiß! Finger weg vom Füchslein. Tollwutgefahr! Mochte mein Verstand ihr auch uneingeschränkt recht geben, der Rest von mir tat es nicht. Ich wusste selbst, dass es keinen Sinn machte, und dass ich verrückt war zu glauben, dass sich nach den letzten zwei Wochen irgendetwas verändert hatte. Es würde sich auch nie etwas verändern. Alex war immer noch verheiratet mit diesem überkandidelten Zahnstocher und das würde allen

Streitereien zum Trotz auch so bleiben. Ich war lediglich eine kurze Affäre gewesen und jederzeit gegen eine andere Frau austauschbar, nach der ihm gerade der Sinn stand. Was er offensichtlich auch getan hatte.

Mama warnte mich von Anfang an und sie behielt recht. Die Geschichte mit Alex ging genau so lange, bis er meiner überdrüssig wurde und sich wieder in den heimischen Fuchsbau zurückzog. Mochten er und die Füchsin auch ihre Probleme haben, es war für ihn die einfachste und bequemste Lösung. Es hieß nicht umsonst: Pack schlägt sich, Pack verträgt sich. Wieso also etwas daran verändern?

Die Kröte machte es doch auch nicht anders. Wir lebten geraume Zeit nur nebeneinander her und stritten uns unaufhörlich. Trotzdem versuchte er mich zu überreden, mir den Gedanken an Scheidung aus dem Kopf zu schlagen. Es wäre doch viel besser, wenn alles weiter seinen gewohnten Gang nähme. In seinem Alter noch einmal derart drastische Veränderungen vorzunehmen, wäre doch irrsinnig.

Typisch Kröte eben. Ihm ging es keineswegs um mich dabei, sondern nur um seine Bequemlichkeit, die er partout nicht aufgeben wollte. Er hatte seine billige Büroangestellte und persönliche Leibeigene, die sich um alles kümmerte, was ihm zuwider oder unter seiner Würde war. Was brauchte er mehr?

Alex war zwar jünger als die Kröte und doch war er nichts anderes: Eine faule Sumpfkröte, die liebend gerne in seinem Schlammloch saß und vor sich hin döste. *Ach, zum Teufel mit ihm!* Von Kröten aller Art hatte ich die Nase gestrichen voll und vor einer Weile schwor ich mir, nie wieder auf sie hereinzufallen. Dass ich es in völlig geistiger Umnachtung trotzdem tat, ärgerte mich zwar ungemein, ließ sich nun aber nicht mehr ändern.

Meine sehnsüchtigen Anwandlungen verschwanden so plötzlich, wie sie aufgetaucht waren. Ich wollte den Rest meines Lebens nichts mehr mit Kröten zu tun haben und mit tollwütigen, räudigen Füchsen schon gar nicht!

47

Am Montagmorgen war ich ausnahmsweise einmal die Erste im Büro. Auf dem Anrufbeantworter fand ich eine Nachricht von Fuchs. Er hätte noch etwas zu erledigen, käme aber spätestens bis neun ins Büro.

Eine gute Viertelstunde später wurde die Eingangstür aufgerissen und Andrea hetzte herein.

"Ausgerechnet heute musste ich verschlafen!", brummte sie. "Ist er schon da?"

"Er kommt später, also keine Hektik", winkte ich grinsend ab und stichelte: "Dass ich das noch erleben darf. Andrea, die Unfehlbare, verschläft tatsächlich."

Meine Kollegin kicherte.

"Ich habe nie behauptet, unfehlbar zu sein. Hast du schon Kaffee gemacht?"

"Das war meine erste wichtige Tat hier drinnen. Eigentlich müsste er schon durch sein. Holst du uns welchen?"

Sie stellte ihre Handtasche unter ihren Schreibtisch und nickte.

Wir tranken in aller Ruhe unseren Kaffee und plauderten noch etwas, dann gab ich mir einen Ruck und zog seufzend eine Hausgeldabrechnung aus meinem Papierstapel, die ich letzte Woche ständig vor mir hergeschoben hatte. So wenig Lust ich darauf verspürte, die Zeit drängte allmählich und irgendwann musste ich sie erledigen. Wieso also nicht sofort? Immerhin herrschte noch etwa eine halbe Stunde angenehme Ruhe, bevor unser Bürofuchs auftauchte und Hektik mit sich brachte.

Andrea tat es mir nach und hieb hurtig in die Tasten. Wir beide waren ganz versunken in unsere Arbeit, als uns ein zweimaliges Klopfen an unsere wie immer offen stehende Tür aufschreckte. Ich drehte mich hastig um und starrte völlig fassungslos und mit offenstehendem Mund den Mann an, der lässig im Türrahmen lehnte, die Hände in den Hosentaschen vergraben. Er sah zwar aus wie Fuchs, aber er war es mit Sicherheit nicht. Dieser Mann hier strahlte gute Laune pur aus, trug verwaschene Jeans und darüber ganz salopp ein schwarzes Hemd mit bis zu den Ellbogen aufgekrempelten Ärmeln. Die Haare waren gekonnt mit irgendwelchen Stylingprodukten in Form getrimmt. Nie im Leben war das unser Bürofuchs!

"Guten Morgen, die Damen. Gab es irgendwelche besonderen Vorkommnisse während meiner Abwesenheit?"

"Äh ... nein", stammelte Andrea, die sich von uns beiden als Erste fing.

"Unglaublich! Dass Sie beide vor Wiedersehensfreude so überwältigt sind, damit hätte ich nicht gerechnet", witzelte der Fuchs-Klon mit einem breiten, wenn auch leicht spöttischem Grinsen im Gesicht. "Moment, ich habe etwas vergessen. Bin gleich wieder da."

Weg war er, fröhlich vor sich hin pfeifend.

"Andrea, hattest du eben die gleiche Halluzination wie ich?"

"Wenn du auch diesen lässig-coolen Typen gesehen hast, der da im Türrahmen lümmelte, dann ja. Wer war das?"

"Keine Ahnung. Er klang wie Foxi." Ich schnupperte kurz in Richtung Tür. "Und er trägt das gleiche Aftershave."

Sie streckte mir ihren Arm entgegen.

"Bitte zwick mich mal. Ich glaube, ich träume."

Ich erfüllte ihr den Wunsch.

"Aua!" Andrea rieb sich den Arm. "Ich muss wohl wirklich geträumt haben, oder siehst du ihn noch irgendwo?"

Ich wollte gerade verneinen, als die Eingangstür aufging und der Fuchs-Klon wieder erschien, eine Bäckertüte in der Hand.

"Wenn eine von Ihnen beiden eine Runde Kaffee ausgibt, ich habe die Croissants dazu."

Gewohnheitsmäßig stand ich auf und ging in die Küche, um uns Kaffee zu holen. Gerade, als ich überlegte, wie ich drei Kaffeepötte auf einmal tragen sollte, legte sich eine Hand auf meine Schulter. So sachte und kurz die Berührung auch war, es fühlte sich an, als hätte ich einen Stromschlag bekommen.

"Lassen Sie mal, Katrin, ich nehme meine Tasse gleich mit. Aschenbecher ist hinten?"

"Äh ... ja."

Ich *musste* träumen. Das konnte alles nicht wirklich passieren. Es war sicher nur Einbildung.

"Herr Fuchs?", rief ich ihm hastig nach, bevor die Fata Morgana sich auflösen konnte.

"Ja?" Er drehte sich zu mir um.

Er sprach und damit existierte er tatsächlich.

"Äh ... Ich ..."

So wenig ich auch sonst auf den Mund gefallen war, mir fiel auf die Schnelle nichts ein, was ich ihn ganz unverfänglich fragen konnte. Dafür ertappte ich mich dabei, wie ich zum wiederholten Male meinen Blick ganz langsam über ihn wandern ließ.

Abwartend sah er mich an.

"Was ist los? Raus damit, Katrin."

"Ich ... äh ..."

Na großartig! Ich stotterte herum wie ein Erstklässler am ersten Schultag. *Nun reiß dich doch zusammen!* Ich gab mir einen Ruck. Die Gelegenheit war günstig.

"Sorry, aber ich war mir nicht sicher, ob Sie es auch wirklich sind."

"Wieso das?"

"Weil ich Sie ein wenig anders in Erinnerung hatte."

Er lachte amüsiert auf.

"Tatsächlich? Na ja, es ist ja auch schon eine ganze Weile her, dass wir uns zuletzt gesehen haben."

Er warf mir noch einen etwas zweideutigen Blick zu, dann drehte er sich um und füchselte davon in Richtung seines Büros. Gleich würde ich wissen, ob es sich bei diesem Mann tatsächlich um unseren Chef handelte oder nicht. In Gedanken zählte ich die Sekunden: Eins ... zwei ... *Wumm!* Seine Bürotür knallte ins Schloss. Beinahe erleichtert atmete ich auf. Doch, das *war* Foxi!

"Hast du das gehört?", fragte ich Andrea, als ich wieder vorne war.

Sie grinste mich an.

"Ja. Wenigstens *das* klingt nach ihm. Ich fasse es trotzdem nicht. Was ist mit ihm in diesen zwei Wochen passiert?"

"Das wüsste ich auch gerne", sagte ich, zog ein Croissant aus der Tüte und betrachtete es grübelnd, als ob darin die Lösung steckte.

Andrea flüsterte mir zu:

"Meinst du, er bleibt so?"

"Das kann ich mir zwar nicht vorstellen, aber lassen wir uns überraschen."

"Findest du nicht, dass Foxi eigentlich hammermäßig aussieht?", flüsterte mir Andrea zu. "Bislang war er immer ein sexuelles Neutrum für mich, aber jetzt ..."

"Nun krieg dich mal wieder ein", raunzte ich sie leise an. Ihre plötzlich erwachte Begeisterung für Alex musste ich mir nun wirklich nicht geben. "Trotz des neuen Outfits ist er der Chef und verheiratet."

255

"Ja ... Leider."

"*Leider*? Sag mal, was ist mir dir auf einmal los?"

Ich hätte sie an die Wand klatschen können. Fehlte noch, dass sie ihm plötzlich hinterherhechelte! Und womöglich wollte sie auf einmal Überstunden schieben ... *Im Fuchsbau!*

"Nichts, nur ..."

"Was?", fragte ich argwöhnisch.

"Bisher sah er in seinem üblichen Outfit immer so chefmäßig und arrogant aus, aber jetzt ..."

Bei ihrem leicht verträumten Lächeln sank meine Laune auf den Nullpunkt. Mit meiner Beherrschung würde es gleich vorbei sein. Falls sie weiterhin Lobeshymnen auf ihn sang, würde ich ihr an die Gurgel springen.

"Aber jetzt was?", knurrte ich bitterböse.

"Das würde mich auch interessieren", erklang plötzlich Foxis Stimme aus dem Hintergrund. Das Anschleichen hatte er leider nicht samt seines Anzugs in den Schrank gehängt.

Er setzte sich auf meine Schreibtischplatte, direkt neben mich, verschränkte die Arme vor der Brust und sah Andrea erwartungsvoll an.

Würde ich jetzt den Ellbogen nur ein kleines Stückchen nach links schieben, nur einen oder zwei Zentimeter, konnte ich ihn spüren. Ich beherrschte mich allerdings und tat es nicht, um mich nicht selbst in Versuchung zu bringen, mehr zu wollen. Deshalb rutschte ich mit meinem Stuhl etwas von ihm weg.

Als ich bemerkte, wie Andrea fast purpurfarben anlief, gelang es mir nur mit äußerster Anstrengung, das in mir aufsteigende, etwas schadenfrohe Lachen zu unterdrücken. Sonst war ich es nämlich immer, die sich von Peinlichkeit zu Peinlichkeit hangelte.

"Also Andrea, lassen Sie hören", forderte er sie auf und sah sie mit unbewegter Miene an. "Ich bin gespannt."

"Ich ... Ich meinte nur ...", fing sie an zu stammeln, brach jedoch sofort wieder ab. Es war nicht zu übersehen, dass sie sich wünschte, der Boden unter ihr würde sich auftun und sie verschlingen.

"Nur keine Scheu, sprechen Sie sich aus."

Andrea räusperte sich, wohl um Zeit zu gewinnen.

"Ich meinte nur, Sie ... Sie sehen ganz verändert aus im Gegensatz zu vorher", versuchte sie sich diplomatisch aus dieser Geschichte zu ziehen.

"Ach wirklich?"

"Ja."

"Nicht mehr so langweilig, chefmäßig und arrogant?"

Wieder räusperte sie sich.

"Nein", murmelte sie hastig.

"Sondern?"

Lieber Gott! Gleich würde ich mir die Zunge abgebissen haben, so heftig, wie ich die Zähne in sie schlug, nur um nicht loszuprusten. Das war Alexander, der Große in Vollendung, mein ganz privater Alex, so wie ich ihn kannte.

"Anders eben ... Sagte Katrin übrigens auch."

"Ach wirklich?"

"Ja, sie sagte -"

"Ich habe nach *Ihrer* Meinung gefragt. Also?"

Mir den Schwarzen Peter zuzuschieben, funktionierte leider nicht. Das Purpur in ihrem Gesicht wurde wieder stärker, genauso wie mein Drang, loszulachen.

Andrea holte tief Luft.

"Ich finde, es sieht gut aus", antwortete sie schließlich.

"Ach wirklich? Finden Sie nicht, ich sehe mit den Jeans aus wie ein Hausmeister? Ich habe so etwas einmal gehört."

Autsch! Obwohl Alex mich nicht ansah, wusste ich ganz genau, dass dieser kleine Seitenhieb mir galt. War es doch mein Spruch gewesen, den ich am Morgen der Fahrt nach Dresden losließ. Seltsam, nachtragend kannte ich ihn bislang nicht.

"Quatsch, sieht doch rattenscharf aus", platzte es aus

Andrea heraus. Beinahe in derselben Sekunde lief sie in allertiefstem Purpur an und schlug sich die Hand auf den Mund.

Alex rutschte nur etwas auf der Tischplatte herum, wobei sein Oberschenkel zufällig meinen Arm berührte, hatte sich aber ansonsten perfekt im Griff. Ganz im Gegensatz zu mir. Ich hielt es keine Sekunde länger aus, sprang auf und rannte zur Toilette.

Dort lachte ich, bis mir die Tränen über die Wangen liefen und mein Bauch schmerzte, und selbst dann konnte ich noch nicht aufhören. Immer wieder sah ich das entsetzte Gesicht Andreas vor mir bei ihrem Schnellschuss.

Keine Ahnung, wie lange ich mich in der Toilette vor Lachen schüttelte. Es dauerte auf jeden Fall eine gefühlte Ewigkeit, bis ich mich wieder einigermaßen unter Kontrolle hatte und zurück an meinen Platz ging.

Mich traf ein bitterböser Blick von Andrea, die wieder alleine war. Unser Fuchs war bereits in seinen Bau geschlichen.

"Du dumme Nuss lässt mich einfach alleine mit ihm!", schimpfte sie. "Wo warst du eigentlich?"

Vorbei war es mit meiner Beherrschung und ich gackerte erneut los.

"Tut mir leid, ich konnte nicht mehr. *Sieht doch rattenscharf aus!*"

"Hör bloß auf!", stöhnte sie. "Das ließ sich an Peinlichkeit nicht mehr überbieten."

"Ach komm, das war doch nur ehrlich. Hat es sich wenigstens gelohnt?"

"Och ja", antwortete Andrea lang gezogen und schmunzelte. "Er hat mich für heute zum Mittagessen eingeladen."

Wie auf Knopfdruck gefror mein Lachen ein.

"Und? Gehst du mit ihm?"

"Na klar, wieso nicht?"

Dieses elende Scheusal! Nahm er sich jetzt die Nächste im Büro vor? Wie hormongesteuert war dieser Mann eigentlich? Seine Affäre, die er derzeit unterhielt, nun Andrea und wer wusste, wen er sonst noch alles beglückte. Nur mich ignorierte er total. So toll war es mit mir wohl nicht gewesen, wenn er ein einfaches Nein ohne Widerspruch hinnahm.

Im gleichen Maße, wie der Zorn auf ihn stieg, wuchs er auch auf mich selbst. Und auf die Kröte. Er und seine blöde Art, die ich jahrelang ertrug, waren schuld, dass ich mich auf so ein aussichtsloses Unterfangen einließ und dabei eine rosarote Brille trug. Wie konnte ich nur so blauäugig sein zu glauben, dass das mit Alex und mir etwas ganz Besonderes war, verbunden mit meiner heimlichen, irrwitzigen Hoffnung auf mehr? Nur weil wir uns einmal privat trafen und es lediglich ein unterhaltsamer Abend zu zweit wurde *ohne* Sex?

Vermutlich infizierte ich mich an Steffis Wahnsinn oder Schlimmeres. Die knallharte Realität sah doch so aus: Ich war für ihn nichts anderes als ein Lückenbüßer gewesen, bis er Besseres fand. Mehr aber auch nicht.

Meine Vernunft klopfte sachte bei mir an und erinnerte mich daran, dass *ich* es eigentlich war, die diese hirnrissige Vereinbarung beendete. Ich wollte es so haben, um mein Leben zu vereinfachen. Dazu gehörte es manchmal, sich von sinnlosen Dingen zu verabschieden und die Geschichte mit Alex war eines davon. Mit ihm entsorgte ich nach der Kröte und Steffi mein letztes, großes Problem und war nun glücklich und zufrieden.

Eigentlich. Im Großen und Ganzen. Zumindest bis jetzt, denn urplötzlich - so verrückt und unlogisch es auch war - malträtierte mich ein wenig der spitze Stachel der Eifersucht. Doch halt! Ich wollte nichts mehr von Fuchs. Er war für mich bis in alle Ewigkeit gestorben und es interessierte mich absolut nicht, mit wem er zum Essen ging oder seinen Spaß hatte. Alles in meinem Leben war nun perfekt und lief in ruhigen Bahnen. Ich wünschte mir nur eines aus ganzem Herzen: *Der Teufel sollte Fuchs holen, und zwar sofort!*

48

Ein paar Tage später atmete ich erleichtert auf, als ich den großen Briefumschlag vom Gericht aufriss. Endlich war er da, der Beschluss wegen der einstweiligen Verfügung gegen Steffi. Meine Anzeige gegen sie war ebenfalls am Laufen. Ein paar Termine auf dem Polizeirevier gab es zwar noch, doch endlich war alles so weit geklärt und ich konnte entspannt darauf warten, bis ein Verhandlungstermin vor Gericht angesetzt wurde.

In der Firma lief alles ungewohnt ruhig weiter. Fuchs behielt sein neues Outfit bei und verwandelte sich Stück für Stück zu einem ziemlich umgänglichen Chef. Seine übliche miserable Laune war weitestgehend verschwunden. Dafür kam seine lockere Art, die er vor Urzeiten bei unserer Dresdenreise und den privaten Treffen an den Tag legte, immer mehr zum Vorschein. Beinahe glaubte ich schon, er hatte sich in den zwei Wochen einer Gehirnwäsche unterzogen. Normal war das jedenfalls nicht.

Bei ihm zu Hause musste es seitdem anscheinend hervorragend laufen. Die Füchsin rief nur äußerst selten an und er sprach bei den Telefonaten mit ihr immer recht kurz und in Zimmerlautstärke.

Er war auch nicht mehr so häufig zu mysteriösen Terminen unterwegs, nur ganz selten. Doch er schäkerte nach wie vor mit Andrea herum, genauso wie mit allen weiblichen Personen, die die Firma betraten. Nur mich behandelte er sehr förmlich und chefmäßig, auch wenn er mir ab und an Blicke zuwarf, die ich absolut nicht deuten konnte.

Ich mochte und schätzte Andrea als Kollegin wirklich sehr, doch je mehr ich sah, wie nach und nach aus der zurückhaltenden, braven Büromaus beinahe eine Flirtkanone wurde, umso mehr wuchs in mir nicht nur der Groll auf sie, sondern auch auf Alex. Im gleichen Maße wuchsen jedoch auch mein Selbstmitleid und meine Enttäuschung. Trotzdem, ganz tief in mir vergraben residierte lange noch die Hoffnung, er könne vielleicht wieder in irgendeiner persönlichen Form auf mich zukommen.

Nach Monaten, in denen nichts dergleichen passierte, trug ich diese Hoffnung dann endgültig zu Grabe. Immerhin war ich selbst schuld daran, gestand ich mir in einem lichten Moment ein. Ich selbst zeigte ihm damals ja die Rote Karte und wehrte seine kurzen Bemühungen auf Weiterführung unserer Vereinbarung rigoros ab. So oft ich mir auch sagte, dass es die beste und vernünftigste Entscheidung gewesen war, nagte in manchen Stunden doch ein wenig die Sehnsucht nach ihm an mir.

Das eine oder andere Mal spielte ich mit dem Gedanken, einen Schritt auf ihn zuzumachen und mit dem unmissverständlichen Zaunpfahl zu winken, verwarf ihn jedoch sofort wieder. Damit würde nämlich das ganze Theater nur von vorne losgehen. Nein, es war gut so, wie es war. Egal wie sehr ich mir in schwachen Momenten wünschte, die Zeit zurückdrehen zu können, es ging nicht mehr. Dieser Zug war ein für alle Mal abgefahren und ich würde nichts, rein gar nichts tun, um ihn zurückzuholen.

Dummerweise kam Foxi Ende November auf die glorreiche Idee, wir drei, also er, Andrea und ich, könnten gemeinsam nach Dresden fahren und den Weihnachtsmarkt dort besuchen. Hotelaufenthalt, Abendessen und Nachtleben inklusive, selbstverständlich alles auf Firmenkosten.

Andrea war sofort Feuer und Flamme. Ich hatte auch nichts anderes von ihr erwartet. Mir jedoch versetzte Foxis Vorschlag lediglich einen schmerzhaften Stich in der Herzgegend. Von den damit verbundenen Erinnerungen abgesehen, wieso fuhr er nicht mit Andrea alleine? Nur als drittes Rad am Zweispänner oder als Anstandswauwau mitzufahren, dazu fehlte mir jegliche Lust. Leider fiel mir kein wirklich stichhaltiger Grund ein, den ich ihm als Ausrede präsentieren konnte. Also heuchelte ich Begeisterung, obwohl ich mich selbst dafür zutiefst verabscheute.

Wieso auch immer, er hatte die Spendierhosen an und ließ Andrea sogar Flüge nach Dresden buchen, allerdings nur für uns drei. Die tollwütige Füchsin kam nicht mit. Gut so, dachte ich mir. Wenigstens *ihr* Anblick wurde mir erspart.

"Ein Platz im Auto ist frei. Kann ich Sie morgen Früh zum Flughafen mitnehmen?", fragte Fuchs am späten Nachmittag beiläufig, als er zu uns nach vorne kam. Ich schluckte schnell meine Antwort hinunter, als ich bemerkte, dass die Frage gar nicht mir galt. Sein Blick war nämlich auf Andrea gerichtet. Wieder so eine Gemeinheit seinerseits! Er wusste schließlich ganz genau, dass ich *kein* Auto besaß, sie schon. Meine Hände ballten sich von ganz alleine zu Fäusten und ich musste mich sehr beherrschen, damit sie nicht hart auf den beiden anwesenden Nasen mir gegenüber landeten. Andererseits ... Auf ihn als Chauffeur war ich nicht angewiesen. Es gab Taxis und ich konnte mir durchaus eines leisten.

"Das ist sehr lieb von Ihnen, Herr Fuchs, aber nehmen Sie

doch Katrin mit, sie hat ja kein Auto", flötete Andrea.

Sicher war ihr Vorschlag nett gemeint, doch in diesem Augenblick fühlte ich mich wie ein räudiger, streunender Hund, dem man eine vergammelte Wurstscheibe vor die Füße warf, um Anteilnahme an seinem Schicksal zu heucheln.

Foxi drehte sich zu mir um.

"Gerne. Ich hole Sie um sieben ab, okay?"

"Nur keine Umstände meinetwegen, Herr Fuchs. Ich kann mir ein Taxi nehmen", antwortete ich kühl.

Er lachte auf.

"Wären es Umstände, hätte ich es kaum angeboten. Sparen Sie sich das Geld fürs Taxi. Ich hole Sie ab."

"Wie Sie meinen."

Ohne ihn eines weiteren Blickes zu würdigen, tippte ich weiter.

"Sag mal, was ist denn mit dir los?", fragte mich Andrea verwundert, als der Blödfuchs wieder in seinem Bau verschwunden war. "Das ist doch nett von ihm, wenn er dich mitnimmt."

"Nur unnötig. Ich fahre gerne Taxi", antwortete ich spitz. "Der Fahrer hält die Klappe und ich weiß, dass ich lebend ankomme."

Sie schüttelte den Kopf.

"Du bist richtig komisch in letzter Zeit. Stimmt irgendetwas nicht, Katrin?"

"Nein, alles bestens. Ich habe lediglich Kopfschmerzen", log ich.

Ihre gespielte Fürsorglichkeit, ihr Geschäker mit ihm und seine totale Ignoranz mir gegenüber, all das ging mir tierisch auf den Keks. Ich war das fünfte Rad am Wagen in ihrer neuen, trauten Zweisamkeit, kam mir lediglich geduldet vor und gut genug, um den Papierkram und Kaffee zu machen. Ansonsten war ich hier überflüssig. Wäre

263

Andrea in den letzten Wochen tatsächlich – wie sie mir neulich erzählte – mehrmals abends ins Büro gefahren, um diverse Dinge zu erledigen, dann würde sie nicht im Papier ersticken. Das war doch alles gelogen! Wie diese angeblichen Überstunden aussahen, konnte ich mir nur zu gut vorstellen.

Am nächsten Morgen stand ich samt Köfferchen und Beautycase vor meinem Haus und wartete auf die knallgelbe Rennsemmel samt Blödfuchs. Er war pünktlich wie immer, sprang voller Elan aus dem Wagen und öffnete mit einer angedeuteten Verbeugung und einem strahlenden Lächeln die Beifahrertür.

"Ihr Taxi zum Flughafen, gnädige Frau. Bitte steigen Sie ein. Ich verstaue Ihr Gepäck."

Was für ein Vollidiot! Ohne ein Wort zu verlieren, rutschte ich in den Schalensitz. Diesmal trug ich ganz leger Pulli, Jeans und warme Stiefel und kein blödsinniges Kostümchen mehr mit Pumps. Wozu auch? Um ihn in irgendeiner Art beeindrucken zu können, musste er mich auch registrieren. Das tat er aber nicht. Ich war nur die Tippse und Kaffeekochtante, nichts weiter.

Während der Fahrt versuchte er anfänglich ein bisschen Small Talk, gab aber dann dank meiner einsilbigen Antworten auf und schwieg ebenfalls, bis wir am Flughafen Andrea trafen. Plötzlich wurde er sehr gesprächig. Ich stellte mich etwas abseits und beobachtete lieber die anderen Passagiere, als mich an dem dummen Herumgealbere der beiden zu beteiligen.

Bei der Buchung der Tickets hatte Andrea drei nebeneinanderliegende Plätze bestellt. Ohne auf die Nummern der Sitzplätze auf den Tickets zu achten, legte Foxi fest, dass er den mittleren Platz bekam. Mit einer schönen Frau an jeder Seite würde der Flug zum absoluten

Genuss werden. *Was für ein eingebildeter Vollblutdepp!*

Ohne zu fragen, drängte sich Andrea an mir vorbei und nahm den Fensterplatz in Beschlag, der – wie mir ein Blick auf mein Ticket zeigte – eigentlich meiner war. Doch irgendwie war mir das egal. Meine Laune war bereits im Keller ohne jegliche Aussicht auf Verbesserung. Innerlich kochend, aber ohne zu protestieren, nahm ich somit den Platz am Gang. Immerhin dauerte der Flug nur etwas mehr als eine Stunde. Ich würde es also überleben.

Die Sitze kamen mir etwas spärlicher vor als in den größeren Urlaubsfliegern, wobei dies mein allererster Inlandsflug war. An meinem Gewicht lag es definitiv nicht. Mit meiner typischen Sturheit und einem entsprechenden Trainingsvideo hatte ich endlich mein Wunschgewicht erreicht. Ich war zwar immer noch griffig, aber ohne die vermaledeiten Speckröllchen. Es musste an den beengten Verhältnissen im Flugzeug liegen, dass ich Foxi deutlich an meiner kompletten rechten Seite spüren konnte. Oder es lag an der Tatsache, dass er sich machomäßig in den Sitz lümmelte.

So wenig ich es wollte, die Erinnerung an unsere letzte Fahrt nach Dresden übermannte mich dabei und je mehr die beiden neben mir ihren Spaß hatten und sich bestens unterhielten, umso trübsinniger wurde ich. Beide versuchten mehrmals, mich in ihr Gespräch einzubeziehen, doch ich hatte weder Lust noch Nerv darauf. Zusätzlich ständigen und unfreiwilligen Körperkontakt mit ihm zu haben, machte es mir nicht gerade einfacher.

Der Kloß in meinem Hals wuchs mit jeder Minute. Um nicht doch noch loszuheulen, rutschte ich ein winziges Stück mehr nach links. Offenbar hoch erfreut über das vermehrte Platzangebot breitete Fuchs sich jedoch in meine Richtung aus. Alles war wie vorher. Noch weiter nach links rutschen konnte ich nicht, außer ich setzte mich gleich auf den Gang.

265

Ich ertrug es schließlich nicht mehr und gab ihm einen leichten Rempler mit dem Ellbogen.

"Ich kann mich gerne woanders hinsetzen, Herr Fuchs, falls ich störe", sagte ich spitz. "Ansonsten bleiben Sie bitte auf Ihrem Platz und lassen mir meinen!"

Er warf mir einen dieser unergründlichen Blicke zu, dann stemmte er sich etwas im Sitz hoch.

"Tut mir leid, Katrin, wenn ich Sie in irgendeiner Form belästigt habe. Das war keine Absicht und kommt nicht wieder vor."

Damit drehte er zumindest den Oberkörper nach rechts, hin zu Andrea und weitmöglich weg von mir. Lieber Gott, wieso setzte er sich nicht auf ihren Schoß oder - noch besser - legte sich gleich auf sie?

Den Rest des Fluges sah er zwar zwischendurch kurz zu mir herüber, aber weder er noch Andrea wechselten auch nur ein Sterbenswörtchen mit mir.

Schließlich setzte das Flugzeug zur Landung an und meine leise Hoffnung, dass es vielleicht explodieren oder abstürzen könnte, wurde zunichtegemacht. Mir standen somit zwei grauenhafte Tage bevor.

49

Beim Einchecken im Hotel gab es die nächste unangenehme Überraschung. Andreas Zimmer lag direkt neben seinem, während meines um die Ecke ganz am Ende des langen Flurs lag. *Schon wieder im Abseits!* Alles hatte sich gegen mich verschworen. Andererseits war es auf diese Weise gottlob ausgeschlossen, dass ich unfreiwilliger Zuhörer ekstatischen Stöhnens würde, auf welchem

Zimmer auch immer.

Von den ganzen Schönheiten des Dresdner Weihnachtsmarktes, von denen mir meine Mutter neulich vorschwärmte, nahm ich nicht allzu viel wahr. Missmutig trottete ich hinter den beiden her wie eine dieser armseligen, streunenden Katzen im Urlaub, die sich einem an die Fersen hefteten in der Hoffnung auf ein bisschen Zuneigung und Futter.

Nicht einmal der Duft frischgebackener Crêpes oder Waffeln lockte mich, wohl aber Andrea. Sobald wir den ersten Schritt auf den Markt getan hatten, fraß sie sich von Stand zu Stand durch, natürlich alles auf seine Kosten. Inbrünstig betete ich, dass sich jeder einzelne Bissen sofort in Form von drei Kilo Fett auf ihren klapprigen Rippen und Storchenbeinen absetzte und sie am nächsten Tag wegen Übergewichts nur im Frachtraum des Flugzeuges transportiert würde. Ich gab mich auch schon zufrieden, wenn sie am nächsten Bissen erstickte.

Mir war der Anblick dieser fröhlich mampfenden, dummen Nuss so zuwider, dass ich mich demonstrativ mit den Rücken zu beiden etwas abseits stellte. So musste ich wenigstens ihr kindisches Gekicher nicht hören.

Auf einmal fasste mich jemand sachte von hinten an den Schultern und zog mich rückwärts an sich. Mein erschrockener Blick über die Schulter verriet mir, es war der Vollblutdepp.

"Was ist los, Kati?", raunte er mir ins Ohr. "Du bist den ganzen Tag schon so schweigsam und auf Abstand. Habe ich irgendetwas angestellt?"

Für wenige Sekunden schloss ich die Augen und genoss dieses vertraute und magische Gefühl, das seine Berührung und auch sein warmer Atem auf meiner Wange in mir auslösten. Dann siegte meine Vernunft. Ich entwand mich ihm rasch, bevor mich meine Selbstbeherrschung verließ und ich mich auf ihn stürzte oder - noch schlimmer - Andrea

267

etwas mitbekommen würde. Ansonsten kannte uns hier ja niemand.

"Alles bestens, Herr Fuchs. Ich habe nur scheußliche Kopfschmerzen."

Sollte mir einer das Gegenteil beweisen. Die Wahrheit würde ihn ja ohnehin nicht interessieren.

"Sonst ist wirklich alles in Ordnung?"

Ich wich seinem prüfenden Blick aus, bevor er mein Gefühlswirrwarr entdecken konnte, und antwortete deshalb betont kühl:

"Aber sicher doch."

Er legte mir den Arm um die Schultern und schob mich in Richtung Tischchen. Wieder entwand ich mich mit einer kurzen Drehung seiner Berührung. Mir zog sich dabei nämlich nicht nur mein Magen zusammen, sondern vor allem mein Herz. Er war so nah und doch so unerreichbar ...

Andrea schlug vor, nach dem Markt noch auf Sightseeing- und Shoppingtour zu gehen. Es war Donnerstag und alle Geschäfte waren geöffnet, im Grunde die ideale Gelegenheit. Meine Begeisterung hielt sich jedoch in Grenzen.

"Wenn Sie immer noch Kopfschmerzen haben, Katrin, wollen Sie nicht lieber ins Hotel fahren und sich hinlegen, damit Sie heute Abend wieder fit sind?", schlug Fuchs vor.

Na wunderbar! Es brodelte erneut in mir. Was sollte dieses scheinheilige Getue? Er war keineswegs um mich besorgt. Die beiden wollten mich doch lediglich loswerden! Und ich Dummkopf lieferte ihnen mit meinen angeblichen Kopfschmerzen auch noch den passenden Aufhänger.

Andererseits war es mir nur recht. Ich brauchte dringend eine Auszeit von Andreas pubertärem Gegacker und stimmte zu. Fuchs sagte, die Taxikosten übernehme selbstverständlich er.

Ich rief den beiden noch ein "Viel Spaß noch!" zu und fuhr

mit dem Taxi ins Hotel. Endlich Ruhe! Vor lauter Frust und Zorn leerte ich ein paar der kleinen Fläschchen aus der Minibar und legte mich ins Bett, obwohl es gerade mal drei Uhr nachmittags war. Wieso auch nicht? Es war ohnehin egal. Ich hasste mich, ich hasste Fuchs und noch mehr hasste ich Andrea. Mit beiden Fäusten trommelte ich auf das Kopfkissen ein, bis meine Wut verrauchte und ich anfing, wie ein Schlosshund zu heulen.

Irgendwann musste ich eingeschlafen sein. Als ich die Augen aufschlug, war es bereits dunkel. Jetzt hatte ich sie endlich, die scheußlichen Kopfschmerzen. Großartig! Mein Kopf dröhnte, mir war total schwummrig und dazu flau im Magen.

Die Uhr an der Rezeption zeigte fast halb sieben, als ich mir dort zwei Kopfschmerztabletten erbettelte. Kaum wieder auf meinem Zimmer warf ich mir die Pillen ein und kroch zurück ins Bett. Ich döste dahin, bis das Telefon schrillte. Foxi rief an und teilte mir mit, er warte unten in der Lobby auf mich, damit wir zusammen ins Hotelrestaurant gehen konnten.

Nur widerwillig stand ich auf und ging ins Bad, um meine vom Schlafen zerzausten Haare in Ordnung zu bringen. Der Blick dabei auf mein eigenes Spiegelbild erschreckte mich zutiefst. Schnell klatschte ich mir ein bisschen Farbe ins Gesicht und leistete den beiden anschließend Gesellschaft beim Abendessen. Das Essen schmeckte wirklich gut, nur fehlte mir der Appetit. Ich schaufelte alles lustlos in mich hinein, um das flaue Gefühl im Magen zu vertreiben, und siehe da, es gelang mir sogar.

Natürlich waren Foxi und Andrea bereits umgezogen und aufgestylt für den kommenden Abend, ich dagegen kam mir vor wie meine eigene Großmutter.

"Stürzen wir uns noch ins Nachtleben?", fragte Fuchs nach dem Essen und sah uns ausnahmsweise beide abwechselnd an.

Natürlich war Andrea sofort Feuer und Flamme.

"Kommen Sie auch mit, Katrin?"

Er bedachte mich dabei, wie seit Tagen schon, wieder mit einem dieser seltsamen, nicht zu deutenden Blicke.

Die Tabletten wirkten und meinem Magen ging es wieder besser. Nichts würde mich also davon abhalten, mitzugehen - sei es auch nur, um Andrea keine Gelegenheit zu geben, mit ihm alleine zu sein.

"Aber sicher doch, Herr Fuchs."

"Schön, das freut mich."

Als ich sein kurzes, aber durchaus warmes Lächeln sah, das er mir zuwarf, hätte ich es ihm fast geglaubt. Tat ich aber nicht. Das war doch lediglich Show und nichts weiter! Trotzdem verkniff ich mir jeglichen Kommentar darauf.

"Klasse, dann können wir ja los", antwortete Andrea, sprang voller Unternehmungsgeist auf und sah erwartungsvoll auf uns herab.

Fuchs zögerte und schien etwas zu überlegen, dann meinte er:

"Anderer Vorschlag. Sie und ich setzen uns in die Lobby auf einen Cappuccino und warten dort auf Katrin, die sich sicher noch ausgehfertig machen möchte. Habe ich recht?"

Ich musste mich verhört haben und hatte obendrein Halluzinationen. Zwinkerte er mir eben tatsächlich zu? Nein, ich musste mich getäuscht haben. Das hieße ja sonst, er wäre ausnahmsweise einmal auf *meiner* Seite!

"Wenn es die Zeit noch erlaubt, dann gerne", antwortete ich kühler als beabsichtigt. "Ich hatte noch nicht die Gelegenheit."

"Sie haben alle Zeit der Welt, Katrin. Die Nacht ist noch lang."

Satz und Sieg gingen an mich. Zum ersten Mal heute. Ein beruhigendes Gefühl.

Zurück auf meinem Zimmer sprang ich kurz unter die Dusche und zog mich um. Durch einen blöden Zufall hatte ich die gleiche Hose und das gleiche, eng anliegende Shirt mit dem sündhaft-tiefen Dekolleté eingepackt, das ich schon bei meinem letzten Ausflug ins Dresdner Nachtleben trug. Diesmal zwar ohne Zotteljacke, dafür aber mit nagelneuen, knallroten High Heels. Die übergroße Jacke war überflüssig geworden. Es gab nichts mehr zu kaschieren, die Speckrollen waren verschwunden und das durfte jeder sehen.

Demonstrativ warf ich mir den Mantel über den Arm. Ich fühlte mich total sexy, sogar nach dem prüfenden Blick in den fast deckenhohen Spiegel im Aufzug. Während ich damit nach unten fuhr, versuchte ich mich, zu konzentrieren. Das Gehen in diesen Mörderteilen hatte ich zwar zu Hause oft geübt, nur eben noch nie in der Öffentlichkeit. Heute war Premiere und ich bekam vollen Applaus, seinem Blick nach zu schließen, als ich mit betontem Hüftschwung auf die beiden zustöckelte. Ganz Gentleman sprang er auf, entwand mir den Mantel und half mir hinein.

Ein Taxi wartete bereits vor dem Hotel. So schnell es mit diesen Schuhen ging, hastete ich darauf zu, riss die hintere Tür auf und hechtete auf den Sitz. Auch wenn ich sonst lieber vorne saß: Ich hätte mir lieber eigenhändig mit meinen High Heels die Augen ausgestochen als Andrea erneut die Möglichkeit zu geben, neben ihm zu sitzen, noch dazu im Dunkeln.

Während der etwa halbstündigen Fahrt kehrte langsam mein Kampfgeist zurück. Ich nahm mir fest vor, Spaß zu haben und auf Teufel komm raus zu flirten, mit wem auch immer, notfalls mit allen Barkeepern gleichzeitig. Noch einmal an diesem Tag würde ich *nicht* das fünfte Rad am Wagen sein.

271

Zu Hause ging ich nicht oft aus, weil mir alleine die Lust dazu fehlte. Ich würde es also genießen. Und als angenehmen Nebeneffekt würde ich diesem Blödfuchs zeigen, was er verschmäht und weggeworfen hatte. Sollte er sich doch mit diesem dummen, gackernden Huhn amüsieren, es war mir egal. Ich war frei und unabhängig und wenn das Angebot hier gut war, nahm ich mir vielleicht noch einen heißen Typen mit aufs Zimmer. Einen der Sorte *Superlover-mit-Ekstasegarantie.*

Der Nachtklub, der gleiche wie beim letzten Mal, war noch nicht besonders voll. Dafür war es etwas zu früh. Wir fanden ein kleines, freies Tischchen, direkt neben der Tanzfläche. Perfekt, dachte ich mir. Von hier aus hatte ich einen guten Ausblick. Um mich ein bisschen ins Rampenlicht zu setzen und auf mich aufmerksam zu machen, stöckelte ich langsam quer durch den ganzen Klub. Das Angebot konnte ich nebenbei auch checken. Im Moment war es jedoch leider ziemlich dürftig.

Die komplett verspiegelten Wände des Toilettenvorraums bestätigten mir beim Verlassen der Örtlichkeit, dass ich immer noch genauso toll aussah wie auf meinem Hotelzimmer. Einer spontanen Eingebung folgend stoppte ich an der Theke und beugte mich etwas nach vorne, wobei der unübersehbare Inhalt meines Dekolletés den Barkeeper förmlich ansprang. Ich startete meinen ersten, vorsichtigen Flirtversuch, bat ihn dann um Streichhölzer und ging mit schwingenden Hüften zurück an unseren Tisch.

"Kennst du den?", fragte Andrea neugierig und deutete zur Theke.

"Nein, aber die Nacht ist noch lang", antwortete ich mit einem süffisanten Lächeln auf den Lippen.

Sie lachte auf.

"Na endlich, Katrin, jetzt bist du wieder ganz die Alte.

Hättest du bloß früher die Tabletten genommen. Der Tag war so lustig."

Ja, für sie vielleicht! Sie drängte sich ja auch laufend in den Vordergrund.

"Ich hatte gehofft, die Kopfschmerzen hören von alleine wieder auf", schwindelte ich.

"Völlig unnötig gequält", sagte Foxi und winkte der Bedienung. "Auch einen *Mai Tai*, Katrin?"

Unsere Blicke trafen sich und ich wusste sofort, in diesem Moment dachte er an das Gleiche wie ich. Dass er sich daran erinnerte, welchen Cocktail ich damals trank, wunderte mich allerdings.

"Nein danke, mir ist heute nach *Sex on the Beach*."

Nicht nur er konnte Seitenhiebe austeilen und mit Zaunpfählen winken, ich auch!

Andrea vertrug offenbar gar keinen Alkohol. Ihre Augen und Bäckchen leuchteten bereits. Kein Wunder, ihr Cocktail war schon fast leer. Sie fing an zu kichern.

"Pass bloß auf, Katrin, dass du am Elbufer dabei nicht erfrierst bei den Temperaturen."

"Keine Sorge, ich passe schon auf, dass der Typ heiß genug ist", konterte ich. "Bin gleich wieder da."

"Gehen Sie eine rauchen? Dann komme ich mit", sagte Fuchs schnell.

Genau das hatte ich zwar ursprünglich vor, aber auf seine Begleitung konnte ich verzichten.

"Nein, ich wollte eben nach heißen Typen Ausschau halten."

Ich schob mich durch den mittlerweile proppenvollen Klub und kuckte tatsächlich, ob sich nicht etwas Passendes zum Flirten finden würde. Meine Suche wurde belohnt. Mit dem Rücken an die Theke gelehnt, einen Longdrink in der Hand haltend, stand ein durchaus attraktiver Mann, alleine und etwa in meinem Alter. Wie zufällig blieb ich neben ihm
273

stehen und tat so, als beobachtete ich die Tanzfläche. Während ich noch überlegte, wie ich ihn anflirten konnte, kam sein aufgestylter Zahnstocher und knutschte ihn nieder. Die vom DJ angekündigte Schmuserunde nahm sie scheinbar sehr wörtlich. Ich steuerte also wieder auf unseren Tisch zu, fand ihn aber verwaist vor. Wo in aller Welt füchselten beide herum?

Ich wollte nicht darüber nachdenken, um mir meine wiedergefundene gute Laune nicht zu verderben. Stattdessen ließ ich den Blick durch den Klub wandern auf der Suche nach einem aufregenden Mann, doch dieser versteckte sich immer noch erfolgreich.

Wehmütig beobachtete ich auf der Tanzfläche die eng umschlungenen Pärchen, die so wie Alex und ich damals hier tanzten. *Moment!* Das da draußen war tatsächlich Alex – und an seinem Hals hing Andrea! Mir war, als hätte mir eben jemand ein glühend heißes Schwert mitten ins Herz gerammt. Ich stürzte meinen Cocktail ohne abzusetzen hinunter, winkte der Bedienung und bestellte den nächsten.

Wie konnte er mir das antun? Er wusste, dass ich sie beide sehen würde. Er wusste auch, dass ich wusste, wie das enden würde. Und obwohl er das wusste, tat er es trotzdem! Wieso tat er mir das an?

Hastig wischte ich mir mit dem Handrücken über die Wangen. Niemand musste sehen, dass ich heulte, doch ich konnte nicht aufhören, egal wie sehr ich versuchte, mich zusammenzunehmen.

Ein Blick auf Andrea genügte und ich ahnte, dass es *nicht* der Alkohol war, der ihre Augen glänzen ließ, sondern Alex. So schnell er mich entsorgte, so schnell zog er die nächste Beute an Land. In dieser Sekunde wurde es mir klar: Keinen Tag länger konnte ich für ihn arbeiten. Ich musste kündigen, so schnell wie möglich. Sie und ihn zusammen zu sehen, war wie ein Déjà-vu, diesmal mit ihr in der Hauptrolle. Ich würde es nicht ertragen. Gleich übermorgen früh, sobald ich ins Büro kam, würde ich die Kündigung schreiben, danach zum Arzt gehen und mich für die restliche Arbeitszeit krankschreiben lassen.

Meinen zweiten Cocktail kippte ich auf die gleiche Art wie vorher, stand – mittlerweile leicht schwankend – auf und kämpfte mich zum Ausgang. Darauf zu warten, dass die beiden von der Tanzfläche zurückkamen, wollte ich absolut nicht. Ich schnappte mir das nächste Taxi und fuhr zurück ins Hotel.

Unser Frühstück am nächsten Morgen verlief ziemlich schweigend. Andrea, deren Augen ziemlich rot unterlaufen und zu Sehschlitzen zusammengekniffen waren, schien offenbar einen fürchterlichen Kater zu haben. Fuchs sprach nicht viel, nur ab und zu warf er mir einen dieser sonderbaren Blicke zu. Auf seine Frage, wieso ich so plötzlich verschwunden war, antwortete ich, die Kopfschmerzen hätten wieder angefangen. Ob er mir glaubte oder nicht, interessierte mich nicht im Geringsten.

Auch der Rückflug verlief ziemlich ruhig. Er saß wieder in der Mitte, bemühte sich jedoch von vornherein, auf Distanz zu mir zu bleiben und unterhielt sich mit Andrea. Ich fragte mich, ob er mit ihr auch schon diese spezielle Vereinbarung getroffen hatte ... *Ach zum Teufel mit beiden!*

Am Flughafen verabschiedete er sich artig mit Handschlag von ihr, schnappte sich mein Köfferchen und mein Beautycase und trug mir alles zu seinem Auto. Beide sprachen wir kein Wort, auch während der ganzen Fahrt nicht. Erst als er in meine Straße einbog, fragte er mich:

"Und? Hattest du gestern noch Erfolg?"

275

Seit unserem letzten Streit im Büro war es das erste Mal wieder, dass er mich etwas Privates fragte.

"Womit?", fragte ich mit eisiger Stimme.

"Sex on the Beach."

Diese Frage bedurfte keiner Antwort. Ich wartete schweigend, bis er parkte und den Motor abstellte. Als ich die Tür öffnete und aussteigen wollte, hielt er mich am Handgelenk fest.

"Bleib hier und antworte mir."

"Ich wüsste nicht, was dich das angeht", knurrte ich, völlig unbeabsichtigt wieder zum Du übergegangen.

Er beugte sich über mich, zog die Beifahrertür zu und spielte am Autoschlüssel herum. Klack. Das war scheinbar die Zentralverriegelung. Ich war eingesperrt in seinem Auto!

"Was ist los mit dir, Katrin? Gestern warst du den ganzen Tag so merkwürdig, heute auch. Was habe ich dir eigentlich getan?"

"Lass mich einfach in Ruhe."

Alex stöhnte auf.

"Das tue ich doch die ganze Zeit schon. Ich möchte nur eine Antwort von dir, mehr nicht. Was habe ich dir getan?"

Ich schluckte, um den Kloß im Hals loszuwerden. Unterdessen liefen in meinem Kopf im Zeitraffertempo nochmals die letzten Tage vor mir ab und ganz speziell der gestrige Abend.

"Lass mich aussteigen."

"Du hast meine Frage noch nicht beantwortet."

"Mach sofort die Tür auf!"

"Katrin, sag es mir: Was habe ich dir getan?"

Ich wusste nicht, ob ich gleich losheulen oder explodieren würde, nur mit einem war ich mir sicher: Ich musste hier raus, und zwar sofort!

"Ich zähle jetzt bis drei", drohte ich ihm. "Wenn du dann die Tür nicht aufmachst -"

"Was habe ich dir getan?"

Auch er wurde eine Spur lauter.

"Alex, ich brülle die ganze Nachbarschaft zusammen ... Eins ..."

"Verdammt noch mal, antworte mir einfach!"

"... zwei..."

"Katrin!"

"Drei."

Ich holte tief Luft, doch bevor ich wirklich losschreien konnte, hörte ich das Klack der Zentralverriegelung, stieß die Tür auf und sprang aus dem Auto. Alex stieg ebenfalls aus und holte meine beiden Köfferchen aus dem Kofferraum, behielt sie jedoch in den Händen.

"Wieso antwortest du mir nicht, Kati?"

Ich entriss ihm mein Gepäck und blitzte ihn an.

"Ich hasse dich!", fauchte ich und rannte ins Haus, ohne mich nochmals umzudrehen.

In meiner Wohnung angekommen, schleuderte ich die beiden Koffer samt Handtasche in die Ecke und lief zum Fenster. Sein Auto stand immer noch unten. Erst Minuten später ließ er den Motor an und fuhr davon.

Sicherlich hatte er schnell noch ein Date mit Andrea oder irgendeinem anderen Zahnstocher ausgemacht. Sollte er ruhig. Montag früh bekam er statt einer Tasse Kaffee meine Kündigung auf den Tisch geknallt und dann war für mich dieses Thema ein für alle Mal abgeschlossen. Endgültig. Aus und vorbei.

51

Kurzentschlossen nahm ich das Telefon in die Hand, um meine Mutter anzurufen. Außer ihr gab es leider niemandem, bei dem ich meinen Frust und Zorn abladen oder auch ein bisschen im Selbstmitleid zerfließen konnte. Dazu würde ich allerdings Dinge preisgeben müssen, auf die ich, so wie ich sie kannte, nichts außer heftigen Vorwürfen und einem *"Ich habe dich gleich gewarnt"* zu hören bekommen würde. Musste ich mir das antun? Brauchte ich das im Moment? Beide Male lautete die Antwort nein. Also legte ich den Hörer zurück in die Ladeschale.

Mir half nur eines, nämlich Ablenkung, denn falls ich mir weiter den Kopf über Alex, seinen Harem oder meinen Job zerbrach, würde ich durchdrehen. Ich schlüpfte in Jogginghose und T-Shirt, startete die DVD mit den Bauch-Beine-Po-Übungen und kämpfte mich verbissen durch mein Work-out. Geschlagene fünfzehn Minuten lang, dann geisterte mir schon wieder der Blödfuchs im Kopf herum.

Kein Wunder, denn das Work-out kannte ich inzwischen auswendig und mich darauf konzentrieren brauchte ich nicht mehr. Während der Übungen blieb mir damit viel zu viel Zeit zum Nachdenken. Mist aber auch! Und nun? Unschlüssig blieb ich minutenlang auf dem Fußboden sitzen, bis mein Blick durch die offen stehende Schlafzimmertür auf das Nachttischchen fiel. Dort lag schon das nächste meiner neuen Bücher parat und wartete darauf, gelesen zu werden.

Prompt wusste ich, was ich tun würde, um mich definitiv abzulenken. Als ich vorhin nach Hause kam, drehte ich erst einmal die Thermostate der Heizkörper in der Wohnung ganz auf. Trotzdem war es noch ziemlich kühl und ungemütlich hier drinnen. Ich würde mir ein heißes Schaumbad einlassen, mich in die Wanne werfen und dabei in meinem neuen Buch lesen. Währenddessen über den Blödfuchs nachzudenken, das schaffte nicht einmal ich.

Ich drehte das Wasser an der Badewanne auf und marschierte in die Küche. Im Kühlschrank schlummerten zwei Flaschen *Chardonnay*, die dort auf eine passende

Gelegenheit warteten. Hier war sie! Die DVD tauschte ich aus gegen eine entspannende Musik-CD, öffnete die Flasche Wein und trug sie, zusammen mit dem Thriller hinüber ins Bad. Es war zwar erst mitten am Nachmittag, doch was spielte das für eine Rolle?

Langsam ließ ich mich in das heiße Wasser sinken. Einfach nur herrlich! Leider fiel mir erst jetzt ein, dass ich kein Weinglas mitgenommen hatte. Für eine Sekunde überlegte ich, ob ich noch einmal aus der Wanne steigen sollte, um eines zu holen. Alleine bei dem Gedanken daran fröstelte mich jedoch schon. *Ja, Mama, ich weiß: Aus der Flasche trinken höchstens Penner und anständige Leute nehmen ein Glas.*

Mochte es auch nicht besonders damenhaft sein, es war mir im Moment schlichtweg egal. Meine Mutter war nicht hier und konnte somit auch nicht tadelnd den Kopf schütteln, als ich einen großen Schluck direkt aus der Weinflasche nahm, um den Ablenkungsprozess zu beschleunigen.

Ich stellte die Flasche neben der Wanne auf den Fußboden und versuchte, mich auf den Roman zu konzentrieren. Das Buch war tatsächlich von Anfang an so spannend geschrieben, wie es angepriesen wurde. Es dauerte nur ein paar Seiten und ich konnte die Gedanken an mein desaströses Leben verdrängen.

Plötzlich ertönte Big Ben. Na großartig! Musste ausgerechnet *jetzt* der Paketdienst die bestellte Bettwäsche vom Versandhaus liefern? Vor mich hin murrend stieg ich aus der Wanne, schlüpfte klatschnass, wie ich war, in meinen Bademantel und rannte zur Wohnungstür. Ich riss sie auf, ohne wieder einmal durch den Spion zu kucken. Das war auch dieses Mal ein gravierender Fehler, denn nicht der Mann vom Paketdienst stand draußen, sondern Alex.

"Was willst du denn hier?", knurrte ich ihn an.

"Ich möchte mit dir reden."

"Aber ich nicht mit dir."

Ich wollte die Tür zuschlagen, doch er war schneller und stellte den Fuß dazwischen.

"Kann sein, doch ich glaube, ich bin dir ein paar Erklärungen schuldig."

"Die kannst du dir sparen. Und jetzt hau ab. Du störst."

"Habe ich dich aus der Wanne geholt?"

"Ja, also verschwinde!"

"Können wir uns kurz unterhalten oder ..." Er zögerte. "Hast du Besuch?"

"Selbst wenn es so wäre, ginge es dich auch nichts an", zischte ich ihm zu.

"Katrin, meinetwegen kannst du weiter riesigen Hass auf mich schieben. Ich möchte lediglich etwas richtigstellen und danach lasse ich dich in Ruhe, wenn du willst. Abgemacht?"

Es interessierte mich nicht im Geringsten, welche Geschichten er mir erzählen wollte. Allerdings fror ich inzwischen fürchterlich zwischen Tür und Angel. Nur aus diesem Grund gab ich augenrollend nach und antwortete:

"In Gottes Namen, dann komm herein."

Als wir an der offen stehenden Badtür vorbeikamen, meinte er:

"Mmmh, das sieht ja herrlich aus."

"Das war es auch, bis du mich belästigt hast." Ich deutete auf die Couch. "Setz dich und warte hier. Ich ziehe mir nur etwas an."

Zurück im Bad schloss ich die Tür hinter mir ab und ließ mich nochmals kurz zum Auftauen ins heiße Wasser gleiten. Wieso ließ dieser Mensch mich nicht einfach in Ruhe? Ihm musste es höllischen Spaß machen, mich zu quälen und zu piesacken. Wahrscheinlich konnte er nicht anders, stellte ich dasselbe doch immer wieder im Büro fest.

Hier hatte ich allerdings Heimvorteil. Die Nummer des Polizisten war wegen der irren Kampflesbe in meinem Handy abgespeichert. Im Notfall würde ich einfach seine Nummer wählen und Alex durch ihn hinausbefördern lassen, sollte dieser nicht freiwillig verschwinden wollen.

Eines wunderte mich allerdings. Alex tauchte bei mir hier mitten am Nachmittag auf. Wenn er mich nach unseren Treffen nach Hause brachte, wollte er nie mit heraufkommen. Seine Ausrede damals war immer, dass ziemlich viele Leute sein Auto kannten und er keine Lust auf irgendwelche Fragen hatte. Heute schien es ihn jedoch nicht zu interessieren.

Schluss damit! Unwillig schüttelte ich den Kopf. Wozu sollte ich mir darüber Gedanken machen? Blödfuchs war Blödfuchs und das würde er auch immer bleiben!

Seufzend verließ ich nach ein paar Minuten das kuschlig-warme Badewasser und zog mich rasch an. Je schneller ich mir sein Gesülze anhörte, umso schneller wurde ich ihn los.

52

"Also, was willst du?", fragte ich ihn kurz darauf kühl, setzte mich ihm gegenüber auf den Sessel und sah ihn abwartend an.

"Darf man bei dir rauchen?"

Wortlos stand ich auf, holte den Aschenbecher aus der Küche und stellte diesen scheppernd vor ihn auf den Tisch.

"Danke."

Danke? Was für ein ungewöhnliches Wort aus seinem Mund. Hatte er etwa Anstandsunterricht genommen?

Er zündete sich eine Zigarette an und hielt mir fragend die Schachtel entgegen. Mit einem Kopfschütteln lehnte ich ab. Auf Verbrüderungsaktionen hatte ich keine Lust und Friedenspfeife würde ich ebenfalls keine mit ihm rauchen. Dazu gab es überhaupt keinen Grund.

"Also?", bohrte ich ungeduldig nach.

"Seit ich dich vorhin zu Hause abgesetzt habe, zerbreche ich mir den Kopf, wieso du so sauer auf mich bist. Ich weiß wirklich nicht, was ich angestellt habe. *Du* wolltest damals unsere ... na ja, sagen wir mal *Vereinbarung* beenden. *Du* wolltest es, nicht ich. Ich habe es lediglich akzeptiert. *Du* hast wieder auf Förmlichkeiten bestanden. Ich habe es akzeptiert und mich daran gehalten. *Du* wolltest, dass ich dich in Ruhe lasse. Auch das habe ich getan. Warum also auf einmal dieser riesige Hass auf mich, Katrin? Was habe ich verbrochen?"

"Das sind Fragen, aber keine Erklärung, die du mir angeblich geben wolltest", korrigierte ich ihn scharf.

"Die bekommt du gleich, nur bitte, gib mir eine Antwort darauf."

Bitte? Ich konnte nicht anders und lachte spöttisch auf.

"Seit wann kennst *du* denn bitte und danke?"

Alex zuckte mit den Schultern. Der Anflug eines Grinsens huschte über sein Gesicht.

"Ich mag vielleicht ein Idiot sein, aber auch ich bin lernfähig."

"Das erste wahre Wort von dir", höhnte ich. "Du *bist* ein Idiot!"

"Ich weiß. Gibst du mir nun *bitte* eine Antwort?"

Alex war grundsätzlich sehr hartnäckig, das wusste ich bereits und deshalb war mir klar, dass er nicht aufgeben würde, bis er seine Antwort bekam.

"Du willst wissen, wieso ich so einen riesigen Hass auf dich schiebe? Das kann ich dir sagen."

Der Zorn begann wieder in mir aufzuflackern. Um ihn einigermaßen in Zaum zu halten, fischte ich mir ohne zu fragen eine Zigarette aus Alex' Schachtel und zündete sie an. Während ich einen tiefen Beruhigungszug nahm, überlegte ich blitzschnell, wie ich möglichst kurz und prägnant das beschreiben konnte, was ich über ihn dachte. Langsam blies ich den Rauch in Richtung Zimmerdecke.

"Weil du ein widerlicher, hirnloser, egoistischer und triebgesteuerter Vollidiot bist!", schleuderte ich ihm dann entgegen.

"Alles klar", antwortete er schlicht.

Hatte ich mich verhört? *Alles klar?* Mehr fiel ihm dazu nicht ein? Was für ein Vollblutdepp!

Eine Weile starrte er wortlos auf die Glut seiner Zigarette, dann räusperte er sich.

"Alles klar", sagte er erneut. "So etwas in der Art habe ich fast vermutet. Darf ich dir jetzt etwas erklären?"

"Du solltest lieber verschwinden, bevor irgendjemand dein Quietscheentchen da unten sieht und dich bei deinem aufgetakelten Zahnstocher verpetzt!"

"Das ist mir völlig egal. Würdest du mir nun einfach mal zuhören?"

"Nein! Begreifst du es denn nicht?", brauste ich auf. "Es interessiert mich nicht, wieso du eine Bettgeschichte nach der anderen hast, obwohl du verheiratet bist. Es interessiert mich auch nicht, was du tust. Das alles ist mir völlig egal. Mir wird nur speiübel, wenn ich daran denke, mit wie vielen du schon ... Igitt! Und von so etwas wie dir habe ich mich anfassen lassen!"

Ich schüttelte mich, im Moment zutiefst angewidert.

"Ja, du hast alles Recht der Welt, sauer auf mich zu sein, weil ich dich angelogen habe. Aber -"

"Angelogen?", schnaubte ich. "Blödsinn! Du hast mich benutzt, und wie ein Flittchen behandelt!"

"Das habe ich keineswegs. Ich habe dich höchstens angelogen und das auch nur, weil ... Himmel noch mal, du hättest mir die Wahrheit absolut nicht geglaubt."

"Ich höre immer Lüge und Wahrheit. Lieber Gott, Alex,

283

wovon sprichst du eigentlich?"

"Von dieser bescheuerten Vereinbarung zwischen uns."

"Ja, und weiter?"

"Das war gelogen."

Mein Geduldsfaden franste bereits aus und hing am letzten Zipfelchen. Ich stand kurz davor, ihm den Hals umzudrehen.

"Alex, es reicht!", fauchte ich. "Du wolltest mir etwas erklären, aber du quasselst nur Unsinn. Komm endlich auf den Punkt."

"Dann hör mir jetzt zu und lass mich zur Abwechslung einmal ausreden. Geht das?"

Genervt verdrehte ich die Augen und knurrte:

"Die Zeit läuft!"

Er drückte den Zigarettenstummel im Aschenbecher aus, lehnte sich zurück und atmete tief durch.

"Bei mir und meiner Frau lief es schon lange verkehrt. Sie war die meiste Zeit mit ihren überkandidelten Weibern auf Beautytrips und Partys oder beim Shoppen unterwegs. Jede Einzelne von ihnen hielt sich für megawichtig und supertoll. Meine Frau natürlich auch. Wenn sie zu Hause war, gab es nur Krach, meistens wegen Geld. Ich bin mit Sicherheit kein Geizkragen, aber ich riss mir den ganzen Tag im Büro den Hintern auf und sie warf jeden Cent mit vollen Händen aus dem Fenster. Irgendwann war bei mir Schluss mit lustig und ich weigerte mich, diesen Mist weiter zu bezahlen. Doch sie machte weiter wie bisher. Das Ende vom Lied: Dramen ohne Ende, nicht nur mit ihr, sondern auch mit der Bank."

"Entschuldige Alex, aber Eheprobleme als Entschuldigung fürs Fremdgehen haben einen meterlangen Bart."

"Vorhin hast du dich beschwert, du weißt nicht, wovon ich spreche. Dann hör mir einfach zu. Ich erkläre es dir gerade!"

"Ach Unsinn! Was haben deine Eheprobleme mit mir zu tun?"

"Dazu komme ich gleich. Lass mich der Reihe nach erzählen."

"Na großartig." Einmal mehr verdrehte ich die Augen. "Dann mach. Ich habe keine Lust, mir bis morgen dein sinnloses Geschwafel anzuhören."

"Vor etwa einem Jahr trennte ich mich von ihr und wohnte vorübergehend bei einem Freund", fuhr er fort. "Ich hatte es satt. Das Problem war nur, dass sie sehr überzeugend sein konnte, wenn sie wollte und ich Blödmann fiel jedes Mal wieder darauf herein."

Unwillkürlich schoss mir die Szene am Freitagnachmittag durch den Kopf, als die Füchsin im Büro auftauchte und es Paarungszeit im Fuchsbau gab.

"Tja, vielleicht solltet ihr Kerle einfach mit dem *Kopf* denken", spöttelte ich.

"Den Tipp hättest du mir mal früher geben sollen", sagte er trocken.

Völlig ungewollt kam mir ein Lachen aus. Das war wieder einmal typisch Alex.

"Und wie ging es weiter?"

"Ich zog wieder zu Hause ein und eine Weile lief es auch einigermaßen. Es dauerte jedoch nicht lange, dann ging das gleiche Spiel von vorne los. Sie wollte, dass wir die Autos tauschen. Zur Arbeit könnte ich problemlos mit ihrem fahren. Dafür wollte sie meinen Porsche haben, da dieser, wie sie meinte, weitaus mehr präsentabel wäre als ihr Mini. Da war für mich Ende der Fahnenstange. Halte mich, wofür auch immer, Kati, aber dieses Auto ist mein einziger Luxus. Den Wagen habe ich mir jahrelang zusammengespart, alles selbst restauriert und diesen ganzen modernen Kram wie Wegfahrsperre, Zentralverriegelung und so weiter nachgerüstet. Der Porsche gehört mir und nicht meiner Bank. Den gebe ich nicht her, nicht um alles in der Welt. Als ich ihr das sagte, wurde sie richtiggehend bösartig. Du kannst dir nicht vorstellen, was danach bei uns zu Hause los war. Nach den ganzen Szenen, die sie mir daraufhin machte, und das ist sehr harmlos ausgedrückt, sagte ich ihr, ich würde mich nun wirklich scheiden lassen."

"Bis sie dich wieder umgestimmt hat."

Alex schüttelte den Kopf.

"Nein, diesmal nicht. Sie hat es mit allen Mitteln und Tricks versucht, aber meine Entscheidung war gefallen. Ich unterhielt mich mit meinem Steuerberater und meinem Anwalt, weil ich genau wusste, wenn es so weit ist, wird sie mich ausnehmen wie eine Weihnachtsgans. Mir blieb also nichts anderes übrig, als erst einmal die Füße stillzuhalten, bis wir eine Lösung gefunden hatten."

Genau so hatte ich die Füchsin eingeschätzt. Sie liebte nur zwei Dinge: sich selbst und Geld. Zu mehr war diese magersüchtige Zicke nicht in der Lage. Allerdings bestätigte mir das wieder einmal die unumstrittene Tatsache, dass Männer besser kucken als denken konnten. Hätte Alex auch nur ein Quäntchen Hirn besessen, das er auch im richtigen Moment nutzte, hätte er so eine wohl niemals geheiratet. Doch Mitleid mit ihm war völlig unangebracht. Er verdiente es nicht anders!

53

Ich hörte Mama in meinem Hinterkopf lautstark protestieren: *Kind, nun sei doch nicht so ungerecht! Jeder macht dann und wann Fehler. Sieh einfach in den Spiegel!*

Leider musste ich ihr wie so oft widerwillig recht geben, denn ich stand Alex in dieser Hinsicht in nichts nach. Als ich die Kröte damals heiratete, war mein Hirn ebenfalls außer

Betrieb.

Bei der Kröte und mir lagen die Dinge zwar etwas anders als bei den Füchsen, denn ich war keineswegs ein Luxusweibchen, das jeden Schnickschnack unbedingt haben musste. Mein Ex-Mann allerdings war ein Geizkragen ohnegleichen. Wir stritten uns laufend wegen des Geldes und das bereits bei Anschaffungen, die nur ein paar Euro kosteten, wie etwa einen neuen Kochlöffel. Die Kröte behauptete, ein Kochlöffel müsse nicht schön aussehen, sondern nur seinen Zweck erfüllen und das tat der alte immer noch. Weshalb ich also unbedingt einen neuen brauchte, konnte er absolut nicht verstehen. Für ihn war das lediglich eine sinnlose Tat, um sein schwer verdientes Geld zu verprassen.

Dass die Füchse diverse Eheprobleme hatten, bei denen es vorrangig um Geld ging, überraschte mich nicht. Meine Kollegin deutete vor einer Weile ja schon so etwas an. Ging es bei den beiden auch nicht um solche Lappalien wie bei mir seinerzeit, es lief im Prinzip aufs Gleiche hinaus. Das erklärte mir wenigstens, weshalb Alex ständig so gereizt gewesen war. Dank der andauernden Streitereien mit der Kröte rutschte meine Laune damals ebenfalls ins tiefste Kellerloch und blieb dort bis zu dem Tag liegen, als ich meine Sachen packte und ging.

"So weit, so gut", sagte ich und stand auf, um hinüber ins Bad zu gehen. "Ich verstehe trotzdem nicht, was das alles mit mir zu tun hat und mit der Art, wie du mich behandelt hast."

Mit der angebrochenen Weinflasche in der einen Hand und zwei Gläsern, die ich auf dem Rückweg aus der Küche mitnahm, in der anderen kam ich zurück und setzte mich wieder auf den Sessel.

In Alex erwachte der versteckte Gentleman. Er nahm mir sofort die Flasche aus der Hand. Ich hielt ihm wortlos die Gläser entgegen und er schenkte uns ein.

287

"Dazu komme ich gleich, denn das passierte ungefähr eine Woche, bevor ich dich einstellte", erklärte er mir, nachdem wir beide uns automatisch zugeprostet und an unseren Gläsern genippt hatten.

"Beworben hatten sich zwar viele, es kamen aber nur ein paar in die engere Auswahl, die ich zum persönlichen Gespräch einlud. Obwohl du von allen die wenigste Berufserfahrung hattest, konnte ich nicht anders. Als ich dein Foto sah, wollte ich dich unbedingt kennenlernen."

"Ach ja?", fragte ich ehrlich überrascht. "Und wieso?"

Alex zuckte mit den Schultern.

"Irgendetwas daran faszinierte mich und als du zu mir ins Büro kamst und ich dich sah, war meine Entscheidung schon gefallen. Ich konnte es damals nicht beschreiben oder erklären, genauso wenig wie heute, doch da war etwas zwischen uns, von der ersten Sekunde an. Da knisterte etwas unüberhörbar. Mich störten nicht einmal unsere ständigen Streitereien und Diskussionen, ganz im Gegenteil. Mit dir machte es richtiggehend Spaß. Und ich gebe es zu: Dass ich dich mit nach Dresden beordert habe, geschah aus purem Egoismus. Die Gelegenheit war günstig, dich dabei etwas privater kennenzulernen."

Ich schnaubte verächtlich auf.

"Ach was, sag es doch, wie es ist. Du wolltest mich nur ins Bett bekommen, sonst nichts."

"Nein, Kati", widersprach Alex mir mit Nachdruck. "Daran dachte ich nicht einmal."

"Erzähl mir doch keinen Unsinn!", knurrte ich. "Willst du mir allen Ernstes erzählen, ich war die Erste, mit der du fremdgegangen bist?"

"Ja und nein."

"Na klar. Die anderen, das war nur Sex, mit mir war es etwas Besonderes", warf ich ihm spöttelnd an den Kopf.

"Es gab keine anderen. Allerhöchstens eine, wobei ich mir da nicht einmal sicher bin."

Er war sich nicht sicher? Selten hatte ich so etwas Dämliches gehört.

"Also bitte! Du musst doch wissen, ob du hast oder nicht."

Alex druckste etwas herum und schüttelte dann den Kopf.

"Nein, Kati. Ganz ehrlich, ich habe keine Ahnung, ob wir Sex hatten oder nicht."

Ich lachte höhnisch auf.

"Für wie blöd hältst du mich? *Du weißt es nicht*?"

Er seufzte tief auf, griff nach seinem Weinglas und nahm einen Schluck.

"Ich weiß, es klingt seltsam, aber es ist so", sagte er, als er das Glas wieder auf dem Tisch abstellte. "Wir waren damals knapp zwei Jahre verheiratet. Sie war mit ihren Zicken unterwegs und ich mit Freunden auf Motorradtour. Es waren auch ein paar Frauen dabei. Wir haben gezeltet und natürlich floss abends der Alkohol in Strömen. Ich hatte auf jeden Fall den absoluten Blackout. Als ich am nächsten Morgen aufwachte, lag eine bei mir im Schlafsack. Wir waren beide splitternackt, aber ... Ich schwöre es dir, Kati, ich habe wirklich keine Ahnung, ob etwas gelaufen ist oder nicht. Und ihr ging es genauso."

"Oh!"

Damit lag die Sache natürlich etwas anders. So ein völliger Blackout war mir durchaus bekannt. An diesem einen verhängnisvollen Abend bei der Kampflesbe, als sie mir K.-o.-Tropfen verabreichte, ging es mir nicht anders. So sehr ich mir bis heute den Kopf darüber zerbrach, ob sich zwischen ihr und mir irgendetwas abspielte, ich konnte mich an absolut nichts erinnern.

"Siehst du?" Der Anflug eines Grinsens huschte kurz über sein Gesicht. "Also eventuell sie und eben du. Mehr Frauen gab es nicht."

"Bis nach Dresden", platzte es aus mir heraus.

289

"Nein, bis jetzt", korrigierte er mich entschieden.

Das glaubte er, das glaubten ihm vielleicht noch diverse andere, ich jedoch keineswegs. Seine ständigen, unerwarteten Auswärtstermine sprachen für sich. Trotzdem ermahnte ich mich selbst zur Vorsicht. Ich musste höllisch aufpassen, was ich sagte. So selbstverliebt, wie Alex ohnehin war, bildete er sich sonst ein, ich wäre eifersüchtig!

"Meinetwegen", winkte ich daher rasch ab. "Erzähl weiter. Ich habe heute noch mehr zu tun."

"Schon während der Fahrt nach Dresden fühlte sich alles so richtig an. Mit dir waren plötzlich die ganzen Dramen zu Hause und all der andere Mist einfach weg. Als wir dann am Abend in dem Nachtklub waren, spürte ich regelrecht die Funken fliegen, vor allem auf der Tanzfläche. Ich konnte nicht anders, ich wollte nur noch dort weg und mit dir alleine sein."

"So nennst du das also?", spöttelte ich. "Alleine sein heißt für dich: Husch husch ins Körbchen?"

"Nein, tut es nicht", sagte er rasch. "Meine Güte, ich kann auch nichts dafür, es überkam mich einfach, als wir vor der Zimmertür standen."

Ich lachte auf.

"Was bist du nur für ein erbärmlicher Lügner. Wieso gibst du nicht einfach zu, dass es von Anfang an geplant war?"

"Weil es schlicht und ergreifend nicht stimmt", beharrte er. "Habe ich dich in irgendeiner Weise dazu überredet oder gezwungen? Wohl kaum. Als ich dich fragte, auf welches Zimmer wir gehen, sagtest du sofort, ohne zu zögern, in meines. Du hattest die Wahl, Kati, und du hättest ohne Probleme ablehnen können, was du jedoch nicht getan hast. Davon mal ganz abgesehen, nicht ich war derjenige, der hinterher sofort verschwunden ist, sondern du. Ich wollte mit dir zusammen sein, du wolltest nur Sex."

"Also das ist doch unglaublich", ächzte ich empört.

"Wofür hältst du mich eigentlich? Wärst du nicht sofort, wie es für euch Kerle typisch ist, hinterher eingeschlafen, hättest du mitbekommen, dass ich keineswegs sofort verschwunden bin, sondern erst am nächsten Morgen. Ich ging in mein Zimmer, unter die Dusche, packte zusammen und dann war es auch schon Zeit fürs Frühstück."

"Kann sein, ich weiß nur, als ich aufwachte, warst du weg."

"Was dachtest du denn? Dass ich dir Frühstück ans Bett bringe? Du sagtest doch ganz unmissverständlich: Nur Sex, sonst nichts. Erinnerst du dich? Die Vereinbarung!"

Alex verzog das Gesicht und brummte:

"Ja, leider. Denn das war gelogen."

"Gelogen? Tut mir leid, das verstehe ich absolut nicht. Was war daran gelogen, Alex? Du hast es doch exakt so gehandhabt. Sex und hopp."

"Nein, Kati. Es war gelogen, weil ich eben *nicht* nur Sex wollte, sondern mehr. Aber das konnte ich dir nicht sagen."

"Ach nein? Und wieso nicht?"

"Kati!" Er stöhnte auf, während er sich mit beiden Händen die Haare raufte. "Bitte sei ehrlich. Du wusstest, dass ich verheiratet bin. Hätte ich dir gesagt, dass ich mich in dich verliebt habe, mit dir zusammen sein möchte und mich von meiner Frau scheiden lasse ... Hättest du mir das geglaubt?"

Darüber musste ich nicht lange nachdenken.

"Nein, ganz sicher nicht", antwortete ich voller Überzeugung. "Weil das nämlich der typische Spruch aller verheirateten Männer ist, die nur auf Sex aus sind."

"Siehst du?", antwortete er triumphierend. "Du hättest gedacht, ich bin auch nur einer von denen, die viele Versprechungen machen, sich aber in hundert Jahren nicht von ihrer Frau trennen."

Ich leerte den Rest meines Weinglases und betrachtete es eine Weile schweigend, bevor ich es auf dem Tisch abstellte.

"Ja, und? Was ist verkehrt daran? Ob mit oder ohne falsche Versprechungen, das Ergebnis ist doch das gleiche. Nämlich eine reine Bettgeschichte, sonst nichts."

Überrascht registrierte ich nebenbei, dass Alex trotz allem aufmerksam war und mir ungefragt Wein nachschenkte.

"Du begreifst es nicht, oder?", fragte er mich unterdessen.

"Nein", gab ich zu. "Du sagst, die Vereinbarung war gelogen. Und? Ob du mich jetzt mit der Vereinbarung anlügst oder mit Sprüchen wie: *Ich lasse mich scheiden*, das spielt doch keine Rolle. Du bist in beiden Fällen ein Lügner!"

"Nein, bin ich nicht!", beharrte er. "Nicht wirklich jedenfalls. Es war eine Notlüge, weil du mir die Wahrheit nicht geglaubt hättest. Das hast du doch eben selbst bestätigt."

Lieber Gott, wieso vergeudete ich eigentlich mit diesem Blödfuchs meine Zeit und hörte mir dieses ganze Geschwafel an, von dem nichts einen Sinn ergab?

Vorhin, als er kam, behauptete er, mir unbedingt etwas erklären zu wollen. Trotzdem wusste ich jetzt keinen Deut mehr als zuvor. Von seinen Eheproblemen abgesehen, die mich überhaupt nicht interessierten, die er mir aber detailgetreu schildern musste, wieso auch immer.

Nun war Schluss damit. Mir wurde das alles zu viel. Ich sprang auf, lief im Zimmer hin und her und überlegte dabei, wie ich Alex möglichst schnell und einfach loswerden würde.

"Katrin!"

"Was?", knurrte ich, blieb stehen und warf ihm einen bitterbösen Blick zu.

"Also noch einmal ganz langsam", fing er an. "Ich sagte zu dir, es ist nur Sex, weil du mir nicht geglaubt hättest, dass ich mich tatsächlich von meiner Frau trenne und scheiden lasse. Du magst dir vielleicht nur wie eine Affäre vorgekommen sein, aber das war es nicht. Nicht für mich. Lieber wollte ich dich in diesem Glauben lassen, bis ich mich getrennt habe, um dich dann vor vollendete Tatsachen zu stellen, als mir von dir vorwerfen zu lassen, ich halte dich nur hin, um dich ins Bett zu kriegen. Jetzt verstanden?"

"Nein", antwortete ich ohne zu zögern. Hätte er mir gerade die Relativitätstheorie von Einstein erklärt, hätte ich genauso viel begriffen.

Alex raufte sich erneut stöhnend die Haare und sprang nun ebenfalls auf.

"Meine Güte, sonst bist du doch auch nicht so begriffsstutzig! Ich habe es *deinetwegen* getan, weil ich spürte, du willst ebenfalls nicht *nur* Sex, sondern mehr."

"Was sind wir heute wieder selbstverliebt", spöttelte ich. "Du hältst dich wohl wirklich für unwiderstehlich, oder?"

"Ach was! Ich bin vielleicht in vieler Hinsicht dämlich, aber nicht so, dass ich mir Dinge einbilde, die gar nicht existieren. Also gib es doch einfach zu oder fällt dir damit ein Zacken aus deiner Krone?"

Das tat es ganz sicher nicht und theoretisch wäre es kein Problem für mich gewesen, es zuzugeben. Immerhin stimmte es ja. Doch bevor ich nicht wusste, was er mir überhaupt sagen wollte, würde ich mir lieber die Zungenspitze abbeißen, als ihm irgendetwas zu gestehen.

"In diesem Fall täuschst du dich", log ich und hakte vorsichtig nach: "Doch nehmen wir einmal an, nur aus purer Neugier selbstverständlich, du hättest recht, wo wäre der Unterschied?"

"Der Unterschied?" Verständnislos sah er mich an. "Hätte ich dir gleich gesagt, dass ich mehr will, hättest du mich über kurz oder lang gehasst. Du wärst nämlich davon ausgegangen, dass es nichts weiter als Hinhaltetaktik ist. Also erfand ich diese blöde Vereinbarung. Du warst damit einverstanden. Damit war im Grunde alles klar, weil ich dir keinerlei Versprechungen gemacht habe. *Das* ist der Unterschied, Katrin!"

"Ist das die viel gepriesene männliche Logik?", höhnte ich. "Du hast mich die ganze Zeit wie ein Betthäschen behandelt, damit ich mich *nicht* wie eines fühlen soll? Sag mal, tickst du eigentlich noch ganz?"

Außer mir vor Zorn schleuderte ich das Sofakissen, das auf meinem Sessel lag, nach ihm. Leider war ich nicht schnell genug, denn er bemerkte es rechtzeitig, duckte sich und das Kissen flog an ihm vorbei. Dann lachte er schallend los.

"Was ist daran so komisch, du Blödfuchs?", keifte ich ihn an. Er *war* übergeschnappt, eine andere Erklärung gab es nicht.

"Du, Kati", prustete er. "Du wirfst mir vor, dich wie ein Betthäschen zu behandeln, wenn du vorab zugibst, lediglich Sex zu wollen? Ist das etwa die berühmt-berüchtigte *weibliche* Logik?"

"Du bist wirklich ein Vollidiot", knurrte ich, um nicht versehentlich zugeben zu müssen, dass ich nun noch weniger verstand als vorher. Die beste Taktik war, vom Thema abzulenken, entschied ich mich spontan. "War das schon alles, was du mir erklären wolltest?"

"Nein, keineswegs, und auf das Thema Logik kommen wir später noch einmal zurück", sagte er mit einem breiten Grinsen, bevor er wieder halbwegs ernst wurde. "Kati, ich habe dich keineswegs wie ein Betthäschen behandelt. Wäre es wirklich nur eine reine Sexgeschichte gewesen, hätte ich dich dann auch zum Essen eingeladen? Wären wir in diesen Nachtklub gefahren? Ganz sicher nicht, oder? Jedes Mal, wenn meine Frau weg war, rief ich dich an, wollte dich sehen oder wenigstens mit dir reden. Und dann hast du plötzlich wie aus heiterem Himmel verkündet, du stündest nicht mehr zur Disposition und ich solle dich in Ruhe lassen. Ich wusste überhaupt nicht, was los war. Du hast völlig abgeblockt und wieder auf Förmlichkeiten bestanden. Ich tat daraufhin nichts anderes, als was *du* wolltest. Ich rief dich nicht mehr an, ich fasste dich nicht mehr an und ich siezte dich wieder. Das war doch genau das, was du von mir verlangt hast, nichts anderes." Er schüttelte sachte den Kopf und fügte leise hinzu: "*Ich* habe dich keineswegs entsorgt und weggeworfen, wie du mir vorwirfst. *Du* hast all das mit mir gemacht, Katrin, nicht umgekehrt. Und bis heute weiß ich nicht, wieso oder was ich falsch gemacht habe."

"Das ist doch alles Unsinn!", brauste ich auf. "Nichts von all dem stimmt auch nur annähernd. Ich hatte lediglich keine Lust mehr, wie ein Hund auf Kommando zu springen, wenn es dir gerade passt. Also hör auf, den armen, schwarzen Kater zu spielen, dem alle Welt unrecht tut und verschwinde! Du begreifst sowieso nichts."

Alex machte jedoch keinerlei Anstalten zu gehen, sondern lehnte sich stattdessen mit vor der Brust verschränkten Armen auf der Couch zurück und sah mich einen Moment lang schweigend an. Dann sagte er:

"Nicht ich habe dich mies behandelt, sondern du mich, und du hast mit mir Schluss gemacht, nicht ich mit dir. Wenn du auch nur einen Funken Fairness in dir hast, denk nach, ob es tatsächlich nur Unsinn ist oder ob ich nicht vielleicht doch recht habe."

"Sag mal, was -"

Er schüttelte den Kopf und legte kurz den Zeigefinger auf die Lippen, bevor er erneut sagte:

"Denk nach, Kati, der Fairness halber."

Ich hatte absolut keine Lust, mir noch einmal alles ins Gedächtnis zu rufen, was ich für mich bereits als abgehakt betrachtete. Doch meine Mutter hatte sich heute offenbar mit dem Feind verbündet. Leise hörte ich sie mir in meinem Hinterkopf zuraunen: *Du weißt, dass er recht hat, also hör auf mit diesem Theater!*

Beinahe hätte ich vor Zorn mit dem Fuß aufgestampft, konnte mich jedoch in letzter Sekunde gerade noch zurückhalten. Der Blödfuchs wusste schließlich nicht, dass sich meine nervtötende Mutter ständig ungefragt in alles einmischen musste, sogar in meine Gedanken.

Heute trieb sie es allerdings zu weit. Anstatt für ihre eigene Brut Partei zu ergreifen, hielt sie schon das zweite Mal in Folge zu Alex. Das war Hochverrat und unverzeihlich!

Und wenn schon, hörte ich sie nun spötteln. *Wer recht hat, hat recht und nun streng deinen Grips zur Abwechslung einmal an.*

Ja doch, Mama!

Mit einem tiefen Seufzer lehnte ich mich in meinem Sessel zurück. Im Grunde brauchte ich nicht darüber nachdenken, denn ich wusste ganz genau, dass beide unrecht hatten. Ich tat es aber trotzdem, denn ich musste unbedingt Beweise dafür finden.

54

Ich ließ alles vor meinem geistigen Auge noch einmal Revue passieren und - Mist! So sehr es mir auch widerstrebte, meine Mutter hatte einmal mehr recht. Alex somit natürlich auch. *Ich* war es gewesen, die diese komische Vereinbarung kündigte, und *ich* war es, die mit ihm nichts mehr zu tun haben wollte. Beides geschah allerdings aus gutem Grund, an den er sich offenbar nicht erinnern konnte.

"Mag ja sein, aber du hast dich rasant schnell getröstet", half ich ihm auf die Sprünge.

"Getröstet? Womit?"

"Woher soll ich das wissen? Du hattest doch gleich danach die nächste Affäre am Laufen und Andrea auch noch. Du nutzt doch jede Gelegenheit, die sich dir bietet."

"Von was um Himmels willen sprichst du?" Alex sah mich völlig perplex an. "Welche Affäre? Und was hat Andrea mit all dem zu tun?"

"Nun stell dich nicht dümmer, als du bist", fuhr ich ihn an. "Ich meine die, mit der du im Urlaub warst und bei deinen angeblichen Terminen. Und dein Flirten mit Andrea im Büro und in Dresden war nicht zu übersehen. Du klebtest ja schon im Flugzeug regelrecht an ihr. So, wie ihr zwei im Nachtklub getanzt habt, kann ich mir den Ausgang des Abends ganz genau vorstellen."

Er zündete sich in aller Ruhe eine Zigarette an, nahm einen Zug und fing dann auf einmal an, breit zu grinsen.

"Ich glaube es nicht", sagte er schließlich. "Du bist ja doch eifersüchtig, Katrin."

"Nicht im Geringsten", behauptete ich. "Wieso sollte ich?"

"Weil ich recht hatte", triumphierte er. "Schon bei unserer gemeinsamen Fahrt nach Dresden. Dir ging es genauso wie mir. Gib es zu!"

"Du spinnst doch total", knurrte ich, konnte aber nicht verhindern, dass mir im gleichen Moment das Blut in den Kopf schoss.

Alex bemerkte es sicherlich, ging jedoch nicht darauf ein. Nur sein Grinsen wurde noch eine Spur breiter.

"Wie du meinst, Kati", winkte er lässig ab. "Was meine angebliche Affäre betrifft ... Erinnerst du dich an den Freitag, als meine Frau ins Büro kam?"

"Wie könnte ich das vergessen? Paarungszeit im Fuchsbau", höhnte ich.

"Was?"

"Vergiss es und erzähl weiter."

"Sie wollte die Woche darauf für ein paar Tage mit ihren

Zicken nach Berlin fahren, und zwar mit meinem Auto. Zum tausendsten Mal die gleiche, sinnlose Diskussion, obwohl sie ganz genau wusste, dass ich es ihr niemals geben werde. Trotzdem versuchte sie, mich mit allen Tricks umzustimmen."

"Das war nicht zu überhören."

Er stutzte einen Moment, dann ächzte er: "Meintest du das mit Paarungszeit im Fuchsbau?"

"Willst du etwa das Gegenteil behaupten?", antwortete ich mit einer nach oben gezogenen Augenbraue.

"Ich nehme an, du hast an der Tür gelauscht, also kann ich mir irgendwelche Ausflüchte sparen. Ja, ich gebe es zu. Ich sprang kurzfristig darauf an. Dieses Mal funktionierte jedoch mein Hirn und ich zog die Notbremse. Wie erwartet war sie daraufhin stinksauer, keifte herum und warf den Aschenbecher nach mir."

"Oh! Daher das kaputte Fenster?"

"Ja, schlecht gezielt", antwortete er trocken. "Zu Hause tobte sie weiter herum. Auch dort flogen ständig Dinge durch die Gegend, bis die Nachbarn klingelten und drohten, wegen Ruhestörung die Polizei zu rufen. Es war nicht mehr zum Ertragen. Sonntagnachmittag packte ich ein paar Klamotten zusammen und nahm mir ein Hotelzimmer. Für mich war nun endgültig Schluss. In den zwei Wochen meines sogenannten Urlaubs machte ich mich auf die Suche nach einer Wohnung. Über einen Makler fand ich tatsächlich eine, die sofort frei war. Ich zog zu Hause aus und in meine eigene Wohnung ein. Dazwischen traf ich mich mehrmals mit meinem Steuerberater und meinem Anwalt, weil ich nun die Scheidung eingereicht habe. Deshalb interessiert es mich auch absolut nicht, ob jemand mein Auto vor deinem Haus stehen sieht oder nicht."

Mit großen Augen starrte ich ihn eine Weile an, völlig verblüfft.

"Du hast wirklich die Scheidung eingereicht?", fragte ich

dann.

"Ja, habe ich." Alex kramte in seiner Jacke herum, die neben ihm auf der Couch lag, und zog einen gefalteten Briefumschlag heraus. "Ich wollte es dir schon sagen, als ich dich vorhin hier absetzte. Mir war jedoch klar, dass du mir kein Wort glauben würdest, wenn du es nicht selbst liest. Deshalb fuhr ich nach Hause, um das Schreiben vom Anwalt zu holen. Da, lies!"

Er hielt mir den Umschlag auffordernd entgegen.

Ich nahm ihn wortlos, zog das Schreiben aus dem Umschlag und überflog es. Im Detail lesen musste ich es nicht, kannte ich diese Art Schreiben noch von meiner eigenen Scheidung. Nun wurde mir gleichzeitig heiß und kalt. Alex ließ sich tatsächlich scheiden! Damit hätte ich niemals gerechnet. Eine Sache brannte mir dennoch auf der Seele.

"Und was war mit Andrea?", fragte ich argwöhnisch.

"Da war gar nichts, überhaupt nichts. Wir haben uns lediglich unterhalten und hatten Spaß auf dem Weihnachtsmarkt, ganz im Gegensatz zu dir. "

"Ich meinte nicht nur den Weihnachtsmarkt", warf ich ein. "Das mit euch ging doch im Büro schon die ganze Zeit über. Glaubst du etwa, mir wäre dein Flirten mit ihr nicht aufgefallen?"

"Ach ja?"

"Ja!", knurrte ich. "Auffälliger ging es ja wohl kaum. Genauso wie im Flugzeug."

Alex grinste verhalten.

"Das war Absicht."

"Was war Absicht?", fragte ich irritiert.

"Dass ich mit Andrea geflirtet habe."

"Natürlich war es Absicht. Du wolltest mit ihr dort weitermachen, wo du mit mir aufgehört hast. Gib es einfach zu!"

Er schüttelte den Kopf.

"Das sicher nicht, denn das hatte ich nie vor."

"Ach nein?", höhnte ich. "Hattest du etwa eine Steigerung geplant?"

"Nein, auch das nicht."

"Sondern?", bohrte ich ungeduldig nach.

"Ich gebe zu, es war völliger Quatsch und total kindisch von mir. Ich wollte nie etwas von Andrea. Dass ich mit ihr so offensichtlich herumgeplänkelt habe, hatte nur einen einzigen Grund." Alex lachte kurz auf und zwinkerte mir zu. "Ich wollte dich eifersüchtig machen."

Bitte was?

"Du wolltest mich eifersüchtig machen?", wiederholte ich fassungslos.

"Ja", antwortete er schlicht. "Was blieb mir denn anderes übrig? Ich dachte mir, dass das die einzige Möglichkeit ist, herauszufinden, was und ob dir überhaupt etwas an mir liegt."

"Einfach fragen hättest du nicht können, oder?"

"Wie denn? Du gingst mir doch die ganze Zeit aus dem Weg und wenn du einmal mit mir sprachst, dann höchstens geschäftlich."

Nun ja, falsch lag er damit absolut nicht.

"Das schon", räumte ich ein. "Aber etwas Besseres als das fiel dir nicht ein?"

"Das tat es durchaus, nur war mir das zu gefährlich."

Ich runzelte die Stirn.

"Zu gefährlich?"

Er nickte.

"Du drohtest mir doch mit einer Anzeige wegen sexueller Belästigung am Arbeitsplatz, falls ich dich noch einmal berühren würde, und dieses Risiko war mir einfach zu groß. Also blieb mir leider nichts anderes übrig, als zu solch albernen Mitteln zu greifen, um herauszufinden, was ich herausfinden wollte."

Mir kam ein Schmunzeln aus.

"So etwas hätte ich dir gar nicht zugetraut."

"Ich mir selbst bis zu diesem Zeitpunkt auch nicht." Alex lachte auf und schüttelte den Kopf. "So einen Schwachsinn habe ich noch nie in meinem Leben gemacht. Doch glaub mir bitte, Kati, es war wirklich nichts mit Andrea. Du hast mir die ganze Zeit über im Büro die kalte Schulter gezeigt. Deshalb kam ich auf diese hirnrissige Idee. Ich dachte, wenn du das zwischen uns beiden nicht nur als reine Bettgeschichte betrachtest, sondern als mehr, dann würdest du irgendwie darauf reagieren. Das hast du aber nicht. Also machte ich auf dem Flug nach Dresden damit weiter. Die Gelegenheit war ideal. Im Flugzeug hast du mich angefaucht, ich würde dir zu nahe kommen, aber das war auch schon alles. Auf dem Weihnachtsmarkt war es das Gleiche. Du hast mich jedes Mal, wenn ich dich absichtlich oder unabsichtlich berührte, wie ein lästiges Insekt abgeschüttelt."

"So stimmt das nicht, Alex", protestierte ich rasch, denn das war ja mal wieder typisch Mann. Entweder verstanden sie gar nichts oder alles total falsch.

"Willst du etwa behaupten, dass ich mir das nur eingebildet habe? Katrin, es fiel doch nicht nur mir, sondern sogar Andrea auf, dass du mich wie Luft behandelt hast."

"Nein. Ja. Es stimmt zum Teil, nur ... Es war nicht so, wie du denkst."

"Wie dann?"

"Es war ganz anders, aber das würdest du nicht verstehen."

"Erklär es mir. Komplett dämlich bin ich auch nicht."

Er war es vielleicht nicht, ich dagegen fühlte mich im Moment genau so. Ich wusste absolut nicht, wie ich es ihm erklären sollte. Es wäre überhaupt kein Problem gewesen, mein Gefühlschaos einer Frau zu erklären. Sie würde mich sofort verstehen. Aber wie um alles in der Welt sollte ich es einem Mann begreifbar machen? Männer waren doch in

301

Gefühlsdingen die totalen Kretins! Ihnen konnte man stundenlang in ganz einfachen Worten erklären, wie Frau sich fühlte und dann kam höchstens ein verständnisloses "Aha" und gleich darauf die Frage: "Was gibt es heute zum Abendessen?"

Im Grunde waren jegliche Erklärungen vergebliche Liebesmüh. Andererseits waberte tief in mir die leise Hoffnung herum, dass Alex vielleicht die berühmte Ausnahme der Regel war. Einen Versuch war es somit allemal wert.

"Du hast ja recht", fing ich an und seufzte leise auf. "Ich schob dich die ganze Zeit weg, aber doch nur, weil ich deine Berührung nicht ertragen konnte. Jedenfalls nicht, ohne wieder schwach zu werden. Erinnerst du dich noch an den einen Abend, als ich dich anrief und sagte, ich müsse dich unbedingt sehen?"

Alex nickte und verzog das Gesicht.

"Allerdings. Bei dem Streit, den meine Frau und ich an dem Abend hatten, warf sie wie so oft mit Dingen um sich und der nagelneue Fernseher ging zu Bruch."

"Na großartig", brummte ich und rollte mit den Augen. "Kann es sein, dass sie leicht hysterisch ist?"

Er zwinkerte mir zu.

"Lass das *leicht* einfach weg, aber erzähl weiter."

Für einen Augenblick grinsten wir uns zu.

"Eigentlich war mir klar, dass du nicht mitten in der Nacht von zu Hause wegkannst", fuhr ich fort. "Doch es zu wissen oder es zu hören, sind zweierlei Dinge. In dem Moment wusste ich, dass ich aufhören musste, mir etwas einzureden, was nicht stimmte. Ich war noch nie in der Lage gewesen, Sex und Gefühle zu trennen. Schon an dem Morgen in Dresden, als ich neben dir aufwachte, wünschte ich mir, dass es immer so sein könnte. Deshalb hätte ich mich nie auf diese Vereinbarung einlassen dürfen. Das konnte ja nur schief gehen", sagte ich und nippte kurz an meinem Weinglas. "Und nachdem du mir ein paar Tage vorher schon gesagt hast, du hättest dich nur aus Langeweile mit mir getroffen, wusste -"

"Das habe ich nie behauptet!", fiel Alex mir energisch ins Wort.

"Indirekt schon", widersprach ich ihm. "Du wolltest mit mir Essen gehen, weil du alleine zu Hause warst und dein Kühlschrank leer. Das läuft auf dasselbe hinaus."

"Katrin!"

"Schon gut", winkte ich rasch ab. "Es kam damals jedenfalls bei mir so an und ich wusste, es musste Schluss damit sein. Nur dein Betthäschen wollte ich nicht mehr sein und mehr würde sowieso nie daraus werden. Also zog ich für mich die Notbremse und beendete diese Vereinbarung. Leider war es keineswegs so einfach wie gedacht. Ich habe dich und die Stunden mit dir wahnsinnig vermisst, auch wenn ich dich jeden Tag im Büro sah. Ob nun dort, auf der Fahrt zum Flughafen oder auch im Flugzeug, für dich gab es nur noch Andrea. Ich kam mir vor wie das fünfte Rad am Wagen und wollte euch in eurer trauten Zweisamkeit nicht stören."

"Doch genau das hatte ich mir davon erhofft", gab er zu. "Und weiter?"

"Dass du das, wie du sagtest, absichtlich getan hast, um mich eifersüchtig zu machen, konnte ich ja nicht ahnen. Leider", fügte ich grinsend hinzu. "Denn ansonsten hätte ich dir eine derartige Szene gemacht, dass die Füchsin vor Neid erblasst wäre. Für mich sah das Ganze jedenfalls total echt aus und jedes Mal, wenn du mich zufällig berührt hast, traf es mich fast wie ein Stromschlag. Am liebsten hätte ich Andrea erwürgt und dich angebettelt, die dämliche Vereinbarung wieder zu erneuern. Doch das durfte ich nicht zulassen, sonst wäre alles von vorne losgegangen. Es gab immer noch die Füchsin, weshalb es einfach keinen Sinn machte. Also hielt ich dich eben auf Abstand, auch auf dem

Weihnachtsmarkt." Zweifelnd sah ich ihn an. "War das einigermaßen verständlich?"

"Auch wenn es dich überraschen wird, das war es. Ein kompletter Vollidiot bin ich scheinbar doch nicht." Alex zwinkerte mir zu und klopfte mit der Handfläche sachte auf den Platz neben ihm. "Übrigens, nachdem die Füchsin und ich ab sofort unterschiedliche Reviere haben, könntest du dich auch zu mir setzen."

"Keine Chance mehr auf ein gemeinsames?"

"Unter keinen Umständen! Das Thema ist für mich ein für alle Mal abgeschlossen."

Abwartend sah er zu mir herüber.

Nun ja, es gab eigentlich keinen Grund mehr, weiter alleine in meinem Sessel zu sitzen. Alex und ich waren uns einig und die Füchsin ... Lieber Gott, wen interessierte noch die tollwütige Füchsin?

Ich beugte mich vor und schob mein Weinglas näher zu seinem. Danach ging ich um den Tisch herum und setzte mich neben Alex. Nicht so wie im Flugzeug, sondern diesmal ganz nah neben ihn. Es gab schließlich niemanden mehr, der es mir verbieten konnte. Offenbar nicht einmal Mama, denn ich hörte in meinem Hinterkopf keinerlei Proteste. Sehr gut!

Alex legte mir den Arm um die Schultern und zog mich noch ein Stückchen näher an sich.

"Sag mal, wenn dir schon meine kindischen Flirtversuche mit Andrea auffielen, wieso hast du darauf nicht in irgendeiner Weise reagiert?"

"Nun ja", druckste ich leicht verlegen herum. "Mit deinem kindischen Spielchen warst du in der Tat äußerst erfolgreich. Ich muss zugeben, dass ich vor Eifersucht beinahe explodiert wäre, doch zugeben wollte ich es partout nicht. Damit hätte ich mich doch nur lächerlich gemacht. Immerhin ging ich ja davon aus, dass es für dich nur Sex und hopp war. Obendrein war diese Geschichte mit uns beiden vorbei, und so, wie ihr beiden herumgeturtelt habt, wirkte es völlig echt, zumal Andrea doch genau in dein Beuteschema passt."

"Mein *Beuteschema*? Was soll das denn heißen?" Irritiert sah er mich an.

"Nun tu nicht so unschuldig. Sie ist doch derselbe Zahnstocher wie deine Frau."

"Selbst wenn", winkte Alex ab. "Von Zahnstochern, wie du sie nennst, reicht es mir für den Rest meines Lebens und nur einmal so nebenbei: Als ich sie damals kennenlernte, sah sie völlig anders aus als heute." Er seufzte auf. "Wie dem auch sei, sieben Jahre Ehe mit einer Frau, bei der sich alles nur um die Figur und das Aussehen dreht, waren mehr als genug. Glaub mir, es macht absolut keinen Spaß, ständig befürchten zu müssen, dir blaue Flecken an diesem Knochenbündel zu holen oder womöglich irgendwelche Austauschteile zu ruinieren."

Ich kicherte.

"Dann solltest du ganz schnell diese unbequemen Knochenbündel gegen eine rundum weiche Kuscheldecke mit Echtheitsgarantie austauschen."

Nur gut, dass ich seinerzeit auf Mama hörte, was das Abnehmen betraf. Nicht etwa Alex' wegen, sondern ausschließlich wegen mir. Die paar Kilo, die ich dank Disziplin, geänderter Essgewohnheiten und sogar der Überwindung zu ein bisschen Sport nunmehr weniger auf die Waage brachte, machten für mich den entscheidenden Unterschied aus. Eine Modelfigur besaß ich zwar immer noch nicht und würde ich vermutlich auch nie erreichen, doch das war mir egal. Mir gefiel mein neues Spiegelbild außerordentlich gut und endlich fühlte ich mich mit meinen weiblichen Formen wohl. So wohl, dass ich inzwischen darüber sogar Witzchen machen konnte.

Alex zwinkerte mir zu und drückte mich leicht an sich.

"Das habe ich doch schon."

305

"Gute Entscheidung", lobte ich ihn schmunzelnd. "Wie sieht es heute Abend mit deiner Disposition aus?"

"Lass mich mal kurz überlegen." Er runzelte die Stirn und sagte schließlich mit einem lässigen Schulterzucken. "Ich bin eigentlich für das ganze Wochenende ausgebucht."

Er war ausgebucht? Das durfte doch nicht wahr sein! Endlich schien alles zwischen uns klar zu sein und nun verplante er sein gesamtes Wochenende ohne mich? Sofort überfiel mich der alte Zorn. Das war wieder typisch Mann! Kaum war die Scheidung eingereicht, genoss er seine wiedergefundene Freiheit in vollen Zügen. Das war eindeutig zu viel für mich.

Wie dämlich war ich gewesen, ihm seine Märchen, die er mir vorhin erzählte, zu glauben? Von wegen, er wäre sofort von mir fasziniert gewesen und wollte unbedingt mit mir zusammen sein. Alles nur Lüge! Was auch immer er mit wem auch immer vorhatte, es war mir egal, solange er mir nie wieder über den Weg lief. Viel zu lange war ich auf Stand-by gestanden, als dass ich dieses Spiel noch länger mitmachen wollte. Nein, damit war nun endgültig Schluss.

Anstatt weiter meine wertvolle Zeit mit Alexander, dem Großmeister der Märchenerzähler zu vergeuden, würde ich nun genau dort weitermachen, wo er mich unterbrach: bei meinem Schaumbad und meinem Thriller.

Ich stand abrupt auf.

"Ich wünsche Ihnen ein schönes Wochenende, Herr Fuchs. Sie gehen jetzt besser, und zwar sofort. Meine Kündigung liegt am Montag im Firmenbriefkasten", sagte ich frostig, ging hinüber in die Küche, ohne ihn eines weiteren Blickes zu würdigen, und holte mir die zweite Flasche Wein aus dem Kühlschrank.

Auf dem Weg ins Bad bemerkte ich aus den Augenwinkeln, dass der Blödfuchs im Türrahmen meines Schlafzimmers lehnte, die Arme vor der Brust verschränkt und ein Grinsen auf dem Gesicht, bei dem es mich sofort in den Fingern juckte.

"Was fällt Ihnen eigentlich ein, Herr Fuchs?", fauchte ich ihn an. "Verlassen Sie sofort meine Wohnung!"

Er machte jedoch keinerlei Anstalten zu gehen, sondern grinste nur noch eine Spur breiter. Das war zu viel.

"Hau endlich ab, du Blödfuchs!", herrschte ich ihn an.

"Kann es sein, dass du krankhaft eifersüchtig bist?", fragte er mich mit einer Seelenruhe, die mich zur Weißglut trieb. "Dann sag mir das bitte gleich, damit ich weiß, worauf ich mich da einlasse."

"Ich sagte doch ganz deutlich, dass du ..."

Moment mal! Hatte ich eben richtig gehört oder bildete ich es mir nur ein? Irritiert sah ich ihn an.

"Was soll das heißen?"

Er stieß sich vom Türrahmen ab, ging zu meinem Bett und setzte sich darauf. Mit einer Hand klopfte er auffordernd neben sich auf die Bettdecke. Und plötzlich war es da, dieses ganz spezielle Alex-Lächeln, bei dem sich jedes Mal meine ganze Wut schlagartig in Luft auflöste.

"Stell dich doch nicht so an, Kati! Natürlich bin ich ausgebucht oder denkst du allen Ernstes, dass ich mich von dir nur mit *heute Abend* abspeisen lasse, wenn das ganze Wochenende vor uns liegt?" Er zwinkerte mir zu. "Und nun komm endlich. Bevor wir beide uns die zweite Flasche Wein in diesem herrlichen Schaumbad genehmigen, ist erst einmal Paarungszeit im Fuchsbau angesagt."

www.saraleafuentes.de